# Unendlich funkenhell

*Für Nathalie*
*Du und ich,*
*durch alle Zeiten*

1. Auflage 2020

ISBN 978-3-7641-7104-9

Lektorat: Angela Iacenda
Umschlaggestaltung: Alexander Kopainski
unter der Verwendung von Fotos von © shutterstock/Yoko Design, © shutterstock/tomertu, © shutterstock/Bernatskaia Oksana, © shutterstock/tanleimages, © shutterstock/maeching chaiwongwatthana, © shutterstock/Elymas, © shutterstock/lif3vil, © shutterstock/tomertu, © shutterstock/moonshome, © shutterstock/oksart1 und © shutterstock/SWEviL

Druck und Bindung: CPI books GmbH
Gedruckt auf Papier aus geprüfter nachhaltiger Forstwirtschaft.
www.ueberreuter.de

Michelle Schrenk

# Unendlich funkenhell

Du und ich durch alle Zeiten

ueberreuter

# Playlist

Diese Songs habe ich beim Schreiben des Buches gehört. Wenn ihr also abtauchen wollt, Musik an – und los geht's.

Lewis Capaldi – Before you go
Zayn feat. Sia – Dusk till dawn
Ron Pope – A drop in the ocean
Calum Scott & Leona Lewis – You are the reason
James Arthur – Say you won't let go
Levi Kreis – I should go
James Bay – Let it go
Passenger – London in the spring
Lukas Graham – Love Someone
Gnash feat. Olivia O'Brien – i hate u, i love u
Alex & Sierra – Little do you know
Machine Gun Kelly, X Ambassadors – Home
Birdy – Wings
Tom Odell – Another Love
Christina Perri – A thousand years
Sam Smith – Stay with me
JP Saxe & Julia Michaelis – If the world is ending
Ali Gate – What if I told you that I love you
Jason Walker – Down

# Prolog

*London, Bahnhof Drayton Park, 1975*

Völlig außer Atem hetzt Caroline in Richtung U-Bahn-Station. Endlich kennt sie das Geheimnis, das sie so lange zu lüften versucht hat. Sie sieht nach links und rechts, eilt über die Straße auf den Bahnhof zu. Alles muss jetzt schnell gehen, denn sie kann es kaum erwarten, ihn wiederzusehen und ihm das Geheimnis preiszugeben.

Doch als sie den Bahnhof erreicht, hat sie mit einem Mal ein merkwürdiges Gefühl in der Brust. Als würde sie verfolgt, mal wieder. Aber vielleicht bildet sie es sich auch nur ein. Sie blickt auf die Uhr. 8.37 Uhr, der Zug ist schon zu hören. Ruhig bleiben, sagt sie sich, alles ist gut, gleich wird sie in seinen Armen liegen. Nur eine Station. Sie sieht sich um, doch da ist niemand. Jedenfalls niemand, der auffällig erscheint. Eine junge Frau mit Kinderwagen. Ein alter Herr mit Hut.

Der Zug fährt ein, rattert über die Schienen, und nachdem er angehalten hat, betritt sie einen der Waggons. Türkisfarbene Halterungen, mit rot-schwarz-kariertem Samt bezogene Sitze. Auf einem von ihnen lässt sie sich nieder und versucht, ruhig zu atmen. Ihre Tasche hält sie fest im Griff, denn darin befindet sich die Lösung, die Antwort auf alle Fragen. Sie weiß, sie muss gut darauf aufpassen.

Ehe die Türen sich schließen, betritt ein Mann die Bahn. Er trägt ein Kapuzenshirt, die Kapuze weit ins Gesicht gezogen, und wirkt auffällig. Ob er der Verfolger ist? Dieses mulmige Gefühl beschleicht sie wieder. Ausgeschlossen ist es jedenfalls nicht. Für einen kurzen Moment beobachtet sie ihn aus dem Augenwinkel, doch als die Bahn sich in Bewegung setzt, steht sie auf, um sich am Ende des Waggons einen Platz zu suchen.

Gerade will sie sich wieder setzen, doch dann erlischt plötzlich das Licht im Waggon. Ein unheimlicher Ruck fährt durch ihren Körper, ein harter, fester Schlag.

Dann ist alles dunkel.

Als Caroline die Augen öffnet, spürt sie einen heftigen Schmerz. Rauch und Dampf umgeben sie, Tränen brennen auf ihren Wangen. Wo ist sie? Was ist passiert? Aber sie kann sich kaum orientieren.

Auf einmal wird sie von einem Licht geblendet. »Hören Sie mich?«, fragt eine Stimme. Ein Mann hat sich über sie gebeugt. Er hat braune Augen, das Einzige, das sie noch erkennen kann.

»Die Tasche«, presst sie hervor.

Der Mann sieht sich um. »Gehört sie Ihnen?«

»Ja.«

»Jetzt versuchen wir erst mal, Sie hier herauszubekommen.«

Doch sie schüttelt den Kopf. »Nein, erst die Tasche. Darin ist ein Brief …«

Er sieht sie fragend an. Ob er sie nicht versteht?

»Bitte.«

Erleichterung macht sich in ihr breit, als der Mann sich noch näher zu ihr herunterbeugt. Denn sie weiß, dass sie keine andere Wahl hat, als ihm alles zu erzählen. Und sie kann nur hoffen, dass das, was sie erfahren hat, bei ihm sicher ist. Sie nutzt ihre letzte Kraft, um ihm die Geschichte ins Ohr zu flüstern, ihm all die Informationen weiterzugeben, die sich in der Tasche befinden.

Der Mann nimmt die Tasche an sich und nickt ihr zu. Ein stilles Versprechen.

Dann spürt Caroline nichts mehr, und die Dunkelheit greift endgültig nach ihr.

# Kapitel 1

*Im Hier und Jetzt*
*London, Tower Bridge*

»Aua!« Mein Kopf knallt gegen das mit weißem Stahl eingefasste Fensterglas, und ich zucke erschrocken zurück. Okay, ich habe die Scheibe übersehen. Kann ja mal passieren, oder?

Peinlich berührt reibe ich mir die Stirn. Ich dachte, ich hätte etwas aus dem Augenwinkel da unten gesehen, aber es war wohl nur eine Einbildung.

Ich denke noch darüber nach, als eine schrille Stimme an mein Ohr dringt. »Ups, da hat sich wohl jemand zu weit nach vorn gelehnt.« Die Stimme gehört unverkennbar zu Lilly Everley, hübsch, anmutig, Jungenschwarm der Schule – und eine totale Ziege.

»Kümmere dich um deinen eigenen Kram«, entgegne ich, während ich mir noch mal über die Stirn reibe.

Meine beste Freundin Jill, die neben mir steht, nickt mir bestärkend zu. »Also wirklich, als ob das nicht jedem mal passieren kann«, sagt sie mit einem vielsagenden Lächeln auf den frechen Lippen. Das Grün ihrer Augen funkelt mich an. Ja, sie kennt mich zu gut.

Ich boxe sie in die Seite, weil ich gestehen muss, dass das Wort »mal« bei mir wirklich untertrieben ist. Denn ich scheine ständig von einem Malheur ins andere zu tappen.

Wobei ich es wohl nicht nur auf meine Tollpatschigkeit schieben kann. Es ist vielmehr einer seltsamen Sache geschuldet, mit der ich mittlerweile gelernt habe zu leben. Schon seit ich mich erinnern kann, sehe ich hin und wieder ganz plötzlich Bilderfetzen von Paaren unter Bäumen, in alt aussehenden Anwesen, Frauen, die etwas zu suchen scheinen, oder Männern, die ich nicht zuordnen kann. Plötzlich sind sie einfach da, in meinem Kopf. Sie reißen mich aus den Dingen, die ich gerade tue, oder aus dem Schlaf und sind so mächtig, dass ich nicht dagegen ankämpfen kann. Warum ich diese Bilder sehe, weiß ich nicht, und am Anfang fand ich es zugegeben auch etwas unheimlich. Aber dann habe ich dadurch meine Liebe zum Zeichnen entdeckt, indem ich die Bilder auf Papier festgehalten habe. Mein Dad sagte immer, dass es wohl allen Künstlern so geht, dass sie Eingebungen haben. Weil sie offen sind für alles, was sie umgibt, weil die Kunst eine ganz eigene Magie ist.

Wenn ich an seine Worte denke, werde ich kurz traurig. Denn er fehlt mir. Vor etwas mehr als einem Jahr ist er bei einem Autounfall gestorben und hat eine große Leere hinterlassen, nicht nur in meinem Leben. Seitdem hat sich so vieles verändert. Mum und ich zogen von Horley, das eine gute Dreiviertelstunde von London entfernt ist, in die Stadt zu Tante May, die hier ein kleines Haus gemietet hat und uns beiden angeboten hatte, uns ein wenig unter die Arme zu greifen. Darüber bin ich zwar sehr froh, aber hin und wieder vermisse ich mein altes Leben schon, die kleine Stadt und das, was wir dort hatten.

Das einzig Gute ist, dass ich hier jetzt Jill habe. Wir kannten uns schon von früher, weil sie damals, wenn ich bei Tante May zu Besuch war, nur ein paar Häuser weiter wohnte. Und wir haben den Kontakt nie verloren. Immer wenn ich in London war, zogen wir zusammen herum und verbrachten Zeit miteinander. Jetzt, nach der Scheidung ihrer Eltern, wohnt sie zwar ein paar Blocks weiter weg bei ihrer Mum, aber Freundinnen sind wir noch immer und gehen nun zudem auf die gleiche Schule.

»Was hast du gesehen?«, flüstert Jill mir zu.

Sie kennt mich zu gut.

»Es ist albern, aber ich dachte, auf der Brüstung da unten saß ein Liebespaar. Ich hatte so ein Gefühl, dass sie auf der Flucht seien. Vor irgendwelchen Männern in Kutten.«

»Klingt spannend.« Sie grinst. »Wurden sie erwischt?«

»Nein, nicht direkt, aber sie sind hier hinuntergesprungen.« Ich blicke zu dem Vorsprung hinter dem Glas, der mich auch dazu gebracht hat, mir den Kopf anzuschlagen.

»Was? In die Themse? Das haben die nie und nimmer überlebt«, ihre Worte versetzen mir einen kleinen Stich. Ja, sie hat recht. Das ist wirklich unmöglich.

»Also, da genieße ich doch lieber die Aussicht hier oben. Mal im Ernst, das ist klasse, oder? Kaum zu glauben, dass wir schon so lange nicht mehr hier waren. Dabei leben wir doch in London. Da brauchen wir erst diesen Schulausflug, um hier raufzukommen.«

Ja, Jill hat recht, die Aussicht ist wirklich unvergleichlich.

»Auf die da könnte ich allerdings echt verzichten.« Jill deutet auf Lilly, die gerade auf die Hauptattraktion hier oben zuschwebt: einen Boden mit eingelassenen Glasplatten. Dabei streicht sie sich lasziv durch das blonde Haar und blickt hinüber zu unserem Guide, der es ihr offensichtlich angetan hat.

Lächelnd stupst Jill mich an und zeigt auf den Glasboden. »Komm, da müssen wir auch rauf. Was meinst du, sollen wir? Was die kann, können wir doch auch.« Sie zupft an meiner dunkelblauen Jacke, die zu unserer Schuluniform des *St. Michael's College* gehört, einer alten Traditionsschule mitten in der Londoner City, für die Tante May das Schulgeld bezahlt, was wir uns sonst nicht leisten könnten. Aber sie wollte unbedingt, dass ich auf eine gute Schule gehe.

Ich drehe mich um, und mein Blick gleitet über den mit Holz belegten langen Gang, in den die Glasplatten eingelassen sind. Lilly genießt es sichtlich, ohne Scheu darauf auf und ab zu stolzieren – genau wie ihre Freundin Ashley, die ihr sowieso immer alles nachmachen muss. Im Gegensatz zu meinem ähnelt Lillys Gesicht dem einer Puppe: Die blonden, glatten Haare sind samtig, die Stupsnase ist klein und ihre Haut so fein wie Porzellan. Kein Wunder, dass alle Jungs auf sie stehen. Ich hingegen habe Sommersprossen im Gesicht, ein Muttermal am Kinn, und meine Haare sind braun und undefinierbar gewellt.

»Der Glasboden ist gute elf Meter lang und so belastbar, dass mindestens hundertfünfzig Menschen gleichzeitig darauf stehen könnten – oder fünf Elefanten«, erzählt der Guide nun mit einem Augenzwinkern. »Wobei wir das mit den Elefanten nicht testen konnten. Aber habt trotzdem keine Angst. Kommt ruhig alle näher und probiert es aus, es ist ein tolles Erlebnis.«

»Also, gehen wir?« Jill sieht mich erwartungsvoll an. »Wenn der Boden Elefanten aushält, dann doch auch uns.«

»Ja, warum nicht? Lass uns gehen.« Meine Stimme hört sich mutiger an, als ich es tatsächlich bin. Dennoch folge ich Jill und riskiere schließlich vom Rand aus einen Blick durch das Glas im Boden. Sofort werden meine Knie weich. Es ist ein merkwürdiges Gefühl, von hier oben auf die vielen Menschen da unten hinabzuschauen – besonders nach den Bildern, die ich eben gesehen habe.

Natürlich weiß ich, dass nichts passieren kann, es waren nur Bilder, dennoch ist mir mulmig zumute. Den Glasboden zu betreten, ist doch noch etwas anderes, als nur am Rand zu stehen. Irgendwie stemmt sich mein Körper dagegen.

Jill hingegen überwindet sich bereits und wagt vorsichtig den ersten Schritt.

»Oh mein Gott, Amy, das ist der Wahnsinn. Komm her.« Während ich noch zögere, steht Jill bereits drauf, zieht ihr Handy aus der Tasche und richtet es nach oben gegen die Decke.

»Ah! Da ist ein Spiegel, extra um Fotos zu machen. Schau mal, wie genial das aussieht.«

Aufgeregt schießt Jill ein paar Fotos und hält mir dann das Handy hin. Die Bilder sind echt gut, perfekt für Instagram.

»Lass uns eins zusammen machen, das können wir dann posten«, schlägt sie vor. »Kommst du?«

Ich würde ja wirklich gern, aber mir wird der Boden aus Glas immer unheimlicher. Sosehr ich auch möchte, es geht nicht.

Lilly muss uns beobachtet haben, denn sie verdreht die Augen und mustert mich abschätzig, während sie ebenfalls ihr Handy zückt. Mir egal, soll sie denken, was sie will.

Jill, die noch immer begeistert Fotos schießt, bekommt jetzt Gesellschaft von Thomas, ihrem heimlichen Schwarm, dessen Kumpel Charly und weiteren Klassenkameraden. Alle zeigen absolut keine Scheu, sondern haben ihren Spaß.

Ich muss mich jetzt endlich überwinden, denke ich, denn ich möchte am Ende nicht die Einzige sein, die sich nicht getraut hat. Okay, Schritt für Schritt, nehme ich mir vor, als Jill erneut zu mir an den Rand kommt und mir die Hände entgegenstreckt. »Los, ich helfe dir.«

Erleichtert greife ich zu und lasse mich schließlich zu ihr auf die Glasplatten ziehen. Mit wackeligen Beinen und klopfendem Herzen stehe ich da, versuche, mich daran zu gewöhnen und ruhig zu atmen. Das geht doch eigentlich ganz gut.

Doch dann senke ich den Blick. Unter mir fließt die Themse, dunkel und gewaltig, und ganz plötzlich geht ein Ruck durch mich hindurch. Wieder sind da diese Liebespaarbilder, wie im Schnelldurchlauf fliegen sie durch meinen Kopf. Der Sturz der beiden, die Themse. Völlig verwirrt weiche ich zurück.

»Sorry, ich kann da nicht rauf. Ich gebe auf.«

»Echt nicht? Nicht mal einen einzigen Versuch? Das ist doch wirklich nicht schlimm. Hallo, du warst bereits mit mir im Golden Eye, das ist ja mal viel höher«, sagt Jill, aber ich passe.

»Ich weiß, aber ich kann nicht, ich habe echt die Hosen voll.«

Schließlich nickt sie und sieht mich verständnisvoll an. »Na schön. Wenn du es aber doch noch versuchen willst, dann komm einfach zu uns rüber.«

»Ja, das mache ich.«

Als ich mich von der Szene abwende, begutachte ich die Panels. Eine ganze Weile betrachte ich sie, lasse dann den Blick schweifen, und entdecke ihn. Einen Jungen, der auf der gegenüberliegenden Seite an der Scheibe steht und zu mir herüberblickt. Er hat eine breite Statur, seine Augen sind blau, unglaublich blau, und seine Haare dunkel, fast schwarz und leicht verstrubbelt. Er trägt eine ebenfalls schwarze Lederjacke. Ich weiß nicht, woran es liegt, aber ich schaffe es nicht, den Blick von ihm abzuwenden und mein Puls beginnt, schneller zu werden.

Als sich eine Hand auf meine Schulter legt, schrecke ich auf, und unwillkürlich schießt mir die Hitze in die Wangen.

»Erwischt«, raunt Jill mir grinsend ins Ohr. »Was gibt es denn da so Interessantes?«

»Nichts. Ich war nur in Gedanken.« Erneut blicke ich zu dem Jungen, doch nun ist er weg. Stattdessen steht da ein anderer Junge mit einem blauen Hemd und hellen Haaren, der etwas grimmig schaut. Ein weiterer Guide vielleicht? Als er merkt, dass ich in seine Richtung sehe, verändert sich sein Blick, seine Mimik wird weicher, und er lächelt mich an. Ob er glaubt, dass ich ihn angestarrt habe? Für ihn muss es jedenfalls so gewirkt haben.

Rasch drehe ich mich zu Jill um.

»Pass auf«, beginnt sie sogleich zu erzählen, »Thomas hat mir gerade gesagt, dass am Samstag eine richtig coole Party im *Closer* steigt. Wir beide müssen da auch hin. Unbedingt. Was meinst du? Erlauben deine Mum und deine Tante das? Wir müssen uns schnell entscheiden, die Eintrittskarten sind begrenzt. Aber Thomas kann vielleicht welche besorgen.«

Ich zucke mit den Schultern. »Ich weiß nicht. Ich hätte viel mehr Lust auf einen Fernsehabend. Ich wollte einfach mal relaxen. Im Moment ist so megaviel los und …«

Jill verzieht das Gesicht zu einer Schnute. »Bitte, Amy«, mit schwärmerischem Blick dreht sie eine ihrer langen roten Haarsträhnen um den Zeigefinger. Ich finde, die Farbe steht ihr gut. Vor allem weil ihre Augen grün sind. »Das wäre die Gelegenheit, Thomas näherzukommen. Also, was meinst du?«

Ich will gerade antworten, als ich ihn erneut entdecke, den Jungen mit den dunklen Haaren. Er steht nicht weit von uns entfernt, hat seine Hand an die Scheibe gelegt und wirkt dabei sehr in seinen Gedanken verloren.

»Also?«, hakt Jill nach und ich sehe wieder zu ihr.

»Kann ich denn noch mal drüber nachdenken?«

»Okaay«, antwortet sie gedehnt. »Dann schieße ich eben noch ein paar Fotos. Aber ich sage es dir gleich: Ich nerve dich so lange, bis du nachgibst.«

»Das wäre ja mal was ganz Neues.«

Sie zwinkert mir zu, dann widmet sie sich wieder ihren Fotos und ich stehe eine Weile da. Irgendwann denke ich, dass ich es ebenfalls noch mal probieren sollte. Abrupt drehe ich mich um und stoße gegen etwas unerwartet Hartes, gefolgt von einem merkwürdigen Geräusch.

»Verdammt«, höre ich eine raue Stimme neben mir. Mein Blick fällt auf den Oberkörper, gegen den ich gestoßen bin und auf dem meine Finger jetzt Halt suchen. Ich spüre den Stoff eines Shirts, darunter Muskeln, die sich fühlbar anspannen.

Dann geht alles unglaublich schnell. Ich hebe den Kopf noch weiter, und mir stockt augenblicklich der Atem. Denn der Körper, den ich noch immer berühre, gehört zu dem dunkelhaarigen Jungen mit den blauen Augen, der mir jetzt ganz nah ist. Viel zu nah. Als unsere Blicke sich treffen, spüre ich ein Flattern im Bauch.

Eilig trete ich einen Schritt zurück, während er den Kopf schieflegt und auf den Boden zeigt. »Das darf nicht wahr sein, verdammt!« Zuerst weiß ich nicht, was er meint, aber dann entdecke ich zu unseren Füßen ein merkwürdig aussehendes, silbern schimmerndes Kästchen. Es scheint ihm zu gehören. Warum trägt man so ein Kästchen mit sich herum? Nun dämmert es mir. Der dumpfe Klang, das Geräusch. In dem Kästchen ist eine Beule, die deutlich zu sehen ist. Und ich bin wohl draufgetreten.

»Oh sorry«, stammle ich, während mein Blick an seinen Lippen hängen bleibt. Sie sind voll und geschwungen, die Unterlippe etwas mehr als die Oberlippe, was jedoch auch daran liegen könnte, dass er sie leicht verzieht. Seine Nase ist nicht ganz gerade, passt aber perfekt in sein kantiges Gesicht. Aber am eindrucksvollsten sind seine Augen. Die blauesten Augen, die ich jemals gesehen habe. Ein Wasserblau, welches mich an ein klares, türkises Meer erinnert. Doch eins irritiert mich daran: sein Blick kommt mir irgendwie bekannt vor. Ich habe ihn nur weicher in Erinnerung.

Er ist nicht viel älter als ich, ich schätze mal höchstens ein Jahr, wenn überhaupt. Wahrscheinlich auch so um die siebzehn. Vielleicht macht ihn ja der harte Ausdruck in seinem Gesicht gerade etwas älter. Ich muss schlucken, als mir auffällt, dass ich ihn etwas zu lange anstarre.

»Bist du dann fertig?«, brummt er.

»Was?«

»Du starrst mich an.«

Sofort schießt mir die Röte auf die Wangen. »Ich starre dich nicht an.«

Er legt den Kopf schief, antwortet aber nichts. Stattdessen gleitet sein Blick über mich.

Verlegen deute ich auf das Kästchen. »Sorry, das wollte ich echt nicht. Aber ich habe dich wirklich nicht gesehen. Es ist sicher halb so wild, nur ein kleiner Sprung, schätze ich und …« Erst jetzt merke ich, wie schnell ich rede.

Er sieht mich argwöhnisch an. »Ach ja?«

Ich bücke mich rasch, um das Kästchen aufzuheben. Doch genau in diesem Augenblick geht er ebenfalls in die Knie und greift danach. Es sind nur Sekundenbruchteile, ein winziger Wimpernschlag, in dem sich unsere Fingerspitzen berühren. Doch was nun passiert, ist groß und merkwürdig zugleich. Mit einem Mal ist da ein heller zarter Glanz, wie im Zeitraffer verändert sich die Umgebung. Gebäude, die gerade noch da waren, verschwinden, werden kleiner, und inmitten von alldem ist da plötzlich wieder dieses Liebespaar, das auf der Flucht zu sein scheint. Die Bilder nehmen Form an, werden hell und ziehen mich mit sich.

*Ein Junge und ein Mädchen, die auf der Tower Bridge sitzen.*

*»Alan«, sagt sie und sieht ihn an. »Was glaubst du, wie es in der Zukunft sein wird?« Ihre Finger verweben sich zart mit seinen, dann zieht sie ein kleines silberfarbenes Etui aus ihrer Manteltasche und betrachtet es nachdenklich. »Es war so schön in Paris, und jetzt soll das alles vorbei sein? Einfach zu Ende?«*

*»Mach dir keine Sorgen«, antwortet er, »es wird sicherlich alles gut werden. Und wenn es nicht gut ist, ist es noch nicht das Ende.«*

*»Das klingt aber schön«, sagt sie und er lächelt.*

*»Ja, ist von einem gewissen Oscar Wilde, hab ihn neulich getroffen. Netter Mann.«*

*Sie lächelt.*

*»Klingt nach Worten, an die man sich mal erinnern könnte«, sagt sie und atmet tief durch.*

*»Meinst du, man wird sich an uns erinnern?«*

*»Ja, natürlich glaube ich das.«*

*Seine Stimme ganz nah an ihrem Ohr zu spüren, wirbelt die Gefühle in ihrem Bauch umher, und sein Atem schenkt ihr ein wenig von der vertrauten Wärme, die sie gerade so dringend braucht. »Ich hoffe es«, sagt sie so sehnsuchtsvoll, als würden die beiden nicht hier oben in schwindelerregender Höhe auf der Tower Bridge sitzen und in die Dunkelheit der Stadt unter ihnen blicken.*

*»Ja, es wird so sein.« Er stupst sie mit der Nase an. »Auch wenn wir es nicht herausfinden, unsere Nachfahren werden es tun. Und sie werden das Rätsel lösen. Das ist ein Trost. Also sei jetzt nicht traurig, ja?«*

*Sie seufzt. Er hat recht, dennoch ist das alles leichter gesagt als getan, wenn man am Abgrund steht und weiß, dass nichts mehr von einem übrig bleiben wird, als ein Echo in der Zeit.*

*»Sieh nur, es wird Tag«, sagt er leise.*

*Und tatsächlich, ganz langsam erwacht London zum Leben, und die Strahlen der Morgensonne tränken den Himmel in ein leichtes Gold. Jedes Dach, jeder Weg und natürlich auch die Themse werden nun vom warmen Licht überzogen.*

*Doch zu schnell geht der Moment vorbei, denn plötzlich sind da Geräusche. Es kracht, Gepolter ist zu hören. Sie sind da, sie haben sie gefunden.*

*Er steht auf, reicht ihr die Hand und zieht sie fest an sich, während sie den Kopf an seine Brust legt. Sein Herz schlägt schnell, so schnell wie ihres.*

*»Wenn es schon sein muss, dann hier. Hier an diesem Ort, an dem wir uns zum ersten Mal begegnet sind«, flüstert sie.*

*Dann steigen sie auf das Gitter und klettern über die Brüstung der Brücke. Der Wind wird stärker. Als sie schließlich hinunter auf die Themse blicken, lächelt Alan. Sein Finger wandert unter ihr Kinn, dann beugt er sich zu ihr, und ihre Lippen verschmelzen hauchzart zu einem Kuss. »Ich liebe dich, Claire, aber es wird Zeit, das Jahr 1900 zu verlassen.«*

*»Jetzt schon?«*

*Er tippt mit dem Zeigefinger erst an ihre Brust, dann an seine, bevor er seine Finger mit ihren verhakt. »Was auch immer geschieht, du und ich, wir sind unendlich, für alle Zeit. Wo du bist, da bin auch ich. Ich komme immer wieder zu dir zurück, so soll es sein.«*

*»Und ich zu dir«, raunt sie ihm zu, während sie seine Augen betrachtet, das wuschelige Haar, das sie so sehr an ihm liebt.*

*Erneut poltert es, der Wind wird stärker, unerbittlich, zerrt er an ihnen.*

*Und mit einem Mal sind sie da. Männer, verhüllt von Kutten. Einer von ihnen trägt etwas Goldenes an seinem Umhang, ein merkwürdiges Zeichen, durch das er unter den anderen hervorsticht. »Nein!«, ruft er noch.*

*Nun geht alles ganz schnell. Claire und Alan stürzen hinab in die Tiefe, das kalte Wasser der Themse umhüllt sie, und es bleibt nichts als Schwärze zurück.*

*Doch die Dunkelheit ist nicht von Dauer, denn nach einigen Minuten steigen zwei Funken aus dem Wasser, ein blauer und ein roter. Kurz strahlen sie hell auf, ehe sie in der Weite verschwinden.*

Mit einem Ruck zieht es mich zurück. »Scheiße, was war das?«, flüstere ich. Das Gefühl ist noch immer so greifbar, die Bilder beinahe real. Genauso wie die Spannung, die plötzlich in die Gesichtszüge des Jungen mir gegenüber tritt. Wie lange war ich in den Bildern versunken? Er mustert mich für ein paar Augenblicke, bevor er sich abwendet und sich dem Kästchen widmet.

»Scheiße, allerdings, du sagst es.«

»Hast du es auch gesehen?«, frage ich atemlos.

Doch er verzieht das Gesicht. »Keine Ahnung, wovon du redest, aber wenn du das hier meinst …« Er deutet auf das Kästchen. »Ja, das habe ich gesehen. Ich bin ja nicht blind. Da ist ein Riesenriss im Etui!«

Etui? Wer benutzt dieses Wort? Er hat also echt nichts von diesen Bildern mitbekommen? Nichts von dem Paar, dem Licht, nichts von Alan und Claire, die sich allem Anschein nach hier hinuntergestürzt haben?

»Nein, ich spreche von dem Liebespaar. Und dieses … Leuchten?«, frage ich und ärgere mich sogleich, weil er mich ansieht, als hätte ich nicht alle Tassen im Schrank. Im Blau seiner Augen blitzt Verwunderung auf.

»Ähm, nein?«

Okay, ich muss total bescheuert auf ihn wirken. Warum sollte er auch etwas gesehen haben?

»Klingt verrückt, oder?«

»Nein, das klingt total plausibel«, antwortet er, während sich Überheblichkeit in seinen Blick mischt. »Du warst also von mir geblendet? Alles klar!«

Blödmann, das habe ich doch gar nicht gesagt!

»Ha, ha, sehr lustig. Kann man das nicht irgendwie ersetzen?«

Daraufhin beugt er sich plötzlich zu mir vor, weiter, noch weiter.

Sein Atem streicht beinahe über meine Lippen, so nah ist er mir jetzt.

Mein Herzschlag beschleunigt sich. Was tut er da? In meiner Brust hämmert es immer heftiger. Irritiert hebe ich die Hand.

»Ähm, was tust du da? Damit ersetzt man das Kästchen nicht!«

Er sieht mich fragend an.

»Hä? Was glaubst du, das ich tue?«

»Mich küssen?«

»Dich küssen?!«

Ich sehe ihn an. »Kam mir irgendwie so vor.«

Er lacht.

»Mach dir mal keine Sorgen, das hatte ich nicht vor. Du hast da einen Fleck am Kinn.«

»Das ist ein Muttermal.«

Blödmann.

Ist das peinlich! Mein Puls rast, Adrenalin strömt durch meinen Körper.

Er grinst. »Und nein: Dieses Etui kann man nicht ersetzen, niemand kann das.« Sein Blick verdunkelt sich, und ich habe das Gefühl, dass dieses Etui ihm wirklich wichtig ist. Als mein Blick wieder auf das Etui fällt, durchfährt mich plötzlich ein starkes Gefühl, das einem Déjà-vu gleichkommt. Habe ich das Etui nicht eben in diesen Bildern auch gesehen? Kann das wirklich sein?

»Es tut mir leid, ehrlich«, sage ich, jetzt wieder etwas ruhiger.

Er steckt das Etui ein, dann streicht er sich mit den Fingern durch die Haare. »Pass das nächste Mal einfach besser auf.« Schließlich wendet er sich ab, und mein Herz klopft noch immer viel zu schnell.

Was war das denn bitte? So etwas habe ich noch nie erlebt. Diese Berührung, die Bilder, dieser Lichterwirrwarr. Er mag mich zwar für blöd halten, aber das alles war wirklich da. Oder? Und noch dazu kam er mir so bekannt vor.

»Wer war das denn?« Jills Stimme reißt mich aus meinen Gedanken. Ja, wer war das denn?

»Wenn ich das wüsste. Aber irgendwie hatte ich den Eindruck, ihn zu kennen«, flüstere ich und sie sieht mich fragend an. Noch immer kreisen die Gedanken durch meinen Kopf. Dann wird mir schlagartig etwas klar. »Ich weiß nicht, ob ich bescheuert bin, aber der Junge …«

»Was ist mit ihm?«

»Ich weiß, das klingt verrückt. Aber … Jill, ich weiß jetzt, warum er mir bekannt vorkommt.«

Sie hebt eine Augenbraue. »Okay, und woher?«

Ich hole tief Luft. »Ich glaube, ich habe ihn schon mal gezeichnet.«

# Kapitel 2

»Also schön, der Typ erinnert dich an einen Jungen aus deinen Bildern? Bist du dir sicher?«

Wir haben es uns im *Coopa Club*, einem hübschen Café unweit der Tower Bridge mit Blick auf die Themse gemütlich gemacht, vor uns stehen zwei Milchkaffe. Jill liebt es hier, und auch ich mag es, in den kleinen Holziglus zu sitzen und die Menschen um uns herum zu beobachten.

»Das hört sich sehr schräg an, oder? Ich meine, auf meinen Bildern hat er ja kein richtiges Gesicht. Trotzdem.« Ich greife nach meinem Glas und nehme einen Schluck. Das heiße Getränk tut mir gut und wärmt meinen Magen, der sich jetzt auch langsam beruhigt. Doch hin und wieder werfe ich doch einen Blick zurück zur Tower Bridge, die mit einem Mal unheimlich geheimnisvoll wirkt.

»Ach vergiss es. Das war alles nur eine oberpeinliche Aktion.« Ich winke ab.

»Zeig lieber mal die Fotos, die du für Instagram gemacht hast.«

Ich weiß, damit treffe ich ins Schwarze, denn Jill liebt das Thema Fotos, und so zückt sie auch gleich ihr Handy. »Na schön, wie du willst.« Sie lächelt. »Aber glaub ja nicht, dass dieses Thema für mich schon gegessen ist.« Während sie auf dem Display herumtippt, weiten sich ihre Augen. »Amy, da sind echt richtig gute Aufnahmen dabei. Schau mal, wie gefällt dir das?« Sie dreht das Handy zu mir. Das Foto zeigt sie auf den

Glasplatten. Sie steht auf einem Bein, was total witzig aussieht. »Wirkt beinahe, als würde ich mit einem Fuß in der Themse stehen. Genial, oder? Vor allem im Zusammenspiel mit dem Spiegel.«

»Ja, das ist wirklich gut«, pflichte ich ihr bei. »Das kannst du ruhig auf Instagram stellen, ich wette, das kommt gut an. Auch ohne Filter. Du machst *KassiLondon* noch Konkurrenz.« Sie ist ihre Lieblingsbloggerin.

»Meinst du? Warte, ich habe ja noch mehr Fotos. Willst du sie sehen?«

Schließlich gehen wir gemeinsam die anderen Bilder durch. Doch irgendwann schweifen meine Gedanken erneut ab. Erst als ich merke, dass Jill mich eindringlich mustert, fange ich mich wieder.

»Er geht dir einfach nicht aus dem Kopf, oder?«

»Was?« Ich zucke zusammen.

»Ist doch okay. Ich meine, er sah schon wirklich sehr gut aus.« Sie grinst, und ich rolle mit den Augen.

»Ach, eigentlich ist das doch total bescheuert, lenk mich bitte ab«, seufze ich.

Jill nickt.

»Ablenkung also, okay, da fällt mir ein, hast du dich schon wegen der Party im *Closer* entschieden?« Sie schaut mich erwartungsvoll an.

Tausend Gedanken machen sich in meinem Kopf breit. Ich muss es ihr sagen.

»Jill. Es ist nicht so, dass ich nicht will, aber das Geld ist recht knapp momentan. Mum arbeitet schon so viel und ich will nicht dauernd Tante May anschnorren.«

»Hey. Pass auf, Vorschlag: Ich lade dich ein, und wenn es wieder besser ist, dann bist du eben dran. Okay? Deal?«

Ich lache und stupse Jill in die Seite. »Na schön, Deal. Aber ich gebe es dir irgendwann zurück, versprochen.«

»Cool! Ich freue mich riesig. Und mach dir keine Gedanken.« Sie wischt durch ihr Handy und stoppt irgendwann.

»Okay, das ist interessant. Aber eigentlich ist es dir ja egal, also total egal. Und du willst es ja nicht sehen – selbst wenn da dieser geheimnisvolle Typ auf dem Foto wäre …« Sie sieht mich an und grinst.

Jetzt hat sie mich doch neugierig gemacht. »Echt jetzt? Er ist auf einem der Fotos?«

Sie reicht mir das Handy. »Hier, wirklich ganz zufällig aufgenommen, versprochen.«

Ich werfe einen Blick auf das Display, und als ich erkenne, was beziehungsweise wen Jill da zufällig festgehalten hat, wird mir heiß und kalt. Denn auf dem Foto ist unübersehbar der Junge von der Tower Bridge. Er ist ganz deutlich zu erkennen.

Mein Herz macht einen heftigen Satz, denn die Aufnahme hat genau diesen einen Moment eingefangen, als er nachdenklich aus dem Fenster blickte und die Hände lässig in den Hosentaschen vergraben hatte, bevor er sie schließlich an die Scheibe legte. In mir kribbelt es ganz heftig.

Blinzelnd versuche ich, den Blick von ihm abzuwenden. Aber so einfach ist das nicht, denn er nimmt mich gefangen. Genau wie die Bilder, die ich vorhin dort oben vor mir sah und die jetzt plötzlich wieder greifbar sind. »Das ist merkwürdig«, sage ich. »Er kommt mir wirklich so bekannt vor. Da ist was an ihm, ich habe ihn bestimmt gezeichnet …«

Jills Blick wird sentimental. »Vielleicht ist das Schicksal!«

»Du immer mit deinem Schicksal.«

»Ist einfach so, alles ist irgendwie schicksalhaft und …«

Jill blickt auf die Uhr und stockt.

»Ach herrje, schon vier? Mist, ich muss dann mal. Ich habe Mum versprochen, mit Spooker rauszugehen.« Spooker ist ihr Hund, ein süßer, aber etwas frecher Beagle, und wenn Jills Mum, die als Krankenschwester in einem großen Londoner Krankenhaus arbeitet, Dienst hat, muss Jill sich um ihn kümmern.

Ich deute auf die Kellnerin, die gerade die Tische putzt. »Soll ich sie rufen?«

Jill schüttelt den Kopf. »Ach, weißt du was? Ich muss sowieso mal für kleine Mädchen. Ich gehe rein, zahle gleich drinnen und komme dann wieder.«

»Dann nimm mein Geld auch mit, okay?« Ich will in meiner Tasche nach dem Geldbeutel kramen, doch Jill legt mir die Hand auf den Arm. »Lass, ich lade dich ein. Und keine Widerrede.« Rasch steht sie auf und verschwindet im Inneren des Cafés.

Als sie gegangen ist, atme ich tief durch und lasse meine Gedanken schweifen. Was für ein verrückter Tag. Die Bilder, mein Gestolpere. Ganz versunken sitze ich da, als ich plötzlich eine Stimme dicht neben mir vernehme. »Hey, gehört der vielleicht dir?«

Ich zucke zusammen und blicke in stechend grüne Augen, die zu einem Jungen gehören. Sein Gesicht ist kantig, seine Haare hellbraun. Er trägt ein blaues Hemd und hält ein gelbgrün gestreiftes Tuch in der Hand.

»Der Schal lag da auf dem Boden, und ich dachte, ich frage dich mal.« Seine Stimme ist tief, und er lächelt mich an. Ein nettes Lächeln. Sofort fallen mir seine geschwungenen Lippen auf.

Ich schüttele den Kopf. »Nein, der gehört mir nicht. Trotzdem danke.«

»Okay, dann hat ihn wohl jemand anderes verloren. Sorry, dass ich dich gestört habe.« Seine Augen haften auf mir, und für einen winzigen Moment kommt es mir vor, als hätte ich ihn ebenfalls schon mal gesehen.

»Kein Problem. War ja nett von dir.«

Er legt den Kopf schief und grinst. Merkwürdig. Dieser Ausdruck in seinem Gesicht, woher kenne ich ihn nur?

»Du gehst auf das *St Michael's College*, oder?«

Ich deute auf das Wappen an meiner Schuluniform. »Du scheinst ein Hellseher zu sein.«

Erneut huscht ein Lächeln über sein Gesicht, während er in seine Hosentasche greift und etwas daraus hervorzieht. »Hier, für dich, falls du am Samstag noch nichts vorhast. Und bring ruhig eine Freundin mit, ich werde auch da sein. Soll eine richtig coole Party werden, deswegen ist der Einlass begrenzt.« Er reicht mir zwei bunte Karten, und ich lasse meine Augen darüberwandern.

Erst jetzt verstehe ich, was das ist. »Eintrittskarten ins *Closer*? Und die gibst du mir einfach so?«

»Na ja, nicht einfach so.« Er räuspert sich. »Eigentlich würde ich dich gern kennenlernen. Du bist mir schon auf der Tower Bridge aufgefallen.«

Daher kenne ich ihn also. Na klar, der Typ mit dem blauen Hemd.

»Ich bin übrigens Nathan, damit du weißt, nach wem du Ausschau halten musst.« Zu meiner Verwunderung steckt er den Schal ein.

Ich ziehe eine Augenbraue nach oben. »Kann es sein, dass der Schal dir selbst gehört?«

Seine Augen funkeln mich an, und er zwinkert mir zu. »Wäre möglich.«

»Dann war das mit dem Schal nur ein Vorwand?«

»Kann schon sein. Also dann, wir sehen uns.« Mit diesen Worten wendet er sich ab und geht davon, während ich dasitze mit einem etwas zu schnell schlagenden Herzen, auf die Karten in meiner Hand starre und gar nicht weiß, wie mir geschieht.

»Wow, der war ja süß. Was wollte er denn?« Als Jill zurückkommt, sieht sie mich fragend an, und ich reiche ihr die Karten. »Nein, das gibt's nicht!«, kreischt sie. »Karten für die Party im *Closer*? Woher hast du die? Von ihm?«

Ich nicke.

»Was? Die hat der Typ dir einfach so gegeben?«

»Ja, keine Ahnung warum«, ich lächle sie schief an. »Aber ich vermute mal es war Schicksal.«

# Kapitel 3

Als ich vor unserem Backsteinhaus in der Tooley Street angekommen bin, ziehe ich den Schlüssel aus meiner Tasche und schiebe ihn ins Schloss. Unser Haus ist nicht das schönste, trotzdem mag ich es. Es ist noch eines der alten Häuser, bei denen die Mieten erträglich sind, wenn man sie sich teilt. Und die Miete ist auch nur deshalb so niedrig, weil Tante Mays Familie das Haus schon lange bewohnt. Ich drücke die schwere Haustür aus dunklem Holz auf und komme in unseren schmalen Flur. Man kann von dort aus direkt ins Wohnzimmer blicken, wo Tante May auf dem Sofa sitzt und in einer Strickzeitschrift blättert. Ein beißender, etwas säuerlicher Duft steigt mir in die Nase. Ein deutliches Zeichen dafür, dass sie gekocht hat – oder wie auch immer man das nennen mag.

Sie hebt den Kopf. »Hallo, Liebes. Na, wie war der Ausflug?«

»Ganz okay«, antworte ich und stelle mich in den Türrahmen. »Diese Glasplatten im Boden waren mir irgendwie nicht geheuer.«

»Echt? Dabei hast du doch sonst keine Angst.«

Ich zucke mit den Schultern. »Keine Ahnung, war einfach merkwürdig.«

»Na ja, ich kann dich verstehen, für mich wäre das auch nichts. Ich frage mich, wer das braucht. Aber gut, für die Touristen ist es perfekt … Hast du Hunger? Ich habe eine Art Auflauf gemacht, und zum Nachtisch gibt's Cookies. Der Auflauf ist selbst gemacht, die Cookies habe ich gekauft.« Wusste ich es doch. Deswegen der Geruch im ganzen Haus.

Sie bemerkt wohl, dass ich nicht wirklich weiß, was ich antworten soll, und lacht. »Im Kühlschrank habe ich auch ein paar Sandwiches für dich vorbereitet, falls du den Auflauf nicht magst. Deine Mum kommt heute leider wieder recht spät nach Hause.«

Wissend nicke ich. Mum kommt ständig spät – leider. Aber im Hotel ist immer unheimlich viel zu tun. Sie arbeitet im *Langham*, einem der bekanntesten Hotels der Stadt, in dem schon Monarchen und Staatsoberhäupter aller Länder genächtigt haben. Auch Oscar Wilde, Mark Twain, Angelina Jolie und Colin Farrell haben dort logiert. Ich weiß noch, wie Jill beinahe durchdrehte, als Mum davon erzählte. Sie wollte, dass Mum ihr unbedingt Bescheid gibt, wenn sich mal wieder ein Promi dort einmieten sollte.

»Danke, Tante May.« Ich gehe in die Küche und werfe einen kurzen Blick auf den Auflauf, der nicht nur merkwürdig riecht, sondern auch so aussieht. Eine Art Auflauf – ja, das trifft es in der Tat. Und so entscheide ich mich spontan für die Sandwiches und nehme mir dazu noch ein paar Cookies aus der Keksdose. Wie auf Kommando beginnt mein Magen zu knurren.

Tante May ist mittlerweile wieder in ihre Zeitschrift vertieft, und ich balanciere alles in Richtung Treppe, die hinauf in den ersten Stock führt, wo sich auch mein Zimmer befindet.

Den Treppenaufgang hat Tante May mit einer Unmenge von Fotos und Gemälden geschmückt. Ich muss zugeben, es sind wirklich hübsche Bilder darunter. Einige zeigen das alte London, andere Familienangehörige aus früheren Zeiten, unter anderem Tante Mays Schwester Kitty, die wohl bei einem U-Bahn-Unglück ums Leben kam. Tante May hat schon öfter erwähnt, dass ich sie an Kitty erinnere. Wir sehen uns tatsächlich ein bisschen ähnlich: Wir haben die gleiche Haar- und Augenfarbe. Noch dazu hat auch sie ein Muttermal am Kinn. Auf dem Foto sieht sie glücklich aus. Anfangs hatte ich beim Betrachten der Bilder oft ein mulmiges Gefühl, weil die meisten Menschen darauf schon tot sind – unter anderem mein Dad. Aber mittlerweile finde ich es schön, weil sie so nicht vergessen sind. Genauso wie Urgroßtante Claire, eine hübsche Frau, von der Tante May immer behauptet, dass ich ihr ebenfalls irgendwie ähnlich sehe. Soweit ich weiß, ist sie leider auch schon als junge Frau gestorben.

Als ich mein Zimmer betrete, schimmert das Licht von draußen herein. Während mein Blick zu dem großen Baum vor dem Fenster schweift, stelle ich den Teller auf dem hübschen geschnitzten Nachttisch ab. Ich mag dieses Zimmer. Ursprünglich war es wohl mal Tante Mays Arbeitszimmer, weswegen darin auch ein alter, massiver Schreibtisch steht. Doch nicht nur die Aussicht auf den Baum und die Straße ist schön. Auch das Bett ist groß und wirklich bequem, der Schrank ist aus hellem Holz und hat verzierte Intarsien an den Seiten.

Nachdem ich meine Tasche auf den Boden fallen gelassen und es mir im Schneidersitz auf dem Bett gemütlich gemacht habe, nehme ich mir ein Sandwich und schalte kauend den Fernseher ein. Ich habe mir eigentlich vorgenommen, nicht mehr daran zu denken, aber irgendwie schweifen meine Gedanken doch immer wieder zu dem Jungen auf der Tower Bridge ab, gefolgt von den Bildern des Liebespaares, die ich gesehen habe, als sich unsere Finger berührten. Sie waren so real.

Irgendwann halte ich es nicht mehr aus. Ich stehe auf und hole mein Zeichenbuch vom Schreibtisch. In den letzten Jahren habe ich viele Bilder darin verewigt. Bilder, die plötzlich vor meinem geistigen Auge auftauchten – doch niemals waren sie so überdeutlich wie heute.

Als ich durch die Seiten blättere, bleibt mein Blick auf der Zeichnung eines Liebespaares hängen. Ich habe sie schon vor längerer Zeit gemalt und schon gar nicht mehr daran gedacht. Sie zeigt die beiden umgeben von Rosen in einem prächtigen Garten sitzend. Nun fällt mir auch wieder ein, wie ich darauf gekommen bin. Das Motiv rauschte mir seinerzeit plötzlich in den Kopf, als ich auf einem Markt in Notting Hill ein Rosenshampoo kaufte. Es muss der Duft gewesen sein, der das Bild in meinem Kopf auslöste. Zu Hause musste ich es dann sofort zeichnen. Mum war ganz begeistert davon, aber sie ist sowieso immer von meinen Bildern begeistert und meint, dass ich unbedingt mal Kunst studieren oder irgendwas anderes in dieser Richtung machen soll. Was auch mein Plan ist – vorausgesetzt, wir können uns die Studiengebühren leisten. Noch weiß ich nicht genau, wohin es gehen soll, eventuell auch zu einer Zeitschrift, einem Museum oder in Richtung Grafikdesign – ich bin da noch unentschlossen. Vielleicht lasse ich es am Ende aber auch ganz bleiben. Denn zu wissen, dass Mum auch deswegen so hart arbeitet, belastet mich ungemein.

Ich blättere weiter und blicke auf die Zeichnung einer Frau. Sie sitzt vor einem mächtigen Baum mit einem Gebäude im Hintergrund und trägt ein himmelblaues Kleid mit weißer Spitze. Irgendwann war das Motiv ebenfalls einfach da, und ich erinnere mich, dass ich beim Zeichnen eine gewisse Traurigkeit spürte und das Gefühl hatte, dass die Frau auf der Suche nach etwas ist oder auf etwas wartet.

Ein anderes Bild zeigt nur eine Brosche mit einer ungewöhnlichen Form, auf der eine Art Zeichen eingraviert ist, das ich aber nicht genau erkennen konnte. Es kam mir vor einiger Zeit in den Sinn, als ich an der Themse entlangspazierte, in der Nähe des Swan Pier.

Wieder fällt mir der Ausflug von heute ein und das, was ich gesehen habe. Die Bilder waren vorher schon da, dieses Liebespaar, das sich von der Brücke stürzte. Aber als der Junge und ich uns berührten, fühlte es sich zum ersten Mal total anders an. Es war wie ein Ausschnitt, der Form annimmt. Ich denke an das Paar und diese altmodische Kleidung, die auch sie trugen, an diese merkwürdigen verhüllten Männer, von denen sie verfolgt wurden, und an die Angst, die die beiden empfanden. Und daran, wie er zu ihr sagte, es sei an der Zeit, das Jahr 1900 zu verlassen, und sie schließlich von der Brücke sprangen. All diese Bilder wirken auf mich wie kleine Zeitreisen und auch wenn ich nicht weiß, was das alles bedeutet – ich muss es festhalten. Also greife ich nach dem Zeichenstift, setze auf dem Papier an und zeichne all das, was ich gesehen habe. Ich versinke darin, lasse Skizze um Skizze aus meinen Fingern fließen. Die beiden, wie sie dasaßen und über die Stadt blickten, wie sie sich an den Händen hielten. Dieses Etui. Es sah so ähnlich aus wie das des Jungen auf der Brücke. Ich denke an den Mantel, den das Mädchen über einem spitzenbesetzten Kleid trug. Ich zeichne die Männer in den Kutten, den einen von ihnen, der etwas Goldenes an seiner Kutte hatte und richtig düster wirkte. Und schließlich den Moment, als der Junge und das Mädchen hinabstürzten. Es geht mir ganz leicht von der Hand, und ich merke nicht mal, wie die Zeit verfliegt.

Als ich die fertigen Bilder betrachte, scheint alles real geworden. Wie immer ist da die Frage in meinem Kopf, wer die beiden sind und was ihre Geschichte ist, ob sie wirklich auf der Tower Bridge waren. Und vor allem, warum sie sterben mussten – oder eher wollten? Claire und Alan, so hießen sie, oder? Doch dann ermahne ich mich. Es ist nicht real, auch wenn es sich so anfühlt. Es sind nur Bilder.

Ich will den Stift gerade weglegen, als ich erneut an den Jungen denken muss. Mir war ja, als hätte ich ihn bereits gezeichnet, doch in der Mappe finde ich nichts, sooft ich sie auch durchsehe. Ich schließe die Augen, versinke in dem Moment, dann fange ich an, seine Züge zu malen. Es geht wie von selbst, als würde ich sie in- und auswendig kennen, und ich erschrecke selbst darüber. Es fühlt sich an, als würde der Moment immer und immer wieder vor mir lebendig werden.

Als ich fertig bin, starre ich einige Minuten lang auf das Bild, auf die Augen des Jungen, die Form seines Gesichts, seine vollen Lippen mit der etwas weniger ausgefüllten Oberlippe. Mein Herz schlägt heftiger in meiner Brust, und ich atme tief durch. Als wir uns berührten, war da irgendetwas in seinem Blick. Als hätte er es auch gesehen, als wäre da ein Geheimnis, das ich zu gern entschlüsseln würde.

Du bist irre, Amy Evans, eindeutig!

Das Klingeln des Telefons reißt mich zum Glück aus meinen Gedanken. Ich zucke zusammen und klappe das Buch zu. Als ich rangehe, höre ich Jills vertraute Stimme. »Hey! Na, wie oft hast du, seit du zu Hause bist, an den Jungen von der Tower Bridge gedacht? Und an diesen Nathan?«

Ich rolle mit den Augen. »Gar nicht«, antworte ich.

Doch sie lacht. »Ist klar. Und du hast ihn auch sicher nicht gemalt. Ich wette, dein Zeichenbuch liegt gerade vor dir.«

Ich muss lächeln. Jill kennt mich zu gut. »Na schön, ich habe ihn gezeichnet«, gebe ich schließlich zu.

»Wen? Nathan oder den anderen?«

»Den anderen«, sage ich, woraufhin sie kichert.

»Den du eigentlich schon mal gezeichnet hast?«

Ich seufze. »Ja, das dachte ich zumindest, aber ich habe ihn nirgendwo auf den Bildern gefunden. Vielleicht war es doch nur eine Einbildung.«

»Wie auch immer, ich habe auf alle Fälle Neuigkeiten, die ganz und gar keine Einbildung sind. Echte Neuigkeiten.

Pass auf, ich habe beim Gassigehen Mary Goose getroffen.« Mary ist die Tratschtante der Schule, arbeitet zudem bei der Schülerzeitung und hat immer die aktuellsten Informationen parat. »Nun, Mary meinte, wir bekommen zwei neue Schüler. Und jetzt rate mal, wer die beiden sind.«

Schon in der nächsten Sekunde macht es *Pling*, und als ich die beiden Fotos sehe, die Jill mir geschickt hat, kann ich nicht anders, als sie anzustarren. Für einen Moment bin ich völlig perplex. Auf einem der Fotos erkenne ich unschwer den dunkelhaarigen Jungen von der Tower Bridge, auf dem anderen Nathan, der mir heute die Eintrittskarten fürs *Closer* geschenkt hat.

»Jetzt bist du sprachlos, oder? War ich auch. Jedenfalls heißt der Junge mit der schwarzen Lederjacke, der dich so fasziniert hat, Louis Lamen, der andere Nathan, aber das weißt du ja bereits. Sein Nachname ist übrigens Kane, sein Vater ist ein gewisser Charles Kane.« Sie macht eine bedeutungsschwere Pause.

»Louis Lamen«, flüstere ich. Sein Name geht mir ganz leicht von der Zunge. Sofort muss ich wieder an unsere Begegnung denken. Nein, ich muss mich wieder fangen!

»Genau, Louis Lamen und Nathan Kane. Nathan gehört zu *den* Kanes, du verstehst?«

»Ähm, nein.«

»Ach, Amy, das ist eine ganz bekannte, alteingesessene Familie. Denen gehört vieles in London, unter anderem dieses riesige Anwesen aus dem achtzehnten Jahrhundert in der Nähe dieser einen Kirche. Warte, wie heißt die noch?« Sie schnippt so laut mit den Fingern, dass ich es durchs Telefon hören kann. »*St. Appel's Church*, ja genau. Da steht auch dieses eine Haus mit diesem megaalten Baum davor. Der ist Hunderte von Jahren alt, hab ich mal gelesen.« Jill ist nun voll in ihrem Element, wie immer, wenn es um bekannte Persönlichkeiten geht, doch mir sagt das alles nichts. »Na ja, ist ja auch egal«, meint sie, als ich keine Antwort gebe. »Jedenfalls ist Nathan eine gute Partie und offensichtlich an dir interessiert.«

Ich starre auf sein Bild, auf dem er wirklich gut aussieht. Dann scrolle ich nach unten zu Louis' Foto, und in meinem Bauch beginnt es sofort wieder zu kribbeln und zu ziehen.

»Aber jetzt sag schon, das sind doch Neuigkeiten, oder?«, hakt Jill nach.

»Allerdings«, entgegne ich nur, weil ich noch immer nicht meinen Blick von Louis abwenden kann.

»Mary hat erzählt, dass dieser Louis eigentlich nicht von hier ist. Er muss wohl auch schon Ärger gemacht haben. Angeblich ist es noch gar nicht ganz sicher, dass er auf der Schule bleiben darf, warum weiß ich allerdings nicht. Aber ich bin dran.«

Ich betrachte noch immer das Foto, doch dann klicke ich es weg.

»Ich hoffe, du kannst jetzt noch schlafen.« Wieder kichert Jill, und ich verdrehe die Augen.

»Natürlich kann ich noch schlafen. Und wenn schon, dann kommen die beiden eben auf unsere Schule. Ich meine, was heißt das schon? Nathan ist vielleicht reich, aber ein ganz normaler Typ. Und Louis auch, das denke ich zumindest mal.«

»Wenn auch mit einer schwierigen Vergangenheit«, gibt sie zu bedenken.

Ich muss schlucken. Eine schwierige Vergangenheit – wer hat die nicht? Ich muss wieder an den Ausdruck in seinem Gesicht denken, als er sagte, dass dieses Etui nicht zu ersetzen sei. Wie traurig er dabei aussah.

»Jeder hat sein Päckchen zu tragen«, kommt es über meine Lippen, ohne lange nachzudenken. »Also sollte man nie voreilige Schlüsse ziehen.«

Nachdem wir das Gespräch beendet haben, klicke ich mich durch Netflix, ich starte einige Trailer, aber irgendwie hab ich auf nichts richtig Lust und nach einer Weile werden meine Augen schwer.

Nachdem ich das Licht gelöscht habe, betrachte ich die vielen Leuchtsterne, die über meinem Kopf funkeln. Ich habe sie bei unserem Einzug zusammen mit Mum an die Decke geklebt. »Wenn du nicht schlafen kannst, dann zähle die Sterne, das beruhigt«, sagte sie mir damals. Schon oft hat mir das beim Einschlafen geholfen.

Heute jedoch bringt es mir nichts. Obwohl ich so viel erlebt habe und mir vor Erschöpfung die Augen zufallen, geben meine Gedanken einfach keine Ruhe. Die beiden Jungs kommen also auf unsere Schule. Nathan und Louis. Nathan, der mir die Eintrittskarten fürs *Closer* gegeben hat, und Louis Lamen, der Junge, der mich so fasziniert hat.

Mir fallen seine wasserblauen Augen ein, diese Funken zwischen uns, als sich unsere Finger berührten, und die Bilder von dem Liebespaar, das sich von der Brücke stürzte. Da war irgendwas, die Frage ist, was. Ist es am Ende doch Schicksal?

Ich schüttle den Kopf. Ja genau, du wirst noch total paranoid, Amy.

# Kapitel 4

Wider Erwarten gingen die ersten Unterrichtsstunden heute schnell vorüber. In der ersten Stunde hatten wir Mathematik, dann Englisch. Nachdem wir den Ausflug zur Tower Bridge noch mal aufgerollt hatten, überraschte Mrs Birmingham uns mit einem Test. Zu meinem Erstaunen hatte ich alles noch ziemlich gut im Gedächtnis – im Gegensatz zu Jill.

»Echt bescheuert. Als ob ich mir merken kann, wie hoch wir da oben waren«, jammert sie, während wir uns auf den Weg zu unserem Geschichtskurs machen und die Stimmen der Schüler durch die Gänge des alten Schulgebäudes hallen.

Jill stockt kurz, als Thomas an uns vorbeigeht. Er hebt die Hand und winkt uns zu, woraufhin ihr sofort die Röte ins Gesicht schießt.

»Ach, er sieht so gut aus. Weißt du, Amy, ich kann es kaum erwarten, bis endlich Samstag ist. Ich hoffe so sehr, dass ich auf der Party ein bisschen Zeit mit ihm verbringen kann.« Sie beginnt zu grinsen. »Und wer weiß, was dich erwartet. Ich meine dieser Nathan war ja wohl offensichtlich interessiert und«, sie stockt, als wir uns Mary nähern, die umringt von ein paar anderen Mädels dasteht.

»Die Neuen sind so was von sexy«, berichtet sie. »Und sie sind schon da. Beide haben echt schöne Augen. Aber … Psst, da kommt ja schon einer, nicht hinschauen!«

Darauf hört natürlich niemand. Reflexartig drehen alle ihre Köpfe in die Richtung des Jungen, der gerade das Sekretariat schräg gegenüber verlässt. Über seiner Schulter trägt er die blaue Jacke, die zur Schuluniform gehört, das weiße Hemd spannt sich um seinen Oberkörper, und die schwarzen Haare schimmern im Sonnenlicht, das durch eines der Gangfenster dringt. Es ist Louis. Er ist es, ohne Zweifel. Sofort macht sich wieder dieses Prickeln in mir breit. Doch ehe er uns entdeckt, verschwindet er schon um die Ecke, und mir bleibt nichts als der Blick auf seinen Rücken.

»Na, habe ich euch zu viel versprochen, Mädels?«, säuselt Mary, während Jill mir ihren Ellenbogen etwas zu stark in die Seite rammt.

Nun verlassen zwei Männer das Sekretariat. Einer ist unser Direktor Mr Flatlin, der andere ist groß, blond, gut gekleidet und wirkt ziemlich genervt. »Ich bin damit absolut nicht einverstanden«, sagt er nicht gerade leise zu Mr Flatlin. Es scheint ihn nicht zu interessieren, dass alle Umstehenden seine Worte hören können. »Das hier war für mich immer eine gute Schule, in all den Jahren, aber …«

»Bitte beruhigen Sie sich doch, Mr Kane«, meint Mr Flatlin beschwichtigend. »Ich denke, dass er eine Chance verdient hat.«

Der Mann verzieht das Gesicht. »Das sehe ich anders. Sie wissen, was passiert ist, Sie kennen die Geschichte und …« Er sieht sich um, dann winkt er ab. »Lassen wir das. Ich habe es Ihnen bereits mehr als deutlich erklärt, aber das hat Ihnen ja nicht ausgereicht. Mal sehen, wie großzügig ich dann in Zukunft noch bin.«

Unser Direktor steht sichtlich unter Druck. Er zieht ein kariertes Taschentuch aus seiner Hose und wischt sich damit über die Stirn. »Ich werde mich an die Abmachung halten. Eine Sache, nur eine winzig kleine, dann wird er von der Schule verwiesen. Aber bis dahin sollten wir alle das Beste hoffen. Meinen Sie nicht auch?«

Der Mann bedenkt ihn mit einem finsteren Blick. Offensichtlich ist er es nicht wirklich gewohnt, dass man ihm einen Gefallen verweigert – den er offensichtlich von Mr Flatlin erwartet hat. »Was auch immer das Beste ist«, gibt er ziemlich barsch zurück, dann wendet er sich abrupt ab und geht in Richtung Ausgang.

Unzählige Blicken folgen ihm, was auch Mr Flatlin nicht entgeht. »Ihr solltet euch lieber auf den Weg zum Unterricht machen«, ruft er in unsere Richtung, tupft sich nochmals mit seinem Taschentuch den Schweiß aus dem Gesicht und verschwindet dann mit hastigen Schritten zurück in sein Büro.

»Das gibt's nicht!«, sagt Jill an mich gewandt. »Das war Charles Kane, Nathans Vater.«

»Ja, das war er. Unverkennbar«, antwortet Mary an meiner Stelle ganz aufgeregt. »Und ich habe so das Gefühl, als ob es dabei um diesen Louis ging. Also, ich werde auf alle Fälle mehr über die beiden in Erfahrung bringen, denn das scheint mir spannend zu sein.«

Jill nickt. »Ich denke auch, das wird interessant. Jetzt aber schnell, wir haben doch Geschichte. Mit dem Finigan ist nicht zu spaßen.«

Und so löst sich unsere Gruppe auf. Gerade noch rechtzeitig vor dem Klingeln schlüpfen wir ins Klassenzimmer. Ich bin noch immer in Gedanken und versuche, das Gefühl, das Louis gerade in mir ausgelöst hat, einzuordnen. Natürlich frage ich mich auch, was das Problem ist und warum Nathans Vater anscheinend nicht will, dass Louis in unsere Schule geht.

Doch dann werde ich abrupt abgelenkt, denn in der dritten Reihe sitzt kein Geringerer als Nathan. Als er mich entdeckt, verzieht er seine Lippen zu einem Lächeln und hebt die Hand.

Erst Louis, jetzt Nathan. Das verursacht Chaos in meinem Bauch.

Jill, die natürlich sofort bemerkt hat, was Sache ist, lächelt in seine Richtung, dann geht sie zu unserem Platz, während ich noch wie angewurzelt dastehe. Beruhige dich, Amy, sage ich zu mir selbst, bevor ich mich schließlich auch in Bewegung setze.

Um zu meinem Platz zu gelangen, muss ich an Nathan vorbei.

»Hey, so sieht man sich wieder«, sagt er, als ich kurz vor ihm stehen bleibe.

»Ja, was für eine Überraschung. Als ob du das gestern nicht schon wusstest«, bemerke ich und er lacht. »Kann schon sein.«

In diesem Moment betritt unser Geschichtslehrer den Raum, und ich setze mich rasch neben Jill auf meinen Platz.

»Guten Morgen, alle zusammen.« Mr Finigan legt seine braune Ledertasche ab und lehnt sich lässig ans Lehrerpult. Sein Blick streift durch den Raum und bleibt schließlich an Nathan hängen. »Ah, du bist einer der beiden Neuen. Nach deinem Namen muss ich ja nicht fragen, Nathan Kane.«

Nathan nickt mit sichtlich stolzgeschwellter Brust.

»Schön, dich hier zu haben, Junge. Ich kenne deinen Vater aus der Zeit, als ich selbst hier noch Schüler war. Er war ein paar Klassen unter mir«, erklärt Mr Finigan und will wohl noch etwas hinzufügen, doch in diesem Moment geht die Tür auf, und Louis kommt herein.

»Findet hier der Geschichtskurs statt?«, fragt er und streicht sich eine seiner schwarzen Haarsträhnen aus der Stirn. Bei seinem Anblick breitet sich erneut ein Kribbeln in jedem Winkel meines Körpers aus.

Mr Finigan wendet sich ihm zu. »Ah, du bist dieser Louis Lamen, nicht wahr?«

»Ja, *der* bin ich«, antwortet Louis knapp und sichtlich genervt.

Mr Finigan hat etwas in seinem Blick, das beinahe schon ablehnend wirkt. Er hebt eine Augenbraue und verschränkt die Arme vor der Brust. »Du bist zu spät. Ist dir das klar?«

»Ja, sorry. Ich muss mich hier erst noch zurechtfinden.«

»Nathan ist auch neu, er hat es allerdings pünktlich geschafft.«

Mir entgeht nicht, wie sich alles an Louis anspannt. »Tut mir wirklich leid. Kommt nicht mehr vor.«

Jill stößt mich leicht mit dem Ellenbogen an. »Das gibt's nicht«, raunt sie mir zu. »Beide in unserem Kurs? Aber wieso kann Finigan Louis nicht leiden?«

Keine Ahnung. Wie er Louis ansieht. Merkwürdig.

»Das will ich meinen. Wenn du gegen die Regeln verstößt, hat das Konsequenzen, dann muss ich das melden«, sagt Mr Finigan strenger, als wir es von ihm gewohnt sind. »In meinem Kurs lasse ich mir nicht auf der Nase herumtanzen. Aber gut, setz dich, in der letzten Reihe ist noch ein Platz frei.«

Louis' Blick wandert durch die Reihen, und als er an Nathan hängen bleibt, verengen sich seine Augen zu Schlitzen. Eines ist klar, die beiden mögen sich nicht, das ist mehr als offensichtlich. Als Louis dann mich entdeckt, weiten sich seine Augen wieder für einen Moment. Sie haften auf mir, eine Sekunde, zwei, in denen mein Herz heftig klopft. Doch dann sieht er weg und geht an mir vorbei, den Blick starr nach vorn gerichtet. Zurück bleibt der Duft, der von ihm ausgeht. Louis riecht wirklich gut, nach Zedernholz und etwas, das mir vertraut ist und Wärme in mir auslöst. Das war schon auf der Tower Bridge so. Kurz sehe ich in seine Richtung, aber er scheint bemüht, mich möglichst nicht zu beachten.

Die Stunde vergeht, und Mr Finigan erzählt nun von Earls und Dukes, nennt viele Jahreszahlen, doch ich kann mich nur schwer darauf konzentrieren. Denn irgendwann fällt mir auf, dass Nathan mir immer wieder Blicke zuwirft, was irgendwie schon schmeichelhaft ist, mich aber auch ein bisschen nervös macht. Er sieht gut aus, doch ich weiß ihn gar nicht einzuschätzen. Das Verhalten seines Vaters fand ich schon ein bisschen heftig. Was hat Louis denn so Schlimmes getan, dass sein Vater deswegen hier aufkreuzen und so einen Aufstand veranstalten musste?

»Du scheinst ihm sehr zu gefallen«, flüstert Jill, der Nathans Blicke natürlich auch nicht entgangen sind, mir irgendwann ins Ohr. »Die Frage ist nur, was *er* hat.« Sie nickt unauffällig in Louis' Richtung, der nach wie vor angespannt auf seinem Platz sitzt. »Was da wohl zwischen den beiden los ist?«

Als es schließlich zur Pause klingelt, stehen alle auf. Auch Louis packt seine Sachen zusammen und will eilig an mir vorbeihuschen, dabei streift er mich ungewollt. Sofort ist da wieder dieses Kribbeln, das meinen ganzen Körper durchfährt, und ich glaube, erneut einen Funken wahrzunehmen. Unsere Blicke treffen sich für die Dauer eines Wimpernschlags, doch dann wendet er sich ab und hetzt aus dem Zimmer.

Was war das denn schon wieder? Fast wie ein elektrischer Schlag. Aua. Oder habe ich mir das nur eingebildet? Werde ich jetzt langsam verrückt? Er scheint jedenfalls von alledem nichts mitzubekommen. Wirklich merkwürdig. Irgendwie ist es ziemlich geladen zwischen uns …

»Der kann es ja kaum erwarten, hier rauszukommen«, bemerkt Jill neben mir. Gut, so wie Mr Finigan Louis behandelt hat, kann ich es auch irgendwie verstehen. Er kommt neu auf die Schule und dann so etwas.

Ich verstaue gerade meinen Geschichtsordner in der Tasche, als Nathan vor unserem Tisch auftaucht und mich anlächelt. »Hi.«

»Nathan Kane ist also der freundliche Kartenspender«, mischt Jill sich sofort ein. »Ich bin Jill.«

Er greift nach ihrer Hand, die sie ihm entgegenstreckt. »Freut mich.« Dann blickt er jedoch gleich wieder zu mir. »Du hast also schon über mich gesprochen?« Wieder lächelt er, und ohne eine Antwort abzuwarten, schiebt er die nächste Frage hinterher: »Ihr kommt doch am Samstag, oder?«

»Aber klar, wir können es kaum erwarten«, entgegnet Jill an meiner Stelle.

»Hattest du bisher Spaß an deinem ersten Tag hier?«, frage ich, weil mir gerade nichts anderes einfällt.

Er lächelt mir zu. »Also, Geschichte war bisher eindeutig das Beste. Lag jetzt aber nicht am Fach.«

Flirtet er etwa mit mir?

»Und was bringt dich auf unsere Schule?«, fragt Jill ihn.

»Nun, alle Kanes haben hier ihren Abschluss gemacht«, erklärt er. »In den letzten Jahren war ich mit meinem Dad viel im Ausland unterwegs. Er hat mich samt Privatlehrer mitgenommen, weil er wollte, dass ich die Unternehmen, die er besitzt, schon einmal kennenlerne. Aber schließlich waren wir uns einig, dass es nun an der Zeit ist, dass ich in London meinen Abschluss mache.«

»Darüber musst du uns unbedingt mehr erzählen. Wollen wir vielleicht zusammen was essen? Die Cafeteria ist zwar nicht sonderlich exquisit, aber immerhin macht es satt.«

Nathan nickt. »Von mir aus gern. Amy, bist du dabei?«

Wenig später sitzen wir mit Käsepizza und Getränken in der Cafeteria.

Nathan sieht sich um. »Also, vermisst habe ich das Schulessen nicht. Die Pizza in Italien ist eindeutig besser«, stellt er fest und nimmt einen Bissen von seinem Pizzastück.

Jill fällt gleich mit der Tür ins Haus. »Das mit den Karten war jedenfalls sehr nett von dir. Bist du immer so großzügig gegenüber wildfremden Mädchen?«

Lächelnd sieht er mich an. »Okay, deine Freundin ist wirklich direkt.«

»Kann man so sagen«, pflichte ich ihm bei, nachdem ich das ziemlich zähe Stück Pizza in meinem Mund mit viel Cola hinuntergespült habe.

»Nun, nein. Amy ist mir schon auf der Tower Bridge aufgefallen«, antwortet er.

Meine Wangen werden ganz heiß. Er ist auch sehr direkt, das kann ich nicht leugnen. Wenn man eine solch bedeutende Familie hat, mangelt es einem wahrscheinlich nicht an Selbstvertrauen.

»Was hast du auf der Tower Bridge gemacht?«, will Jill wissen.

Nathan antwortet mit einer Gegenfrage. »Ich weiß nicht, ob euch bekannt ist, wofür die Familie Kane steht?«

»Soweit ich weiß, hauptsächlich für Immobilien.«

»Ja, Immobilien sind das Hauptgeschäft. Aber mein Dad ist auch an vielen anderen Firmen beteiligt. Zudem setzen wir uns als Sponsor dafür ein, wichtige Gebäude in London zu erhalten. Mein Dad liebt die Kunst und alles Historische. Deswegen war ich auch auf der Tower Bridge. Ich habe dort sozusagen meinen Dad in einer wichtigen Sache vertreten. Die Brücken und all das, was London ausmacht, soll ja auch erhalten bleiben.«

Okay, als ob London die Brücken abreißen würde, denke ich, sage aber: »Und wie bist du an die Karten fürs *Closer* gekommen? Gehört deinem Vater zufällig auch der Club?«

Er lacht und sieht mir fest in die Augen. »Nun, das ist ein Geheimnis, das ihr nur erfahrt, wenn ihr auf die Party kommt. Aber so viel vorweg: Es hat auch nicht alles mit meinem Vater zu tun.«

Nun gesellen sich Mary und Ashley zu uns und verwickeln Nathan in ein Gespräch. Mich wundert ja, dass Lilly nicht schon längst zu uns hergekommen ist – sicher weiß sie auch, wer Nathan ist. Eigentlich dachte ich, dass sie sofort versuchen würde, ihr Revier abzustecken. Immerhin ist er ja, wie Jill sagte, eine gute Partie. Doch dann entdecke ich sie zusammen mit Louis ein paar Tische weiter und spüre einen kurzen Stich im Bauch. Warum unterhält er sich gerade mit ihr? Weil sie reich ist, Juwelierstochter und nicht schlecht aussieht? Nett ist sie ja nicht gerade. Okay, das ist gemein, dennoch – anders als mir schenkt er ihr ein leichtes Lächeln und streicht sich durch die Haare, während sie noch ein wenig näher an ihn heranrückt. Na toll. Eigentlich kann es mir ja egal sein, trotzdem frage ich mich, woher diese unheimliche Anziehungskraft kommt, die Louis auf mich ausübt und die ich mir nicht erklären kann. Ich muss mich regelrecht dazu zwingen, ihn nicht anzustarren. Um nicht ertappt zu werden, sehe ich lieber rasch weg.

Nathan scheint es aber bemerkt zu haben, denn er rollt demonstrativ mit den Augen. »Der Typ ist mal wieder im Flirtmodus. Armes Mädchen.«

Was soll das denn jetzt heißen?

Mary scheint die Gelegenheit beim Schopfe packen zu wollen, um Nathan auszuquetschen. »Für mich sah es so aus, als ob dein Dad heute wegen ihm hier war. Ich habe gehört, es gibt da Probleme?«, fragt sie ihn ganz direkt, wofür ich ehrlich gesagt dankbar bin.

Er nickt. »Das hat sich wohl schon herumgesprochen. Der Grund für die Probleme ist allerdings eine lange Geschichte. Auf jeden Fall ist es ärgerlich, dass er auf diese Schule gehen darf.« Er zieht die Stirn kraus.

»Das heißt also, ihr kennt euch schon länger?«, will ich wissen. Was man ja durchaus schlussfolgern kann.

Nathan verzieht das Gesicht. »Nun, länger kennen ist übertrieben, aber wir hatten bereits das Vergnügen, ja.«

Doch er wechselt eilig das Thema. »Die nächste Stunde geht gleich los. Was steht bei euch auf dem Plan?«, fragt er, während er aufsteht und nach seinem Tablett greift.

»Wir haben jetzt Biologie.«

Er lächelt mir zu. »Zu schade. Dann sehen wir uns erst morgen wieder.«

Schließlich geben wir unsere Tabletts mit dem benutzten Geschirr an der Theke ab und machen uns auf den Weg in die Klassenzimmer.

»Die beiden können sich eindeutig nicht riechen«, sagt Jill ganz in ihrem Sherlock-Holmes-Modus.

»Das ist wohl so«, sage ich.

»Die Frage ist nur, warum.«

# Kapitel 5

»Was hältst du davon, wenn wir noch ein bisschen bummeln gehen? Ich habe da was Cooles auf Instagram bei *KassiLondon* entdeckt. Das will ich dir zeigen, soll ein absoluter Geheimtipp sein«, sagt Jill, als wir am Freitag bei strahlendem Sonnenschein aus dem Schulgebäude treten. Die Woche ist geschafft, zum Glück, denn auf den Unterricht konnte ich mich kaum konzentrieren. Meine Gedanken gaben irgendwie keine Ruhe.

»Und was ist das für ein Geheimtipp?«

»Es soll das beste Eis und Cupcakes geben und richtig tolle Süßigkeiten, und die beruhigen ja die Nerven.«

Gegen Nervennahrung habe ich in der Tat nichts. Die Tage waren mehr als aufreibend.

»Und wer weiß, vielleicht finden wir ja auch noch was Hübsches für die Party«, fährt Jill fort. »Ich bin so aufgeregt, wirklich. Das wird ein geniales Wochenende.«

Verwundert sehe ich sie an.

»Ich dachte, du hast schon einen Kleiderplan?«

Sie zuckt mit den Schultern. »Hab ich auch. Aber Klamotten kann man doch nie genug haben, oder?«

Sie stoppt. »Sorry, die Sache mit dem Geld, ich bin echt blöd. Aber ein bisschen schauen? Wär das okay?«

»Schauen geht immer«, sage ich und lächle. »Und Süßigkeiten sowieso.«

Auch wenn ich nicht mehr viel Taschengeld habe, weiß ich, dass mich der kleine Bummel sicher von den vielen Gedanken über Nathan und Louis, die mich in dieser Woche immer wieder eingeholt haben, ablenken wird.

Ich weiß nicht, was das mit Louis ist, aber in den letzten Tagen hatte ich das Gefühl, dass er mir bewusst aus dem Weg geht. Immer wenn wir uns begegneten, warf er mir merkwürdige Blicke zu und wechselte sogar ab und an die Flurseite. Natürlich kann es auch sein, dass ich mir das nur eingebildet habe. Aber irgendwie lässt mich der Gedanke nicht los, dass es doch so ist und dass dieses Verhalten etwas mit mir zu tun hat.

Ob er am Ende doch auch etwas gespürt hat und mich deswegen meidet? Ich muss an die kurze Berührung denken, als er sich nach der ersten Geschichtsstunde an mir vorbeischob, und an dieses Kribbeln, das sich dabei in mir ausbreitete. Die Berührung war nur flüchtig, und auch wenn sie keine Bilder in mir hervorrief, war da doch dieses kurz aufflammende Licht.

Okay, es klingt verrückt.

Vielleicht ist er auch einfach noch immer sauer wegen des Etuis? Und wenn er mich einfach so nicht leiden kann, dann eben nicht.

Ganz anders ist da Nathan, der sich gern mit mir zu unterhalten scheint und auch durchaus charmant ist. Wir haben ein paarmal zusammen gegessen, dabei erzählte er uns einiges von seinen Reisen.

Wir fahren schließlich mit der U-Bahn zum Covent Garden.

Dort angekommen, biegen wir um eine Ecke, überqueren die Straße, bis Jill auf ein Café deutet, über dessen Eingang der Schriftzug *Becci's Sweets & Cakes & Creams* prangt. »Ha, das ist es! Das Café, von dem *KassiLondon* geschrieben hat!«

Als wir in der ewig langen Schlange stehen – die eindeutig davon zeugt, dass der Geheimtipp wohl doch nicht mehr ganz so geheim ist –, frage ich mich, ob die Idee mit dem Eis wirklich so gut ist. »Das dauert ja ewig«, jammere ich.

Jill wirft mir einen mahnenden Blick zu. »Ab und an muss man für so geheime Geheimtipps eben auch anstehen.«

Tolle Logik, denke ich und lasse meinen Blick schweifen. Dabei fällt mir ein Mann auf, der mich auf merkwürdige Weise mustert. Erst bin ich mir nicht sicher, ob er mich wirklich ansieht, aber er tut es. Er trägt ein braunes Tweedjackett, die etwas spärlichen grauen Haare hat er zur Seite gekämmt. Auffallend an seinem Outfit ist die rote Fliege, wodurch es irgendwie schick wirkt. Immer wieder blickt er zu Boden, fast so, als hätte er etwas verloren, das er jetzt verzweifelt sucht. Dann sieht er wieder zu mir und winkt mir sogar zu.

Okay, das ist etwas gruselig.

Irgendwann kann ich ihn nicht mehr ignorieren, und nachdem wir sowieso so lange warten müssen, stupse ich Jill an. »Der Mann da drüben, ich glaube, der sucht was.«

Sie sieht zu ihm.

»Ja, kann sein, schau nicht hin. Man soll kleine Kinder und alte Leute nicht anstarren, sonst kriegt man sie nicht mehr los.«

Wieder sieht er zu mir und winkt.

»Ich weiß nicht. Er tut mir leid, er wirkt so allein. Weißt du was, ich komme gleich wieder, nur einen Moment.«

»Amy, nein …«

Doch ohne Jills weitere Antwort abzuwarten, löse ich mich aus der Schlange und gehe auf den Mann zu. »Kann ich Ihnen irgendwie helfen?«, frage ich, woraufhin er nickt und irgendetwas vor sich hin murmelt, das ich nicht verstehe.

»Ähm, was? Suchen Sie etwas, Sir?«, versuche ich es noch einmal, und jetzt sieht er zu mir auf. Er hat blaue Augen, die von faltiger Haut umgeben sind. Sie wirken ein bisschen trüb – zuerst. Denn als er mich sieht, weiten sie sich und beginnen, ein wenig zu strahlen.

»Ach, ich suche nach dem Anhänger. Er ist doch so wichtig,

und ich habe versprochen, auf ihn aufzupassen, damit sie ihn nicht bekommen. Die Fänger wollen ihn, aber jetzt ist er weg, und ich suche schon die ganze Zeit danach. Kannst du ihn sehen? Er muss hier irgendwo sein.«

Ein Anhänger? Irritiert sehe ich jetzt ebenfalls zu Boden.

»Wie konnte ich ihn nur verlieren? Die Fänger dürfen ihn nicht kriegen. Der Fluch, jetzt wird er ...«

»Welche Fänger? Und welcher Fluch?«, frage ich, doch er murmelt nur irgendetwas.

Ja, ich sollte gehen, aber es scheint ihm wichtig zu sein.

»Ein Anhänger also. Okay, ich helfe Ihnen. Wie sieht er denn aus?«

»Das weißt du doch, Caroline.« Er sieht mich an. »Er ist rund und blau, und darin befindet sich eine Blume.«

Caroline? Okay, ich weiß nicht, denke ich, während ich beginne, mit den Augen sorgfältig den Boden abzusuchen. Ich finde nichts außer einem verrosteten Geldstück, Kaugummi und einem Plastikdeckel.

Als ich den Kopf hebe, winkt Jill mir zu. Mittlerweile steht sie schon ziemlich weit vorn in der Schlange. Sie hat recht. Was in aller Welt mache ich denn da? Ich sollte zu ihr zurückgehen, bevor wir an die Reihe kommen.

Ich räuspere mich. »Tut mir leid, Sir, aber da ist nichts. Sind Sie denn ganz allein hier?«

»Ach, Caroline«, sagt er und seufzt kurz. Sein Blick ist ganz sanft geworden. »Dass du wieder da bist, das macht mich so froh. Ich wusste, sie kriegen euch nicht klein. Ihr wart dem Rätsel schon auf der Spur. Natürlich verrate ich nichts. Aber wo ... wo ist denn Will? Er ist doch sonst immer bei dir. Auch wenn ihr nicht dürft, ich ...«

Er wirkt zunehmend verwirrt, und ich bekomme ein merkwürdiges Gefühl bei dem Gedanken, ihn jetzt einfach hier allein stehen zu lassen. Wer weiß, wo er hingehört. Am Ende ist er aus dem Altenheim weggelaufen oder so. »Sir, wissen Sie, wo Sie wohnen?«, frage ich ihn deshalb.

Er lächelt und schüttelt ganz leicht den Kopf. »Dass du mich das fragst … Das weißt du doch.«

Das ist der Moment, in dem mir endgültig klar wird, dass ich ihn nicht allein lassen darf. »Wollen Sie vielleicht auch ein Eis?«

Er beginnt zu strahlen. »Ja, sehr gern. Aber warum siezt du mich eigentlich?«

Ohne weiter darauf einzugehen, beschließe ich, ihn mit zu Jill zu nehmen.

»Was ist denn los?«, raunt sie mir zu, als ich mich zusammen mit ihm wieder in die Schlange einreihe.

»Tut mir leid. Der Mann ist echt total verwirrt und ganz allein. Er nennt mich Caroline und sucht nach irgendeinem Anhänger. Wenn wir unser Eis gegessen haben, bringen wir ihn zur Polizei. Sicher wird er schon von jemandem vermisst«, flüstere ich und Jill will gerade was sagen, als auf einmal neben uns eine junge Frau auftaucht, die sichtlich außer Atem ist. Sie trägt Sneakers und eine kurze helle Hose, und ihre hellbraunen Locken kringeln sich ungebändigt um ihr Gesicht. »Gott sei Dank, Grandpa! Was machst du denn hier? Du sollst doch nicht einfach abhauen.« Vor Erschöpfung lässt sie den Oberkörper nach vorn fallen und stützt ihre Hände auf den Knien ab.

»Wieso denn abhauen? Ich bin mit Caroline unterwegs. Wir wollten nur ein Eis essen und dann weiter nach dem Anhänger suchen. Ich habe ihn doch verloren.«

Die Frau sieht zwischen Jill und mir hin und her, dabei atmet sie erneut tief durch und seufzt. Es sieht so aus, als würde sie nicht zum ersten Mal in dieser Situation stecken. »Das tut mir so leid, Mädels. Ich hoffe, er hat euch nicht allzu sehr belästigt.« Sie beugt sich ein wenig nach vorn und spricht nun merklich leiser weiter. »Er ist krank, wisst ihr. Und es war mein Fehler, ich hätte ihn nicht aus den Augen lassen dürfen. Aber es war so viel los heute. Ich war am Aufräumen und habe vergessen, die Tür abzuschließen, als ich die letzte Kiste hereingetragen hatte.« Sie winkt ab. »Jetzt quatsche ich euch auch noch voll.«

Ich lächle ihr zu. »Schon okay. Er hat uns nicht belästigt. Ich bin ja zu ihm hingegangen, ich dachte, er sucht etwas.«

»Ach, in letzter Zeit sucht er immer etwas. Oder er erzählt von Leuten, die nicht älter werden, und andere merkwürdige Geschichten. Ich denke, es liegt daran, dass er ein leidenschaftlicher Antiquitäten- und Buchhändler war. Bestimmt vermischt er deswegen immer Fiktion und Wirklichkeit. Neulich hat er eine Frau für Wendy aus *Peter Pan* gehalten. Und dieser Anhänger, er war schon regelrecht wütend deswegen. Ich habe keine Ahnung, was für einen Anhänger er meint. Aber ich will euch damit nicht nerven. Jetzt rede ich schon wieder so viel.« Sie streckt uns die Hand entgegen. »Ich bin übrigens Sally Bookbloom – vielleicht habt ihr *Bookbloom's*, den kleinen Laden am Ende der Straße mit den grünen Verzierungen an der Fassade, schon mal gesehen. Früher hieß er *Barney's* nach meinem Grandpa.« Sie deutet auf den Mann. »Doch jetzt gehört er mir. Also, falls ihr mal auf der Suche nach außergewöhnlichen Geschenken, Büchern, Kunst- oder Zeichenutensilien seid, kommt gern vorbei. Etwas chaotisch ist es zwar bei uns noch, weil wir erst seit gut acht Wochen hier und noch am Herumräumen sind, aber das wird.«

Ich mag Sally mit ihrer offenen Art. Sie wirkt wirklich nett. »Das machen wir gern«, sage ich, »vielen Dank.«

»Komm, Grandpa, wir gehen, ja? Ich helfe dir zu Hause wieder beim Suchen. Ich glaube, ich habe ihn in einem der Regale gesehen.« Sie verabschiedet sich von uns, dann greift sie ihren Großvater am Ellbogen und zieht ihn mit sich, während er noch ein bisschen deswegen meckert, dass er jetzt kein Eis bekommt.

Mittlerweile sind wir endlich an der Reihe, und ich hoffe echt, dass sich das lange Warten gelohnt hat. Zumindest sieht alles ziemlich gut aus. Jill bestellt einen Becher Eis, und ich entscheide mich dann doch für einen gefüllten Muffin, der, laut der Bloggerin, der Knaller sein soll.

Auf einer Bank in der Nähe lassen wir uns schließlich nieder. Schon der erste Bissen schmeckt himmlisch.

»Mmh«, schwärmt Jill, während sie sich einen Löffel Karamelleis in den Mund schiebt. »Das ist richtig gut, oder? Also, *KassiLondon* hat echt nicht übertrieben mit ihren Tipps, das muss man sagen. Du musst ihr unbedingt auch folgen. Okay, die Wartezeit war jetzt nicht so toll, aber wenigstens hat es sich gelohnt.«

Eine Weile sagt keine von uns etwas, weil wir mit unseren Leckereien beschäftigt sind.

»Verflucht gut«, seufzt Jill nur irgendwann und ich denke bei dem Wort *verflucht* an den alten Mann und das, was er gesagt hat. Ob er es merkt, dass er nicht mehr in der Lage ist, alles richtig zu unterscheiden, und auf andere etwas verrückt wirkt? Aber das muss ich gerade sagen: Wie wirke ich wohl auf Jill mit den Bildern, die ich sehe und auf Papier festhalte?

Es liegt mir auf der Zunge, aber ich beschieße, heute mal nichts darüber zu sagen. Dies sollte schließlich eine Ablenkung sein.

Als wir fertig sind, reden wir noch ein bisschen über die Schule, über das anstehende Wochenende und machen uns dann auf den Weg zur U-Bahn.

Jill hat eine Nachricht von ihrem Dad bekommen, dass sie noch auf einen Geburtstag gehen und sie nicht trödeln soll – und ich habe auch nichts dagegen, mich daheim etwas auszuruhen. Wir sind schon fast bei der U-Bahn, als wir an einem Laden vorbeikommen, der mir gleich ins Auge sticht. *Bookbloom's* steht auf dem Schild über der Tür. Sofort fallen mir der alte Mann und seine Enkelin wieder ein. Ob die beiden gut nach Hause gekommen sind?

»Das müsste das Geschäft sein, von dem die Frau vorhin gesprochen hat, oder?«, frage ich.

Jill lässt ihre Augen ebenfalls über das Ladenschild wandern und nickt.

»Was meinst du? Wollen wir kurz reingehen?«

»Sorry, ich muss doch los. Aber geh du doch ruhig noch rein!«

»Okay, nur ein bisschen stöbern.«

Wir umarmen uns, bevor sich Jill in Richtung U-Bahn verabschiedet und ich die Ladentür öffne. Wie bei den meisten Läden in London erklingt ein helles Glöckchen über meinem Kopf, und mir schlägt ein Duft entgegen, den ich liebe. Der Duft nach Papier und alter Zeit. Es ist beinahe, als würde das Geschäft Tausende von Erinnerungen in sich tragen. Sofort fühle ich mich hier wohl – mehr als das.

Kurz sehe ich mich um, doch dann tritt schon die Frau von vorhin hinter die Ladentheke, Sally.

Sie lächelt mich an. »Oh, hallo, so schnell sieht man sich wieder.«

Ich nicke. »Ja. Ich dachte, ich schau mal rein.«

»Und deine Freundin? Hatte sie Angst vor meinem Grandpa?«

Sie verzieht das Gesicht und ich muss lachen. »Nein, sie hatte nur schon was vor.«

»Gut. Brauchst du was Bestimmtes oder willst du dich einfach mal umsehen?«

Ich winke ab. »Ich sehe mich nur ein bisschen um, wenn das recht ist. Habt ihr Zeichenstifte?«

»Klar, einfach dort nach hinten gehen, da sind sie irgendwo.« Sally deutet in Richtung einer Regalreihe, vor der einige Kartons stehen, und grinst.

»Irgendwo klingt gut.«

»Ja, es ist wie gesagt noch etwas chaotisch, aber am Ende des Ganges müsstest du welche finden. Kurz bevor der Bereich mit den alten Büchern beginnt, haben wir alles Mögliche an Kunstbedarf: Zeichenstifte, Leinwände, Pergament …«

»Super, dann schaue ich dort mal.«

»Mach das. Ich muss noch mal kurz in den Keller, ein paar Kartons verstauen. Nachdem Grandpa ausgebüxt ist, komme ich erst jetzt dazu, jetzt schläft er, es war echt aufregend für ihn«, sagt sie und verschwindet durch eine Tür, vor der ein roter Samtvorhang hängt.

Ich hingegen schlendere in den hinteren Teil des Ladens und muss zugeben, dass ich es hier sehr schön finde. Es ist beinahe wie eine große Fundgrube – zwar wirklich etwas chaotisch, wie Sally gesagt hat, und vieles steht herum, ohne dass dahinter ein System zu erkennen ist, trotzdem hat es seinen Charme. Mit etwas Ordnung könnte man daraus echt ein tolles Geschäft machen.

Vor dem Bereich mit den Leinwänden und Stiften bleibe ich stehen. Ich bin ganz überrascht von der großen Auswahl und mustere alles andächtig. Es gibt Stifte von *Milon*, einer guten Marke, von der ich allerdings nur träumen kann. Da ich mir nicht annähernd etwas davon leisten kann, genieße ich es, mich einfach nur umzusehen und all die Eindrücke in mich aufzunehmen.

Ich gehe einen Gang weiter, in dem sich auch ein paar gemütliche Sitzgelegenheiten befinden, und lasse meinen Blick über die vielen Regale mit Büchern wandern. Es gibt alte Bücher, so wie Sally gesagt hat, und auch neue, die auf einem Tisch ausgestellt sind. Wunderhübsche bunte Cover leuchten mir entgegen.

Schließlich finde ich eine alte Ausgabe von *Oliver Twist*. Die Seiten sind schon vergilbt, und ich lasse das dünne Papier durch meine Finger wandern. Eine Weile sehe ich das Buch noch an, doch dann entdecke ich ein anderes, das mich interessiert. Es hat einen schwarzen Ledereinband und wirkt irgendwie faszinierend und geheimnisvoll, was vielleicht an den verschlungenen goldenen Verzierungen auf dem Rand liegt.

Gerade will ich danach greifen, als ich ein kurzes, dumpfes Geräusch höre und gleich darauf auf dem Boden einen Stift entdecke, der in meine Richtung rollt. Ich bücke mich danach, sehe um die Ecke, weil ich wissen will, wo der Stift herkommt, und zucke heftig zusammen. Denn da sitzt Louis in einem der Sessel. Sofort beginnt es wieder, in meinem Magen zu kribbeln. Das Geräusch kam wohl von dem Buch, das jetzt am Boden liegt.

*Das Bildniss des Dorian Gray – Oscar Wilde.* Ich sehe zum Buch und wieder zu Louis. Was macht er denn hier?

Mit geschlossenen Augen sitzt er da, den Kopf schief gelegt, vor sich auf dem Schoß ein weiteres Buch. Die schwarzen Haare hängen ihm in die Stirn. Zuerst vermute ich, dass er schläft, aber dann sehe ich, dass er Kopfhörer im Ohr hat. Wobei ich dennoch nicht ausschließen kann, dass er eingeschlafen ist. Ich stehe wie festgewachsen da, und wieder schaffe ich es nicht, die Augen von ihm abzuwenden. Die Ärmel des hellen Hemdes, das zur Schuluniform gehört, hat er hochgekrempelt, und ich kann deutlich erkennen, wie schön seine Unterarme sind. Ich versuche krampfhaft, meine Augen abzuwenden, doch es gelingt mir nicht so ohne Weiteres.

Als ich einen Blick auf das Buch in seinem Schoß werfe, entdecke ich darin ein Bild, das Louis anscheinend unter einen Text gezeichnet hat und das ein Paar zeigt. Ich kann es nicht deutlich erkennen, aber das Motiv kommt mir irgendwie bekannt vor. Unsinn, ermahne ich mich, aber meine Neugier lässt mich noch etwas näher herangehen. Als Louis plötzlich tief einatmet, trete ich jedoch rasch wieder zurück.

Was mache ich da? Mich geht es schließlich nichts an, was er in das Buch geschrieben oder gezeichnet hat. Ich sollte mich lieber umdrehen und gehen, bevor er mich noch entdeckt. Aber ich kann nicht anders, ich beuge mich weiter vor, um noch mehr von dem Bild zu sehen, was mir schließlich auch gelingt. Es zeigt ein Paar auf einer Wiese umgeben von Rosen. Mein Puls schießt in die Höhe. Ich bin mir ganz sicher, dass es dem Bild, das ich schon mal gezeichnet habe, ähnelt, nur ist das Motiv aus einer anderen Perspektive dargestellt.

Während ich mich kopfschüttelnd frage, ob ich mir das wohl auch nur einbilde, gelingt es mir, einen weiteren Blick auf das Buch zu erhaschen. Louis hat darin wohl auch Briefe gesammelt und noch andere Bilder, die ich allerdings nicht erkennen kann. Kann es sein, dass es eine Art Tagebuch ist? Ein Buch zur Recherche? Oder ein Sammelbuch? Ich versuche, etwas von dem Text zu entziffern. *Nicht bestätigt, muss geprüft werden*, steht da.

Doch plötzlich geht alles ganz schnell. Louis bewegt sich, das Buch fällt zu Boden, ich stolpere in meiner ganzen Panik nach vorn und falle – natürlich – auf ihn drauf. Er öffnet die Augen, sein Blick trifft meinen. Es ist eine Sekunde, mehr nicht. Aber in genau dieser Sekunde sind wir uns plötzlich sehr nah. Als ich registriere, wie nah, will ich mich rasch aufrichten und greife an seinen Oberschenkel – leider etwas zu weit oben. Er verzieht das Gesicht, und mir schießt sofort die Röte auf die Wangen, nachdem mir klar wird, wo sich meine Hände gerade befinden.

»Oh Gott, tut mir leid«, stammle ich und will aufstehen, doch er hält mich an der Taille fest.

»Du schon wieder.« Seine Augen fixieren mich eindringlich, während ich auf seinem Schoß kauere und mein Herz zu rasen beginnt. »Suchst du was Bestimmtes?«

»Nein.« Ich schlucke und kann die Hitze, die ich gerade spüre, nicht leugnen.

Kurz sehen wir uns noch an, seine Finger noch spürbar an meiner Taille schicken ein Kribbeln durch meinen Körper. Ich muss aufstehen, denke ich, dann löse ich mich aus seinem Griff. Schnell, ich sollte mich ablenken. Ich will ihm helfen, das Buch aufzuheben, aber er schiebt mich weg, bückt sich nach dem Buch und klappt es hastig zu. Trotzdem kann ich noch die Jahreszahl auf dem Bild erkennen: 1887.

Der Stift, der mir bei meinem Sturz aus der Hand geglitten ist, liegt noch immer am Boden. Ich hebe ihn auf und halte ihn Louis entgegen. »Ääh, hier, ich glaube, der gehört dir auch und das Buch von Oscar Wilde«, sage ich, weil mir nichts anderes einfällt und die Situation mehr als unangenehm ist.

Er zieht eine Augenbraue nach oben. »Was machst du eigentlich hier? Verfolgst du mich?«

»Was? Nein, warum sollte ich? Und woher soll ich denn wissen, dass du hier sitzt und vor dich hin schläfst?«

Er packt das Buch in seine Tasche, dann kommt er auf mich zu. Als er nach dem Stift greift und unsere Fingerspitzen sich erneut kurz berühren, passiert es wieder. Wieder ist da dieser kurze, aber spürbare Schlag sowie ein Licht, gefolgt von Bilderfetzen, die mit einem Mal so greifbar sind und durch den Raum zu schweben scheinen. Sie zeigen einen jungen Mann und eine junge Frau, die aus einem brennenden Gebäude flüchten. Es ist so real, dass ich beinahe schon die Hitze spüre.

Ich reiße mich los, aber das Kribbeln ist noch immer da. »Das ist so heftig«, murmle ich. Es rutscht mir einfach so heraus, und ich bereue es auch sofort.

Er sieht mich merkwürdig an. »Ja, das ist allerdings heftig.«

Er macht noch einen Schritt auf mich zu und ist mir nun wieder so nah, dass mein ganzer Körper unter Strom zu stehen scheint. Ich weiß nicht, ob es vor Aufregung ist, weil Louis so dicht vor mir steht, oder weil er mich so ansieht und ich seinen Duft erneut in der Nase habe, diese Mischung aus Zedernholz und frischer Wäsche. Er riecht gut. Mist.

»Ich frag mich, warum«, meint er.

»Warum, was?«

»Warum du mich beobachtest. Die ganze Woche schon.«

»Was? Nehm dich mal nicht so wichtig. Das habe ich sicher nicht«, antworte ich bestimmt.

»Ach ja? Und wie nennst du das dann?«

»Das nenne ich einkaufen. Ich kann hier sein, solange ich will. Oder gehört dir der Laden etwa?«

Er blickt an mir vorbei und beginnt zu schmunzeln.

Bevor ich noch etwas entgegnen kann, taucht Sally hinter uns auf. »Alles okay hier? Belästigst du etwa unsere Kundin, Louis?«

*Unsere* Kundin? Sie kennt ihn? Gehört er etwa tatsächlich zum Laden?

»Nein, das tue ich nicht«, entgegnet er mit ziemlich finsterer Miene.

Doch Sally scheint ihm das nicht abzunehmen. Sie mustert ihn skeptisch. »Das hoffe ich für dich. Reicht ja, dass Grandpa heute schon sein Unwesen mit der jungen Dame getrieben hat.« Sie sieht mich entschuldigend an. »Tut mir echt leid, mein Neffe ist ab und zu etwas mürrisch, vor allem wenn er aus dem Schlaf aufwacht, da ist er ein richtiger Sonnenschein.« Sie grinst, und ich grinse zurück.

»Ja, Sonnenschein trifft es gut«, bekräftige ich.

Louis' Blick wird noch eisiger. »Ich habe nicht geschlafen.«

Sally tippt ihm an die Brust. »Hast du wohl. Oder warum bist du sonst so unfreundlich?«

»Es ist alles gut«, sage ich. Ich möchte nicht dafür verantwortlich sein, dass Louis Ärger mit seiner Tante bekommt. »Er hat mich nicht belästigt, wirklich.«

Louis nickt. »Eben. Ich wurde eher von ihr belästigt. Und zwar unsittlich.«

Sallys Augen weiten sich, und ich glaube echt, mich verhört zu haben. Sofort steigt mir die Röte auf die Wangen. »Nein, nein, so würde ich das jetzt auch nicht nennen«, verteidige ich mich rasch. »Ich bin gestolpert und auf ihn … draufgefallen.

»Mal wieder«, ich sehe zu Louis. Das musste jetzt sein.

»Und war ja auch nicht aus Absicht oder so. Und außerdem …« Die Worte sprudeln aus mir heraus, und meine Wangen werden heiß. Was tue ich da?

»Hörst du?«, fällt er mir ins Wort. »Sie leugnet es nicht mal«, sagt er an Sally gewandt.

Glücklicherweise ergreift Sally nun die Initiative. »Stopp, stopp, stopp. Keine Ahnung, was hier los ist, Leute. Aber beruhigt euch mal, das ist ja schrecklich. Louis, musst du nicht los? Du hast doch versprochen, eine Bestellung wegzubringen. Ich bezahle dich schließlich nicht dafür, dass du hier herumsitzt, schläfst und mir die Kunden vergraulst. Also raus mit dir, Mrs Rosewood wartet schon. Ich kümmere mich um …« Sie sieht mich fragend an. »Wie war noch mal dein Name?«

»Amy«, antwortet Louis an meiner Stelle. »Und du bezahlst mich gar nicht, Tante Sally.«

»Doch, mit Essen, Unterkunft und ganz viel Liebe.« Sie wird ein wenig rot, und Louis zieht eine Augenbraue nach oben. »Aber jetzt los, raus mit dir!«

Mir entgeht nicht, dass Louis mir noch einen genervten Blick zuwirft, der mich aus dem Blau seiner Augen trifft. Als er an mir vorbeigeht, streift er meine Schulter. Das Gefühl seiner Berührung ist so intensiv, dass sich abermals Hitze in mir breitmacht. Als hätte er es bemerkt, zuckt auch er kurz zusammen. Doch dann geht er weiter, schnurstracks in Richtung Tür.

»Tut mir leid, falls er unfreundlich war«, sagt Sally zu mir, nachdem er verschwunden ist. »Er ist noch nicht wirklich hier angekommen. Und dann das mit Grandpa, dass wir den Laden für ihn übernehmen. Der Stress in der Schule. Alles hat sich verändert. Also nimm es ihm nicht übel.«

Ich nicke und fühle plötzlich mit Louis. Denn ich weiß, wie es ist, wenn so viel Neues auf einen einstürzt.

»Hast du wenigstens was gefunden?«, reißt mich Sally aus meinen Gedanken zurück.

Ich deute auf das Regal neben mir. »Ihr habt tolle Bücher, aber auch Zeichenstifte. Ich habe mich direkt verliebt.«

»Ehrlich?« Sie lächelt.

Okay, das war jetzt nicht so toll ausgedrückt, Amy. »In die Sachen, meine ich«, füge ich schnell hinzu.

»Klar, in was denn sonst?« Sie zwinkert mir zu. »Ich muss ja gestehen, dass ich von dem Kunstbedarf nicht sonderlich viel Ahnung habe. Das alles ist auch noch recht neu für mich. Aber schön zu hören, dass dir das Sortiment gefällt. Du kennst dich damit aus?«

»Ein wenig. Ich zeichne gern und habe mich schon immer mit Kunst beschäftigt, was an meinem Dad lag. Er war auch sehr an Kunst interessiert, ich habe das sozusagen im Blut.«

»War?«

Ich atme tief durch. »Er ist gestorben.«

»Das tut mir leid.« Sie streckt mir ihre Hand entgegen, und ich ergreife sie.

»Danke.«

»Aber das mit dem Zeichnen ist toll. Ich beneide ja jeden, der ein solches Talent hat. Willst du denn ein paar Stifte mitnehmen?«

»Um ehrlich zu sein, würde ich das gern, aber im Moment habe ich nicht so viel Taschengeld.«

»Klar, kein Problem.« Sie nickt. »Du und Louis, ihr kennt euch?«

Was soll ich denn darauf antworten? »Na ja, als *kennen* würde ich das nicht gerade bezeichnen, wir sind uns schon mal begegnet. Und er geht neuerdings auf meine Schule.«

Sie seufzt und streicht sich eine Locke aus der Stirn. »Ja, und ich hoffe, das bleibt auch so.«

Ich frage mich, ob sie von der Sache mit Mr Kane weiß. Aber ich beschließe, es jetzt auch nicht anzusprechen, das würde mir irgendwie komisch vorkommen.

»Weißt du, Louis ist etwas temperamentvoll«, fährt sie fort. »Doch glaub mir, egal was man über ihn sagt oder erzählt, er hat ein gutes Herz. Auch wenn er das nicht hören darf. Aber na ja, ich rede zu viel. Um auf die Stifte zurückzukommen: Wenn du willst, suche ich dir ein paar heraus, die du haben kannst. Wir haben bestimmt noch irgendwo Muster hier. So als kleine Entschädigung für meine verrückten Männer. Wenn du mir deine Nummer gibst, kann ich dich anrufen, sobald ich sie zusammengesucht habe. Was meinst du?«

»Ehrlich?«

Sie lächelt. »Ja, ehrlich. Also?«

»Danke, das ist sehr nett, aber eigentlich nicht nötig.«

»Ich möchte es aber gern. Also, ich melde mich dann bei dir.«

Nachdem ich ihr noch meine Nummer aufgeschrieben und den Laden verlassen habe, denke ich auf dem Nachhauseweg darüber nach, wie nett Sally doch ist – ganz im Gegensatz zu ihrem Neffen. Und doch schlägt mein Herz bei dem Gedanken an ihn ein bisschen schneller.

# Kapitel 6

»Ich kann es noch gar nicht glauben, dass wir endlich hier sind!«, ruft Jill, als wir das *Closer* betreten. Eben haben wir noch unsere Jacken abgegeben, da sind wir schon mitten im Geschehen. Die warme Luft vermischt mit Ed Sheerans Song *Shape of you*, der Bass vibriert. Die Leute stehen schon dicht an dicht, und wir schieben uns an ihnen vorbei.

Das Blumenkleid, das ich trage, steht mir gut. Jill hat es mir mitgebracht, und ich fühle mich darin ziemlich wohl.

»Schon ganz schön voll hier«, stellt Jill fest. »Wird gar nicht so leicht, Nathan zu finden.«

Sie zwinkert mir zu. »Ich würde vorschlagen, wir trinken erst was.« Ohne eine Antwort abzuwarten, greift sie nach meiner Hand, und wir bahnen uns einen Weg zur Bar. »Und, was willst du?« Sie greift nach der Getränkekarte. »Cola? Oder schau mal, was da steht: *London Love*. Klingt auch gut. Und passt zu diesem Abend.« Sie tippt auf das bunte Papier und grinst mich an. Ich rolle mit den Augen.

»Von ›Love‹ merke ich nichts«, sie lacht. »Komm schon. Ich meine, gegen einen Cocktail ist nichts einzuwenden, oder?«

Jill hat recht, und so lasse ich mich dazu überreden. Es dauert nicht lange, bis der Typ hinter der Bar zwei leuchtend pinkfarbene Cocktails vor uns abstellt. Ganz nach Jills Geschmack.

Jill greift nach ihrem Glas, hebt es hoch und sieht mir in die Augen. »Auf uns und einen schönen, aufregenden Abend.«

Schon im nächsten Moment klirren unsere Gläser aneinander.

»Es war doch gut, herzukommen, oder? Ich meine, die Stimmung ist super«, sagt Jill und nimmt einen ersten Schluck. Ihre Augen weiten sich. »Ich meine, okay, der schmeckt mal süß, aber lecker. Aber etwas fehlt noch zu unserem Glück. Die Jungs.« Kichernd sieht sie sich um. Sicher sucht sie Thomas, und wenn ich ehrlich sein soll, habe ich auch schon nach Nathan und vor allem nach Louis Ausschau gehalten. Ob er vielleicht auch hier ist? Dabei sollte es mir doch egal sein.

Aber bisher habe ich noch keinen der beiden entdeckt, dafür aber ein paar andere Jungs, die am Rand der Tanzfläche stehen und herumgrölen, darunter auch Thomas und Charly.

Ich zupfe an Jills Oberteil. »Du, dahinten steht Thomas mit den anderen Jungs.«

Als sie ihn entdeckt, beginnen ihre Augen zu funkeln. »Gehen wir hin?«

»Meinetwegen.«

Jemand geht an uns vorbei, und kurz habe ich das Gefühl, dass es Louis ist, aber ich habe mich getäuscht. Der Typ sieht ihm nur ähnlich, mehr nicht. Verdammt, Louis verhält sich abweisend und merkwürdig und ich denke dauernd an ihn! Was ist mit mir kaputt?

Jill mustert mich stirnrunzelnd. »Er geht dir nicht aus dem Kopf. Kann das sein?«

»Unsinn. Ich denke nicht an ihn.« Verlegen nehme ich einen Schluck von meinem Cocktail.

»Tust du doch.« Jill beginnt zu grinsen. »Ich habe übrigens etwas über ihn aufgeschnappt. Ganz aktuell.« Sie zieht mich ganz nah zu sich heran. »Du hast mir doch von dem Laden erzählt und Louis' Tante Sally. Mary wollte sich ja ebenfalls schlaumachen. Also, es ist nichts Konkretes, aber so, wie ich es verstanden habe, sind er und seine Tante Sally aus Brighton hierhergezogen. Der Grund ist Sallys Grandpa, der den Laden nicht mehr führen kann. Es gab wohl irgendeinen schlimmen Vorfall, seit dem er so verwirrt ist. Sally hatte Louis wohl nach dem Tod seiner Mutter, also Sallys Schwester, und seines Vaters vor etwa zwei Jahren bei sich aufgenommen.«

Ich stocke. »Seine Eltern sind beide tot?«

»Ja, beide, Unfall oder so.«

Ich nehme noch einen Schluck. Das ist hart.

»Na ja, Louis ist wohl, als er ganz neu hier war, zufällig an Nathan geraten, und es gab eine unschöne Schlägerei, nach der Louis sogar zu einer kleinen Jugendstrafe verurteilt wurde. Anscheinend wurde das im Schnellverfahren durchgeboxt, keine Ahnung. Wahrscheinlich will Nathans Dad ihn deswegen nicht hier haben.«

Ich muss an Sallys Worte denken, dass Louis eigentlich ein gutes Herz hat. Er hat wohl echt was mitgemacht.

»Schon heftig, oder?«, drängt sich Jill in meine Gedanken. »Dass Louis deswegen sogar eine Strafe bekommen hat. Dann war es nicht nur eine harmlose Prügelei, das kannst du mir aber glauben.«

Ich zucke die Schultern. »Ich denke, das kann man nicht so einfach beurteilen. Wir kennen ja nur die eine Seite der Medaille. Und sagtest du nicht, Nathans Familie hat Einfluss?«

»Na ja, wobei Louis schon wie jemand wirkt, der eher auf Konflikte aus ist, oder?«

»Vielleicht hat er einfach nur viel Mist erlebt. Es ist schwer, wenn man jemanden verliert, den man liebt. Ich weiß, wovon ich rede, ich leide auch immer noch wegen Dad und er hat gleich beide Eltern verloren«, gebe ich zu bedenken.

»Ja, tut mir leid, Amy«, sagt sie bedrückt. »Ich weiß … Vielleicht hast du recht.« Ihr Blick wandert zu Thomas hinüber, der sich gerade mit Lilly unterhält. »Oh Mann, warum muss diese Ziege sich ausgerechnet heute an Thomas ranschmeißen? Und dann noch mit ihren Riesenbrüsten. Das war *mein* Plan – natürlich ohne die Brüste.« Sie grinst, und ich muss ebenfalls lachen. »Können wir sie nicht irgendwie da weglocken?«

Beschwichtigend streiche ich Jill über den Arm. »Die sucht sich schon noch ein neues Opfer. Du kennst doch Lilly. Und falls Thomas wirklich auf sie steht, dann ist er sowieso ein absoluter Idiot und hat es nicht anders verdient.«

»Du hast recht. Selber schuld.«

Ein Beat dröhnt durch den Raum, der sofort ins Ohr und in die Beine geht. Beschwingt von dem Cocktail will ich nur eins: tanzen. Und Jill scheint es auch so zu gehen. Sie sieht mich an und nimmt den letzten Schluck aus ihrem Glas. »Wahnsinn, was für ein Mix! Trink aus, und dann nichts wie los!«

Kaum habe auch ich mein Glas geleert, greift sie nach meiner Hand und zieht mich auf die Tanzfläche, wo jetzt Hip Hop gespielt wird. »Ich liebe diesen Song«, ruft Jill mir ins Ohr.

Jill lacht ausgelassen, während uns die Klänge der Musik umhüllen und die warme, mit Schweiß getränkte Luft uns einnimmt. Nun bin ich doch froh, hier zu sein. Ich hätte nicht gedacht, dass es mir so leichtfällt, abzuschalten und nur Spaß zu haben. Wie leicht sich alles gerade anfühlt. Einfach mal an nichts denken, nicht an die merkwürdigen Bilder in meinem Kopf, nicht an Louis, nicht an die Zeichnung in seinem Buch oder an was auch immer.

Noch immer lachend zwinkert Jill mir zu, während wir uns im Takt des Beats bewegen. Meine Augen wandern durch die Menge, gleiten über die Köpfe und Gesichter hinweg, und ich stocke. Denn eines der Gesichter kommt mir mehr als bekannt vor. Es gehört zu Louis, den ich am Rand der Tanzfläche an eine Wand gelehnt entdecke. Er trägt ein schwarzes Shirt, die Jeans sitzt leicht auf seinen Hüften. Als unsere Augen sich für die Dauer eines Wimpernschlags treffen, spüre ich ein heftiges Pochen, das sich durch meinen Körper schiebt und sich mit dem Bass der Musik vermischt. Schnell sehe ich wieder weg.

»Der DJ ist ja der Wahnsinn!«, ruft Jill neben mir.

Mein Blick wandert weiter zum DJ-Pult, das über der Tanzfläche platziert ist. Die Lichter blenden mich kurz, sodass sie mir erst die Sicht nehmen, doch dann erkenne ich den DJ und traue meinen Augen kaum. Denn da oben steht kein Geringerer als Nathan. Er trägt Kopfhörer, scheint völlig in der Musik versunken zu sein. Eine Haarsträhne fällt ihm in die Stirn.

Ich schlucke und deute in Richtung Mischpult. »Das gibt's nicht!«

»Was ist?«

»Schau mal da oben, da ist Nathan. Er ist einer der DJs!«

Jill reißt die Augen weit auf. »Tatsächlich. Wow, das ist zu krass! Da haben wir also das Geheimnis um die Karten gelüftet: Er legt hier auf. Ich drehe durch! Das ist ja megascharf!«, kreischt sie ein wenig zu schrill, was mir schon fast peinlich ist.

Als hätte Nathan sie gehört, dreht er genau in diesem Moment den Kopf in unsere Richtung. Ob er mich erkannt hat? Tatsächlich! Er hebt die Hand, winkt uns zu, und ich winke zurück.

»Er hat uns gesehen!« Jill, die jetzt ganz aus dem Häuschen ist, greift nach meiner Hand, um mich herumzuwirbeln.

Und so tanzen wir weiter, während Nathan mir immer wieder Blicke zuwirft.

Ein neues Lied wird aufgelegt und ich fühle mich total frei. Ich drehe mich im Kreis, und zucke zusammen.

Denn vor mir steht Louis – mal wieder! –, seine wasserblauen Augen auf mich gerichtet. Sein Shirt schmiegt sich unübersehbar eng um seinen Oberkörper, und mein Herzschlag beschleunigt sich unwillkürlich. Sag mal, muss der denn immer im Weg herumstehen?

Ich will mich abwenden, als ich von irgendwoher einen weiteren Schubs bekomme und nach vorn gegen Louis' Brust gedrückt werde. Na toll.

Seine Brust fühlt sich hart und trotzdem weich an, und ein Kribbeln erfasst meinen gesamten Körper, als ich den Stoff seines Shirts mal wieder berühre. Sofort hüllt mich dieser Duft nach Zedernholz ein. Er kommt mir so vertraut vor, dass es mir unmöglich erscheint, dass ich ihn erst in den letzten Tagen zum ersten Mal gesehen habe. Oder ist es der Cocktail, der mir bereits zu Kopf steigt?

Ich muss mich zusammenreißen, darf mich nicht so an ihn lehnen. Ich bin ihm so nah, dass ich seinen Herzschlag fühlen kann.

Gerade als ich von ihm abrücken will, spüre ich seine Hände unerwartet an meiner Taille. Wie schon gestern im Laden umfassen sie mich und ziehen mich ganz kurz ein wenig enger zu ihm heran, gegen seine Hüften. Ein kribbelnder Strahl Wärme fährt in meinen Bauch, als er mich an sich presst.

Doch ehe ich mir weiter Gedanken darüber machen kann, was hier gerade passiert, schiebt er mich schon von sich. »Als ob du nicht meine Nähe suchst.« Seine raue Stimme lässt mich erschauern, während seine Augen intensiv auf mir liegen.

»Vielleicht suchst du ja meine Nähe?«, erwidere ich, als ich mich ein wenig gefangen habe. »Du stehst jedenfalls verdächtig oft im Weg herum.«

»Und du fällst verdächtig oft gegen mich.«

Seine Brust hebt und senkt sich, und für einen Moment sieht es so aus, als würde er leicht lächeln, doch dann schiebt er sich an mir vorbei, während ich zurückbleibe und nicht weiß, wohin mit all meinen Gedanken und Gefühlen. Die Musik dröhnt, aber ich bin irgendwo ganz anders.

Ich sehe ihm nach, wie er sich einen Weg durch die Menge bahnt und die Blicke der Mädchen auf sich zieht. Ein Stich bohrt sich erbarmungslos in meine Brust, als er vor einer Blondine stehen bleibt. Es ist keine Geringere als Lilly, die wohl das Lager gewechselt hat. Leider zu Louis. Sie lächelt ihn an, und die beiden beginnen, sich zu unterhalten. Zu gern würde ich wissen, worum es dabei geht.

»Was war das denn bitte?«, fragt Jill, die neben mich getreten ist.

Es gelingt mir nicht, zu antworten, denn ich bin noch immer zu perplex über das, was da gerade geschehen ist.

»Du darfst die beiden nicht so anstarren«, raunt sie mir zu. »Los, lass uns zu Nathan rübergehen.« Ehe ich etwas entgegnen kann, greift sie nach meiner Hand und zieht mich in Richtung des Mischpults.

Doch mir bleibt keine Verschnaufpause. Meine Wangen werden spürbar rot, als Nathan mich mit seinem Blick fixiert, dem Typen neben ihm kurz etwas zuruft und dann die Kopfhörer abnimmt. Ich muss zugeben, dass er schon sehr cool aussieht, wie er so lässig vor uns steht, umgeben von all den Lichtern und der Musik. Dennoch sehe ich kurz zu Louis, der lächelt, während Lilly ihm etwas in sein Ohr flüstert. Ich beschließe, die beiden zu ignorieren. Mir total egal, was er macht. Oder auch nicht. Ach, verdammt.

»Hey, schön, dass ihr da seid«, begrüßt uns Nathan und reißt mich damit aus meinen Gedanken. »Wollen wir was trinken?«

Wir schieben uns durch die Menge und stellen uns an die Bar.

»Ein wirklich cooles Geheimnis«, bemerkt Jill an Nathan gewandt.

Als er lacht, hebt und senkt sich seine Brust. »Ich hoffe, die Überraschung ist gelungen.«

»Allerdings.«

Er streicht sich eine Haarsträhne aus der Stirn. »Perfekt. Was wollt ihr trinken? Bier? Einen Cocktail? Geht auf mich.«

»Das ist lieb, doch das musst du nicht machen«, antworte ich.

Er greift nach meiner Hand und berührt sie ganz kurz. »Aber ich will es machen. Sehr gern sogar.«

Ich kann nicht leugnen, dass er etwas in mir auslöst. Und dass da jetzt ebenfalls eine Wärme ist, die durch meinen Bauch wandert.

»Also, was wollt ihr?«

»Noch zwei Cocktails?«, fragt Jill. »Was meinst du, Amy?«

»Ja, klingt super.«

Nathan winkt die Bedienung, die hinter dem Tresen steht, zu sich. »Hey, Jenny, zwei *London Love* und ein Bier bitte.«

Sie wirft ihm ein breites Lächeln zu. »Kommt sofort, Nathan.«

Wenig später stehen die Getränke schon vor uns.

»Du kennst auch jeden hier«, stellt Jill fest, nachdem sie den ersten Schluck aus ihrem Glas genommen hat.

»Na ja, jeden nicht.« Nathan lächelt und sieht dabei direkt mich an. »Und, wie gefällt es euch?«

»Die Stimmung ist unglaublich. Und du legst echt gut auf. Wie kommst du denn dazu?«, frage ich, in der Hoffnung, dass er mir nicht anmerkt, wie nervös ich gerade bin, denn die Wärme in meinem Bauch hat sich schon ziemlich ausgebreitet. Der *London Love* hat es wirklich in sich.

Seine Stimme wird noch weicher. »Na ja, ich mag es einfach. Und es ist cool, dass ich hier ein wenig ran darf. Mein Dad kennt Jaydon, der hier oft auflegt.« Er blickt zum DJ-Pult, an dem jetzt ein anderer Junge steht. »Wir wechseln uns immer ein bisschen ab.«

Er mustert mich intensiv, und ich spüre von Neuem diese Wärme. »Dein Dad kennt wirklich viele Leute«, bemerke ich.

»Ja, aber Jaydon ist ehrlich. Wenn ich nichts könnte, dann dürfte ich auch nicht ran.«

»Dann willst du mal DJ werden?«

Er lacht. »Eher nicht, ich bin schon für die Firma eingeplant. Das hat bei uns Tradition.«

Als ihm der andere Junge vom Mischpult aus zuwinkt, zuckt

Nathan die Schultern. »Jaydon ruft mich. Zu schade, ich muss jetzt wieder auflegen. Aber wir sehen uns später, ja? Ich würde nämlich gern noch ein bisschen Zeit mit dir haben.«

Ich nicke. »Klar.«

Er zwinkert uns noch zu, dann geht er durch die Menge davon.

Als er außer Hörweite ist, beugt Jill sich zu mir. »Er ist echt toll. Den musst du uns warmhalten.« Sie kichert.

Wenig später steht Nathan wieder am DJ-Pult, und meine Augen wandern immer wieder zu ihm hinüber. Trotzdem kann ich es mir nicht verkneifen, nach Louis Ausschau zu halten. Schließlich entdecke ich auch ihn, er steht noch immer nicht weit von uns entfernt mit Lilly zusammen, und auch Ashley ist dabei. Kurz habe ich das Gefühl, dass er zu mir herübersieht. Doch der Moment hält nicht lange an, denn schon nimmt Lilly ihn in Beschlag, greift nach seiner Hand und zieht ihn mit sich auf die Tanzfläche.

Jill, die alles beobachtet hat, wirft mir einen vielsagenden Blick zu. Sie will noch irgendwas sagen, doch da tauchen Thomas und Charly an der Bar auf und versperren mir die Sicht auf die drei.

»Hey, Mädels. Na, alles klar?«, fragt Thomas, woraufhin Jill ihn strahlend anlächelt. »Dieser Neue legt hier auf, und zwar richtig gut. Sehr cool. Woher kennt ihr ihn eigentlich?«

»Ach, er hat uns die Karten gegeben«, antwortet sie. »Amy kennt ihn.«

Er nickt anerkennend. »Und jetzt macht ihr Tanzpause? Ihr wart ja auch gut dabei.«

Jills Wangen erröten leicht. »Dann habt ihr uns also gesehen?«

»Klar.« Er deutet auf ihr Oberteil. »Hübsches Top übrigens.«

Während Charly sich wohl vorgenommen hat, mich zu unterhalten, verwickelt Thomas Jill in ein Gespräch. Auch eine halbe Stunde später scheinen den beiden die Gesprächsthemen nicht auszugehen. Mit Charly und mir hingegen geht es schleppend, was aber auch daran liegt, dass ich absolut keine Lust habe, mich mit ihm über Sport zu unterhalten. Und weil ich nicht aufhören kann, immer wieder in Louis' Richtung zu blicken, kann ich Charly sowieso nicht wirklich folgen. Dabei hatte der Abend doch so gut angefangen.

»Jedenfalls trainiere ich mindestens zwei Stunden jeden Tag«, höre ich Charlys Worte nur mit einem Ohr und versuche, ein Gähnen zu unterdrücken. »Nicht schlecht, oder?« Er deutet auf seinen Oberarm, den er jetzt vor mir anspannt.

»Ich habe auch auf Instagram ein Profil, die Mädels stehen drauf.«

»Ja, ganz toll.« Ich antworte einfach irgendwas, denn erstens ist es mir egal, und zweitens geht gerade Louis zusammen mit Lilly an mir vorbei. Abermals treffen sich unsere Blicke.

Sehnsüchtig schaue ich zur Tanzfläche, was Jill glücklicherweise bemerkt.

»Wollen wir auch tanzen?« Auf Jill ist Verlass und wenig später stürzen auch wir vier uns ins Getümmel. Die Musik geht mir in die Beine, und als ein neuer Song erklingt, werfe ich die Arme hoch und bewege mich im Takt. Nathan hat es wirklich drauf. Ich sehe zu ihm hinüber, er lächelt zurück.

Eine ganze Weile tanzen wir noch alle zusammen, als ich gegen einen Typen hinter mir stoße.

»Sorry«, er grinst mich an. Am Hals hat er ein merkwürdig verschlungenes Tattoo. Ich bin mir sicher, dass ich es schon irgendwo gesehen habe.

Irgendwas an ihm ist seltsam. Wir tanzen, bis es mir irgendwie zu eng wird. Mein Kopf schwirrt. Die Hitze, die Cocktails …

»Ich muss mal auf die Toilette«, sage ich zu Jill, die nickt.

»Soll ich mit?«

»Nein, bin gleich wieder da«, sage ich, bevor ich mich abwende und zu den Toiletten steuere.

Zum Glück ist nicht viel los, und ich bin schnell an der Reihe. Als ich fertig bin, wasche ich mir die Hände und lasse kurz ein wenig kaltes Wasser über meine Handgelenke laufen, besser. Ich trete nach draußen und will gerade zurück, als ein Typ vor mir stehen bleibt und mir den Weg versperrt. Als ich das Tattoo an seinem Hals und die dunklen Augen sehe, erkenne ich ihn wieder.

»Na, Süße, alles klar bei dir?«

Irgendwas an ihm gefällt mir nicht.

»Ja, alles klar, aber ich muss dann mal zu meinen Freunden zurück. Kann ich mal vorbei?«

Dieser Blick. Dieses Tattoo. Es kommt mir bekannt vor. Doch woher nur?

Ich will mich von ihm entfernen, aber er kommt noch einen Schritt näher. »Das kann doch noch kurz warten, oder?«, raunt er, während sein Körper meinen berührt.

»Nein, das kann es nicht. Ich muss los«, sage ich und schiebe ihn weg. Der spinnt wohl! Er stinkt zudem ziemlich nach Alkohol, und die ganze Situation löst ein merkwürdig unangenehm vertrautes Gefühl in mir aus. Er drängt sich nun immer näher an mich.

»Was soll das? Lass das!«, rufe ich.

Doch der Typ grinst mich nur an.

»Ach, komm schon. Jetzt hab dich nicht so. Beim Tanzen hast du mir Signale gegeben, da wirst du doch jetzt nicht kneifen.«

Was? Welche Signale denn?

Ich stoße ihn weg. »Ich habe dich aus Versehen angerempelt. Das ist alles andere als ein Signal!«

Als er nachrückt, versuche ich erneut, ihn wegzudrücken, doch er lässt nicht locker, und ein Bild schiebt sich in meine Gedanken. Darin sehe ich erneut das Mädchen aus den Bildern, ein Junge drückt sie gegen die Wand, heftig und energisch. Ein himmelblaues Kleid. Augenblicklich geht mein Puls schneller, ich bekomme keine Luft mehr. Alles ist so verwirrend.

»Lass sie los, du Idiot!« Wie aus dem Nichts ertönt eine scharfe Stimme, und ich erkenne nur noch, wie der Typ von mir weggerissen wird.

Der Junge, der ihn am Arm gepackt hat und noch immer festhält, hat schwarze Haare und blaue Augen.

»Was fällt dir ein, dich einfach einzumischen?«, brüllt der Fremde ihn an.

Doch Louis stößt ihn unbeeindruckt zur Seite, dann wendet er sich mir zu. »Komm, gehen wir.«

Ehe ich verstehe, was da gerade passiert, greift er schon nach meiner Hand, und von Neuem schießt Wärme in meine Fingerspitzen.

Rasch zieht er mich mit sich um ein paar Ecken und schließlich durch eine Tür, die er hinter uns zuzieht.

Hier draußen im Hinterhof ist es ruhig, die Musik dringt nur noch wie durch Watte zu uns durch, frische Luft wirbelt um uns herum, und ich lehne mich an die Wand. Mein Puls rast, mein Kopf schwirrt vor Aufregung.

Er kommt zu mir her und sieht mich eindringlich an. »Alles klar?«

Wieder ist er mir so nah.

»Ja, alles klar.«

»Gut«, er atmet tief durch. Was er wohl denkt?

Unsere Blicke treffen sich, und ich nehme aufs Neue das unglaubliche Blau seiner Augen wahr. Als er schließlich die Hand nach mir ausstreckt und wir uns berühren, ist da wieder dieses kurze funkenhelle Leuchten. Louis zuckt ein wenig zurück, und ich frage mich, ob er es nicht doch auch sehen kann. Doch ehe ich darüber nachdenken kann, streicht er mit den Fingern durch mein Haar, während ich in seinem Blick versinke.

»Nicht gut ist nur, dass ich jetzt Ärger habe, weil ich dich retten musste.«

Hat er das eben wirklich gesagt?

So ein Idiot! Was soll das?

»Du hättest mich nicht retten müssen«, sage ich kühl, gehe voran und tippe ihm gegen die Brust.

»Schon gar nicht, wenn du es mir dann vorhältst, ich …« Keine Ahnung, was ich noch sagen will, denn mit einem Mal greift er erneut nach meiner Hand und zieht mich zu sich heran.

»Und jetzt? Was wird das? Erst ignorierst du mich, dann wirfst du mir eine Rettung vor und jetzt?«, frage ich.

Er beugt sich vor, weiter, noch weiter.

»Jetzt ignoriere ich dich nicht«, flüstert er, lässt meine Hand los, streicht stattdessen sanft über meinen Arm.

»Das merke ich, aber was wird das?«

»Vielleicht war das eben nicht richtig, ich hätte das nicht sagen sollen. Sorry.«

Ich sehe ihn an, suche seinen Blick und unsere Augen versinken ineinender. Mein Herz schlägt schnell, aber die Worte, die mir auf den Lippen liegen, muss ich aussprechen.

»Also, was willst du?«

»Wer weiß, vielleicht will *ich* dich jetzt küssen«, antwortet er zu meiner Überraschung und dann greift er um meine Taille und zieht mich noch näher zu sich heran, sodass nun mein Oberkörper seine Brust berührt. Sanft legt er einen Finger auf meine Lippen, und diese zarte Berührung fährt mir endgültig unter die Haut.

»Vergiss es. Warum sollte ich das wollen?«

»Keine Ahnung. Ich weiß nur, dass du anscheinend ständig meine Nähe suchst. Und ich frage mich, was du damit bezwecken willst.«

Unsere Blicke verschmelzen miteinander, und als ich auch noch spüre, wie seine Hand von meiner Taille zu meinem Rücken wandert, kribbelt es. In meinem Bauch wird es schwer und leicht zugleich.

»Ehrlich gesagt, hast *du* sie eben gesucht«, sage ich.

Er grinst. »Vielleicht, ja.« Er beugt sich langsam vor.

Wie nah wir uns sind. Mein Herz schlägt wie verrückt, mein Puls rast und dann, als ich glaube, gleich seine Lippen auf meinen zu spüren, wird die Tür aufgerissen, und Jill taucht zusammen mit Nathan im Türrahmen auf. »Gott sei Dank, Amy! Hier bist du.«

Ruckartig lässt Louis mich los, weicht zurück und bringt auf diese Weise Abstand zwischen uns.

Jill mustert uns beide mit zusammengekniffenen Augen. Später werde ich ihr einiges erklären müssen. »Wir haben dich schon überall gesucht. Charly meinte, er hätte dich mit jemandem mitgehen sehen. Ich wusste ja nicht, dass es Louis ist.«

Nathan spannt seine Muskeln deutlich sichtbar an. »Ist wirklich alles okay? Was wollte er von dir?«

»Ja, ehrlich, alles gut.« Ich nicke. »Louis hat mir geholfen, von so einem fiesen Typen wegzukommen.«

Jill zieht eine Augenbraue nach oben. »Was? Von einem Typen?«

»Er war etwas aufdringlich geworden«, erkläre ich rasch.

»Die Frage ist, wer hier aufdringlich ist.« Nathan sieht Louis merkwürdig an, doch dieser scheint sich davon wenig beeindrucken zu lassen.

»Ach, halt den Mund«, sagt er nur.

Aber Nathan lässt nicht locker. »Ich würde hier nicht so einen auf wichtig machen, denn sonst …«

»Was sonst? Schickst du dann deinen Daddy, damit er mich von der Schule schmeißen lässt, du Wichtigtuer?«

Jill kommt zu mir und nimmt mich in den Arm. Ich schmiege mich an sie. »Komm, lass uns heimgehen. Es ist sowieso schon Zeit, nicht dass es Ärger gibt.«

»Danke«, sage ich mit dem Versuch eines Lächelns zu Louis, doch sein Blick ist kühl geworden. Die Wärme, die eben noch hier war, ist verflogen. Er schiebt sich an uns vorbei, als würde ihn das alles nichts angehen.

Nathan verzieht das Gesicht. »So ein Idiot!«

»Alles okay?«, frage ich.

Er nickt. »Ja, klar. Ich wünschte nur, ich hätte dir helfen können.«

»Louis war ja da«, versuche ich, ihn zu beschwichtigen.

Doch ich bewirke damit nur das Gegenteil, denn Nathan zieht eine Augenbraue nach oben und wirkt nun wieder total angespannt. »Ja, Louis natürlich. Er ist immer so hilfsbereit.«

»Tut mir leid. Ich weiß nicht, was da zwischen euch ist, aber er hat mir geholfen. Also gibt es keinen Grund, sauer auf ihn zu sein.«

»Geht's dir wirklich gut?«, fragt Nathan. Sein Blick haftet intensiv auf mir.

»Ja, wirklich. Danke, dass du dich um mich sorgst. Aber es ist gut, ehrlich.« Als ich mich umsehe, entdecke ich Louis am Rand der Tanzfläche. Er ist noch da. Allein bei seinem Anblick beschleunigt sich mein Herzschlag erneut.

Nathan hat ihn ebenfalls bemerkt. »Ein gut gemeinter Rat: Lass dich nicht von ihm täuschen.«

Ich runzele die Stirn. »Von wem? Von Louis?« Völlig überfahren sehe ich Nathan an. Seine Mimik in diesem Augenblick fühlt sich so vertraut an und doch irgendwie fremd. »Warum? Er hat mir doch wirklich nur geholfen.«

Nathans Blick wird noch befremdlicher. »Geholfen. Ja, das denkt man immer. Aber glaub mir eines, du solltest dich von ihm fernhalten. Er ist nicht der, für den du ihn hältst.« Als seine Hand kurz meine berührt, stellen sich sofort die feinen Härchen in meinem Nacken auf, und ein merkwürdiges Gefühl breitet sich in mir aus.

Ich weiß nicht, was ich dazu sagen soll. »Warum denn das? Was hat er dir getan? Mal im Ernst, was ist das zwischen euch?«

Nathans Mundwinkel zucken. »Sagen wir so, er sollte nicht hier sein. Er ist … er spielt gern Spielchen. Vor allem das des geheimnisvollen Typen. Damit glaubt er, zu bekommen, was er will. Also glaub mir, ich meine es nur gut mit dir. Ich weiß, wovon ich rede.«

»Das war vielleicht ein Abend.« Ich seufze, während ich versuche, den Haustürschlüssel ins Schloss zu stecken, ohne Mum oder Tante May aufzuwecken.

»Du sagst es, kaum zu glauben.« Jill ist immer noch ganz aufgebracht. »Was sich manche Jungs erlauben, ist echt der Hammer. Ich bin froh, dass Louis so schnell reagiert hat. Aber sonst war der Abend doch schön. Und Thomas … Amy, er ist so unglaublich, in meinem Bauch kribbelt es noch immer.«

Sofort muss ich daran denken, was Louis' Berührungen in mir ausgelöst haben. Was es wohl mit diesem Licht auf sich hat? Ich erinnere mich an seine Augen und an die Bilder in meinem Kopf. Aber dann fallen mir auchNathan und seine Worte ein, die mich noch immer total verwirren. Dass Louis Spielchen spielt, einen auf geheimnisvoll macht – klar, irgendwie tut er das ja auch.

»Denkst du über den Abend nach? Über das, was Nathan gesagt hat?«, will Jill wissen. Natürlich habe ich ihr davon erzählt, und sie kann wie immer meine Gedanken lesen.

Ich lehne mich gegen den Türrahmen. »Schon. Wieso hat er mich vor Louis gewarnt?«

Sie zuckt mit den Schultern. »Na ja, sie können sich eben nicht leiden. Louis wurde sogar bestraft wegen der Sache zwischen den beiden. Da wundert mich das Ganze nicht.« Im Dunkeln stolpert sie über die Schwelle und rumpelt gegen die Tür. »Ups!«

»Pssst, du weckst noch alle auf! Tante May schimpft, wenn wir zu spät da sind.«

Jill verzieht das Gesicht. »Entschuldigung. Wobei ich sowieso glaube, dass deine Mum noch wach ist. Also hat Tante May nichts zu melden.«

»Trotzdem. Lass uns reingehen, ich muss wirklich ins Bett.«

Als wir später im Bett liegen, schläft Jill sofort ein und schnarcht wie ein Bär. Manchmal kann ich nicht fassen, dass so ein zartes Wesen wie sie solche Geräusche von sich geben kann. Während sie schnarcht, liege ich wach.

Noch immer lässt mich das, was passiert ist, nicht los. Da war Louis' Wärme, diese komischen hellen Funken. Das alles ist so verwirrend. Wollte er mich echt küssen? Es war, als hätte er es bereits Tausende Male getan. Dabei weiß ich, dass das nicht möglich ist.

Ich versuche, mich zu sammeln, und lasse meine Augen über den Sternenhimmel gleiten, der über mir leuchtet. Die Unendlichkeit, die in den Sternen liegt, funkenhell hüllt sie mein Herz ein. Tausend Sterne, tausend Momente in einem Leben. Ist es das, was am Ende bleibt?

Louis' Augen hatten etwas an sich, das mich an einen Sternenhimmel erinnert. An Bilder, an Tausende von Gefühlen, die ich nicht einordnen kann.

Doch so schön der Nachthimmel auch ist, irgendwann gibt mein Körper nach, und mir fallen die Augen zu.

Gerade als ich die Grenze zwischen Traum und Wirklichkeit betrete, hallt ein Satz durch meinen Kopf: *However much you love me, my love for you will always be greater. You and me through all times.*

Der Satz wirkt so authentisch und echt auf mich, dass ich eine Gänsehaut bekomme. Und sofort wirbeln wieder unzählige Bilder durch meinen Kopf. Ich sehe das Mädchen in dem blauen Kleid, das Liebespaar auf der Tower Bridge, sehe die beiden unter dem Sternenhimmel stehen. Ich weiß nicht, ob ich träume oder noch wach bin. Doch ich weiß eins: dass diese Bilder da sind. Und dass ich sie nicht so einfach loswerde.

# Kapitel 7

Ich öffne die Augen und sehe mich verschlafen um. Die Träume haben mich heute Nacht gefangen gehalten, und für einen Moment weiß ich nicht, wo ich bin. Alles hat sich irgendwie vermischt. Da war diese Brosche mit der Gravur, das Mädchen in dem blauen Kleid. Alles strömte wie im Zeitraffer an mir vorüber, auch die Bilder des Liebespaares auf der Tower Bridge und in diesem Rosengarten.

Ich atme tief durch und beobachte, wie die Sonnenstrahlen leicht durch die Gardinen fallen. Was auch immer das heute Nacht war, es waren nur Träume. Irgendwie eine Mischung aus allem, nicht mehr, versuche ich mich zu beruhigen, doch es gelingt mir nicht zu hundert Prozent. Ich blicke erneut zum Fenster, und Stück für Stück lösen sich die Bilder in meinem Kopf auf, werden zu Staub, der jetzt im Licht der Sonne funkelt. Auch wenn das, was ich gesehen habe, nicht wahr sein sollte, ich weiß, was ich dabei gefühlt habe.

Sofort fängt mein Herz wieder an zu rasen. Ich muss an die Brosche denken, an dieses Licht, das sie ausstrahlte, an das Mädchen und die Angst, die sie hatte. Ich glaube, sie war auf einem Schiff. Doch ich denke auch an die verhüllten Männer mit den Kutten und daran, wie das Mädchen und der Junge sich an den Händen hielten, sich küssten und einfach so in die Themse sprangen.

Leise seufzend schließe ich die Augen wieder und kuschle mich noch ein bisschen tiefer in meine Decke.

Ich weiß nicht, wie viel Zeit vergangen ist, als sich neben mir etwas bewegt. »Oh Gott! Bist du schon wach, Amy? Wie spät ist es?«

Ich muss lachen. »Und? Wie fühlst du dich?«

»Wie einmal durch die Trommel gedreht und ausgespuckt«, murmelt Jill, und wenn ich mir ihre zerzausten roten Haare so ansehe, nehme ich ihr das tatsächlich ab. Aber mit großer Sicherheit sehe ich auch nicht viel besser aus.

»Also, wie spät?«

»Zu früh«, flüstere ich nur.

Ihre Frage lässt mir dann doch keine Ruhe, also taste ich ein paar Minuten später nach meinem Handy, das unter dem Kopfkissen liegt. Ich starre aufs Display. »Erst kurz vor zehn.«

Sie murmelt etwas Undefinierbares vor sich hin und zieht sich ihr Kissen über den Kopf.

Ich schiebe die Decke ein wenig von mir und strecke mich. »Du bist gestern Abend sofort eingeschlafen.«

Sie hebt das Kissen ein wenig an und lugt darunter hervor. »Ich war auch total müde. Du nicht?«

»Doch.«

»Und, wie hast du geschlafen? Irgendwann heute Nacht hast du dich ziemlich hektisch hin und her geworfen.« Sie wirkt mit einem Mal nachdenklich.

»Ja, kann sein.«

Jill sieht mich an.

»Amy, ich bin deine Freundin und möchte nicht, dass du das Gefühl hast, mir nicht sagen zu können, was dich beschäftigt. Denn das kannst du. Egal, was es ist, ich bin für dich da. Also, was hat dich so unruhig schlafen lassen?«

»Keine Ahnung. Was ich geträumt habe, war einfach mal wieder so verwirrend.«

Sofort habe ich ihre volle Aufmerksamkeit. »Erzähl. Was war daran so verwirrend?«

»Ach«, ich seufze, »all diese Bilder die ich gezeichnet habe, haben sich vermischt. Das Paar auf der Tower Bridge, das Mädchen in dem Kleid, das ich gezeichnet habe. Dann war ein Paar auf einem Schiff. Und wieder Männer mit Kutten, die total unheimlich waren. All das.«

»Okay, das klingt ja nach einem schönen Traum.«

Ich lächle, weil ich den Sarkasmus heraushöre. »Ja, wenn es so wäre, weil … Es ist verrückt, ich weiß. Aber ich habe vor Monaten schon mal eine Brosche gezeichnet. Die war heute auch wieder in meinem Traum, und es war, als wollte sie mir etwas erzählen. Sie hatte so ein Strahlen an sich.«

Kurz sieht Jill mich an, dann schluckt sie. »Wirklich?«

»Ja, wirklich, sie ist sehr hübsch. Willst du sie sehen?«

Sie schluckt noch einmal. »Gut, dann zeig mir mal dein Bild von dieser geheimnisvollen Leuchtbrosche.«

Ich husche aus dem Bett, um mein Zeichenbuch zu holen, und blättere zu dem Bild. Als ich die Brosche wiedersehe, kann ich es selbst kaum glauben. Sofort sind da wieder die Bilder in meinem Kopf, dieses Flüstern, als würden sie mich rufen. Das Paar, das Schiff.

»Als ich damals das Bild von der Brosche in meinem Kopf hatte, bin ich gerade an der Themse entlangspaziert, und da war es nicht so ganz klar. Heute Nacht im Traum allerdings war sie besser zu erkennen.« Ich greife nach einem Stift und setze ihn an. »Hier war eine Art Sonnenzeichen, etwas Verschlungenes. Und im Traum hatte die Brosche eine Gravur.«

»Eine Gravur? Welche?«

Ich sehe sie an.

*»However much you love me, my love for you will always be greater. You and me through all times.* Egal, wie sehr du mich liebst, meine Liebe zu dir wird immer größer sein. Du und ich durch alle Zeiten.«

»Total schön«, sagt Jill und ich nicke.

»Ja, schon. Oh Mann, Jill, keine Ahnung, wie das alles zusammenhängt. Aber es ist schon merkwürdig, dass ich diese Dinge sehe, und dann …«

Ein Klopfen an der Tür unterbricht mich.

Tante May steckt den Kopf herein. Ihre dunkelbraun gefärbten Haare hat sie zu einem Dutt hochgesteckt, und um ihre Lippen sind deutliche Fältchen zu erkennen, als sie uns anlächelt. »Na, ihr zwei, habt ihr schon ausgeschlafen? Ich habe euch tuscheln hören, deswegen wollte ich eben Bescheid sagen, dass ich jetzt dann weg bin. Ich treffe mich mit einer Bekannten zum Lunch, und danach fahren wir noch mit ein paar Leuten nach Moorgate. Dort wird heute die Gedenktafel erneuert, da wollte ich dabei sein.« In ihrem Blick macht sich Traurigkeit breit. Sie seufzt. »Kaum zu glauben, dass sich das Unglück nun schon zum dreiundvierzigsten Mal jährt.«

»Das tut mir sehr leid, Tante May«, sage ich.

Sie winkt ab und will gerade gehen, doch dann wendet sie sich noch mal uns zu. »Ach, bevor ich es vergesse. Ihr müsst entschuldigen, aber ich habe total vergessen, einzukaufen. Brot ist aber da und auch ein bisschen Wurst. Oder Porridge.«

»Ist gut. Alles klar, Tante May.«

Sie winkt uns noch zu, bevor sie die Tür wieder schließt.

»Welches Unglück meinte sie denn?«, will Jill wissen, nachdem Tante May gegangen ist.

»Das U-Bahn-Unglück von Moorgate. Tante Mays jüngere Schwester kam dort im Alter von siebzehn Jahren ums Leben.«

»Wow, das ist schlimm. Davon wusste ich gar nicht.«

»Tante May hat es irgendwann erzählt. Muss ganz schön heftig gewesen sein.«

Eine Weile schweigen wir, bis Jill mich anstupst. »Ich denke, wir sollten uns jetzt mit was Erfreulicherem den Tag vertreiben. Lass uns irgendwohin frühstücken gehen. Was hältst du davon?«, fragt sie, als ihr Handy piept. Sie wirft einen Blick auf das Display und strahlt mich an. »Das glaub ich jetzt nicht. Weißt du was? Thomas hat mir geschrieben.« Vor Aufregung röten sich ihre Wangen.

»Das ist doch toll! Was schreibt er denn?«

»Er fragt, ob ich mich mit ihm treffen will.«

»Ist doch super!«

»Wir wollten frühstücken, bist du auch nicht sauer?«

Ich schüttle den Kopf.

»Unsinn, mach dich fertig und hau ab. Ich gehe auch ein bisschen raus, zeichnen oder so.«

Sie blickt auf die Uhr und dann zu mir.

»Gut, in einer Stunde, hat er vorgeschlagen, aber wirklich nur, wenn es okay ist. Wir können auch weiterreden.«

»Dass du zugehört hast, hat mir schon sehr geholfen.« Ich stupse sie in die Seite. »Und jetzt mach dich fertig und hau schon ab. Aber vergiss nicht, mir alles zu erzählen. Alles, was passiert, verstanden?«

Sie kichert. »Mach ich. Oh mein Gott, ich bin so was von aufgeregt. Glaubst du denn, dass was passiert?«

»Wer weiß. Du weißt doch, Schicksal und so.«

Nachdem Jill weg ist, beschließe ich, auch rauszugehen. Und mich ein wenig ans Themseufer zu setzen. In meinem Kopf sind noch immer so viele Fragen, und ich hoffe, einen hübschen Platz zu finden, wo ich einfach ein wenig nachdenken kann.

Ob es dieses Paar tatsächlich gegeben hat? Das Unglück auf dem Schiff? Die Brosche? All das, was ich gesehen habe? Es fühlt sich für mich jedenfalls so an. London scheint nur so vor Geschichte zu strotzen. Man findet so viele Spuren von früher, die einen gefühlt durch die Zeit jagen. Und immer wieder entdeckt man scheinbar etwas Neues. Zumindest geht es mir so.

Mein Weg führt mich vorbei am National Theatre, und schließlich setze ich mich nicht weit entfernt vom Swan Pier auf eine der Bänke unter den zahlreichen Bäumen und lasse meinen Blick über die Themse gleiten. Einige Schiffe fahren darauf, das Wasser glitzert, und schließlich greife ich nach meinem Zeichenbuch und klappe es auf.

Ich könnte ja zumindest mal versuchen, alles zu ordnen. Deswegen schreibe ich auf eine der freien Seiten:

*Brosche – Geschichte – Schiff?*

*Paar auf der Brücke – Verbindung zu Etui?*

Ob das Etui, das Louis auf der Tower Bridge dabeihatte, tatsächlich etwas damit zu tun hat? Immerhin hatte das Mädchen in meinen Bildern auch eines in der Hand. Es wäre ein großer Zufall, dennoch schreibe ich schließlich:

*Etui – Paar, Tower Bridge*

Gedankenverloren versuche ich eine Verbindung zwischen meinen Notizen herzustellen. Ob es die Vorfälle wirklich gab? Ich tippe Suchbegriffe ins Handy. Nichts.

Keine Vorfälle, kein Paar ist von der Brücke gesprungen.

Okay. Vielleicht muss ich meine Suche etwas anders formulieren. Ich überlege, doch da klingelt mein Handy und unterbricht meine Gedanken. Ich blicke aufs Display. Die Nummer kenne ich nicht, aber ich gehe trotzdem ran.

»Hallo?«, frage ich und bin gespannt, was mich erwartet.

»Hallo Amy, hier ist Sally, die vom Laden, weißt du noch?«

Ich lächle. »Klar.«

»Schön, du erinnerst dich«, sie lacht. »Ich habe dir die Muster herausgesucht, von den Stiften und falls du Zeit hast, kannst du gerne im Laden vorbeikommen?«

»Jetzt?«

»Klar, ich bin da, also?«

»Ja, ich komme gerne vorbei.«

»Hey, schön, dass du da bist.« Nachdem Sally mir die Ladentür aufgeschlossen hat, begrüßt sie mich mit einem freundlichen

Lächeln. »Ich dachte, ich gebe dir gleich Bescheid. Heute ist zwar Sonntag, und wir haben geschlossen, aber das möchte ich ausnutzen, um hier weiter Ordnung zu schaffen. Und ich backe auch immer gerne.«

Sie deutet auf einen runden Kuchen.

»Und da dachte ich an dich. Aber schau erst mal.« Sie zeigt mir eine Holzschachtel, in der einige Stifte liegen, von einer sündhaft teuren Marke, die ich mir niemals leisten könnte.

»Wow, die sind ja großartig!«, entfährt es mir. »Vielen Dank. Brauchen Sie sie wirklich nicht?«

»Nein, nein, das sind Muster, die ich vom Hersteller bekommen habe. Außerdem soll es ein kleines Dankeschön sein. Leider kenne ich mich in dieser Richtung nicht besonders gut aus. Aber …«, sie stockt und sieht mich an.

»Amy, ich habe da ehrlich gesagt noch eine Frage: Ich weiß nicht, ob du das Schild an der Tür gesehen hast, aber ich suche wirklich dringend eine Aushilfe.« Sie sieht mich an.

»Weißt du, mit Zeichenbedarf kenne ich mich nicht so gut aus. Und ich habe so das Gefühl, du magst Antiquitäten, Kunst und Bücher. Und da wollte ich dich fragen, ob du nicht Lust hättest, hier auszuhelfen? Was meinst du?«, fragt sie mich lächelnd.

Einen Moment lang denke ich darüber nach, ich denke daran, dass ja auch Louis hier immer wieder zugegen sein wird. Was Sally wohl auch bemerkt.

»Ich verspreche dir, Louis wird dich auch nicht ärgern, und ich kann zusätzliche Hilfe wirklich gebrauchen. Ich würde dich auch fair bezahlen. Hier muss endlich mal Ordnung rein. Der Keller ist voll mit Zeug und sonntags soll es immer Kuchen geben …« Sie winkt ab. »Ich rede wieder so viel. Natürlich musst du nicht dauerd da sein, schon gar nicht am Sonntag und wir können alles so organisieren, dass es dir passt. Ich bin da ganz offen. Auf keinen Fall sollst du Ärger mit der Schule bekommen. Was sagst du?«

Sie ist so nett und ich muss lächlen. Außerdem kann ich das Geld wirklich gut gebrauchen …

»Ich mach es. Wegen des Kuchens.«

Sie lacht. »Klar, Kuchen kann man nicht widerstehen.«

»Und dann fühle ich mich auch nicht so schlecht wegen der Stifte, die Sie mir einfach so schenken wollen.«

»Wegen der Stifte brauchst du dir absolut keine Gedanken zu machen. Aber bitte nenn mich einfach nur Sally und schon gar nicht *Sie*, okay? Dann fühle ich mich viel zu alt.«

»Okay.«

Sie grinst. »Gut, Amy, dann würde ich sagen, wir essen Kuchen, und falls du dann noch Zeit hast, packen wir es an?«

Dank Sally und ihren Erklärungen fällt es mir leicht, mich sofort im Laden zurechtzufinden. Ich habe total Lust, mit anzupacken und System in das hübsche Geschäft zu bringen.

»Also dann, tobe dich einfach aus«, fügt Sally hinzu, nachdem wir gegessen haben – und so fange ich voll motiviert an, den Kunstbereich zu gestalten, während Sally sich wieder in den Keller verzieht, um dort das Lager aufzuräumen.

Ich bin so vertieft in meine Arbeit, dass ich zusammenzucke, als plötzlich eine raue Stimme ertönt, die sofort meinen Puls rasen lässt. »Was machst du denn hier?«

Hastig drehe ich mich um.

Louis steht hinter mir. Seine Haare sind verwuschelt, das Blau seiner Augen tief, und er trägt ein helles Shirt, das ihm verdammt gut steht und sich unübersehbar um seine Muskeln spannt. Mein Herz macht einen Sprung.

»Wonach sieht es denn aus?«, frage ich.

Er zieht eine Augenbraue nach oben, erspart sich aber eine Antwort, denn Sally taucht hinter ihm auf.

»Ah Louis, gut. Amy kennst du ja schon, sie ist meine … oder sagen wir besser unsere neue Aushilfe.«

Kurz wirkt es, als würde Louis ein klein wenig lächeln, doch dann verzieht er das Gesicht. »Aha, ganz zufällig ist also Amy unsere neue Aushilfe.« Die Ironie in seiner Stimme ist nicht zu überhören.

Sally versetzt ihm einen Stoß in die Seite. »Sei mal nicht so eingebildet. Denkst du etwa, sie ist deinetwegen hier?«

Ich würde am liebsten breit grinsen, als ich sehe, wie Louis bei ihren Worten zusammenzuckt. Sally ist so offen und herzlich, man muss sie einfach mögen. »Amy kennt sich super mit Kunst aus und zeichnet leidenschaftlich gern. Ich habe sie gefragt, und ich bin froh, dass sie Lust hat, hier mitzuhelfen und ein bisschen Ordnung in unser Chaos zu bringen. Also untersteh dich und sei bloß nett zu ihr.«

»Das wird nicht so leicht werden mit dem Chaos. Denn davon haben wir eine ganze Menge.« In seiner Stimme schwingt ein Hauch von Überheblichkeit mit, die eigentlich nur mir gelten kann.

Sally verdreht die Augen. »Deswegen solltest du jetzt auch weitermachen. Du hast heute schon lang genug geschlafen.« Sie zwinkert mir zu und fügt dann an Louis gerichtet hinzu: »Kümmere dich mal bitte um die ganzen Kisten. Wir sollten wieder welche aus dem Keller holen. Die sind total schwer, da können wir ein paar starke Arme gebrauchen. Stimmt's, Amy?«

Ganz automatisch starre ich auf Louis' Oberarme, und meine Wangen werden heiß. Hoffentlich hat Louis meinen Blick nicht bemerkt.

Anscheinend doch, denn während wir Sally in den Keller folgen, raunt er mir zu: »Sag ich doch, du tust alles, um mir nah zu sein, schon wieder.« Seine Stimme klingt auf einmal viel wärmer. Aber ich denke, er veräppelt mich nur.

»Bilde dir mal nichts ein, Sallys Kuchen ist sehr viel verlockender als du. Und was heißt hier *schon wieder*?«, frage ich mit möglichst viel Entrüstung in der Stimme.

Er zieht amüsiert eine Augenbraue nach oben. »Na ja, auf der Brücke wolltest du mich küssen, deine unsittliche Berührung hier im Laden, dann gestern im Club und jetzt wieder hier? Klar, alles wegen Kuchen …«

Blödmann.

»Wie Sally schon sagte, bilde dir mal nichts drauf ein. Und überhaupt, gestern hast du *meine* Nähe gesucht.«

»Klar«, antwortet er nur, dann wendet er sich ab und lässt mich stehen.

Eine Weile arbeitet jeder für sich weiter. Während Louis Kisten aus dem Keller heraufschleppt, wird mein Kunstbereich schon richtig ansehnlich. Nachdem ich noch ein paar Farbpaletten zur Dekoration in die Auslage gelegt habe, bin ich durstig.

Als ich mir in der Küche ein Glas Wasser einschenke, taucht Louis neben mir auf. »Sieht echt nicht schlecht aus.«

»Was meinst du?«

Er mustert mich schmunzelnd, und ich werde sofort unsicher, was er wohl bemerkt. »Na, das, was du aus dem Kunstbereich gemacht hast. Oder was soll ich sonst meinen?«

Sofort geht mein Puls schneller. »Du bist echt unverbesserlich und ganz schön von dir selbst überzeugt«, entgegne ich, wende mich dann aber rasch ab, um mich zu sammeln. Ich nehme erneut einen Schluck aus meinem Glas und merke, wie gut es mir tut.

Schließlich lehne ich mich mit dem Rücken an die Küchentheke und sehe Louis an. »War das jetzt eigentlich ein Kompliment?«

Er lehnt sich ebenfalls lässig an die Theke, ein Stück entfernt von mir. Seine Mundwinkel heben sich ein klein wenig. »Ja, kann man so sagen.« Für seine Verhältnisse ist das schon wirklich nett.

»Hilfst du oft hier aus?«, will ich wissen.

»Ab und zu, wenn Sally mich braucht und ich nichts anderes vorhabe, wie zum Beispiel Mädchen in Not zu retten.«

Oder mit Lilly herumzuhängen.

»Du bist wirklich …«

»Was?«

Ich schüttle den Kopf. »Nichts.«

Doch er lässt nicht locker. »Sag schon, was hast du gedacht? Wieso guckst du mich so an?«

Ich rolle mit den Augen. »Das willst du gar nicht wissen. Und überhaupt, darf ich jetzt nicht mal schauen, wie ich will, ohne dass du dich belästigt fühlst oder etwas dahinter vermutest?«

Er grinst nur. Ich hingegen stelle das Glas ab, greife in meine Tasche, die ich auf einem Stuhl abgestellt habe, und hole mein Handy heraus. Es ist schon vier, doch die Zeit ist so schnell verflogen, dass ich das gar nicht bemerkt habe.

»Jetzt mal ganz ehrlich, warum möchtest du unbedingt hier aushelfen?«, fragt er. Ich hebe den Kopf, unsere Blicke treffen sich. »Im Ernst, was ist die Wahrheit?«, hakt er nach.

»Was denkst du denn?«

Er grinst. »Das weißt du. Also?«

»Also schön, die Wahrheit ist«, ich beiße mir auf die Lippen, »na ja, wie gesagt, was Süßes hat mich überzeugt.«

Er kommt einen Schritt auf mich zu.

»Wusste ich es doch.«

Ich rolle mit den Augen. »Ich rede vom Kuchen.«

Er grinst. »Genau. Das ist alles? Das ist die Wahrheit?«

»Na ja«, ich sehe ihn mit einem schiefen Lächeln an und spiele mit einer Haarsträhne.

»Da wäre schon noch was. Ich liebe einfach …«

Er hebt eine Braue. »Du liebst, was?«

»… alles, was mit Kunst zu tun hat«, sage ich und er sieht mich belustigt an. »Klar.«

Entschlossen gehe ich auf ihn zu. »Kannst du das bitte mal lassen? Sonst funktioniert das hier nicht mit uns.« Ich tippe mit dem Zeigefinger an seine Brust.

Er runzelt die Stirn. »Na ja, siehst du, jetzt suchst du schon wieder meine Nähe. Ich denke, wir brauchen in der Tat ein paar Regeln.«

Als er nun mein Handgelenk umfasst, ist da sofort wieder diese Hitze. Und ein kurzer Funken. Im ersten Moment denke ich, ich bilde es mir tatsächlich ein, aber das Leuchten ist da und hört nicht auf. Kann er es wirklich nicht sehen?

»Regeln?«, frage ich.

»Allerdings. Und die wichtigste ist …« Er beugt sich zu mir, kommt mir noch näher und sieht mir in die Augen, während ich nichts anderes tun kann, als seine Lippen anzustarren.

»Wir werden uns nicht küssen«, sage ich fest entschlossen und weiche zurück, obwohl es in meinem Magen heftig kribbelt. Schließlich löse ich mich von ihm und stelle mich hinter den Stuhl, auf dem meine Tasche steht, was ihm abermals ein Grinsen entlockt.

»Eigentlich wollte ich etwas ganz anderes sagen«, meint er, »nämlich, dass wir immer ehrlich und nett miteinander umgehen sollten oder so etwas in der Art. Aber okay, nicht küssen – ich denke nur, dass es dir nicht leichtfallen wird, diese Regel einzuhalten.«

Ich verschränke die Arme vor der Brust. »Du bist echt ein Blödmann.«

»Ein Blödmann also, okay. Der erste Schritt zur Ehrlichkeit.« Er lacht, ich hingegen rolle mit den Augen.

»O.k., du willst Ehrlichkeit? Pass auf, damit du Bescheid weißt.« Die nächsten Worte kommen mir etwas schwer über die Lippen. »Es hat nichts mit dir zu tun, dass ich hier bin. Überhaupt nicht. Die Wahrheit ist, ich brauche das Geld. London ist teuer, meine Mum arbeitet viel, um unser Leben hier zu finanzieren, meine Tante zahlt mein Schulgeld. Also möchte ich auch was beisteuern. Ist das Grund genug für dich?«

»Was ist mit deinem Dad?«

Mit dieser Frage habe ich nicht gerechnet. »Er ist tot«, antworte ich nur.

»Oh. Tut mir leid.« Ich erkenne in seinem Blick, wie ernst er die Worte meint und denke daran, was ich über ihn weiß.

»Danke.«

Eine ganze Weile stehen wir stumm und auch ein wenig verlegen da, bis seine Augen zu meiner Tasche wandern, aus der eine Ecke meines Zeichenbuchs herauslugt. »Was ist das?«

»Das ist mein Zeichenbuch«, sage ich und er nickt.

»Dann malst du also wirklich gern? Kunstinteressiert und so?«

»Ähm, ja, sagte ich doch.«

Abermals treffen sich unsere Blicke, und prompt ist der Raum erneut voller Spannung. Einer knisternden Spannung.

Als ich ihr nicht mehr standhalten kann, wende ich mich ab, um mein Handy, das noch auf dem Tisch liegt, zurück in meine Tasche zu packen. Doch ich bin zu fahrig und in der Eile rutscht sie mir zu Boden. Ausgerechnet mein Zeichenbuch fällt heraus, sodass es jetzt offen daliegt. Auf der aufgeschlagenen Seite ist das Paar von der Brücke zu sehen, und ich bin erleichtert, dass es nur das ist und nicht das Bild, das ich von Louis gezeichnet habe. Nicht auszudenken, wie peinlich das gewesen wäre! Natürlich hätte ich ihn damit in seiner Annahme, ich wolle ihm nah sein, noch mehr bestätigt.

Ich knie mich hin, um es wieder aufzusammeln. Louis geht neben mir ebenfalls in die Hocke, und als wir im selben Moment nach dem Zeichenbuch greifen, berühren sich unsere Finger wieder. Neben der Hitze, die ich gerade eben schon spürte, als er mein Handgelenk umfasste, taucht auch dieses helle Licht wieder auf.

Erschrocken fahre ich zusammen.

Louis muss das doch auch gesehen oder zumindest gespürt haben, aber er sagt nichts. Er mustert nur die aufgeschlagene Seite und mir entgeht nicht, wie ernst sein Blick plötzlich wird. »Hast du das gemalt?«

Ich nicke.

»Ja, ich zeichne zwar schon immer gern, aber momentan habe ich … oft Bilder im Kopf, die …« *… die zunehmend dann auftauchen, wenn du da bist oder wenn wir uns berühren*, ergänze ich im Stillen. Stattdessen sage ich: »Die plötzlich da sind und die ich dann festhalten möchte. Sie wirken so echt und …«

Gedankenverloren streicht er über die Zeichnung, und kurz scheint es, als würde sie doch auch in ihm etwas auslösen.

Mir fällt das Bild in seinem Buch ein, das mit der Jahreszahl, das meinem so ähnlich war. »Malst du auch?«, frage ich, ohne lange nachzudenken. »In diesem Buch, das du neulich hattest, waren zumindest auch Zeichnungen.«

Er zieht die Stirn kraus. »Du hast also doch geschnüffelt? Jetzt kannst du es nicht mehr abstreiten.«

Verdammt.

»Das war kein Schnüffeln«, versuche ich mich zu verteidigen. »Ich habe es nur gesehen. Das Buch lag ja aufgeklappt vor dir.«

Er lächelt. »Na dann.« Mit meinem Zeichenbuch in der Hand steht er auf und fängt an, es durchzublättern.

»Nein!«, rufe ich. Nicht auszudenken, wenn er das Bild von sich entdeckt. Schnell stehe ich ebenfalls auf – leider zu schnell, denn ich stolpere in der Hast nach vorn.

Louis fängt mich auf. Das Buch fällt zu Boden und ich in seine Arme.

Wieder ist da diese Nähe. Wieder meine Hände an seiner Brust, während seine an meine Taille wandern. Dieses Gefühl, das mich bei dieser Berührung trifft, durchströmt mich völlig unvorbereitet, wie ein kleiner Funkenregen.

»Da wären wir wieder«, raunt er mir zu. Seine Lippen sind meinen abermals verdächtig nah. »So so, du willst mich also nicht küssen?«

Ich blicke zu seinen Händen an meiner Taille, dann wieder in sein Gesicht. »Vielleicht willst ja eher du mich küssen, weil du andauernd davon anfängst. Wir haben aber Regeln.«

»Vielleicht, wer weiß«, entgegnet er mit einem vielsagenden Blick, und in meinem Magen wird es warm.

Trotzdem reiße ich mich zusammen und schubse ihn sanft von mir weg. »Kommt diese *Ich-bin-so-geheimnisvoll*-Masche eigentlich gut an?«

»Du findest mich geheimnisvoll?« Sein Grinsen wird breiter.

»Du drehst es dir auch, wie du es brauchst, oder?«

»Also, ich habe nicht damit angefangen. Apropos Geheimnisse.«

Erst kapiere ich nicht, was er meint, doch als mein Blick auf das Zeichenbuch fällt, dämmert es mir. Das darf nicht wahr sein! Von der Seite, die jetzt aufgeschlagen ist, lächelt uns Louis entgegen. Verdammt. Das musste ja so kommen.

»Das ist nicht so, wie es aussieht«, keuche ich, während ich schnell das Buch zusammenklappe. Für einen Moment macht sich peinliche Stille im Raum breit.

»Also?«, frage ich, in der Hoffnung, damit von der Zeichnung ablenken zu können.

»Was?«

»Du hast meine Frage noch nicht beantwortet: Kommt sie gut an, diese geheimnisvolle Tour?«

Er schmunzelt. »Wer sagt denn, dass ich auf geheimnisvoll mache?«

»Na ja, Nathan meinte …«

»Nathan?« Das Lächeln verschwindet schlagartig, stattdessen sieht er mich durchdringend an. »Was hat denn Nathan damit zu tun?«

»Ihr mögt euch nicht sonderlich, nicht wahr?«

»Das hast du aber gut beobachtet, Sherlock Holmes.«

»Was ist denn zwischen euch vorgefallen?«

»Ach, Amy, als ob das nicht schon die ganze Schule weiß.« Er stößt hörbar die Luft aus.

Wie er meinen Namen ausspricht. Ich mag das, und ich möchte nicht, dass unser Gespräch hier schon zu Ende ist, deswegen frage ich vorsichtig: »Ich habe nur gehört, dass ihr mal aneinandergeraten seid und dass es zu einer Schlägerei kam.«

»Und dass ich verurteilt wurde, richtig?«

Ich nicke.

Er deutet auf mein Zeichenbuch. »Übrigens, meine Nase, auf deiner Zeichnung ist sie etwas zu gerade«, flüstert er. Unsere Blicke treffen sich, und mir ist, als wollte er mir etwas sagen.

Doch da taucht Sally in der Küche auf. »Alles okay hier oder muss ich mir Sorgen machen?«

Schnell wende ich mich ab und gehe einen Schritt auf sie zu. »Alles gut. Ich hatte nur Durst.«

»Na, dann bin ich erleichtert. Ich dachte schon, ihr bewerft euch mit …«

»… Büchern?« Louis zieht eine Augenbraue nach oben.

»Das ist albern, ich weiß. Entschuldigung. Na ja, jedenfalls habe ich mir gerade den Kunstbereich angesehen. Er ist toll geworden, Amy! Ich bin fast sprachlos, und das bin ich nicht oft. Frag Louis.«

Er nickt, und unsere Blicke treffen sich erneut. »Das stimmt. Leider.«

Sally gibt ihm einen Knuff. »Hast du nicht noch was zu tun?«, fragt sie gespielt ernst.

Louis seufzt auffallend laut und verlässt dann die Küche. Ich kann es mir nicht verkneifen, noch einen Blick auf seinen Rücken zu werfen. Warum muss er so verdammt breit und muskulös sein?

Falls Sally es mitbekommen hat, lässt sie es sich jedenfalls nicht anmerken. Sie geht zum Kühlschrank, greift nach einer Packung Saft und schenkt sich ein Glas ein. Nachdem sie einen Schluck genommen hat, sieht sie mich an. »Wirklich sehr gelungen, Amy. Ich bin echt froh, dass du ab jetzt zum Team gehörst.« Ihr anzusehen, wie sehr sie sich freut, erwärmt auch mein Herz.

Als sie ausgetrunken hat, gehen wir gemeinsam in den Laden zurück, wo ich im Kunstbereich noch ein paar Dinge umstelle. Währenddessen lässt Sally bewundernd ihren Blick über die Regale und die Auslagen schweifen. »Ich sage dir, der Laden wird richtig toll.«

»Na ja, ein bisschen haben wir schon noch zu tun«, wirft Louis ein, der gerade eine Kiste vorbeiträgt. Erneut wandern meine Augen zu seinem angespannten Oberarm, woraufhin Sally mich angrinst und ich schnell wegsehe.

»Na ja, ich mache dann mal bei den Büchern weiter«, sagt sie nur noch, und so geht jeder wieder seiner Arbeit nach.

Nach einer Weile brummt draußen vor dem Laden ein Motor, Türen schlagen, anschließend bimmelt die Türglocke. Neugierig spähe ich durch das Schaufenster. Louis hat gerade den Laden verlassen und geht nun auf ein schwarzes Auto mit verdunkelten Scheiben zu. Ein Mann mit einem Hut öffnet die Fahrertür und sagt etwas zu Louis, der sich daraufhin neben ihn ins Auto setzt. Das Gesicht des Mannes kann ich unter der breiten Hutkrempe nicht erkennen, dafür sehe ich, wie er mit heftigen Gesten auf Louis einredet. Nach ein paar Minuten verlässt Louis das Auto wieder mit einem braunen Umschlag in der Hand.

Merkwürdig.

Aber ich komme nicht dazu, weiter darüber nachzudenken, denn Sally ruft mich. »Es ist schon nach fünf, Amy. Ich denke, für heute hast du genug gearbeitet.«

»Ja, ich sollte vielleicht wirklich mal nach Hause gehen. Womöglich vermissen sie mich doch schon.«

»Ach ja, wegen der Arbeit in der nächsten Woche: Ich muss noch sehen, wie es mit Grandpas Betreuung aussieht. Ist es okay, wenn ich dir morgen schreibe?«

Ich nicke. »Klar, das machen wir so.« Ich hole noch meine Tasche aus der Küche, dann verabschiede ich mich von Sally. Kurz sehe ich mich auch nach Louis um, aber er ist nicht da.

Als ich auf dem Weg in Richtung U-Bahn bin, klingelt mein Handy. Ich blicke auf das Display, es ist Jill.

»Hey. Na, wie war euer Date?«, frage ich, gespannt, was sie mir zu erzählen hat.

»Es war echt toll. Wir waren im Kino.«

»Das klingt gut.«

In Jills Stimme schwingt so viel Freude mit, dass ich sie direkt vor mir sehen kann. »Uns danach haben wir noch ein paar gebrannte Mandeln geholt und den Film analysiert. Dabei haben wir Möwen gefüttert. Es war richtig schön. Und zum Abschied hat Thomas mich fast geküsst!«

»Nur fast?«

Sie lacht. »Ja, leider. Eines der Biester hat es echt ruiniert. Erinnere mich bloß daran, dass Möwen nie wieder etwas von mir bekommen. Diese aufdringlichen, überfütterten, dicken Viecher. Wir waren in der Nähe des London Eye und haben ein bisschen auf der Mauer gesessen. Das Vieh ist genau in dem Augenblick dazwischen, als wir uns nähergekommen waren. Ach, es hätte so romantisch sein können …« Sie seufzt laut auf.

Ich muss lachen, denn jeder in London weiß, wie aufdringlich die Möwen an der Themse sind. »Du hättest gar nicht erst anfangen dürfen, sie zu füttern, damit hast du sie herausgefordert«, rüge ich sie gespielt streng.

»Ich weiß, ich werde es auch nie wieder tun. Na ja, aber auch wenn es nicht zum Kuss kam, war es trotzdem schön mit ihm. Er meinte, wir könnten doch morgen alle zusammen was unternehmen, in den Hyde Park gehen oder so. Ein paar andere aus der Schule sind auch dort. Nathan zum Beispiel.«

»Willst du mich mit ihm verkuppeln?«

»Passen würde es doch«, entgegnet sie. In meiner Nähe hupt ein Auto, was Jill wohl gehört hat, denn sie fragt: »Und was ist mit dir? Wo treibst du dich denn noch rum?«

»Bis eben war ich bei Sally im Laden, und jetzt bin ich auf dem Weg zur U-Bahn.«

»Im Laden von Sally? Am Sonntag? Wie kam es denn dazu?«

»Eher zufällig. Kurz nachdem du gegangen warst, hat Sally mich angerufen, weil sie mir ein paar Stifte herausgesucht hatte. Und weil ich nichts zu tun hatte, bin ich hingefahren und einfach dortgeblieben.«

»Okay, und aus welchem Grund? War Louis wieder da und hat dich zum Leuchten gebracht?« An ihrer Stimme merke ich, dass sie Mühe hat, ein Kichern zu verkneifen.

»Ha, ha, du bist doof. Jetzt fängst du auch noch an. Ja, er war da, aber das ist nicht der Grund.«

»Sondern?«

»Ich bin ab jetzt die neue Aushilfe im Laden.«

»Aha. Und das hat auch nichts mit Louis zu tun, mit den Funkenlichtern und den Bildern, wenn ihr euch berührt, und mit deinem Bedürfnis, wieder auf ihn draufzufallen?«

»Kannst du mal bitte aufhören?« Ich schüttele den Kopf, aber leider kann sie es durchs Telefon nicht sehen. »Nein, es hat nichts damit zu tun, erstens, Sally hat mich gefragt, zweitens kann ich Ablenkung gebrauchen und drittens bin ich dort von Kunst und Antiquitäten umgeben, was ich liebe, und viertens …«

»Viertens?«

»Verdiene ich dann endlich Geld, um mich bei meiner besten Freundin zu revanchieren.«

»Okay, das leuchtet ein. Oh, es klopft an. Das ist meine Mum. Also bis später?«

»Ja. bis später.«

Nachdem wir das Gespräch beendet haben, beschließe ich, eine kleine Abkürzung zu nehmen. Dafür muss ich nur nach der nächsten Ecke eine schmale Gasse entlang. Ich bin sie schon oft gegangen, doch heute ist es anders. Denn schon nach ein paar Schritten habe ich ein merkwürdiges Gefühl im Magen. Ein Gefühl, als würde ich beobachtet werden. Ich sehe mich um, aber da ist niemand. Okay, der Weg ist nicht allzu lang, gleich bin ich wieder auf der Hauptstraße und damit so gut wie an der U-Bahn-Station. *Also reiß dich zusammen*, rüge ich mich selbst. Dennoch drängen sich plötzlich die Bilder von den Männern mit den Kutten in meine Gedanken, von dem Kerl gestern im *Closer* und wie ich mich in seiner Gegenwart gefühlt habe.

Als ich Schritte vernehme, schrecke ich auf. Erneut schaue ich mich um. Nichts. Wer weiß, vielleicht steigere ich mich auch nur total in etwas hinein. *Also geh einfach weiter, alles ist okay*, versuche ich mich zu beruhigen. Doch der Typ geht mir nun nicht mehr aus dem Kopf. Ich sehe seine dunklen Augen vor mir, die mir Angst machten, und dieses Tattoo an seinem Hals.

Plötzlich nehme ich aus dem Augenwinkel einen Schatten wahr und höre Schritte. Tatsächlich, wusste ich es doch! Ich bin nicht allein, da ist jemand. Gut, ich bilde mir vielleicht vieles ein, aber das nicht. Ich erhöhe mein Tempo, doch auch die Schritte hinter mir werden schneller. Voller Panik laufe ich auf die Hauptstraße zu – und dann geht alles sehr schnell. Ich bin unaufmerksam, sehe nicht nach links. Schon rast ein Auto auf mich zu. Tausend Gedanken schießen noch durch meinen Kopf. *War es das jetzt?*, ist einer von ihnen.

Doch dann, im wirklich allerletzten Moment, schlingen sich Arme um meine Hüften und ziehen mich von der Straße. Ehe ich verstehe, was da gerade passiert, falle ich vornüber auf einen warmen Körper und blicke in wasserblaue Augen, die mir mittlerweile schon ziemlich vertraut sind. Louis. Mein Herz schlägt unheimlich schnell und kann sich kaum beruhigen.

Was war das denn? Ich starre dem Auto nach, das nicht mal Anstalten macht zu stoppen. Auf seinem Lack prangt gut sichtbar ein merkwürdiges Zeichen, es kommt mir ziemlich bekannt vor … Jetzt weiß ich es: Die Tätowierung von dem Typen aus dem Closer sah so ähnlich aus! Kann das wirklich sein? Das ist doch verrückt! Vielleicht stehe ich unter Schock. Vermutlich sogar.

Ich ringe nach Luft, und mein Herz scheint mit Anlauf Achterbahn durch meinen Körper zu fahren.

»Scheiße, das war knapp. Alles okay?« Seine raue Stimme dringt in mein Ohr und ich nicke, aber eigentlich fühle ich mich alles andere als in Ordnung. Schließlich umfasst er noch einmal meine Taille und zieht mich mit sich auf die Beine. »Geht's dir wirklich gut?« Sein Blick haftet beinahe sanft auf mir.

»Ja, geht schon.«

»Hast du irgendwas gesehen? Ein Nummernschild oder so?« Er schaut sich um und wirkt dabei fast schon gehetzt.

»Nein, nur irgendeinen Aufkleber an der Fahrertür, aber das hilft ja auch nichts.« Ich schüttele den Kopf. »Was machst du eigentlich hier?«

Er zieht eine Augenbraue nach oben, lächelt aber dann. »Mal wieder dein Leben retten.«

Dieser Punkt geht an ihn. »Ja, ähm, danke«, sage ich verlegen, während ich mir den Staub von der Hose klopfe, in der auf Kniehöhe ein ziemlich großes Loch klafft. »So ein Mist.«

Louis geht in die Hocke und zieht den Stoff ein wenig auseinander. »Ist es sehr schlimm?« Als er meine Haut berührt, zucke ich zusammen. »Es blutet zum Glück nur leicht«, stellt er fest, bevor er wieder aufsteht und in seine Tasche greift. »Hier, das hast du im Laden vergessen, deswegen bin ich dir nachgegangen.«

Als ich sehe, was es ist, schlägt mein Herz schneller. »Mein Zeichenbuch?«

»Ja, es lag in der Küche auf der Arbeitsplatte, und ich dachte, du vermisst es bestimmt schon. Vor allem dieses eine Bild darin«, meint er grinsend.

»Sehr witzig.« Ich rolle mit den Augen und streiche mir eine Haarsträhne aus dem Gesicht. »Danke, wirklich. Das war nett von dir.«

»Ich weiß. Gewöhn dich aber nicht dran.«

Für einen Moment verweben sich unsere Blicke erneut, als sein Handy klingelt. Er wirft einen Blick aufs Display, dann steckt er es wieder weg. Zu gern würde ich wissen, wer ihn anruft, aber natürlich frage ich das nicht. Stattdessen sage ich: »Geh ruhig ran, ich muss sowieso los.«

»Nicht so wichtig, ich rufe später zurück.«

Ich verstaue das Zeichenbuch in meiner Tasche. »Also danke noch mal, dass du mir das Buch gebracht hast – und für das Lebenretten auch …«

»Gern geschehen. Du kannst dich bei Gelegenheit dafür revanchieren.« Er legt den Kopf schief. »Aber du kennst ja die Regel.«

Ich will mich schon umdrehen und gehen, als er unerwartet nach meiner Hand greift und mich zu sich zieht. Sein Gesicht ist mir wieder viel zu nah und seine Lippen ebenfalls.

»Komm gut heim, Amy.« In seinem Blick ist etwas, das mir fast den Boden unter den Füßen wegzieht, und dieses Gefühl seiner Berührung nimmt mich schon wieder komplett und so unendlich intensiv ein.

»Ich versuche es«, stammle ich.

Diese Lippen, diese Augen. Mir wird bewusst, dass er noch immer meine Hand hält, und mit einem Mal ist da wieder dieses leichte Licht und ein Bild in meinem Kopf: ein Junge und ein Mädchen, die unter einem großen Baum sitzen. Sie sind sich ganz nah und kurz davor, sich zu küssen. Das Mädchen trägt ein himmelblaues Kleid. Ich werde irre, ich werde wahnsinnig. Das ist doch nicht echt. Aber dennoch, irgendwie habe ich das Gefühl, dass Louis auch kurz darüber nachdenkt, doch dann klingelt sein Handy erneut. Er lässt meine Hand los und tritt einen Schritt zurück. »Ich sollte doch mal rangehen. Also dann, bis demnächst.«

»Ja, bis bald.« Ich wende mich endgültig ab und gehe davon.

Als ich ein wenig später noch einmal über die Schulter zurückblicke, steht Louis noch immer da, das Handy in der Hand, und sieht mir nach.

Als ich die Haustür aufschließe, kommt Tante May aus dem Wohnzimmer. Sie hat die Haare gewaschen und einen Handtuchturban auf dem Kopf, was ziemlich merkwürdig aussieht. Natürlich entdeckt sie sofort das Loch in meiner Jeans und mustert mich skeptisch. »Wo kommst du denn her? Und was ist mit deiner Hose passiert?«

Stimmt, ich muss einen merkwürdigen Eindruck auf sie machen.

»Ach, da war ein Auto, das mich fast angefahren hat. Dabei bin ich hingefallen und …«

Ihre Stimme wird leicht hysterisch. »Wie bitte? Du wurdest fast überfahren? Und der Autofahrer?«

»Abgehauen«, seufze ich.

Sie schüttelt den Kopf. »Der Verkehr in London ist wirklich das Letzte. Tut es denn sehr weh? Brauchst du eine Salbe oder Verbandszeug?«

»Nein, nein, es ist ja nur eine kleine Schramme. Nicht schlimm.«

»Aber deine Hose …«

»Na ja, ist ja jetzt wieder modern, oder?«

Sie hebt eine Augenbraue. »Hast du Hunger?«

»Kommt drauf an. Hast du gekocht?«

»Ich habe Sandwiches, und es gibt Brownies mit Vanilleeis zum Nachtisch. Gekaufte.«

»Da kann ich wirklich nicht Nein sagen«, antworte ich lächelnd. »Weißt du was? Ich bringe nur kurz meine Sachen nach oben, ziehe mich um, dann komme ich wieder zum Essen runter.«

Als ich nach unten komme, hat Tante May auf dem Couchtisch ein Tablett mit Essen angerichtet.

»Ich dachte, wir machen es uns gemütlich und schauen dabei ein bisschen fern. Was meinst du? Ganz unkonventionell.«

Ich lächle, weil ich diese Idee perfekt finde. Prompt fängt tatsächlich mein Magen an zu knurren. Ich setze mich neben Tante May und fange an zu essen. Währenddessen ziehen wir uns die x-te Wiederholung von *Mr Bean* rein – ich kann davon nicht genug bekommen, genauso wenig wie von Tante Mays Sandwiches. Denn die schmecken wirklich lecker.

Als *Mr Bean* zu Ende ist, greift Tante May nach der Fernbedienung und beginnt, durch die Programme zu zappen. Schließlich bleibt sie auf einem Nachrichtensender hängen, und Bilder einer U-Bahn-Station werden eingeblendet.

»Heute wurde eine neue Gedenktafel an der U-Bahn-Station in Moorgate angebracht«, berichtet der Reporter. »Diese soll an den tragischen Unfall vom 28. Februar 1975 erinnern. Damals raste ein Zug der Northern Line im Kopfbahnhof Moorgate am Tunnelende beinahe ungebremst gegen eine Betonwand. Dreiundvierzig Tote und vierundsiebzig Verletzte waren die Folge. Heute waren viele Hinterbliebene vor Ort, um sich an dieses schwerste Unglück in der Geschichte der London Underground zu erinnern, unter anderem der Bürgermeister Richard Folk, der in seiner Gedenkrede betonte, dass …«

»War wirklich traurig heute, all die Erinnerungen«, sagt Tante May, als mir mit einem Mal richtig übel wird.

»Alles okay? Du wirkst so blass«, höre ich sie noch sagen, bevor es mich davonzieht und ich ein Mädchen sehe, das in einer überfüllten U-Bahn steht. Ihre Haare sind glatt und dunkel, so wie die von Tante Kitty. Aber kann das sein?

Die Bilder fangen an, mich zu greifen. In meinen Fingern kribbelt es, mein Herz beginnt zu rasen. Ich fahre zusammen, mein Teller fällt mir aus der Hand.

»Amy, ist alles in Ordnung?« Tante May sieht mich erschrocken an.

»Ja, ja«, stammle ich, »mir geht es gut, ja. Ich … mir war nur kurz komisch.« Ich hole ein paarmal tief Luft und stehe langsam auf.

»Tut mir leid, ich hole eben was zum Aufwischen«, sage ich so gelassen wie möglich, dabei fühle ich die Angst noch immer in mir. Was war das denn? Ich weiß, es ist verrückt, aber es war beinahe so, als wäre ich selbst in diesem U-Bahn-Tunnel gewesen. Oder war es Tante Kitty? Aber wie könnte ich das, was ihr passiert ist, sehen? Das ist die Frage.

Als ich zu meinem Zimmer hinaufgehe, halte ich am Treppenaufgang inne und betrachte Tante Kittys Foto. Ja, sie war es, das Mädchen in meinen Bildern. Aber wie kann das sein?

Ich bin einfach durcheinander, denke ich, gehe weiter nach oben und lege mich ins Bett. Meine Gedanken und Gefühle lassen mich allerdings nicht so leicht einschlafen. Ständig sehe ich diese Bilder vor mir. Das U-Bahn-Unglück und dann auch noch diese bedrohlichen, in Kutten verhüllten Männer, die ganz offensichtlich auch dort waren. Ich habe mich nie damit beschäftigt, was mit Tante Kitty passiert ist, aber das will ich jetzt ändern. Ich möchte erfahren, was damals bei diesem Unglück geschehen ist. Also hole ich meinen Laptop und gebe *Moorgate Unglück U-Bahn London* in die Suchleiste ein und klicke auf *Suchen*.

Gleich am Anfang erscheint ein Wikipedia-Eintrag, den ich öffne und überfliege. Die ersten Sätze erzählen nicht wesentlich viel mehr als das, was auch der Sprecher im Fernsehen berichtet hat. Ich starre den Artikel an und will mir gar nicht ausmalen, wie schrecklich das für die Menschen in den Waggons gewesen sein muss – wobei ich es beinahe immer noch fühlen kann.

Am Ende des Artikels erfahre ich dann, dass der letzte Überlebende erst mehr als dreizehn Stunden nach dem Unfall geborgen werden konnte, die Leiche des Triebfahrzeugführers sogar erst nach mehr als vier Tagen.

Ich klicke weiter und stoße auf einer anderen Seite auf einen Satz, der mir merkwürdig vorkommt: *Später wurde der Öffentlichkeit preisgegeben, dass es Ungereimtheiten in diesem Fall gab.* Gefesselt lese ich weiter: *Der Untersuchungsbericht wurde am 4. März 1976 veröffentlicht. Er stellte keine technischen Fehler am Fahrzeug oder an der Eisenbahninfrastruktur fest. Die Obduktion des Fahrzeugführers ergab keinerlei Anhaltspunkte einer gesundheitlichen Einschränkung. Eine vorübergehende Lähmung wurde seitens der Pathologen für eine mögliche Erklärung gehalten, war aber organisch nicht nachweisbar. Ein Suizid seitens des Zugführers konnte ebenfalls ausgeschlossen werden, da er den Fuß auf dem Pedal der Bremse hatte. So endete die offizielle Untersuchung mit der Aussage, dass ausreichende Beweise, die Unfallursache festzustellen, nicht vorlägen. Der Coroner kam deshalb zu dem Urteil »accidental death« (höhere Gewalt).*

Ich schlucke, dann schließe ich den Laptop hastig. Wahrscheinlich ist es jetzt am besten, schlafen zu gehen. Und doch geben meine Gedanken keine Ruhe. Was hat das alles zu bedeuten? Warum habe ich Kitty gesehen? Und was haben diese verhüllten Männer damit zu tun?

# Kapitel 8

»Guten Morgen, Tante May«, begrüße ich sie verschlafen, als ich am nächsten Morgen die Küche betrete. Sie hat den Kopf voller Lockenwickler, die Zeitung neben sich liegen und tunkt einen Keks in ihren Kaffee.

»Guten Morgen, Liebes. Willst du auch Kaffee?«

Ich nicke und schenke mir eine Tasse ein.

In der Nacht hatte ich wieder merkwürdige Träume, aus denen ich nicht schlau wurde, unter anderem habe ich erneut das Mädchen aus der U-Bahn gesehen. Kitty. Und heute Morgen nach dem Aufwachen habe ich mich dann gefragt, warum so viele aus unserer Familie früh gestorben sind.

»Tante May?«

Sie sieht von der Zeitung auf. »Ja?«

»Dieses U-Bahn-Unglück war nicht der einzige Unglücksfall in unsere Familie, oder?«

Sie zögert einen winzigen Augenblick. »Nein, Liebes, leider nicht. Aber so ist das Leben. Es geschehen Dinge, die unerklärlich sind. In allen Familien – in manchen mehr, in anderen weniger.«

»So wie mit meinem Dad? Der Unfall, er war doch auch merkwürdig«, bohre ich nach. »Und es stimmt doch, dass ich auch im Auto hätte sitzen sollen?« Der Gedanke kam mir erst heute Morgen. Denn es ist die Wahrheit. Außerdem frage ich mich, warum mir auf einmal diese Dinge passieren. Der Typ, der mich im Club bedrängt hat, das Auto, das mich fast überfahren hat. Mich beschleicht langsam das Gefühl, dass jemand aus irgendeinem Grund hinter mir her ist …

Sie mustert mich mit ernster Miene. »Unfug, Liebes, mach dir nicht solche Gedanken, denn das bringt nichts. Meine Schwester hätte an diesem Tag auch zu Fuß gehen können, sie hätte mit einem Freund im Auto mitfahren können, hätte, hätte … Ich habe mir sehr lange den Kopf zerbrochen, das sage ich dir. Aber irgendwann musste ich einsehen, dass manche Dinge einfach so sind, wie sie sind, und dass wir uns vieles nicht erklären können, sosehr wir es uns auch wünschen. Irgendwann kommt die Zeit, da muss man einfach damit abschließen.« Sie sieht auf die Uhr. »Apropos Zeit: Du solltest dich auf den Weg in die Schule machen, sonst kommst du nämlich zu spät. Und habt ihr heute nicht diesen Ausflug?«

»Also, was war da gestern mit diesen Bildern, die der Bericht von dem U-Bahn-Unglück bei dir ausgelöst hat? Und du hast deine Tante Kitty wirklich gesehen?«, will Jill wissen, als wir im Bus sitzen, der uns ins London Museum bringen soll.

Ich rücke näher an sie heran. »Ja, es war, als wäre ich selbst dort gewesen, allerdings in Gestalt von meiner Tante oder so. Oder besser gesagt, als wäre ich sie gewesen.« Schon während ich es ausspreche, schüttele ich den Kopf. »Keine Ahnung, es war wie auf der Tower Bridge. Die Bilder kamen schnell und waren dann auch wieder weg, nur mit dem Unterschied, dass ich diesmal die Person kannte.«

»Das ist wirklich ungewöhnlich. Ob es bei den anderen Personen auch einen Zusammenhang gibt?«, überlegt sie.

In diesem Moment betreten Nathan und Thomas den Bus. Nathan lächelt in meine Richtung, während Thomas und Jill sofort intensive Blicke tauschen. Es ist nicht zu übersehen, dass zwischen ihnen die Funken fliegen und dass Thomas Jill mag.

»Hey«, sagt er und zwinkert Jill zu. Dann nimmt er zusammen mit Nathan hinter uns Platz, die beiden scheinen sich gut zu verstehen.

Nathan lehnt sich lässig zu uns nach vorn. »Hey, alles gut? Wie geht es dir, Amy? Ziemlich cool, dass es heute gleich einen Ausflug gibt, oder? Auch wenn es ins Museum ist.«

»Magst du Museen nicht?«, will ich wissen.

»Nun, das wäre jetzt nicht meine erste Wahl, um etwas zu unternehmen, außerdem bin ich zu Hause ständig von alten Dingen umgeben.«

Fragend sehe ich ihn an.

»Mein Dad … aber na ja, egal. Besser als Unterricht ist es allemal.«

Zu gern würde ich wissen, warum er daheim von alten Dingen umgeben ist und was sein Dad damit zu tun hat. Aber da spricht er schon weiter: »Hättet ihr Lust, dass wir danach noch etwas zusammen unternehmen? Wir könnten …«

Keine Ahnung, was Nathan noch sagen wollte, denn er wird von Mrs Birmingham unterbrochen, die in die Hände klatscht. »Aufgepasst, hört mir mal alle zu! Die Fahrt dauert jetzt ca. zwanzig Minuten. Wenn wir im Museum angekommen sind, gehen wir geschlossen zum Eingang, dort erfahrt ihr dann alles Weitere.«

Gerade hat sie sich auf ihren Platz gesetzt und dem Fahrer das Zeichen gegeben, den Bus zu starten, als ein paar Schüler zu kichern beginnen und nach draußen zeigen. In buchstäblich allerletzter Sekunde kommt Louis zum Bus gerannt, seine Haare sind zerzaust und stehen ihm wirr vom Kopf ab. Mit einem Kopfschütteln öffnet der Fahrer noch einmal die Tür.

Doch Louis ist nicht allein. Direkt hinter ihm betritt Lilly völlig außer Atem den Bus. Auch ihre Haare wirken irgendwie ziemlich durcheinander. Kurz trifft Louis' Blick meinen, aber dann sieht er rasch wieder weg.

Ich schlucke.

»Der lässt auch nichts anbrennen«, höre ich Nathan hinter uns zu Thomas sagen, und mir entgeht nicht der genervte Unterton in seiner Stimme. Ich spüre einen Stich im Bauch. Damit habe ich nicht gerechnet.

Jill greift nach meiner Hand und nickt mir wissend zu, als wollte sie sagen: *Hey, hinter dir sitzt ein superheißer Typ. Ist doch egal, was mit diesem Louis ist.*

Und ich beschließe, das fürs Erste zu beherzigen.

Als der Bus vor dem Museum zum Stehen kommt, steigen alle aus, und wir versammeln uns vor dem Eingang.

»Heute erleben wir Geschichte ganz nah«, erklärt Mrs Birmingham. »Diese Sonderausstellung hat heute Vormittag extra für uns geöffnet. Wir werden demnächst eine Klassenarbeit darüber schreiben, bei der ihr Ergebnisse bringen müsst. Ihr werdet einiges aus vergangenen Zeiten finden, und ich rate euch, alles ganz genau anzusehen. Also nutzt die Möglichkeit, gern auch in Gruppen.«

Während Mrs Birmingham spricht, werfen Louis und Nathan einander finstere Blicke zu.

»Wenn Blicke töten könnten«, flüstert Jill mir zu.

Daraufhin flüstert Thomas Jill irgendwas ins Ohr und sie kichert.

Na toll, denke ich mir. Und dann sehe ich auch noch, dass Louis zusammen mit Lilly loszieht. Ich muss unbedingt versuchen, diese Eifersucht in mir zu unterdrücken. Er kann doch machen, was er will. Es ist mir egal. Total egal!

Bevor ich noch länger darüber nachdenken kann, kommt Nathan auf mich zu und lächelt mich an. »Was meinst du? Wollen wir uns gemeinsam ein bisschen umsehen?«

Erleichtert nicke ich, und ein sanftes Kribbeln wandert durch meinen Körper. Er sieht wirklich gut aus heute, und seine Augen haben so etwas Vertrautes. Also warum nicht? Besser als Louis nachzuschmachten. Was ich absolut nicht will, sonst bildet er sich noch irgendwas ein.

»Klar, das können wir gern machen«, sage ich also und Nathan deutet auf die erste Frage auf dem Arbeitsblatt, das Mrs Birmingham ausgeteilt hat. »Es geht um den Alltag und das Leben im 18. Jahrhundert. Also lass uns mal suchen.« Während wir durch den ersten Raum schlendern und ich eine Vitrine mit altem Geschirr betrachte, fragt er: »Und, war dein Wochenende noch okay? Was hast du denn Schönes gemacht?«

»Ausgeschlafen, mit Jill gefrühstückt, ein bisschen gearbeitet«, antworte ich. Da fällt mir ein, dass Sally sich noch gar nicht gemeldet hat, was ich irgendwie schade finde.

»Gearbeitet? Am Sonntag?« Überrascht sieht er mich an.

Ich zucke mit den Schultern. »Stell dir vor, es gibt viele Menschen, die am Sonntag arbeiten. Zum Beispiel Sanitäter, Feuerwehrmänner oder Polizisten.«

»Und du bist was davon?«

Jetzt muss ich lachen. »Nichts. Ich arbeite als Aushilfe in einem Laden für Kunst und Antiquitäten, hat sich spontan ergeben«, sage ich schon mit ein wenig Stolz.

»Tatsächlich? Wie kam es dazu?«

»Im Gegensatz zu dir mag ich Kunst und alte Dinge, sie faszinieren mich. Dort wurde eine Aushilfe gesucht, und so hat es sich dann ergeben.«

Er beginnt zu lächeln. »Ich habe nicht gesagt, dass ich es nicht mag, nur dass ich ständig davon umgeben bin. Mein Dad ist nämlich auch fasziniert davon. Bei ihm ist es eine Art Sammelleidenschaft. Und bei dir?«

»Bei mir …« Ich überlege kurz, was und wie viel ich ihm preisgeben möchte. »Ich kann das nicht genau sagen. Vielleicht liegt es daran, dass ich gern zeichne, mit Gegenständen verbinde ich irgendwie auch Bilder, die in meinem Kopf auftauchen und die ich dann auf dem Papier festhalte. So wie kleine Geschichten.« Ohne eine Miene zu verziehen, sieht er mich weiter an. »Findest du das langweilig?«, frage ich rasch.

Er schüttelt den Kopf. »Unsinn. Ich finde es gut, wenn man etwas hat, für das man sich begeistert. Du magst eben die Kunst und ich …«

»Und du die Musik«, ergänze ich.

»Ja, unter anderem.«

Wir bleiben vor einer Vitrine stehen, in der ein paar alte Dosen aus Porzellan ausgestellt sind.

»Willst du dann auch mal etwas in Richtung Kunst studieren?«, will Nathan wissen. »Wenn du gern zeichnest, wäre der Bereich Design sicher auch interessant. Und in London gibt es gute Universitäten.«

»Ja, das habe ich mir schon überlegt. Ich würde gern Kunst studieren, und mal sehen, wohin es mich dann verschlägt.«

»Keine Idee?«

»Doch. Ich dachte auch schon daran, dass es sicher interessant wäre, in einem Museum zu arbeiten. Mit einem Kunststudium ist das sicherlich möglich. Aber auch in einer Redaktion einer Zeitung oder bei einer Kunstagentur oder so, ich weiß noch nicht.«

»Das klingt doch nach einem Plan. Vielleicht kann ich ja mal mit meinem Dad sprechen.«

Was hat das denn bitte mit seinem Dad zu tun? »Mit deinem Dad? Warum das?«

»Na ja, ich habe gehört, dass bei der *London Art* gerade eine Serie über Kunst aus alten Zeiten gestartet werden soll. Dafür muss viel recherchiert werden. Vielleicht gäbe es da ja eine Möglichkeit für dich, mal Redaktionsluft zu schnuppern, ins Archiv abzutauchen oder so. Zudem soll es einen Bericht über meinen Dad geben, er hat viele Kontakte zur Londoner Kunstszene.«

Überrascht mustere ich ihn. »Ist das dein Ernst? Das würdest du für mich machen – einfach so?«

»Klar, warum nicht? Fragen kostet doch nichts. Gib mir mal deine Nummer, dann kann ich mich bei dir melden, wenn ich was weiß.«

»Ist das wieder ein Trick, so wie mit dem Schal?«, frage ich wie aus der Pistole geschossen.

»Ein Trick, um an deine Nummer zu kommen?« Er zieht eine Augenbraue nach oben und grinst. »Erwischt. Nein, mal ehrlich. Wenn ich gewollt hätte, dann hätte ich sie mir schon am Samstagabend besorgen können. Und ich war wirklich in Versuchung, aber ...«

»Aber?«

»Ich wollte, dass du sie mir freiwillig gibst. Vielleicht ja, weil du mich magst?« Wie er mich ansieht. »Was meinst du? Bekomme ich sie?« Er zückt sein Handy und reicht es mir.

Jetzt muss ich doch auch lächeln. »Also schön, weil du so nett gefragt hast.« Ich tippe meine Nummer ein und speichere sie. Gerade als ich ihm das Handy zurückgeben will, beginnt es zu klingeln. Auf dem Display erkenne ich den Namen Jay.

Nathan greift danach. »Sorry, nur eine Sekunde, ja?« Er entfernt sich ein paar Schritte, dann nimmt er das Gespräch an.

»Alles okay?«, frage ich, als Nathan wieder zurückkommt.

»Klar. Nur ein Bekannter, nichts Wichtiges. Also, wo waren wir stehen geblieben? Ach so, Kunst, Museum, Redaktion. Ich werde mal sehen, was ich tun kann.«

Schließlich schlendern wir weiter durch den Saal und beantworten zwei Fragen auf unserer Liste.

»Alles steckt voller Geheimnisse, findest du nicht auch? Ich meine, nehmen wir mal dieses Museum, all diese Stücke hier verbergen Geheimnisse. Du hast sicher auch welche.«

Er schmunzelt. »Ja, natürlich, aber ...«

»Aber? Jetzt will ich es genau wissen.«

»Du bist ganz schön neugierig, Amy. Was willst du denn wissen?«

Jetzt traue ich mich einfach. »Warum kam es zu diesem Streit zwischen dir und Louis? Was ist vorgefallen? Erzähl es mir.«

»Was hast du denn gehört? Ich weiß, die Leute reden. Also?«

»Dass ihr aneinandergeraten seid und es eine Schlägerei gab.«

»Das stimmt so weit, ja.« Nachdenklich nickt er.

»Und warum? Um was ging es dabei?« Ich beschließe, nun nicht lockerzulassen.

»Na ja, um das, worum es bei Jungs eben meistens geht.«

»Um ein Mädchen?«

»Ja. Um es genau zu sagen, es ging um mein Mädchen.«

Wie er die Worte *mein Mädchen* betont. Und dieser Blick … Kurz habe ich ein merkwürdiges Gefühl dabei, bin mir aber nicht sicher, ob ich es mir nicht nur einbilde.

»Louis meinte, ihr zu nahe kommen zu müssen. Da hat es geknallt, besser gesagt, ich bin dazwischengegangen, und er ist völlig durchgedreht.« Nathan zieht den Ärmel seines Shirts nach oben und entblößt eine ziemlich lange Narbe auf seinem Oberarm.

»Oh! Das tut mir leid«, sage ich schon ziemlich geschockt. »Ich kann mir das gar nicht …«

»… nicht vorstellen, dass er so was tut?«, ergänzt er. Ich nicke. »Ja, aber Louis ist jemand, der zwei Gesichter hat, davon bin ich überzeugt. Und mein Dad auch, deswegen versucht er auch alles, damit Louis nicht auf der Schule bleiben darf. Es reicht schon, dass man ihm außerhalb der Schule hin und wieder begegnen muss.«

»Und das Mädchen?«, will ich wissen.

»Meine Ex? Ihr Name war Halley. Wir sind nicht mehr zusammen, und das ist auch okay so.« Mit einem Mal verdunkelt sich sein Blick, was ich nicht genau deuten kann. »Wie auch immer, mir ist egal, was Louis tut. Ich habe ein Mädchen gefunden, das mein Interesse geweckt hat.« Jetzt lächelt er wieder.

»Und was ist das für ein Mädchen?«, frage ich vorsichtig, aber auch etwas keck.

»Nun, ein geheimnisvolles Mädchen. Ich weiß noch nicht viel über sie, nur dass sie ziemlich gut tanzt, gern mit ihren Haaren spielt und einen hübschen Leberfleck am Kinn hat.«

Der warme Klang seiner Stimme lässt mein Herz knistern. Ich spüre, wie ich rot werde, und weiß nicht, was ich antworten soll.

Zum Glück taucht just in diesem Moment Jill zusammen mit Thomas neben uns auf. »Das sieht aber nicht so aus, als hättet ihr schon recht viele Aufgaben gelöst.«

Nathan nickt. »Stimmt, wir haben die Zeit vergessen. Was habt ihr denn schon?« Er reckt den Kopf, um einen Blick auf Jills Fragebogen zu erhaschen.

»Leider nur zwei Sachen, aber die könnt ihr gern abschreiben. Die nächste Station führt uns wohl zu dem Bereich *Mode aus alter Zeit*. An Station vier soll irgendwas sein, ein Kleid oder so«, berichtet Thomas.

»Also dann, lasst uns gehen.« Jill sieht sich um. »Da hinten steht doch eine Vier.«

Wir schlendern durch die Reihen darauf zu und bleiben schließlich vor dem Kleid stehen.

»Das sieht echt hübsch aus.« Jill mustert mich, während ich meinen Blick ebenfalls darüberschweifen lasse und mein Herz unmittelbar immer heftiger anfängt zu schlagen.

Denn vor uns, an eine Puppe gepinnt und mit Scheinwerfern ausgeleuchtet, steht umgeben von einer kleinen Absperrung ein himmelblaues Kleid mit hellem Saum, das ich mir ziemlich bekannt vorkommt. Denn ich habe es schon mal gezeichnet! Für einen Moment bin ich so davon eingenommen, dass ich alles um mich herum vergesse. Ich sehe nur noch das Kleid.

»Echt hübsch, vor allem dieser blaue Stoff und die Spitze, oder was meinst du?«, fragt Jill mich von der Seite.

Hinter uns lacht Thomas auf. »Ich glaube, ihr Mädels seid jetzt in eurem Element. Dann macht das mal hier mit der Frage, Nathan und ich ziehen inzwischen zur nächsten Station. Wollen wir uns dann dort treffen?«

Als ich ein kurzes Leuchten wahrnehme, bin ich für einen Moment so abgelenkt, dass ich nicht in der Lage bin zu antworten. Stattdessen versuche ich, herauszufinden, ob ich es mir vielleicht nur eingebildet habe. Ich sehe erneut hin – und tatsächlich, wieder funkelt etwas an dem Kleid auf. Doch nicht nur das. Plötzlich taucht ein kurzes Bild in meinem Kopf auf. Da ist wieder das Mädchen, sie trägt das Kleid, aber diesmal sitzt sie nachdenklich vor einem Spiegel und hat etwas in der Hand. Eine kleine Flasche.

»Alles okay?« Nathan steht mit einem Mal dicht neben mir.

Das Bild verschwimmt, und ich räuspere mich. »Ja, alles gut.«

Er zieht eine Augenbraue nach oben und mustert mich kritisch. Ob er etwas bemerkt hat?

Jill jedenfalls wirkt ganz normal, also hat sie wohl nichts gemerkt. Und Thomas ebenso.

»Ähm, ja, ich bin nur ganz fasziniert. Wie schon gesagt, alte Dinge, Kunst und so.«

Glücklicherweise mischt sich nun Thomas ein. »Was ist, Nathan, gehen wir weiter?«

Doch Jill hält ihn zurück. »Nein, ihr bleibt schön hier, Jungs.« Sie zückt den Fragebogen. »Wir lösen alle zusammen die Frage, danach gehen wir weiter. Also, wie nennt man die Epoche, aus der dieses Kleid stammt?« Sie sieht sich um, und ihr Blick bleibt schließlich auf dem Panel hängen, das vor der Absperrung angebracht ist. »Okay, hier steht, es stammt aus dem Jahr 1789 und wurde von einer reichen Gutsbesitzerin getragen. Die Epoche? Hm, gute Frage …«

*1789, eine reiche Gutsbesitzerin.* Meine Gedanken spielen verrückt.

»Barock«, antwortet Nathan wie aus der Pistole geschossen. Sofort drehen wir drei anderen die Köpfe zu ihm.

»Woher weißt du das denn?«, fragt Thomas, und ich bin ebenfalls überrascht.

Nathan zuckt mit den Schultern. »Ich hab das mal aufgeschnappt«, erklärt er und zwinkert mir zu.

»Perfekt.« Jill notiert die Antwort, dann zieht sie mich ein wenig von den Jungs weg und raunt mir zu: »Alles okay bei dir?«

»Alles gut. Lass uns später reden.«

Sie nickt zufrieden, und auch ein wenig Erleichterung spiegelt sich in ihrem Blick. »Na dann, wollen wir weiter?«

Wir setzen uns in Bewegung und lösen gemeinsam auch die nächsten Fragen, während ich wirklich versuche, nicht mehr an das Kleid zu denken und an dieses kurze Leuchten, das ich zu sehen geglaubt habe. Doch sosehr ich mich auch bemühe, ich schaffe es nicht. Zu gern würde ich wissen, ob ich mir das alles nur eingebildet habe, dafür müsste ich mir das Kleid aber noch mal genauer ansehen.

»Ich bin gleich wieder da, ich muss auf die Toilette.«

Jill sieht von ihrem Arbeitsblatt auf. »Soll ich mit?«, fragt sie, aber ich schüttele den Kopf.

»Nicht nötig, ich bin gleich wieder da. Macht ruhig schon mal weiter, ja?«

»Okay, dann treffen wir uns in Raum drei? Da geht es nämlich weiter mit den Fragen.«

»Alles klar.« Ich wende mich ab und gehe zurück in den Saal mit dem Kleid.

Als ich davor stehen bleibe und es betrachte, geht mein Puls augenblicklich wieder schneller. Ich zücke das Handy und mache ein, zwei Fotos. Ja, es ist wirklich das Kleid von meiner Zeichnung. Das Kleid, das das Mädchen trug. Ich versuche, mir alles genau einzuprägen, den Stoff, den Saum … Aber ein Leuchten sehe ich nicht mehr.

Vielleicht war das vorhin doch nur eine Lichtreflexion, die von irgendwoher kam, denke ich schon, als ich plötzlich doch etwas sehe: Da ist ein kleines Funkeln, das von dem Knopf ganz oben am Dekolleté des Kleides ausgeht und mich beinahe magisch anzieht. Ich habe den Drang, den Knopf zu berühren, als wollte er mir etwas mitteilen. Es ist verrückt und gleichzeitig so real, dass ich näher herantrete, mich über die Absperrung beuge und die Finger danach ausstrecke.

Als ich ihn berühre, fließt durch mich plötzlich ein helles Licht. Es ist wie eine Welle aus Energie, die mich erfasst und mich zusammenfahren lässt, die beinahe zu stark ist und mich zu verschlingen droht. Bilder wirbeln auf und greifen nach mir.

Und dann, von einer Sekunde auf die andere, ist alles um mich herum verschwunden.

*»Frances? Wo bist du?«*

*Als sie seine Stimme hört, faltet sie hastig den Brief in ihrer Hand zusammen und schiebt ihn in den Rahmen des Bildes in ihrem Rücken: der Rosengarten, ein Baum, die Kirche, ihr Versteck und so viel mehr. Dann verstaut sie das kleine braune Fläschchen, aus dem sie eben noch getrunken hat, in der Schublade ihres Frisiertischs. John hatte ihr das Fläschchen gegeben – und nur der Gedanke an ihn hält sie aufrecht.*

*»Frances?« Er spricht ihren Namen aus, als wäre sie seine Trophäe. »Da bist du ja.« Von hinten legen sich Hände um ihre Taille. »Das Stillsitzen für dieses Gemälde war eine Qual, aber ich denke, es hat sich gelohnt. Oder was meinst du?«*

*Als die Hände sie jetzt von ihrem Stuhl herunterziehen, macht sich ein heftiger Schauer in ihrem Körper breit, weil sie weiß, was jetzt kommt. Aber sie versucht, nicht daran zu denken, sondern nur daran, was John zu ihr gesagt hat. Dass es leichter wird, wenn sie das Laudanum aus dem Fläschchen nimmt. Sie hofft so sehr, dass er recht hat.*

*Sie atmet tief durch und nickt nur, während er seine Finger ihren Hals entlanggleiten lässt. »Du bist so schön!«, haucht er und beginnt dann, ihren Nacken zu küssen. Eine Hand liegt weiter an ihrer Taille, seine andere an ihrem Hals. »Wunderschön«, raunt er noch einmal, als seine Küsse weiterwandern. Sein Atem riecht nach Wein, als er drängend den Stoff ihres himmelblauen Kleides zur Seite schiebt.*

*»Ich …« Sie will etwas sagen, doch er wirbelt sie herum, legt sie aufs Bett und schiebt sich bereits zwischen ihre Beine.*

*»Du bist mein«, flüstert er noch, bevor aus dem Flüstern ein Sturm wird.*

*Sie versucht, nicht daran zu denken, was gleich passieren wird, sondern an John. Aber dann zieht er sein Hemd aus und reißt an ihrem Kleid. Bestimmt wirkt es gleich, an diese Hoffnung klammert sie sich. Das Gewicht seines Körpers drückt sich auf sie, und sie spürt seinen Mund überall. Küsse … Das ist der Moment, in dem die Welt um sie herum langsam zu einer anderen wird und vor ihren Augen verschwimmt. Sie versinkt im Gedanken an John, malt sich aus, dass es er ist. Geräusche, Atmung …*

*Mit der Hand umklammert sie fest den Stoff ihres Kleides, spürt in der letzten Sekunde, in der ihr Gehirn noch funktioniert, den goldenen Knopf ganz oben am Dekolleté zwischen ihren Fingern.*

*Sie nimmt ein kurzes Flackern wahr, ein Licht und schließlich einen Ruck, der tief aus ihrem Inneren kommt. Dann wird alles schwarz.*

Das Bild ist so einnehmend, dass ich kaum mehr Luft bekomme. Gerade als ich zu ersticken glaube, greift jemand um meine Taille und zieht mich an sich.

# Kapitel 9

Nun geht alles ganz schnell. Ich spüre Wärme, einen Herzschlag, der gegen meine Brust pocht, atme den Duft von Zedernholz ein, und schließlich strömt die Luft wieder in meine Brust. Mit einem heftigen Atemzug komme ich zu mir und blicke in Louis' Augen.

»Alles okay?«, fragt er, während er mich noch immer fest an sich gedrückt hält. Mein Körper zittert, und ich bin noch ganz irritiert von dem, was ich gerade gesehen habe. Die Bilder waren so real. Alles, was da plötzlich war, vermischt sich mit meinen Zeichnungen und ergibt jetzt einen Sinn.

Das Mädchen vor dem Spiegel, das so sehnsüchtig hineinblickte – sie hatte eine solche Angst. Dann war da dieses Fläschchen – Laudanum. Sie war mit einem Mann zusammen, mit dem sie nicht zusammen sein wollte. Ihr Herz gehörte diesem John.

Der Moment, als mir im *Closer* dieser Typ zu nahe kam – er hat sich angefühlt wie gerade eben. Als wäre es eine Art Déjàvu. Und dann diese Frances. Kitty kannte ich, ja, aber Frances? Wer war sie? Was musste sie durchmachen?

Noch immer bin ich ganz benommen. Wie kann es sein, dass ich das gerade gesehen habe, dass es sich so real angefühlt hat? Der Knopf, den ich berührt hatte, war wohl der Auslöser dafür. Aber wie ist das möglich?

»Der Knopf«, keuche ich aufgewühlt und klammere mich an Louis' Schultern. Weil ich Halt brauche und seine Nähe sich einfach so gut anfühlt.

»Welcher Knopf?«, fragt er sanft. Seine Augen liegen auf mir, und er streicht mir eine Haarsträhne aus dem Gesicht. Eine zarte, vertraute Berührung, die ich mag.

»Am Kleid. Er hat geleuchtet und …«

»Es ist alles okay«, flüstert er.

Er greift nach meiner Hand, und als sich unsere Finger berühren, passiert es erneut. Helles Licht dringt durch uns hindurch, und Bilder bauen sich vor mir auf. Doch diesmal ist es anders als vorhin. Wie ein Film laufen sie ab. Da ist das Mädchen in dem blauen Kleid. Doch der Junge, der jetzt vor ihr steht, ist ein anderer. Auch wenn ich sein Gesicht nicht erkennen kann, weiß ich, dass es John ist. Denn sie zieht ihn an sich, küsst ihn voller Leidenschaft, und dieses Gefühl hat nichts mit Angst zu tun. Es ist ein Gefühl, das mich einnimmt und ein heißes Prickeln durch meinen Bauch jagt – so stark, dass ich zurückzucke.

Schon lösen sich die Bilder wieder auf. Meine Atmung geht heftig, denn das Gefühl ist noch da, dieses Verlangen, das ich überall in meinem Körper spüre. Es verstärkt sich noch, als ich registriere, wie nahe ich Louis bin, dessen Hand noch immer an meiner Taille ruht und dessen Blick mit meinem zu verschmelzen scheint. Ich kann nur noch daran denken, seine Lippen auf meinen zu spüren.

Das alles, diese Bilder – das war doch keine Einbildung mehr?

»Geht's wieder?«, fragt er, bevor er meine Taille loslässt und einen Schritt zurückweicht.

»Klar, alles okay.« Ich versuche, mich zu fangen und dabei nicht wieder auf seine Lippen zu starren. »Was machst du hier?«, will ich wissen, während ich mich frage, wie lange er schon da ist und was er gesehen hat.

»Eigentlich wollte ich nur zu den Toiletten, dann habe ich dich da stehen sehen, und du hast … das Kleid …« Er sieht mich an. »Jedenfalls warst du ganz weiß im Gesicht.«

Sein Blick wandert zu dem Kleid. Wieder ist da dieser kleine Funke, der mich so angezogen hat. Louis' Augen haften darauf, ich erkenne es genau. Doch dann sieht er schnell weg. So groß die Versuchung auch ist, ich werde einen Teufel tun und ihn wieder darauf ansprechen.

»Also dann, wir sehen uns.« Schon wendet er sich ab, und ich stehe völlig irritiert da und weiß nicht, wohin mit all meinen Gefühlen.

Kurz sehe ich ihm noch nach, aber dann beschließe ich, Jill und die anderen zu suchen, immerhin bin ich schon eine ganze Weile weg.

Ich finde alle in Saal drei, wo wir uns verabredet hatten.

Jill wirkt sichtlich erleichtert, als ich auf sie zukomme. »Wo warst du denn so lange?«, will sie wissen. »Wir wollten eben schon einen Suchtrupp losschicken.«

Nathan mustert mich. »Alles okay?«

»Ja, alles okay. Tut mir leid, ich bin an ein paar Vitrinen hängen geblieben, die ich zu gern gemalt hätte.«

Er lächelt. »Eben durch und durch eine Künstlerin.«

»Ihre Bilder sind aber auch wirklich besonders«, erklärt Jill ihm. »Sie wirken beinahe lebendig.«

»Ja, wir hatten uns vorhin schon darüber unterhalten.« Nathans Blick gleitet von Jill zu mir. »Ich bin gespannt, ob ich mal ein paar davon sehen darf.«

»Sicher, das können wir auf jeden Fall machen. Wie weit seid ihr denn?«, frage ich.

»Du hast nur eine Station verpasst, da war die Aufgabe etwas schwerer. Die nächste muss gleich um die Ecke sein. Nummer sechs«, berichtet Jill. »Da geht es um Mudlarking, was immer das sein soll. Das sollen wir aber herausfinden.«

Und so setzen wir uns in Bewegung.

Wir gehen durch eine Tür, hinter der uns ausgeleuchtete Vitrinen erwarten. Sosehr ich mich auch auf die Aufgabe konzentrieren möchte, in meinem Kopf fahren die Gedanken Achterbahn. Es war wirklich das Kleid von meiner Zeichnung – und noch viel mehr. Was ich gesehen habe, war die Geschichte seiner Trägerin. Es muss so sein.

Ich greife nach meinem Handy und betrachte die Fotos, die ich vorhin gemacht habe. Kein Zweifel, es ist dasselbe Kleid, auch wenn ich es zu Hause noch mal mit meinem Zeichenbuch vergleichen möchte. Aber alles passt, vor allem die Geschichte dazu. Frances und John. Merkwürdig.

Ich denke an Louis, an die Bilder und dieses Prickeln, das seine Berührungen in mir auslösten. Und dann beschleicht mich ein weiterer Gedanke: Wenn dieses Kleid wirklich das Kleid aus meinen Träumen ist, existierte dann auch das Mädchen, das es einst trug? Diese Frances? Vielleicht im Jahr 1789? Ob man darüber etwas herausfinden kann? Ist es am Ende sogar mit all den Dingen so, die ich sehe oder zeichne? Immerhin habe ich auch Kitty gesehen … Oder bin ich gerade nur noch durcheinander?

Ich werde von meinen Gedanken abgelenkt, weil ich eine Nachricht aufs Handy bekomme. Sie ist von Sally, und ich freue mich, sie fragt mich, ob ich morgen Zeit hätte, um im Laden auszuhelfen. Ich schreibe ihr rasch zurück, dass ich gern nach der Schule komme.

Nachdem ich das Handy wieder weggepackt habe, ruft Jill mich zu sich. Ich geselle mich zu den anderen, die bereits nebeneinander an einer langen Vitrine stehen, in der die vielfältigsten Gegenstände ausgestellt sind. Zudem zieren Plakate den Raum, auf denen Münzen, Broschen oder nur winzige, in bunten Farben schillernde Scherben zu finden sind. Manche sind aus Porzellan mit Verzierungen, andere einfarbig. Neugierig lasse ich meine Augen über die ausgestellten Stücke wandern. Da ist eine Tasse ohne Henkel, daneben verschiedene Münzen und alte Schüsseln. Und auch Schmuck. Alles scheint ohne System in diese Vitrine gelegt worden zu sein, zumindest erkenne ich gerade keines, auch wenn ich es angestrengt versuche.

»Das sind alles Dinge, die von der Themse angespült und am Ufer gefunden wurden«, erklärt Nathan mir.

»Woher weißt du das?«

Er lächelt. »Das steht da auf dem Panel.«

»Okay, da steht: Mudlarks waren früher meistens Kinder, die nicht viel Geld hatten und aus ärmlichen Verhältnissen stammten. Sie wollten sich mit den Dingen, die sie aus der Themse fischten, ihren Lebensunterhalt finanzieren. Heute machen das die Mudlarks aus Leidenschaft für die Geschichten, die sich hinter den Gegenständen verbergen«, liest Jill vor.

»Mudlarks?«, flüstere ich.

Auf einem anderen Panel entdecke ich ein Foto einer Gruppe von Leuten, die alle bekannte Mudlarks zu sein scheinen. Interessiert lese ich den Text, der zu dem Foto gehört: *Die Visionäre hinter dem Themse Museum Project, Steve Baker und Nick Andrews, verfügen über große Sammlungen von Artefakten, die mehr als fünfundzwanzig Jahre lang von der Themse freigegeben wurden. Wir sind stolz und glücklich, diese hier in unserem Museum ausstellen zu dürfen. Ihre Familien betreiben Mudlarking schon in der vierten Generation. Hier zeigen wir einige Funde, die in den letzten fünfzig Jahren von anderen Mudlarks gemacht wurden. In einem Interview wurde Steve Baker kürzlich gefragt, warum er sich dem Mudlarking verschrieben habe. Er sagte, er wolle »ändern, wie wir Geschichte sehen.« Seine Vision für das Themse Museum beschreibt er so: »Es geht darum, Menschen über die Vergangenheit und das, was da draußen ist, aufzuklären und sie einzubeziehen. In diesen Artefakten steckt Archäologie für alle. Das Themse Museum wird die einzigartigen und epischen Geschichten hinter den erstaunlichen Artefakten erzählen, die in der Themse gefunden werden.«*

»Das ist unglaublich«, sage ich beeindruckt zu Jill, während wir zusammen die Vitrine entlanggehen.

»Stimmt«, pflichtet sie mir bei. »Echt heftig, wenn man bedenkt, wie viel Arbeit dahintersteckt.«

»Du solltest wirklich was mit Kunst machen«, reißt Nathans Stimme mich aus meinen Gedanken. »Ich werde meinen Dad gleich heute fragen.«

Ich wende mich ihm zu. »Ja, ich weiß, das klingt komisch, aber ich finde es mehr als spannend. Gerade diese Gegenstände hier.«

»Da muss ich dir zustimmen, es ist schon faszinierend.«

»Faszinierend, ja. Aber irgendwie auch traurig, oder?«, überlege ich. »Denn irgendjemand hat diese Dinge vor langer Zeit verloren. Ich meine, all diese Gegenstände haben mal jemandem gehört und wurden nie wiedergefunden, genauso wie ihre Geschichte. Jetzt sehen wir zwar diese Dinge, aber wir wissen nicht, was sie bedeuten.«

»Aber so ist das Leben nun mal«, gibt Nathan zu bedenken. »Man gewinnt Dinge, man verliert Dinge, manche kommen wieder, manche niemals mehr, und manche sucht man ewig.«

In meinem Herz macht sich eine Schwere breit, die an mir zieht, denn Nathan hat recht.

# Kapitel 10

Die restliche Zeit im Museum geht schnell vorbei, und nach drei Stunden finden wir uns mit ausgefüllten Aufgabenblättern, die Mrs Birmingham dann auch direkt einsammelt, wieder am Treffpunkt ein.

»Unser Ausflug ist an dieser Stelle zu Ende«, eröffnet sie uns in das allgemeine Gemurmel hinein. »Wer möchte, kann jetzt noch mit dem Bus zurück zur Schule fahren. Ihr könnt aber auch gleich von hier aus nach Hause gehen. Ihr habt den restlichen Tag frei.«

Sofort bricht helle Freude aus.

»Das ist ja genial!« Jill blickt strahlend in die Runde. »Das heißt, wir können noch was gemeinsam unternehmen.«

Nathan nickt. »Das wäre super. Sollen wir zusammen was essen gehen? Es gibt da einen Italiener nicht weit von hier am Haymarket, zu dem meine Familie gern geht.«

»Klasse, ich habe einen Bärenhunger!«, ruft Jill.

Thomas nickt ebenfalls begeistert. »Das wäre genial. Also meinetwegen gern!«

»Und, Amy, bist du dabei?«, fragt Nathan.

»Klar, Italiener klingt sehr verlockend.«

Wir haben uns schon auf den Weg gemacht, als ich doch noch einen Blick zurückwerfe. Louis steht noch immer vor dem Museum. Unsere Blicke treffen sich kurz, aber dann wendet er sich Lilly zu, und ich schiebe das Gefühl weg, dass da vorhin mehr zwischen uns war.

Es dauert nicht lange, bis wir bei dem besagten Italiener am Haymarket ankommen. Wir beschließen, draußen Platz zu nehmen, denn das Wetter ist für Londoner Verhältnisse wirklich prima. Die runden Tische sind mit rot-weißen Deckchen belegt, und wir werden freundlich von einem dunkelhaarigen Kellner empfangen, der Nathan zu kennen scheint. Er verteilt die Karten, und ich werfe sogleich einen Blick hinein.

»Ihr könnt euch aussuchen, was ihr wollt«, sagt Nathan. »Geht aufs Haus.«

Beim Anblick der vielen Leckereien auf der Karte läuft mir das Wasser im Mund zusammen, und ich merke zum ersten Mal an diesem Tag, wie leer mein Magen ist und dass ich den Hunger in all der Aufregung um das Kleid und die Nähe zwischen Louis und mir einfach verdrängt habe. Allerdings kann ich mich nicht zwischen Pizza oder Pasta entscheiden.

»Ich glaube, ich nehme die Pizza mit Salami«, meint Jill, während ich noch immer die vielen Gerichte studiere.

Ich lasse die Karte kurz sinken, um nachzudenken, dabei fällt mein Blick auf das Gebäude gegenüber. Es ist ein altes Steingebäude, das seltsam bekannt auf mich wirkt, obwohl ich noch nie hier gewesen bin – zumindest nicht bewusst. Komisch, denke ich, widme mich dann aber wieder der Karte. Doch sosehr ich mich auch ablenken möchte, meine Augen wandern wieder und wieder zu dem Haus hinüber.

Das muss definitiv ein Ende haben. Ich will einfach nur hier sitzen und Pizza essen und nicht schon wieder ein merkwürdiges Gefühl bekommen.

Jill stupst mich in die Seite. »Und, weißt du schon, was du nimmst?«

Ich war so abgelenkt, dass ich gar nicht bemerkt habe, dass sich der Kellner bereits wieder unserem Tisch genähert hat. Er nimmt einen Block aus seiner weißen Schürze und lächelt in die Runde. »Na, was kann ich euch bringen?«

»Für mich die Pizza mit Salami«, beginnt Jill.

Nathan bestellt eine scharfe Pizza, Thomas ebenso.

»Für mich auch eine Salamipizza«, sage ich schließlich.

Als der Kellner gegangen ist, lehnt sich Nathan in seinem Stuhl zurück. »Ziemlich cool, dass wir schon freihaben. Und das bei dem super Wetter.«

»Auf jeden Fall«, bestätigt Thomas. »Und jetzt hier Pizza zu essen, ist noch viel cooler. Danke, Mann.«

Doch Nathan winkt ab. »Kein Ding, das mache ich gern.« Er richtet sich auf und rutscht etwas näher an mich heran, sodass sich unsere Oberarme berühren. Ich weiß nicht, was ich davon halten soll. Es ist nicht unangenehm, aber auch nicht so wie das, was ich in Louis' Nähe empfinde. Doch ich möchte jetzt auch nicht abrupt zurückweichen, das wäre ja albern.

Wir plaudern noch eine ganze Weile über Filme und die Schule. Dabei ertappe ich mich, wie mein Blick trotz allem immer wieder zu dem alten Gebäude hinübergleitet.

Und plötzlich passiert es. Ganz unerwartet. Die weißen Steine werden braun, und das Geländer, das eben noch schwarz war, schimmert im Sonnenlicht golden. Es ist nur ein winzig kurzer Augenblick, aber es scheint, als hätte sich das Gebäude im Zeitraffer verändert. Spielen mir meine Augen schon wieder einen Streich oder geschieht das hier tatsächlich?

Schnell sehe ich weg. Das darf doch nicht wahr sein! Aber das Gefühl lässt sich nicht ignorieren, und als ich erneut vorsichtig hinschaue, fliegen die Bilder nur so in meinen Kopf. Alles verändert sich, die Tür zu einer anderen Zeit öffnet sich. Plötzlich sind da keine Autos mehr, sondern Pferdekutschen. Der Gestank nach Abgasen verschwindet, dafür kriecht ein anderer unangenehmer Geruch in meine Nase. Vor dem Gebäude versammeln sich Menschen in eleganten Abendroben. Ich sehe ein Mädchen in einem roten Samtkleid an der Hand eines jungen Mannes. Die Szene wechselt. Beißender Rauch steigt mir in die

Nase und erschreckt mich so sehr, dass ich kurz vergesse, wo ich bin.

Auf einmal ist alles so schnell wieder weg, wie es gekommen ist.

»Was meinst du, Amy?«, dringt Jills Stimme wie aus weiter Ferne zu mir durch, und ich schrecke auf. Wo gerade noch Rauch war, ist jetzt nichts mehr. Auch das Gebäude sieht wieder aus wie vorher. Die Steine sind wieder weiß, das Geländer schwarz, aber mein Herz klopft nach wie vor rasend schnell.

»Vorsicht, heiß.« Mit diesen Worten stellt der Kellner die beiden Salamipizzen auf unserem Tisch ab, und reißt mich damit aus meinen Gedanken.

Hungrig machen wir uns über das Essen her. So normal alles gerade erscheint – mich lässt das Gefühl nicht los, dass auch an diesem Ort vor langer Zeit etwas Schreckliches passiert sein muss.

Als wir alle aufgegessen haben, piept mein Handy. Ich rufe die Nachricht auf. Sie ist von Sally.

*Hey, Amy,*

*es tut mir so leid, aber könntest du eventuell kurzfristig doch heute schon im Laden aushelfen? Nur für eine Stunde? Von Louis weiß ich, dass ihr früher Schluss habt, und ich muss dringend weg. Louis hat später leider auch noch zu tun. Ich weiß nicht, wie lange ich brauche, und wage es einfach mal, dich zu fragen. Ich hoffe, es ist okay. Hättest du Zeit? Melde dich doch bitte.*

*Ganz liebe Grüße*

*Sally*

Mein Herz macht einen kleinen Satz, und ich schreibe ihr zurück:

*Kein Problem, ich kann in einer halben Stunde da sein.*

Ihre Antwort folgt prompt:

*Danke, du bist ein Schatz. Das vergesse ich dir nicht! Bis gleich.*

»Ich muss leider los. Sally braucht mich spontan für eine Stunde, und ich will sie nicht hängen lassen.«

Nathan scheint ein wenig enttäuscht zu sein. »Schade, wir hätten alle zusammen noch etwas herumschlendern und das Gebäude ansehen können, das dir so gefällt.«

Hat er etwa bemerkt, dass ich immer wieder dort hinübergestarrt habe? »Was dir alles auffällt …«, sage ich verlegen.

Er lächelt. »Ich beobachte nun mal gern. Aber dann vielleicht ein andermal.« Gemeinsam mit mir steht er auf. »Ich regele mal eben das drinnen, bin gleich wieder da.« Schon verschwindet er ins Innere des Lokals.

Jill erhebt sich ebenfalls und zieht mich ein paar Schritte zur Seite. »Zu schade, dass du jetzt schon gehen musst«, meint sie.

»Schon, aber Sally wirkte echt verzweifelt.«

Sie sieht mich forschend an. »Oder hat es einen anderen Grund?«

»Nein, welchen anderen Grund sollte es denn geben?«

»Na, Louis«, antwortet sie wie selbstverständlich, trotzdem darauf bedacht, dass es niemand mitbekommt.

Sofort muss ich wieder daran denken, wie es sich heute im Museum anfühlte, ihm so nah zu sein. Ich spüre noch immer die Berührung seiner Finger an meiner Taille, und Hitze steigt mir ins Gesicht.

»Unsinn«, erwidere ich ein wenig barsch und versuche, mir nichts anmerken zu lassen, aber Jill grinst.

# Kapitel 11

Die kleine Glocke über der Tür klingelt, als ich eintrete und mich im Laden umsehe. Es stehen noch immer einige Kartons herum, aber langsam wird es übersichtlicher. Sally jedoch entdecke ich nirgendwo.

»Hallo, Sally?«, rufe ich, doch dann betritt Louis den Verkaufsraum und stellt eine Kiste auf dem Tresen ab.

»Hey.«

»Sally hat mir geschrieben und mich gefragt, ob ich helfen könnte. Sie meinte, sie muss kurzfristig weg und dass du auch beschäftigt bist.«

Er nickt, dann hebt er eine neue Kiste an. »Ich wollte eigentlich auch gleich los«, erklärt er, »aber die Dame, die auf eine Lieferung wartet, hat mich gebeten, doch erst etwas später zu kommen. Sorry, dass du jetzt umsonst hierhergehetzt bist, aber ich habe deine Nummer nicht, sonst hätte ich dir natürlich Bescheid gegeben.«

Ich zucke die Schultern. »Kein Problem. Wenn ich schon mal da bin, soll ich dann trotzdem helfen? Ich könnte doch ein wenig Ordnung bei den Büchern schaffen«, schlage ich vor, weil er genau dorthin die Kiste jetzt trägt.

»Klar, du kannst gern alles, was neu ist, in die Regale einsortieren. Und was alt ist …« Er greift nach einem Buch, das schon sehr lädiert aussieht, und mustert es von allen Seiten. »Ich frage mich, ob man die nicht besser entsorgen sollte. Wer will denn so was noch lesen?«

Ich trete neben ihn, um das alte Buch betrachten zu können. Kurz berühren wir uns, und wieder ist es unheimlich intensiv. Wie immer sind da diese Funken – für mich zumindest, denn Louis wirkt ganz normal. Ich frage mich wirklich, ob ich langsam verrückt werde … Ich meine, sprühende Funken? Lichter? All das ist nicht normal.

Ich versuche, mir nichts von alldem anmerken zu lassen und so gelassen wie möglich zu wirken. »Na ja, wir könnten doch mit diesen alten Büchern einen Flohmarkt veranstalten. So verdient ihr noch ein bisschen was an den Stücken, die ihr nicht mehr im Laden haben wollt, und sie finden am Ende doch noch ein gutes Zuhause. Ich meine, das ist doch besser, als sie einfach zu entsorgen.«

Keine Ahnung, was ich erwartet habe, aber nicht, dass er mich anlächelt. »Ich muss sagen, das ist wirklich eine gute Idee. Wir könnten schon mal dementsprechend Kisten ordnen und alles, was für den Flohmarkt gedacht ist, auf die Seite legen. Was meinst du?«

»Klar, ich bin dabei.«

Er holt eine leere Kiste aus dem vorderen Bereich des Ladens und legt das alte Buch hinein.

In der nächsten Stunde sortieren wir gezielt aus und haben danach schon drei Kisten gefüllt. Das meiste davon sind Bücher, alte Bilder oder Postkarten. Irgendwann greife ich nach einem Buch mit einem goldenen Rand auf dem Einband, das mir ziemlich bekannt vorkommt. Mir fällt ein, dass ich es schon mal in der Hand hatte, als ich zum ersten Mal hier im Laden war. Die Seiten sind bereits ziemlich zerfleddert, und ich beschließe, es ebenfalls in den Karton für den Flohmarkt zu geben.

Als die Glocke über der Tür bimmelt, sehe ich auf. Es ist Sally.

»Was macht ihr denn da?«, will sie wissen und mustert die

Kartons, die wir gefüllt haben. »Und warum bist du nicht unterwegs, Louis?«

»Die Kundin hat die Lieferung verschoben«, berichtet er. »Und na ja, dann war ich hier, und Amy hatte die Idee, mit den alten Sachen, die wir im Laden nicht mehr verkaufen möchten, einen Flohmarkt zu veranstalten.«

Sally überlegt kurz, und ein Lächeln überzieht ihr Gesicht. »Das ist eine tolle Idee, Amy. Wirklich klasse.« Dann wird sie wieder ernst, ihr Blick wandert zu Louis.

»Und, wie war es? Bin ich raus?«, fragt er leise.

Sally winkt ab. »Du warst kurz davor, aber … nein, denn ich habe alles gegeben. Wobei dieser Kane sehr hartnäckig war. Du darfst bleiben, dir allerdings nichts, also überhaupt nichts zuschulden kommen lassen. Aber das war ja vorher schon so.«

Louis verzieht das Gesicht und schüttelt den Kopf. »Ja, so ist es wohl.«

»Dieser Mr Kane hat wohl Beschwerde an höchster Stelle eingereicht und wollte, dass Louis von der Schule verwiesen wird«, erklärt sie an mich gerichtet. »Aber ich habe es geschafft, dass er bleiben kann, erst mal zumindest. Das ist echt das absolute Theater. Wie sie Louis hinstellen, wie einen Schwerverbrecher!« Jetzt ist sie richtig in Fahrt.

»Lass gut sein, Sally«, versucht Louis sie zu beruhigen.

Aber sie schüttelt den Kopf. »Ich verstehe das nicht. Da steckt doch was Persönliches dahinter, als wollten sie dich einfach loshaben.« Trotz allem lächelt sie mich an. »Wie auch immer, das werden wir auch überstehen. Jedenfalls eine gute Idee, das mit dem Flohmarkt und …« Das Läuten des Telefons unterbricht sie. »Entschuldigt mich bitte, ich bin gleich wieder da.«

Während Sally in dem kleinen Büroraum verschwindet, versuche ich mich weiter auf das Ordnen zu konzentrieren, doch es gelingt mir nicht mehr so richtig. Irgendwie würde ich gern etwas zu Louis sagen, weiß aber ehrlich gesagt nicht, was. Nathans Worte hallen durch meinen Kopf, dass Louis Nathans Freundin, dieser Halley, zu nahe gekommen sei und dass es dann geknallt habe. Irgendwie kann ich mir das gar nicht vorstellen, aber die Narbe an Nathans Arm spricht ja schon für sich.

Vorsichtig luge ich um die Ecke. Louis steht an ein Regal gelehnt, hält etwas, das wie ein Foto aussieht, in der Hand und betrachtet es. Ich versuche, nicht zu auffällig hinzusehen. Doch als ich bemerke, wie traurig er wirkt, schaffe ich es nicht. In seinem Blick liegt etwas, das mich greift.

»Louis, das war Mrs Peters. Sie hat jetzt gerade Pause, und wir können die Lieferung doch noch vorbeibringen«, ruft Sally ihm zu.

Hastig steckt er das Foto in die Hosentasche und kommt in meine Richtung. Eine Sekunde lang treffen sich unsere Blicke. Ob er bemerkt hat, dass ich ihn beobachtet habe? Falls ja, lässt er es sich jedenfalls nicht anmerken. Er geht an mir vorbei, holt eine Kiste vom Tresen und verabschiedet sich dann, während ich mich weiter dem Sortieren widme.

»Es setzt ihm sehr zu«, sagt Sally mit einem Mal neben mir.

Ich sehe zu ihr auf. »Louis?«

Sie nickt. »Ja, aber seit du hier im Laden arbeitest, lächelt er wenigstens ein bisschen.«

Ich bin ganz überfahren von ihren Worten. »So lange bin ich ja noch nicht hier«, gebe ich zu bedenken.

»Ja, mir ist es aber trotzdem aufgefallen.« Ihre Lippen verziehen sich zu einem Lächeln. »Ihr beide würdet gut zusammenpassen.«

Ich spüre, wie mir die Röte ins Gesicht steigt. »Ich denke eher nicht …«

Sally winkt ab. »Nur meine Meinung, aber was weiß ich schon. Ach so, und wenn du möchtest, kannst du jetzt gehen. Du hast sicher auch Lust auf ein bisschen Freizeit. Wir sehen uns ja dann morgen.« Sie lächelt mir zu. Sicher ist ihr nicht entgangen, wie verlegen mich ihre Bemerkung gemacht hat.

»Okay, ich sortiere dann nur noch kurz diese Bücher hier ein«, sage ich, um dem heiklen Thema Louis zu entgehen.

»Klar, mach das, wie du willst. Du bist hier immer gern gesehen.«

Dann wendet sie sich ab, und ich gehe zu dem Regal, mit dem Louis eben noch beschäftigt war. Plötzlich fällt mir etwas ins Auge, das am Boden liegt. Ein Foto. Ich gehe in die Knie, greife danach, und sofort wird mir warmschwer im Bauch. Es ist das Bild, das Louis eben in der Hand hielt. Wahrscheinlich ist es ihm aus der Tasche gefallen oder er hatte es erst gar nicht richtig verstaut.

Louis ist darauf zu sehen, jünger, aber unverkennbar er – zusammen mit einer Frau und einem Mann, die ihn zwischen sich an den Händen halten. Das müssen wohl seine Eltern sein. Louis hat unverkennbar die Augen seiner Mutter geerbt, die schwarzen Haare hingegen sind die seines Vaters.

Sofort zieht es meinen Magen zusammen, denn nun ist mir klar, warum Louis vorhin so traurig aussah. Und ich kann seinen Schmerz verstehen. Tränen stehlen sich in meine Augen, doch ich blinzle sie rasch weg.

Wunden heilen mit der Zeit – wie oft habe ich diesen Satz schon gehört. Als wäre das so leicht. Louis muss seine Eltern unheimlich vermissen – wie sehr, kann ich nachfühlen. Während ich das Foto weiter betrachte, tanzen tausend Fragen durch meinen Kopf. Was wohl mit seinen Eltern passiert ist? Ich überlege, ob ich das Foto Sally geben soll oder lieber Louis, doch da lässt mich eine Stimme zusammenfahren, und ich stecke das Bild schnell in meine Hosentasche.

»Hallo, Caroline.« Barney, Sallys Grandpa, steht mit einem Mal neben mir und lächelt mich an.

»Hallo.« Ich versuche erst gar nicht, ihm zu erklären, dass ich gar nicht diese Caroline bin, mit der er mich mal wieder verwechselt.

»Was machst du gerade?«, fragt er.

Kurz denke ich nach, dann deute ich auf die Kiste. »Ich ordne alles ein bisschen.«

»Das ist gut. Ist ja das reinste Chaos hier.« Er sieht sich im Laden um. »Wird richtig schön. Das machst du gut. Aber das hast du immer schon getan.«

»Ja, das denke ich auch«, antworte ich, weil ich einfach irgendwas erwidern will.

Er tritt noch näher an mich heran, und ich weiß nicht, was ich davon halten soll. »Ich habe übrigens darüber nachgedacht, was du gesagt hast.«

»Worüber?« Schnell greife ich nach einem der Bücher, um etwas Abstand zwischen uns zu bringen, und stelle es ins Regal.

»Dass das, was geschieht, kein Zufall sein kann. Die Unfälle und … Ich glaube, du hast recht damit. Irgendwas Größeres steckt dahinter. Es sind zu viele. Als wäre es eine große Verschwörung. Ich habe Recherchen angestellt und nach *Claire Lang* gesucht – ich habe einen Freund im Stadtarchiv, deswegen konnte ich nachsehen. Und dann gibt es diese Legende. Ich habe sie in einem der Bücher entdeckt, aber ich habe das Buch versteckt, denn sie suchen es. Es ist unscheinbar, aber von großer Bedeutung. Weil es mehr ist als nur ein Buch – du weißt, was ich meine …« Er bricht ab und wirkt jetzt wieder verwirrter, als wüsste er nicht mehr, wo er sich befindet. »Es ist dieses Buch mit dem goldenen Rand. Ich dachte, ich hätte es hier hingestellt«, flüstert er, während er die Augen zusammenkneift und sie über die zahlreichen Buchrücken in den Regalen wandern lässt.

Er tut mir unendlich leid. Es muss schlimm sein, zu vergessen, wer man ist.

Seine Augen gleiten noch kurz über das Regal, dann sieht er mich ernst an. »Du musst auf dich aufpassen, Caroline, auf dich und Will. Ich glaube, es geht weiter, sie sind hinter euch her, und ich denke, es endet nicht gut. Es endet eher wie bei den anderen. Sie geben nicht auf, bis sie alles haben.« Er greift nach meiner Hand und drückt sie fest.

Ich muss schlucken, weil ich mich mit einem Mal frage, ob dieses Gespräch mit dieser Caroline vielleicht wirklich mal stattfand, wer auch immer sie und dieser Will sein mögen. Womöglich birgt ja das, was Barney sagt, ein Stück Wahrheit.

»Du passt auf, ja?«, bittet er mich noch einmal.

»Ja, das tue ich.«

Sally kommt auf uns zu. »Ach herrje, es tut mir leid, Amy. Grandpa, was machst du denn hier unten?«

»Ich wollte nur eben mit Caroline sprechen«, antwortet er und lächelt mir zu.

Ich beschließe, mitzuspielen. »Ja, es ist okay, wir haben uns gut unterhalten.«

»Na schön, aber jetzt geht es wieder nach oben. Komm, Grandpa.« Sally greift Barney am Ellenbogen und zieht ihn sanft, aber bestimmt mit sich.

Ich sehe den beiden nach, wie sie durch die Tür, die zum Treppenhaus führt, verschwinden. Keine Ahnung, was ich von dem, was Barney mir erzählt hat, halten soll. Doch ich werde jetzt sowieso keine Antwort darauf finden, also beschließe ich, weiterzumachen und die restlichen Bücher einzusortieren.

Mein Handy klingelt, es ist Nathan. Kurz zögere ich, dann gehe ich ran. »Hallo?«

»Hi, Amy, ich bin es, Nathan.«

»Hi. Was gibt es denn?«

»Pass auf, ich habe richtig gute Neuigkeiten für dich und hoffe, dass du heute noch Zeit hast.«

»Heute? Jetzt bin ich aber neugierig. Um was geht es denn?«

»Ich hatte dir ja versprochen, dass ich mit meinem Dad rede. Er hat sich schlaugemacht und ein gutes Wort für dich bei der

*London Art* eingelegt. Wenn du möchtest, darfst du dort mitarbeiten. Sie würden dich gern so schnell wie möglich kennenlernen. Nachdem wir heute ja früher Schluss haben, würde das doch passen. Also, was sagst du? Meinst du, man kann dich schon entbehren?«

»Wow, ehrlich?« Ich bin regelrecht begeistert.

»Das ist dann ein Ja?«, vergewissert er sich. »Wir könnten uns nämlich gleich treffen. Wo ist denn der Laden, in dem du arbeitest?«

Einen kurzen Moment zweifle ich. Denn ich möchte nicht unbedingt, dass er erfährt, dass es der Laden von Louis' Tante ist.

»Ähm, wo bist du denn gerade?«, frage ich, statt zu antworten.

»Ich bin am Hyde Park, von hier braucht man nur ein paar Minuten zu Fuß.«

Ich überlege kurz und schlage schließlich vor, dass wir uns an der Station *Blackfriars* treffen.

Nachdem wir aufgelegt haben, suche ich nach Sally, die gerade einen Kunden bedient hat. »Ich gehe dann mal, ja? Wir sehen uns morgen nach der Schule?«

»Klar, natürlich. Mach dir noch einen schönen Tag, Amy. Und danke, dass du so lieb warst einzuspringen.«

»Sicher, war kein Thema. Also bis morgen.«

Dann verabschiede ich mich und verlasse den Laden in Richtung der U-Bahn-Station Covent Garden. Währenddessen fische ich das Handy aus meiner Tasche und rufe Tante May an.

»Du bist ja nur noch unterwegs«, stellt sie fest, als ich ihr berichte, dass ich mich gleich bei der *London Art* vorstellen werde. Dennoch wünscht sie mir viel Erfolg, und ich versichere ihr, dass ich gegen sechs zu Hause bin.

Nachdem ich aufgelegt habe, entdecke ich Louis auf der anderen Straßenseite. Er hat das Handy am Ohr und wirkt sehr beschäftigt – so beschäftigt, dass er keine Notiz von mir nimmt. Mir fällt ein, dass ich noch immer das Foto von ihm und seinen Eltern in meiner Tasche habe. Ich überlege, kurz hinüberzugehen und ihm das Bild wiederzugeben. Doch dann verschwindet er schon im Laden.

# Kapitel 12

Als ich an der Station *Blackfriars* ankomme, sieht Nathan mir lächelnd entgegen. »Na, schon aufgeregt?«

»Und wie.«

Er winkt ab. »Das ist völlig unbegründet. Die sind alle ganz nett, und vor allem freuen sie sich, wenn jemand Lust hat, sie zu unterstützen.«

Gemeinsam machen wir uns auf den Weg zum Gebäude der *London Art*, das direkt an der Themse liegt. Als wir an der Pforte stehen bleiben, tobt mein Herz heftig in meiner Brust.

Nathan streift kurz meine Schulter mit seiner Hand und sieht mich aufmunternd an. »Das wird schon, keine Sorge. Wir gehen jetzt da rein, und dann verzauberst du sie alle mit deiner charmanten Kunstbegeisterung.«

»Okay, jetzt übertreibst du aber«, erwidere ich verlegen.

Die große Drehtür aus Glas befördert uns ins Innere, in eine mächtige Empfangshalle mit glänzendem Boden. An der Rezeption werden wir von einer Dame mit einem akkurat gebundenen blonden Pferdeschwanz empfangen. Nachdem wir unser Anliegen vorgebracht haben, tippt sie mit ihren perfekt manikürten Fingernägeln auf einem Display herum, um uns in der zuständigen Abteilung anzukündigen. Mit einer Handbewegung weist sie uns an, im Wartebereich Platz zu nehmen.

Doch kaum haben Nathan und ich uns auf eine helle und ziemlich unbequeme Couch gesetzt, kommt ein Mann mit kurzen braunen Haaren und einem karierten Hemd, in dessen

Brusttasche eine Brille steckt, auf uns zu. »Guten Tag, ich bin Nicolas Brown, der Redaktionsleiter.«

»Amy Evans«, erwidere ich. »Vielen Dank, dass Sie sich Zeit für mich nehmen.«

Er reicht Nathan ebenfalls die Hand. »Der junge Mr Kane. Schön, Sie zu sehen. Aber selbstverständlich. Also, dann wollen wir mal. Ich zeige Ihnen am besten gleich die Redaktionsräume.«

Nathan nickt mir zu. Irgendwie beschleicht mich das Gefühl, dass er bei der Führung nicht dabei sein wird. Und tatsächlich, anstatt sich mit Mr Brown und mir zum Aufzug zu begeben, bleibt er im Foyer zurück. »Schreib mir, wie es dir gefallen hat«, sagt er nur noch, dann verabschieden wir uns voneinander.

Als sich oben angekommen die Aufzugtüren öffnen, leuchtet mir als Erstes ein Bild der Londoner Skyline entgegen, das in einem weißen Rahmen an einer in einem leichten Rotton gestrichenen Wand hängt.

»Noch einmal willkommen bei uns. Wir haben viele Abteilungen und Redaktionen, die für die unterschiedlichsten Themenbereiche zuständig sind«, erklärt mir Mr Brown. »Sie, Miss Evans, wurden dem Projekt zu Mr Kane zugeteilt und können gern unseren kreativen Köpfen über die Schulter blicken. Zwei davon finden wir gleich hier.« Er klopft an eine Tür und öffnet sie, ohne eine Antwort abzuwarten. Ein Mann mit blonden, etwas zerzausten Haaren sitzt hinter einem Schreibtisch, auf dem gleich drei Monitore stehen. Ihm gegenüber hat eine rothaarige Frau, die ihre Brille schief aufgesetzt hat, ihren Platz. Keiner der beiden hebt den Kopf, als wir eintreten.

Mr Brown räuspert sich. »Mrs Fitzger, Mr Veitengruber, das hier ist Amy Evans. Sie interessiert sich für Kunst und darf ein bisschen bei uns reinschnuppern. Sie wird Ihnen gern zur Hand gehen.«

Die beiden begrüßen mich rasch, widmen sich dann aber gleich wieder ihren Bildschirmen.

Mr Brown schließt die Tür und führt mich weiter. Er zeigt mir die Küche und das Archiv, in dem Tausende von Büchern und Artikeln größtenteils in digitalisierter Form zu finden sind und das jeder beliebig für seine Recherchen nutzen kann. Ich werde einigen Mitarbeitern vorgestellt, deren Namen ich mir nie und nimmer merken kann, und schließlich landen wir am Ende der Tour bei Daniela, der Sekretärin mit deutschen Wurzeln, die für Mr Brown zuständig ist. Er erklärt mir, dass ich erst mal bei ihr im Zimmer sitzen darf. Zuerst bin ich etwas eingeschüchtert von der dunkelhaarigen Frau mit den vielen Sommersprossen auf der Nase und den etwas zu großen Händen, doch als sie mich herzlich begrüßt, fühle ich mich gleich wohl.

»Ich bin Daniela«, sagt sie gleich ganz informell.

»Amy.«

»Freut mich, ich denke, wir werden eine tolle Zeit hier haben.«

Mr Brown verzieht sich in sein Büro, aber nicht, ohne mir vorher noch mitzuteilen, wie er sich die Arbeit vorstellt. Jede Woche wird ein Arbeitsplan gemacht, was ich gut finde, denn so kann ich auch noch Sally im Laden zur Hand gehen.

Daniela nennt mir die Passwörter für den Computer, damit ich mir schon mal ein Bild vom System machen kann. Sie erklärt mir, dass in der neuen Serie, von der Nathan gesprochen hat, alte und neue Kunst gegenübergestellt werden soll und dass zu den besprochenen Kunstgegenständen Geschichten erzählt werden sollen.

»Du siehst, der Fantasie sind keine Grenzen gesetzt«, sagt sie, lacht dann aber, weil es doch ein paar Vorgaben gibt. Die Mappe dazu legt sie auf meinen Platz. »Die kannst du einfach mal durchlesen und dir dann ein paar Gedanken dazu machen.«

»Klar, warum nicht?«

Dann habe ich die Stelle wohl! Freudig greife ich nach der Mappe. Langsam beruhigt sich mein Puls ein wenig, denn natürlich war das alles jetzt unheimlich nervenaufreibend. In der letzten Stunde sind so viele Informationen auf mich eingeprasselt, die ich auch erst mal verarbeiten muss. Ich blättere durch die Mappe, lese mich ein und studiere die Liste mit den Kunstgegenständen, die bereits herausgesucht wurden. Als ich fertig bin, schlägt Daniela vor, dass ich mich doch schon mal ins Archiv setzen und ein wenig recherchieren könnte.

Und so sitze ich wenig später vor dem großen Sammelcomputer und bearbeite die Liste. Es ist unfassbar. Niemals hätte ich gedacht, zu den einzelnen Gegenständen so viele Informationen zu finden: Jahreszahlen, teilweise die Besitzer, Fundort – alles ist verzeichnet. Zu den Gemälden sind natürlich die Maler festgehalten, das Jahr, in dem das Bild angefertigt wurde, bisherige Restaurationen, der Standort in den Museen und vieles andere mehr.

Nachdem ich begonnen habe, alles durchzuarbeiten, kommt mir mit einem Mal ein Gedanke. Ob ich hier womöglich etwas über das Kleid herausfinden kann oder über die Tower Bridge? Und vielleicht ist ja auch die Brosche verzeichnet? Unzählige Gedanken wirbeln durch meinen Kopf, und schließlich tippe ich in die Suchmaske das Wort *Brosche* ein.

Nach einer kurzen Wartezeit spuckt mir das Gerät einige Broschen aus. Ich klicke mich durch die Liste, aber es ist keine darunter, die aussieht wie die Brosche aus meinen Bildern. Ich schüttele den Kopf. Es ist ja auch sehr unwahrscheinlich, sie zu finden, wenn ich keine genauere Beschreibung habe.

Das Kleid hingegen befindet sich ja gerade in der Sonderausstellung im London Museum, also müsste darüber doch etwas zu finden sein. Aber wonach soll ich suchen? Barockkleid? London Museum? 1789? Frances?

Ich lasse den Blick über die vielen Bücher in den Regalen schweifen, als mir das Gespräch mit Barney wieder einfällt. Natürlich weiß ich, dass sich das, was er sagte, total wirr und zusammenhanglos anhörte. Dennoch lässt mich das Gefühl nicht los, dass mehr dahinterstecken könnte. Barney erzählte mir doch, dass er nach einer Claire Lang recherchiert habe. Das ist meine Chance! Warum sollte ich nicht mal nachsehen, ob hier im Archiv etwas über diese Frau zu finden ist?

Aufgeregt tippe ich den Namen in die Suchleiste ein und drücke auf *Enter*. Und tatsächlich finde ich einen Artikel, einen ganz alten aus dem Jahr 1900. Als ich ihn öffne, und das Schwarzweißfoto sehe, auf dem diese Claire Lang abgebildet ist, bekomme ich kurz keine Luft mehr.

Denn auf dem Bild erkenne ich unschwer meine Urgroßtante. Es ist das gleiche Foto, das auch bei uns im Treppenaufgang hängt. Wie ist das möglich?

Als ich mich wieder ein wenig gefasst habe, widme ich mich dem Artikel. *Claire Lang vermisst*, steht in dicken Buchstaben in der Überschrift, und darunter etwas kleiner: *Es wird nach der jungen Claire Lang gesucht, die nach einem Ausflug nicht mehr nach Hause zurückkehrte. Da ihr Mantel in der Themse gefunden wurde, geht die Londoner Polizei von einem Unglück aus, das die junge Frau wahrscheinlich ereilte.*

Ich kann meine Augen kaum von dem Artikel abwenden, der mit einer Notiz versehen ist. Und nun verstehe ich auch, warum sich dieser Artikel hier im Archiv befindet. Denn in der Notiz ist das Foto eines Etuis zu sehen, das Claire gehört haben soll und seitdem als vermisst gilt: *Das Etui aus dem 18. Jahrhundert gilt als sehr wertvoll und soll einst für die Königsfamilie angefertigt worden sein.*

Mein Herzschlag beschleunigt sich. Wie ist das möglich? Und noch etwas verwirrt mich, denn es sieht aus wie das Etui, das Louis auf der Tower Bridge bei sich hatte. Kann es sein, dass genau dieses Etui mittlerweile in Louis' Besitz ist? Aber woher sollte er es haben? Doch dann denke ich an die Bilder, die seine Berührung in mir hervorgerufen hat. Und die stimmen mit dem Artikel überein. Das Paar, das ich gesehen habe – war die Frau Claire? Zumindest konnte ich diesen Namen verstehen. Und den Namen Alan.

Gut, da steht nicht, dass Claire von der Tower Bridge stürzte, aber vielleicht wurde das ja überhaupt nicht bemerkt? Doch was war mit diesem Alan?

Ich lese den Artikel wieder und wieder und beschließe dann, ihn auszudrucken. Nachdem ich den Druckbefehl gegeben habe, sehe ich mich suchend um. Der Drucker steht etwas abseits, und als er plötzlich ein Druckgeräusch von sich gibt, stehe ich auf und gehe zu dem Gerät hin, das gerade ein Blatt Papier ausgespuckt hat. Ich greife danach und zucke zusammen. Denn das ist nicht der Artikel, den ich ausdrucken wollte, sondern etwas anderes. Das Kleid aus dem Museum ist deutlich darauf zu erkennen. Doch bevor ich lesen kann, um was es hier geht, wird mir das Blatt aus der Hand gerissen. Ich drehe mich um und blicke in grüne Augen, die zu einem Mann mit dunklen, schon etwas lichten Haaren gehören.

»Das ist meins«, sagt er etwas schroff.

Ich trete erschrocken zurück. »Entschuldigung, ich hatte gerade selbst was in den Druck gegeben und dachte …«

Er hebt eine Augenbraue. »Tut mir leid, war nicht so gemeint. Du bist die Neue, oder? Wie heißt du noch mal?«

»Amy.«

»Genau, wir haben uns vorhin schon kurz gesehen, als du herumgeführt wurdest. Ich bin Dan. Sorry, dass ich etwas forsch war. Aber ich bin ziemlich knapp in der Zeit.« Er deutet auf ein zweites Druckgerät, das ein paar Tische entfernt steht. »Du musst da rüber.«

»Okay, danke.«

Ich gehe zu dem anderen Drucker, nehme den Artikel über Claire und das Etui heraus und setze mich anschließend zurück an meinen Platz. Zu gern würde ich wissen, was auf Dans Blatt stand und warum er nach dem Kleid recherchiert.

Ich beschließe, noch weitere Nachforschungen anzustellen, und versuche einige Kombinationen von Suchbegriffen, aber alle bleiben ohne Erfolg. Zu einer Frances finde ich nichts, ebenso nichts zu dem Kleid oder der Brosche.

Seufzend lehne ich mich zurück, als Daniela ins Archiv kommt. »Hey, Amy, gerade habe ich einen Botengang von Dan hereinbekommen.«

Fragend sehe ich sie an. Dan – das ist doch der Mann, der die Informationen über das Kleid ausgedruckt hat.

»Wäre super, wenn du das übernehmen könntest. Es geht zum *Langham Hotel*, und ich dachte, du könntest es auf deinem Nachhauseweg schnell dort abliefern.«

Das ist die Chance, denke ich. »Kein Problem, das mache ich gern.«

Sie lächelt und reicht mir ein braunes Paket. »Toll, vielen Dank. Dann würde ich sagen, du machst dich auf den Weg. Es ist sowieso Zeit, schon nach fünf. Wir sehen uns ja in den nächsten Tagen. Übermorgen, oder?«

»Ja, übermorgen.«

»Sehr schön. Du weißt, wo das Hotel ist?«

Ich nicke. »Ja, klar. Meine Mum arbeitet dort.«

»Na dann, auf mit dir ins *Langham Hotel*.«

# Kapitel 13

Leider erreiche ich Mum nicht. Ich habe ihr geschrieben, dass ich einen Botengang zum *Langham Hotel* mache, in der Hoffnung, sie kurz zu sehen. Doch als ich vor dem Hotel ankomme, ist sie immer noch offline.

Nathan hingegen hat schon nachgefragt, wie es mir bei der *London Art* gefällt, ob alles gut gelaufen ist. Ich beschließe, ihm ausführlich zu antworten, wenn ich zu Hause bin.

Langsam kommt mir der Tag unendlich lang vor. Seit ich heute Morgen neben Jill im Bus saß und wir uns auf den Weg zum Museum machten, ist aber auch sehr viel passiert. Das Kleid, die Begegnung mit Louis, das Gespräch mit Barney im Laden, der Artikel über Claire. Außerdem rätsele ich unentwegt, was sich wohl in dem Paket befindet, das ich hier in Dans Auftrag abgeben soll. Ich meine, er machte vorhin ja schon einen etwas merkwürdigen Eindruck. *Mr T., Langham Hotel, Zimmer 56* steht auf dem Empfängerschild. Wer das wohl ist?

Alles prasselt mit einem Mal wieder auf mich ein, und eine Schwere breitet sich in mir aus. Ich will einfach nur noch das Paket abgeben und nach Hause, denn ich werde so oder so nicht herausfinden können, was sich darin befindet. Auch wenn ich zu gern einen Blick hineinwerfen würde, weiß ich, dass es falsch wäre.

Ich trete durch die breite Tür aus Spiegelglas, die ins Innere des Luxushotels führt. Wie immer ist hier alles unglaublich sauber, funkelnd, imposant. Es ist, als würde man in eine andere, eine luxuriöse Welt eintreten. Männer in Maßanzügen, Frauen mit teuren Taschen und atemberaubend hübschen Kleidern durchqueren die Lobby und steuern die Aufzüge an.

Ich hingegen stelle mich an der Rezeption an. Vor mir ist eine Frau mit einer Unmenge Gepäck an der Reihe, die eine gefühlte Ewigkeit braucht. Um mir die Wartezeit zu vertreiben, sehe ich mich um und entdecke mit einem Mal völlig unerwartet Louis im Augenwinkel. Was zum Teufel …? Doch so schnell er aufgetaucht ist, ist er auch wieder weg. Er verschwindet in einer der Türen zum Treppenhaus, die eigentlich nur für das Personal gedacht sind. Wenn ich mal auf Mum gewartet habe, um sie abzuholen, kam sie meistens aus einer dieser Türen. Was Louis da wohl zu suchen hat?

Ich komme jedoch nicht dazu, weiter darüber nachzudenken, denn nun bin ich an der Reihe. Der Mitarbeiter hinter dem Tresen entschuldigt sich, dass ich so lange warten musste.

»Schon in Ordnung«, erwidere ich und händige ihm rasch das Paket aus.

Gerade will ich durch die große Glastür wieder nach draußen treten, als mir ein Mann mit Hut entgegenkommt. Er kommt mir irgendwie bekannt vor, und schließlich fällt mir ein, woher. Es ist mit ziemlicher Sicherheit der Mann, der vor dem Laden in dem dunklen Auto auf Louis gewartet und ihm ein Paket ausgehändigt hat. Wieder kann ich sein Gesicht nicht erkennen, aber als ich mich umdrehe und ihm nachsehe, tritt er an die Rezeption und nimmt das Paket in Empfang, das ich gerade abgegeben habe. Ist das Mr T.? Er blickt sich kurz um, dann verschwindet er durch dieselbe Tür wie Louis vor wenigen Minuten.

Nun bin ich wieder hellwach, und meine Neugier ist geweckt. Ob Louis sich mit dem Mann trifft? Und was machen die beiden mit Dans Paket? Das ergibt eigentlich keinen Sinn – oder doch? Immerhin hatte ich schon heute im Museum das Gefühl, dass Louis ebenfalls etwas bemerkt hat. Tauchte er am Ende gar nicht zufällig bei dem Kleid auf? Sieht er womöglich doch auch diese Bilder?

Die Gedanken rauschen unglaublich schnell durch meinen Kopf. Ohne weiter darüber nachzudenken, mache ich kehrt und gehe auf die Tür zu. Bevor ich die Klinke hinunterdrücke, sehe ich mich noch mal in der Lobby um, aber niemand scheint Notiz von mir zu nehmen.

Hinter der Tür ist es weniger glamourös, das Treppenhaus ist nicht sehr hell. Mir gegenüber führt eine weitere Tür in eine Art Innenhof. Ob Louis sich dort mit dem Mann trifft? Ohne lange zu überlegen, schleiche ich mich hindurch und verstecke mich hinter einem Mauervorsprung. Tatsächlich, die beiden stehen etwas abseits. Der Mann reicht Louis gerade das Paket, das ich an die Rezeption gebracht habe. Im Gegenzug drückt Louis ihm auch etwas in die Hand, einen Umschlag, soweit ich erkennen kann. Alles geht ganz schnell. Die beiden verabschieden sich bereits, und der Mann geht in die entgegengesetzte Richtung davon, während Louis zu meinem Unglück direkt auf mich zukommt.

Eilig drehe ich mich weg und laufe so leise wie möglich auf die Tür zu, die ins Treppenhaus zurückführt. Wohin jetzt? Wenn ich mich nicht beeile, bemerkt er mich ja sofort. Glücklicherweise entdecke ich eine weitere Tür, die nach links weggeht, und kurz bevor Louis das Treppenhaus betritt, husche ich durch sie hindurch in die Dunkelheit, die sich dahinter verbirgt. Mein Herz klopft heftig in meinem Brustkorb. Still stehe ich an die Tür gelehnt da und lausche nach draußen. Schritte, die vermutlich zu Louis gehören, hallen durch den Gang. Ich kann nur hoffen, dass er mich nicht gesehen hat.

Mit einem Mal wird es ruhig, und langsam beruhigt sich mein Puls. Louis scheint jetzt weg zu sein, ich kann mich wieder nach draußen wagen. Licht, ich brauche Licht. Ich nehme das Handy in die Hand, mache die Taschenlampe an und suche den Schalter. Zum GLück finde ich ihn. Doch zu meinem Entsetzen stelle ich fest, dass es sich hier wohl um eine Sicherheitstür handelt, die keinen Griff besitzt.

Wobei das doch echt nicht sein kann. Aber ich entdecke keinen. Okay, ruhig bleiben, vielleicht täusche ich mich ja auch, und da ist doch irgendwo ein winziger Knopf.

Aber irgendwann gebe ich auf. Das darf jetzt wirklich nicht wahr sein! Ich rede mir ein, ruhig zu bleiben, immerhin habe ich ja mein Handy dabei, und wenn ich nichts finde, rufe ich Mum an oder zur Not Jill.

Ich linse auf das Display – kein Netz! Nun treibt die Panik doch eine Enge in meine Brust.

Als ich erneut Schritte vernehme, verstärkt sich das Gefühl der Panik noch. Alles in meinem Körper pocht heftig. Die Schritte scheinen jetzt direkt vor der Tür zu sein, und als sie sich öffnet, fließt heißes Adrenalin durch mich hindurch, das meinen Puls schier explodieren lässt.

»Es tut mir leid, ich habe mich verlaufen, ich … ich …« Keine Ahnung, wie ich mich noch rechtfertigen will, da erkenne ich Louis.

»Amy. Wusste ich es doch.«

Er betritt den Raum und geht auf mich zu.

»Nicht, die Tür!«, sage ich noch, dann fällt sie schon ins Schloss. Mist.

»Was machst du hier?«, will er wissen und steht jetzt dicht vor mir.

»Ich …«, keine Ahnugn, was ich sagen will, sein Blick sucht meinen, er ist so nah, dass ich seine Brust beinahe an meiner spüre. Als mir der Duft seines Parfüms in die Nase dringt und ich die Wärme seines Körpers spüre, beschleunigt sich mein Puls.

»Kannst du mir mal bitte sagen, was du hier machst?«

Ich schiebe ihn weg.

»Da kann ich dich das Gleiche fragen«, entgegne ich gewollt resolut, in der Hoffnung, auf diese Weise meine Aufregung verbergen zu können.

Aber er lässt sich davon nicht einschüchtern. »Gib es zu, Amy, du hast mich verfolgt. Du hast geschnüffelt, schon wieder.«

»Nein, also, ja, nicht direkt …«

»Nicht direkt?« Er beugt sich wieder näher zu mir, und ich spüre seinen warmen Atem an meiner Wange, was bedeutet, dass seine Lippen gefährlich nah sind. Plötzlich habe ich nur noch einen Gedanken: seine Haut zu fühlen, seine Hände, seine Lippen …

Als könnte er Gedanken lesen, tasten seine Finger sanft nach meinen. Sie berühren sich, und winzige Funken leuchten auf. Zart, aber deutlich genug, dass man sie kaum leugnen kann. Ich sehe zu ihm auf, doch da ist keinerlei Regung in seinem Gesicht.

Schließlich lösen sich seine Finger von meinen, und ich ringe um Worte. »Ich …«

»Schwindle mich nicht an!«, fährt er dazwischen, greift nach dem Handy, welches er aus der Tasche zieht.

»Echt Amy, ich meine, was soll das?«

»Okay, ich habe dich verfolgt, aber nur, weil ich dich zufällig gesehen hatte und wissen wollte, was du hier machst.«

»Und warum interessiert dich das?«

»Weil ich … ich war heute bei der *London Art* und sollte das Paket, das du vorhin bekommen hast, hier abgeben.«

»Was machst du denn bei der *London Art*?« Seine Stimme ist jetzt deutlich kälter geworden.

»Ich … ich habe dort nur mal reingeschnuppert. Dort wird ein Sonderprojekt zum Thema Kunst umgesetzt, und ich interessiere mich dafür. Eine Art Praktikum sozusagen. Der Termin war ganz spontan. Nachdem Sally mich nicht mehr brauchte, bin ich eben hin …« Dass Nathan mir den Job vermittelt hat, erwähne ich lieber mal nicht.

Er nickt. »Okay, und weiter?«

»Als ich nach Hause gehen wollte, wurde ich in der Redaktion gebeten, auf dem Heimweg das Paket hier im Hotel abzugeben. Und da habe ich dich zufällig gesehen, wie du hier reingegangen bist und dich dann mit dem Mann getroffen hast. Ich gebe zu, ich war neugierig und wollte wissen, was du mit ihm zu tun hast. Weil ich gesehen hatte, was in dem Paket war.« Den letzten Satz flüstere ich nur noch.

Er weicht einen Schritt zurück. »Du hast was? Du hast reingesehen?«

»Nein, nein, so ist das nicht …« Weiter komme ich nicht, denn er zieht mich mit einem Ruck an sich, greift an meine Schultern, und seine Finger brennen sich beinahe durch den Stoff meiner Jacke.

»Wie ist es dann, Amy?« Seine Augen liegen jetzt direkt und intensiv auf mir.

»Ich habe gesehen, was der Mann aus der Redaktion ausgedruckt hat, als ich selbst etwas aus dem Drucker holen wollte.« Nun werde ich mutiger, weil es sowieso schon egal ist. »Warum interessiert dich das Kleid aus dem Museum? Sag es mir.«

Er sieht mich an, als hätte ich ihn ertappt. Aber eine Antwort bleibt er mir schuldig. Eine ganze Weile schweigen wir, dann entgegnet er nur: »Ich mag eben Mode, Amy.«

Ich seufze. »Das ist nicht lustig! Wonach suchst du?«

Doch er löst sich von mir und blickt zu Boden. Plötzlich verändert sich sein Blick und ich erkenne auch, warum. Er hat jetzt wohl das Foto gesehen. Das Bild, das ihn mit seinen Eltern zeigt – und das ich vorhin im Laden eingesteckt habe.

Er fährt zu mir herum, und seine Augen verengen sich. Und dann fällt ihm auch noch sein Handy aus der Hand. »Woher hast du das?«

»Es ist nicht, wie es aussieht«, versuche ich zu erklären, aber er schüttelt nur den Kopf.

»Nicht? Wie soll es dann sein? Du verfolgst mich, klaust mein Foto«, er geht in die Knie hebt es auf und greift dann noch nach dem Handy, »… zerstörst mein … mein Handy«, fügt er an und ich sehe, dass das Display gesprungen ist.

Er schluckt. Wenn er es so sagt, hört es sich in der Tat merkwürdig an. Aber ich kann ja jetzt echt nichts für das kaputte Handy.

»Das Foto ist dir im Laden aus der Hosentasche gefallen. Ich wollte es dir wiedergeben, wirklich.«

Er mustert mich kritisch. Wahrscheinlich überlegt er, ob er mir glauben soll. Schließlich steht er auf, steckt das Foto und das Handy ein. »Das nehme ich dir nicht ab.«

Da habe ich meine Antwort.

»Dann glaub es eben nicht, du … du Blödmann«, rutscht es mir wieder heraus, ich bereue es aber gleich. Doch ich bin einfach zu erschöpft, ihm das zu sagen.

»Was? Ich bin jetzt der Blödmann?«, fährt er mich an. »Du klaust das Bild, machst mein Handy kaputt, schnüffelst herum, und ich bin der Blödmann?!«

Ich winke ab. »Ich kann nichts für das kaputte Handy!« Er atmet tief durch und ich lasse mich gegen die Wand fallen. »Ach ist doch jetzt auch egal. Ich bin müde, will einfach nur hier raus und nach Hause. Aber wir sitzen ja fest.« Kurz wollen sich Tränen aus meinen Augen stehlen, aber ich werde bestimmt nicht heulen, nicht vor ihm.

»Tja, ich befürchte, dann bist du jetzt hier mit dem Blödmann gefangen. Zu dumm für dich.« Louis' Stimme dringt in meinen Kopf, und ich schnappe nach Luft, als er mir plötzlich wieder näher kommt. Ich frage mich noch, was er vorhat, da streckt er sich nach oben, wendet sich ab und greift über den Türrahmen. Es summt, und die Tür springt auf. »Noch nie gehört, dass Sicherheitstüren mit Schaltern aufgehen?« Die Ironie in seiner Stimme ist nicht zu überhören, doch das ist mir in diesem Moment egal, denn ich spüre eine unglaubliche Erleichterung in der Brust.

»So ein Glück, ich dachte schon …«

»Dass du tatsächlich mit dem Blödmann festsitzt?«

Aber ich gehe nicht darauf ein. »Lass uns einfach gehen, meine Tante wundert sich bestimmt schon, wo ich bleibe«, sage ich stattdessen und schiebe mich an ihm vorbei. Dabei streife ich ihn leicht und spüre abermals dieses Kribbeln.

Draußen im Foyer bleiben wir voreinander stehen.

»Also dann, wir sehen uns«, sage ich noch, dann drehe ich mich um und trete durch die große Glastür ins Freie.

Doch er folgt mir. »Ich bin zwar ein Blödmann, aber einer, der dich jetzt sicher nicht allein nach Hause gehen lässt.«

Ich schüttele den Kopf. »Kannst du das mal lassen? Das war nicht so gemeint, das mit dem Blödmann …«

»Ach ja?«

»Ja, und ich gehe auch allein nach Hause. Ich bin schon ein großes Mädchen, ich finde den Weg.«

»Stimmt, du bist ein sehr großes Mädchen.« Er grinst. »Eins, das vor ein paar Tagen beinahe von einem widerlichen Kerl mitgeschleift und überfahren worden wäre und das jetzt noch hinter der Sicherheitstür festsitzen würde, wenn ich es nicht rausgeholt hätte.«

Darauf weiß ich nichts zu erwidern. »Also schön, dann begleite mich eben.« Ich gebe nach, weil wir sonst noch ewig hier stehen würden.

Stumm gehen wir schließlich nebeneinanderher. Ehrlich gesagt, bin ich doch erleichtert, nicht allein sein zu müssen.

»Ist dein Handy sehr beschädigt?«, frage ich, während wir eine Straße überqueren.

»Na ja, das Display wird sicher ausgewechselt werden müssen. Aber halb so wild, schätze ich.«

»Es tut mir ehrlich leid. Ich … ich komme dafür auf. Und für das Etui auch, wenn du möchtest.«

Er lacht. »Ich kann ja Sally sagen, dass sie es dir vom Gehalt abziehen soll.«

Ich bin versucht, ihn in die Seite zu knuffen, lasse es aber lieber bleiben.

Dann schweigen wir wieder, zumindest für eine Weile.

»Was war das eigentlich für ein Etui?«, frage ich irgendwann, weil mich das brennend interessiert.

»Warum willst du das wissen?« Er bleibt stehen und sieht mich an.

Ich beschließe, so vage wie möglich zu bleiben. »Na ja, ich habe mal von einem ähnlichen gelesen. Es gehörte einer Frau. Sie hat es aber verloren.«

»Und wo hast du das gelesen?« In seinen Augen erkenne ich, dass er mir nicht glaubt. Aber mir ist das gerade egal.

»In einer Zeitung für vermisste Kunstgegenstände.«

»Aha, und wie kommst du darauf, dass es mein Etui ist, um das es da ging?«

»Es hatte die gleichen Verzierungen wie deins.«

Er runzelt die Stirn. »Willst du mir vielleicht indirekt unterstellen, dass ich ein vermisstes Etui besitze? Dass ich es womöglich geklaut habe?«

»Ich unterstelle gar nichts, ich frage dich nur danach.«

Wir gehen weiter, und er bleibt mir die Antwort schuldig. Doch ich will nicht lockerlassen. »Warum interessierst du dich eigentlich für das Kleid aus dem Museum?«, frage ich ihn noch mal.

»Du bist ganz schön neugierig, Amy. Hast du darüber wohl auch was gelesen?«

»Vielleicht.«

»Und was? Gehörte es einer unglücklichen Gutsherrin, die gedankenversunken ihrer verlorenen Liebe nachtrauerte?«

Das war gut gekontert. Wieder muss ich an das denken, was da zwischen uns passierte, als wir uns berührten. Aber ich weiß, dass es absolut bescheuert wäre, ihn jetzt damit zu konfrontieren.

Nachdem wir uns wieder in Bewegung gesetzt haben, spukt mir seine Antwort mit der Gutsherrin noch immer im Kopf herum. Und nun weiß ich auch, was mir daran spanisch vorkommt. Wie kommt er auf eine Frau, die unglücklich war, wenn er die Bilder nicht auch sehen konnte? Ist es nur ein Zufall oder hat er sich unbewusst verraten? Denn ich konnte ja ganz genau erkennen, dass sie tatsächlich unglücklich war.

»Wie kommst du darauf, dass sie unglücklich war?«, frage ich spontan.

Er sieht mich an. »Wer?«

»Na, die Gutsherrin?«

Er tut so, als wüsste er von nichts. »Habe ich das eben gesagt?«

»Ja, das hast du!«

Doch er geht nicht darauf ein, sondern zuckt nur mit den Schultern.

»Sind wir bald da?«, fragt er stattdessen nach einer Weile, als zufälligerweise Tante Mays Haus bereits in Sichtweite ist.

»Ja, gleich da vorn ist es schon«, antworte ich. »Das Haus mit den roten Blumenkübeln.«

Als wir vor der Haustür stehen bleiben, hake ich doch noch mal nach. »Also, wie kommst du darauf?«

Er schüttelt den Kopf. »Du bist echt hartnäckig. Kannst du dich nicht einfach fürs Heimbringen bedanken und es gut sein lassen?«

»Danke fürs Bringen«, sage ich ein wenig zynisch.

»Gern geschehen, ist ja auch nur zu meinem Besten.«

Was soll denn das jetzt wieder? »Wie meinst du das?«

»Na ja, jetzt weiß ich wenigstens, dass du sicher zu Hause bist und mir nicht wieder irgendwo auflauerst.«

Ich rolle mit den Augen. »Sehr witzig. Was hast du denn heute noch vor? Willst du vielleicht das Kleid klauen?«

Für einen Moment versinken unsere Blicke tief ineinander.

»Warum glaubst du, dass ich so was tun würde?«, fragt er. »Und warum interessierst du dich dafür?«

Ich halte seinem Blick stand. »Wofür?«

»Was ich mache, das Kleid und das Etui.«

»Wie schon gesagt, ich interessiere mich für Geschichte und Kunst und …«

Er lacht. »Ach ja? Das ist also wirklich der einzige Grund?«

»Klar, was sollte denn sonst noch der Grund sein?«

»Solange du ihn mir nicht sagst, sage ich ihn dir auch nicht.« Noch einmal sieht er mir intensiv in die Augen, dann wendet er sich ab. »Also dann, schlaf schön, Amy.« Ohne ein weiteres Wort dreht er sich um und geht davon.

Einen kurzen Moment sehe ich ihm noch nach und frage mich wieder, ob er nicht doch das Licht und die Bilder gesehen hat und ob das eben eine Anspielung darauf war. Dass vielleicht jeder von uns verunsichert ist und sich nicht traut, darüber zu reden – wobei ich ihm ja schon mehrere Gelegenheiten dazu gegeben habe.

Doch dann ziehe ich den Schlüssel aus der Tasche, schiebe ihn ins Schloss und bin froh, nach dem langen Tag endlich zu Hause zu sein.

# Kapitel 14

Als ich die Haustür aufschiebe, tritt Tante May aus dem Wohnzimmer. »Da bist du ja. Hast du Lust auf Sandwiches?«

»Hallo, Tante May. Nein, ich habe heute Mittag Pizza gegessen, ich habe keinen großen Hunger.« Was auch stimmt. Irgendwie war alles so aufregend, dass ich gerade nicht wirklich das Bedürfnis verspüre, etwas zu essen.

»Na schön. Dann leg dich ins Bett und ruh dich ein bisschen aus. Du hattest ja wirklich einen anstrengenden Tag mit Schule und Arbeit. Und morgen musst du schon wieder früh raus. Du bist ein fleißiges Mädchen.« Sie atmet tief durch, ehe sie weiterspricht. »Kitty war auch so wie du, irgendwie erinnerst du mich mehr und mehr an sie.« In diesem Moment wünsche ich mehr denn je, ihre Gedanken lesen zu können. »Na gut, ich schaue noch ein bisschen fern. Wir sehen uns morgen, ja? Schlaf schön, Liebes.«

Ich gehe die Treppe nach oben und halte inne, als mir das Bild von Urgroßtante Claire ins Auge sticht. Sofort fällt mir der Artikel wieder ein, den ich heute im Archiv über sie entdeckt habe.

»Tante May?«

Sie bleibt an der Wohnzimmertür stehen und dreht sich zu mir herum. »Ja?«

»Was ist eigentlich mit Urgroßtante Claire geschehen?«

Sie zuckt mit den Schultern. »Soweit ich weiß, kam sie nach einem Tanzabend nicht mehr nach Hause. Ihr Mantel wurde in der Themse gefunden, und man vermutete, dass sie überfallen wurde. Das war früher nicht gerade unüblich, zumal sie eine Frau war, die – sagen wir mal so – das Risiko nicht scheute.«

Das ist im Wesentlichen nichts anderes als das, was auch in dem Artikel stand.

»Hatte sie denn etwas Wertvolles bei sich? War sie allein?«, will ich wissen. »Ich meine, warum hat man denn das mit dem Überfall vermutet?«

»Ich glaube ja, bin mir aber nicht sicher. Das Rätsel um ihren Tod wurde jedenfalls nie gelöst.« Sie wirkt nachdenklich. »Ach, da ist so vieles geschehen. Auch ihr Verlobter verschwand in derselben Nacht. Man wollte ihn befragen, aber er war weg. Daher vermutete man, dass es er war.«

»Sie war verlobt?«

»Ja, was genau geschah, wurde nie herausgefunden. Sie waren frisch verliebt, soweit ich weiß, und das mit der Verlobung ging sehr schnell. Man hatte schon gemunkelt, dass sie in anderen Umständen sei – du weißt, was ich meine.« Dann winkt sie ab. »Na ja, jedenfalls wirklich tragisch. Wenn ich so darüber nachdenke, ging es einigen Frauen aus unserer Familie so.«

Jetzt hat mich die Neugier endgültig gepackt. »Inwiefern?«

»Nun, ich glaube, dass da noch zwei oder drei andere Frauen in unserer Familie etwas in dieser Richtung erlebt haben. Meistens hatten sie gerade jemanden gefunden, den sie heiraten wollten, doch dann kamen sie zu Tode. Genau wie …« Sie stockt kurz, ehe sie weiterspricht. »So wie Kitty, meine Schwester. Sie hatte sich kurz vor dem U-Bahn-Unglück ebenfalls Hals über Kopf in einen jungen Burschen verliebt. Angeblich traf es sie mitten ins Herz, als er zum ersten Mal vor ihr stand. Sie wollte ihn mir vorstellen, es war noch recht frisch, und unsere Eltern hatten strenge Regeln, was junge Männer anging. Ich hatte Kitty noch gefragt, ob sie sich wirklich sicher sei. Immerhin kannte sie ihn nur ganz kurz, sie hatte ihn bei der Arbeit kennengelernt …« Mit einem Mal ist da etwas in ihrem Blick, das ich schwer deuten kann, eine Sehnsucht, als würden die Erinnerungen die Gedanken verschleiern. »Weißt du, Amy, sie sah mich an mit ihren blauen Augen und meinte: ›Ich weiß, du denkst, ich überstürze das Ganze vielleicht. Aber ich sage dir etwas: Als ich ihn zum ersten Mal gesehen habe, blieb die Welt für einen Moment stehen. Ich wusste, dieser Mensch ist der Richtige für mich und dass wir füreinander bestimmt sind.‹ Ich habe sie nie wieder überzeugter über etwas sprechen hören. Tja, ein paar Wochen später war sie tot. So traurig es war, ich war froh, dass sie geliebt hatte. Dass sie dieses Gefühl erfahren durfte, jemanden gefunden zu haben, der ihr etwas bedeutet. Wenn ich mich nur an seinen Namen erinnern könnte … Aber warum interessiert dich das eigentlich, Liebes?«

»Ich weiß nicht«, sage ich, während ich mir eine möglichst schwammige Antwort zurechtlege. »Ich denke, es ist wichtig, etwas über die Vergangenheit zu erfahren. Weil man sie sonst vergisst und weil sie uns vielleicht sogar in der Zukunft hilfreich sein kann.«

Ihr Blick ist mit einem Mal voller Fragezeichen. »Hast du dich etwa verliebt?«

Diese Frage trifft mich ganz unvorbereitet. Sofort denke ich an Louis. An seine Blicke, an das Gefühl, das ich in seiner Nähe habe. Doch dann schüttele ich rasch den Kopf. »Nein, Unfug …«

Ob sie mir das abnimmt? Sie lächelt jedenfalls vielsagend. »Na ja, aber zu der anderen Sache: Da hast du recht. Vielleicht ist es wirklich keine schlechte Idee, sich mal die alten Dinge vorzunehmen. Ich habe mich auch schon lange nicht mehr an all das erinnert. Ich werde mal nachsehen und wir können ein bisschen stöbern. Vielleicht fällt mir auch wieder ein, wie der Mann hieß, in den Kitty sich verliebt hatte. Oder wie der Name von Claires Verlobtem war.«

»Das wäre toll. Vielen Dank, Tante May.«

»Nichts zu danken, Liebes.«

In meinem Zimmer angekommen, blicke ich auf mein Handy. Jill hat mir schon ein paarmal geschrieben, und auch von Nathan habe ich eine Nachricht. Ich bekomme ein schlechtes Gewissen. Immerhin hat er mir den Job in der Redaktion vermittelt, und ich hatte ja versprochen, mich bei ihm zu melden – was ich nicht getan habe.

Ich beschließe, ihm noch kurz zu schreiben.

*Hey du,*

*vielen Dank noch mal. Ich wollte dich eigentlich anrufen, aber ich bin total erledigt. Hat leider länger gedauert. Wir sehen uns morgen in der Schule, dann erzähle ich dir alles. Es war jedenfalls toll.*

*Liebe Grüße*

*Amy*

Ich tippe auf *Absenden*, und es dauert keine zwei Minuten, bis eine Antwort im Chatverlauf erscheint.

*Gern geschehen. Okay, ich würde dich zwar gern hören, aber ruhe dich aus, wir sehen uns ja morgen. Ich freu mich. Bis dann! Nathan*

Gerade will ich das Handy wieder weglegen, als ich sehe, dass Mum online ist. Schon trifft eine Nachricht von ihr ein.

*Tut mir leid, mein Schatz, es war viel los. Ich hätte dich gern gesehen. Ich hab dich lieb.*

Meine Augen fliegen über ihre Worte, und ich atme tief durch. Ich habe sie auch so lieb, denke ich, während ich mich aufs Bett lege und zu den leuchtenden Sternen an der Decke starre.

Meine Gedanken kreisen unentwegt um das, was heute und in den letzten Tagen passiert ist. Louis und die Nähe, die zwischen uns war. Meine Entdeckung im Archiv, die Notiz, die vielen Bilder, das Kleid im Museum. Das Leuchten dieses Knopfes und die magische Anziehung, die ich dabei empfand, dieses Gefühl, als wollte er mir etwas mitteilen. Wie passt das alles zusammen – und welche Rolle spielt Louis dabei?

Ich beschließe, dass es nur einen Weg gibt, um das herauszufinden. Also hole ich mein Zeichenbuch und blättere auf die Seite, auf der ich meine Gedankenspiele festgehalten habe. Vorher überprüfe ich noch mal das Kleid auf meiner Zeichnung und vergleiche es mit dem Foto auf meinem Handy, das ich im Museum geschossen habe. Und tatsächlich, ich habe diesen Knopf am Kleid auch gezeichnet. Zuvor war mir das nie aufgefallen, aber er ist in der Tat auch dort zu sehen. Es ist also dasselbe Kleid. Und nachdem Louis sich auch dafür interessiert, hat es irgendwas zu bedeuten. Mir fallen seine Worte ein, die Anspielung auf die unglückliche Gutsherrin. Weiß er am Ende mehr darüber? Stand darüber vielleicht etwas auf dem Ausdruck, womöglich sogar über die Besitzerin des Kleides? Langsam glaube ich, dass das alles kein Zufall mehr ist. Woher hätte Louis sonst diese Details wissen können, wenn er die Bilder nicht auch sieht? Zumal er dieses Etui besitzt, das vermutlich in dem Artikel erwähnt wurde und ebenfalls Bilder bei mir ausgelöst hat. Es ist wie ein Puzzle. Ein Puzzle, das mir etwas zeigen will, das vielleicht die Lösung bringt.

Aber ich bin viel zu müde, um es heute zu lösen. Ich gehe ins Badezimmer und mache mich fürs Bett fertig. Kaum habe ich mich in die weiche Decke gekuschelt, schlafe ich erschöpft ein.

# Kapitel 15

Als ich Jill am nächsten Morgen vor der Schule treffe, bin ich noch immer müde. Ich konnte in der letzten Nacht nicht wirklich ruhig schlafen, zu verwirrend waren die Träume, die mich immer wieder einholten. Unzählige Bilder huschten durch meine Gedanken. Das Paar, das Kleid, Großtante Claire, das geheimnisvolle Etui, Lichter, eine Blume – es war mehr als verwirrend. Dann wieder Louis, seine Nähe und dieses Gefühl, das er in meinem Brustkorb auslöst. Und nicht zuletzt ließ mich auch die Frage, warum er ebenfalls Nachforschungen zu dem Kleid anstellt, nicht schlafen.

»Das war eine Nacht. Ich bin einfach nicht zur Ruhe gekommen«, seufze ich, als Jill und ich uns umarmen.

»Das kann ich gut verstehen, so viel wie du im Moment um die Ohren hast. Bist du heute eigentlich wieder bei Sally? Oder in der Redaktion? Langsam blickt man bei deinem Terminplan nicht mehr durch. Ich bin schon ganz eifersüchtig.«

»Das musst du absolut nicht, wir haben immer noch ganz viel Zeit füreinander.«

Sie legt ihren Arm um mich. »Das will ich hoffen.«

Als es klingelt, bemerken wir, dass wir die Zeit total vergessen haben. Hektisch löst Jill sich von mir. »Mist, ich muss los. Ich habe doch Matheleistungskurs im ersten Stock. Wir sehen uns später, ja?«

»Klar, bis nachher.«

Dann hastet sie zur Treppe, ich hingegen renne geradeaus

den Flur entlang zu dem Klassenraum, wo mein Kurs in Naturwissenschaften stattfindet. Das gibt sicher Ärger, denke ich mir, während ich um die Ecke biege und beinahe mit Nathan zusammenstoße.

»Hey, guten Morgen«, sagt er und lächelt mir zu. »Du hast es aber eilig, zu mir zu kommen.«

Ganz perplex sehe ich ihn an. »Du bist ja cool. Wir haben jetzt doch Naturwissenschaften und sind zu spät dran.« Ich deute auf die geschlossene Tür des Klassenraums.

»Nein, du hast Glück. Am Schwarzen Brett hängt ein Hinweis. Mrs Green ist krank, das heißt, wir haben jetzt eine Freistunde. Die anderen sind alle schon weg.«

Ich atme erleichtert auf. »Ehrlich? Das ist mal eine gute Nachricht. Ich bin heute Morgen nämlich fix und alle.«

»Dann sollten wir uns einen Kaffee holen, was meinst du?«

»Ja, das könnten wir machen. Kaffee klingt sehr gut, vielleicht hilft er mir etwas.«

Er sieht mir fest in die Augen. »Na, dann los. Ich habe auch schon eine Idee, wie wir uns danach die Zeit vertreiben können.«

»Eine Idee?«

»Klar, ich meine, wir haben frei, die Zeit müssen wir doch nutzen.« Seine grünen Augen strahlen mich an. »Also, bist du bereit?«, fragt er, als wäre es das Selbstverständlichste der Welt.

Als wir zusammen losgehen, fühlt es sich tatsächlich kurz so an.

»Dieser Ort ist perfekt, wenn man mal ein bisschen Ruhe haben möchte. Wir sind zwar noch auf dem Schulgelände, dennoch etwas abseits«, sagt Nathan, nachdem wir auf einer kleinen Steinmauer am äußersten Ende des Schulgeländes Platz genommen haben.

Ja, Ruhe kann ich wirklich gebrauchen. Nach all dem Durcheinander der letzten Tage scheint Nathan genau zu wissen, was mir gerade guttut. Er reicht mir einen der beiden Kaffeebecher, die wir uns zuvor noch aus der Cafeteria geholt haben, und ich nehme einen großen Schluck daraus. Das heiße Getränk wärmt meinen Bauch, obwohl ich mir nicht ganz sicher bin, ob nicht auch die Sonne, die durch die Wolken lugt, ihr Übriges dazu tut.

»Also erzähl, wie war es gestern?«, fragt er. »Waren in der Redaktion alle nett zu dir? Hattest du Spaß?«

»Ja, ich denke, das wird spannend. Danke noch mal.«

Er lächelt. »Nicht der Rede wert. Ich freue mich doch, wenn ich dir eine Freude machen konnte.«

»Ja, das hast du geschafft. Und ich bin gespannt auf die Erfahrungen, die ich dort sammeln werde.«

»Was ist das eigentlich für ein Job, den du außerdem noch hast?«

»Ein Aushilfsjob in einem Antiquariat. Das hat sich eher zufällig ergeben. Hab ich dir doch schon erzählt.«

Er nickt gedankenverloren. »Wirst du denn damit weitermachen? Ich meine, in der Redaktion hast du sicherlich viel zu tun.«

»Ich denke schon. Es ist leicht verdientes Geld, das ich gut gebrauchen kann.« Ich gebe ihm spielerisch einen Knuff in die Seite. »Kann ja nicht jeder einen Dad haben, dem halb London gehört.«

»So ist es auch wieder nicht.« Er mustert mich mit ernstem Blick. »Mein Dad bindet mich durchaus ein. Er ist der Meinung, dass man im Leben nichts geschenkt bekommt, und ich bin dankbar für das, was meine Vorfahren geschaffen haben.«

»Das glaube ich dir«, sage ich und nehme einen Schluck aus meinem Becher.

Sein Blick fällt auf mein Zeichenbuch, das ein wenig aus meiner Tasche herausragt. »Sind da deine berühmten Zeichnungen drin?«

»Berühmt?«

»Na ja, Jill hat doch so sehr davon geschwärmt.«

»Stimmt. Jedenfalls habe ich in den letzten Jahren einige solcher Bücher gefüllt.«

Er grinst und legt den Kopf ein bisschen schief. »Darf ich mal sehen?«

Ich schlucke. Keine Ahnung, was er sich denken wird, wenn er die Bilder sieht. Eigentlich will ich Nein sagen. Aber irgendwas an Nathans Blick ist so leicht, dass ich schließlich doch das Buch heraushole. Ich klappe es auf und zeige ihm eines der Bilder, versuche aber zu vermeiden, dass er die Zeichnung von Louis sowie meine wilden Spekulationen zu Gesicht bekommt.

Seine Augen bleiben auf der Zeichnung haften, die ich von dem Mädchen in dem Kleid gemacht habe. »Wow! Das ist das Kleid aus dem Museum, nicht wahr?«

Okay, er ist wirklich aufmerksam.

Ich nicke, verrate ihm aber natürlich nicht, dass ich es bereits vor unserem Besuch im Museum gezeichnet hatte.

Er betrachtet es ganz genau, ehe er sagt: »Wow, sehr gut. Das hast du wirklich perfekt getroffen. Das sieht richtig echt aus, düster und traurig. Jill hat nicht übertrieben, die Zeichnungen haben in der Tat etwas Lebendiges. Wie kommt man darauf, das Kleid so in Szene zu setzen, mit diesem Mädchen?«

Ich zucke mit den Schultern. »Keine Ahnung. Ich male einfach, was mir einfällt.«

»Und dann fällt dir so was ein?« Sanft streicht er mit dem Finger über die Zeichnung, und unsere Augen treffen sich. »Du hast wirklich auf die Details geachtet. Sogar diesen Knopf hast du nachgezeichnet.«

Ich frage mich, warum er ihm aufgefallen ist. Doch ehe ich nachhaken kann, überrascht er mich erneut. »Warum hast du ihn etwas heller gemalt? Hat das eine bestimmte Bedeutung?«

Ein Ruck geht durch mich hindurch. Ich habe das selbst noch gar nicht bemerkt.

Als ich nach ein paar Sekunden nicht geantwortet habe, lächelt er mich verlegen an. »Jetzt ist es mir peinlich, dass mir das aufgefallen ist.«

Er schafft es, dass ich lachen muss, und ich stupse ihn in die Seite. »Keine Sorge, dein Geheimnis, dass du dich für Mode interessierst, ist bei mir sicher. Ich werde es Thomas nicht verraten.«

Er grinst, dann fragt er noch einmal: »Also? Warum der Unterschied?«

Betont gleichgültig zucke ich mit den Schultern. »Gute Frage. Ich denke, das habe ich eher unbewusst gemacht.«

Doch meine Gedanken machen sich selbstständig. Ob es etwas mit dem Licht zu tun hat, das von dem Knopf ausging? Denn irgendwie wurde diese Szene, die ich gesehen habe und die so real war, ja auch von dem Knopf ausgelöst. Ist das also der Grund?

»Was glaubst du, wonach sie sucht?«, fragt er und reißt mich damit aus meinen Gedanken.

»Was meinst du?«

»Na, das Mädchen auf dem Bild. Ich finde, sie wirkt, als würde sie etwas suchen. Denkst du nicht auch?«

Seine Worte lösen etwas in mir aus, und ich bekomme ein merkwürdiges Gefühl im Bauch. Wie kommt er darauf? Hat er am Ende auch etwas gesehen? Immerhin ist ihm ja der Knopf im Gedächtnis geblieben. Merkwürdig.

»Möglich. Vielleicht etwas, das sie verloren hat?«, überlege ich.

»Könnte sein. War das dein Gedanke, als du es gemalt hast?«

»Ich denke, einer davon.«

Eine Weile betrachtet er noch das Bild, dabei verengt sein Blick sich merklich. Doch dann lächelt er und blättert weiter.

Auf dem nächsten Bild sind Hände zu sehen, die einander greifen.

»Sehr schön«, sagt er. »Halt brauchen wir doch alle, oder?«

Wie er mich ansieht. Diese Blicke, die er mir immer wieder zuwirft.

Seine Augen wandern zu der Zeichnung mit dem Liebespaar auf der Tower Bridge, kurz bevor die beiden in die Tiefe sprangen. »Wow, das wirkt auch sehr düster – bis auf das da.« Er zeigt auf das Etui, das das Mädchen in der Hand hält, und mich durchfährt ein kleiner Stich. Denn ich weiß, was er meint. »Wieder heller als der Rest«, stellt er fest.

Natürlich hat er recht.

Er lächelt. »Du zeichnest jedenfalls sehr gut, Amy. Wirklich.«

»Sagt das der Experte Nathan Kane?«

»Ich denke, ich kann das beurteilen, ja.« Er nimmt einen Schluck von seinem Kaffee, während ich das Buch wieder zusammenklappe.

Eine Weile sitzen wir stumm da.

»Was für ein Glück, dass Mrs Green heute krank ist«, sagt Nathan auf einmal mit rauer Stimme, sein Arm berührt wie zufällig meinen. Kurz habe ich das Gefühl, dass er gern nach meiner Hand greifen würde, aber er tut es nicht. Und ich bin auch irgendwie erleichtert darüber, denn ich weiß nicht, was ich davon halten soll. Dabei genieße ich seine Nähe wirklich, es ist nett mit ihm. Ich mag ihn, aber es ist anders als mit Louis. Als ich an ihn denke, fällt mein Blick auf die Narbe an Nathans Arm, die Louis ihm angeblich zugefügt hat.

Ohne lange nachzudenken, strecke ich meine Finger danach aus und streiche darüber. Doch als ich realisiere, was ich da tue, ziehe ich sie rasch wieder zurück. »Tut mir leid.«

Er lächelt sanft. »Alles okay.«

»Tut sie noch weh?«

»Nein, alles gut.«

Ich nicke, aber das merkwürdige Gefühl lässt mich nicht los. Kann Louis wirklich so sein, so brutal? Ich kann es mir nicht vorstellen, und doch kann ich auch nicht leugnen, dass er ganz offensichtlich Geheimnisse hat.

»Was ist eigentlich mit dieser Halley geschehen?«, frage ich ganz direkt.

»Nichts, wir haben uns getrennt.«

»Wegen Louis?«

Nathan zuckt mit den Schultern. »Das war sicher auch ein Grund. Sie konnte das, was geschehen war, nicht verarbeiten, hatte seitdem immer wieder Panikanfälle. Ich konnte das verstehen.«

Wirklich heftig, denke ich, aber mehr erfahre ich von Nathan nicht.

»Gefällt dir der Ort hier?«, fragt er nach einer Weile, und ich bin froh, dass er jetzt ein unverfänglicheres Thema anschneidet.

»Ja, er ist sehr schön. Woher kennst du ihn?«

»Mein Dad hat ihn mir verraten.«

»Dein Dad? Was hat er denn hier gemacht?«

»Soweit ich weiß, hat er hier immer mit meiner Mutter gesessen, wenn sie Pause hatten. Sie haben sich nämlich auch auf dieser Schule kennengelernt.«

»Ehrlich?«

»Ja, ehrlich.« Er blinzelt, dabei streift sein Blick meine Lippen.

Plötzlich fällt mir auf, wie dicht umrahmt seine Augen sind – umrahmt von dunklen Wimpern, die leicht gebogen sind. Ich weiß nicht, was es ist, aber kurz spüre ich Gänsehaut.

»Alles in Ordnung? Ist dir kalt?«, fragt Nathan sogleich.

»Nur ein wenig.« Doch die Gänsehaut kommt nicht von der Kälte, soviel weiß ich.

Er rückt näher an mich heran. »Was gibt es noch über dich zu erfahren, Amy? Du zeichnest und hast ein hübsches Muttermal am Kinn. Du magst alte Sachen, liebst die Kunst und isst gern Pizza mit Salami.«

»Warum möchtest du denn so viel über mich wissen?«

»Nun ja, weil ich dich mag«, flüstert er und wendet den Kopf in meine Richtung. Jetzt sind unsere Lippen nur ein kleines Stück voneinander entfernt. Nathans Augen sind grün und wirklich hübsch, aber irgendwie wirken sie auch auf eine merkwürdige Weise erschaudernd auf mich.

Ganz plötzlich habe ich wieder das Bild von dem Mädchen im Kopf, wie sie hilflos unter dem Jungen lag. Aber ist das nicht total bescheuert? Was hat das mit Nathan zu tun?

Er beugt den Kopf noch näher zu mir, während sein Zeigefinger an meine Wange wandert. Und diese Berührung löst erneut eine Gänsehaut bei mir aus. Will er mich küssen? Und möchte ich das auch? Nein, und so rutsche ich von ihm weg.

Nathan sieht mich fragend an, als plötzlich von irgendwoher ein Kichern zu hören ist, das mich rettet – so denke ich zuerst. Doch dann entdecke ich Louis, und mein Herz bleibt für einen Moment stehen. So wie er mich ansieht, hat er die Szene mit Nathan beobachtet. Alles an ihm wirkt angespannt – im Gegensatz zu Lilly, die eher belustigt wirkt. Das Kichern kam ganz offensichtlich von ihr.

Mein Herz fängt an zu rasen, als Louis sich abwendet.

»Der stört auch immer«, raunt Nathan, als die beiden schon ein Stück entfernt sind.

In diesem Moment ertönt der Gong.

»Wir sollten auch lieber zurückgehen. Wir haben jetzt Geschichte«, sage ich.

»Ja, stimmt. Wir können ja ein andermal wieder hierherkommen.« Lächelnd steht er auf, reicht mir seine Hand und zieht mich von der Mauer hoch. Kurz sind wir uns wieder nah, doch dann denke ich an Louis' Blick und trete rasch einen Schritt zurück.

Ob Nathan es mitbekommen hat, weiß ich nicht, zumindest lässt er sich nichts anmerken.

# Kapitel 16

Gerade noch rechtzeitig erreichen Nathan und ich das Klassenzimmer. Ich setze mich neben Jill, die mich mit einem Fragezeichen im Gesicht mustert. Klar, sie weiß ja gar nichts von der Freistunde, die ich spontan mit Nathan verbracht habe.

Unauffällig sehe ich mich um. Louis ist nicht da, im Gegensatz zu Lilly, die irgendwie verbissen aus der Wäsche schaut. Als sie merkt, dass ich sie beobachte, wirft sie mir einen stechend scharfen Blick zu. Was hat die denn für ein Problem?

Jill zupft an meinem Ärmel. »Hey, alles klar?«

»Ja, der Kurs ist ausgefallen und …«

»Und du warst mit Nathan zusammen?«

Ich nicke und will ihr gerade antworten, doch wir kommen nicht mehr dazu, uns weiter auszutauschen, denn nun betritt Mr Finigan das Klassenzimmer, und sein Blick wandert durch den Raum. »Alle da? Also dann starten wir.«

Aber so ganz recht hat er dann doch nicht, denn gleich darauf geht die Tür auf, und Louis kommt herein. Seine Haare sind zerzaust, er wirkt aufgebracht.

Mr Finigan zieht eine Augenbraue nach oben. »Welche Entschuldigung haben Sie diesmal, dass Sie zu spät kommen, Mr Lamen? Habe ich mich beim letzten Mal nicht deutlich genug ausgedrückt?«

»Ich finde, Sie haben sich absolut deutlich ausgedrückt, Mr Finigan«, mischt Nathan sich ein, und seine Stimme trieft vor Überheblichkeit.

Ich finde Nathans Aktion völlig daneben, Mr Finigan jedoch nickt beipflichtend. »Wenn das noch mal vorkommt, gibt es eine Verwarnung. Und was das bedeutet, dürfte ja klar sein, oder?«, sagt er mit kühler Stimme und deutet auf Louis' Platz.

Louis räuspert sich. »Sorry, kommt nicht wieder vor.« Während er sich durch die Reihen schiebt, schießt er einen eisigen Blick in Nathans Richtung, und auch ich werde davon nicht verschont. Sofort spüre ich einen schweren Knoten im Magen.

Jill stupst mich zaghaft in die Seite. »Was ist denn mit dem los? Der wirkt ja noch grimmiger als sonst.«

»Keine Ahnung.«

Schließlich versuche ich, dem Unterricht zu folgen, was gar nicht so leicht ist, denn immer wieder schweifen meine Gedanken ab. Zu Nathan, dem Beinahe-Kuss und diesem komischen Gefühl, das er in mir auslöste.

»Bevor wir ein neues Thema beginnen, möchte ich, dass ihr in Teams dieses Arbeitsblatt löst. Nachher will ich wissen, was euch dabei aufgefallen ist.« Mr Finigan geht durch die Reihen und deutet auf Jill, Thomas und Nathan, danach auf Lilly, Louis und mich.

Was soll das denn? Das Schicksal scheint es nicht gut mit mir zu meinen …

Lilly setzt sich gleich zu Louis und lächelt ihm zu, aber er erwidert ihr Lächeln nicht, woraufhin sie mir einen bösen Blick zuwirft. Als ob ich was dafür könnte.

Sie versucht es noch einmal. »Weißt du, was wir da machen müssen?«, fragt sie demonstrativ Louis, nicht mich.

Louis hebt den Kopf, mustert erst mich mit eisiger Miene, dann schenkt er tatsächlich Lilly ein Lächeln. Blödmann. Also echt, was soll das denn?

»Mir scheint, darin geht es um Ereignisse aus Londons Geschichte, wie zum Beispiel den großen Brand von 1666. Oder was meinst du?« Lilly deutet auf das Blatt und berührt dabei ganz zufällig seine Hand.

Er nickt. »Und außerdem geht es um Legenden, wie die von den Raben im Tower. Es sind Legenden, die sich mit tatsächlichen Geschehnissen vermischen«, ergänzt er.

Die beiden lassen mich total außen vor. Auch während wir das Arbeitsblatt durchgehen, spricht Louis immer nur mit Lilly, mich dagegen beachtet er überhaupt nicht, was Lilly sichtlich entzückt zur Kenntnis nimmt. Nun ist sie eindeutig wieder besser gelaunt.

Als wir fertig sind, lehne ich mich zurück und blicke zu Nathan, der mir zuzwinkert – was Louis natürlich nicht entgeht, woraufhin er mich mit einem weiteren bösen Blick straft. Geht's noch?

Glücklicherweise sammelt Mr Finigan in diesem Moment die Arbeitsblätter wieder ein. »Die Zeit ist um, meine Damen und Herren. Dann besprechen wir mal die Ergebnisse.«

Lilly erhebt sich, und auch ich will aufstehen, um mich wieder an meinen Platz zu setzen, als Louis mich ansieht. »Du schmeißt dich ja ganz schön an ihn ran«, stellt er fest.

Ich spüre einen heftigen Stoß im Bauch. Damit habe ich nicht gerechnet. »Wie bitte?«

»Ich meine ja nur.«

»Eifersüchtig?« Ich hebe die Augenbrauen.

Doch er wendet sich ohne ein weiteres Wort ab. Der kann mich mal, wirklich.

Rasch setze ich mich zurück zu Jill. »Was wollte Louis denn von dir?«, flüstert sie mir natürlich gleich zu.

»Nichts, der spinnt nur.«

Mr Finigan klatscht in die Hände. »Nun, ist euch an dem Arbeitsblatt etwas aufgefallen?«

Lilly hebt die Hand. Aber Mr Finigan ignoriert sie, stattdessen ruft er Louis auf. »Louis? Zeigen Sie uns doch mal, dass Sie noch etwas anderes können, als zu spät kommen und Unruhe stiften.«

Louis atmet tief durch. »Es war eine Mischung aus Ereignissen der Londoner Geschichte und aus Londoner Legenden und Mythen.«

Mr Finigan nickt. »Nun gut. Wenigstens da scheinen Sie aufmerksam zu sein. Nun, ihr wollt sicher wissen, was der Grund ist, warum ich euch diese Aufgabe gestellt habe. Wie ihr wisst, gibt es hier in London viele Legenden. Die Stadt ist zudem berühmt für ihre alten Gemäuer, Schlösser und prunkvollen Paläste, die uns allerhand aus der Geschichte erzählen. Auch gilt London als eine der magischsten Städte der Welt. Nun seid ihr dran: Wofür ist London eurer Meinung nach noch berühmt?« Er sieht sich im Raum um und ruft Lilly auf. »Ja, Lilly?«

»Für die Queen, Pferderennen, Harry Potter und Fish & Chips.«

»Ja, das kann man sagen. Wofür noch?«

»Coole Events, heiße Mädchen und Partys!«, ruft Charly ungefragt in den Raum, und ich rolle mit den Augen. War ja klar, dass so ein Spruch von ihm kommen würde.

Mr Finigan räuspert sich. »Du solltest wirklich nicht so viele Eiweißshakes trinken, Charly, die bekommen dir nicht.«

Charly verzieht das Gesicht, und Mr Finigan fährt mit seinem Vortrag fort. »Es gibt also viel Interessantes in London, das ich mit euch erkunden möchte. Deswegen lautet die Hausaufgabe für heute: Informiert euch bis zur nächsten Stunde darüber, welche Legenden man sich in London erzählt. Ich will von jedem von euch mindestens eine hören. Den Grund hierfür werdet ihr noch erfahren.«

Der Gong ertönt, und ich bin froh, dass für heute Schluss ist. Augenblicklich stehen alle von ihren Plätzen auf und schultern ihre Taschen – auch Louis, der aus dem Zimmer hastet, ohne sich umzusehen. Lilly folgt ihm. Natürlich.

»Irgendwie total schräg«, stellt Jill fest, die das Szenario beobachtet hat und noch dabei ist, ihre Tasche zu packen. Doch jetzt kann sie ihre Neugier nicht mehr zurückhalten. »Was war denn vorhin los? Was hat Louis zu dir gesagt? Warum wirkte er so aggro? Und was war da mit Nathan?«

»Er hat uns gesehen, Nathan und mich, ich schätze deswegen«, sage ich, aber zu mehr habe ich keine Zeit, weil mein nächster Kurs gleich beginnt.

»Ich muss leider los. Wir sehen uns nach der Schule, ja?«

Jill nickt. »Alles klar, bis später«, sagt sie und schon mache ich mich auf den Weg.

Die Zeit vergeht schleppend. Meine Gedanken drehen sich um Louis' echt unpassende Aussage und ich bin froh, als endlich die letzte Stunde zu Ende ist.

Ich treffe Jill vor der Tür und sie sieht mich an.

»Na, jetzt erzähl mal«, sagt sie, aber erneut werden wir unterbrochen, denn Thomas und Nathan tauchen neben uns auf. »Endlich Schulschluss. Nichts wie weg hier«, sagt Thomas, und wir verlassen zusammen das Schulgebäude.

Eigentlich wollte ich ja mit Jill reden, aber das scheint mir jetzt nicht mehr möglich, denn Thomas hat sie gerade in ein Gespräch verwickelt.

»Alles klar?«, fragt Nathan und sieht mich lächelnd an.

»Klar, warum nicht?«

»Ich dachte wegen Louis. Mach dir keine Gedanken wegen ihm. Weißt du, das sind seine Spielchen.«

»Wie kommst du darauf?«

»Nun, ich habe gesehen, wie er mit dir gesprochen hat. Und er schien nicht sehr nett zu sein.«

»Mir egal, soll er doch.« Ich zucke mit den Schultern und versuche, so lässig wie möglich zu wirken, auch wenn Louis' Verhalten mich doch noch beschäftigt. Als ob ich mich an Nathan ranschmeißen würde.

Als wir vor dem Schulgebäude stehen bleiben, klingelt mein Handy. Ich ziehe es aus der Tasche. »Das ist Daniela aus der Redaktion«, sage ich zu Nathan. Ich trete ein paar Schritte zur Seite und klicke auf *Annehmen*. »Hallo?«

Am anderen Ende höre ich Danielas freundliche Stimme. »Hey, Amy, Daniela hier. Pass auf, es geht um die Serie zum Thema Kunst. Dafür bräuchten wir noch Vorabfotos von Mr Kane und einigen seiner Kunstgegenstände, damit wir dann eine Auswahl für den Artikel treffen können. Er ist einer der Hauptsponsoren, und Mr Brown hat vorgeschlagen, dass du ihn besuchen könntest, weil du ja sowieso Kontakt zur Familie hast. Was meinst du? Es geht nur darum, ein paar Fotos von der Kunstsammlung zu machen, die er bei sich zu Hause hat. Hättest du spontan Zeit dafür?«

Ich merke, wie ich anfange zu strahlen, gleichzeitig spüre ich auch Aufregung in meinem Bauch. »Jetzt? Ja, klar. Ich habe allerdings nur mein Handy, um Fotos zu machen. Reicht das denn?«

»Ja, absolut, die Fotos sollen uns ja nur einen Überblick verschaffen.«

»Okay, cool, dann ja. Ich brauche nur noch die Adresse.«

»Perfekt, die schicke ich dir zu. Dann gutes Gelingen.«

Nachdem wir aufgelegt haben, gehe ich zurück zu Nathan, der mir fragend entgegensieht. »Und? Gute Nachrichten? Du strahlst so.«

»Ja, irgendwie schon. Ich soll zu deinem Dad, ein paar Fotos machen. Er hat wohl gerade Zeit. Ich warte nur auf die Adresse, Daniela will sie mir schicken und …«

Nathan grinst. »Ich denke, du brauchst die Adresse nicht.« Als ich ihn irritiert ansehe, fügt er hinzu: »Also, wenn jemand weiß, wo mein Dad wohnt, dann bin das ja ich.«

Ich lächle und tippe mir an die Stirn. »Klar, oh Mann, daran habe ich gar nicht gedacht. Da hast du auch wieder recht.«

Jill kommt auf uns zu. »Alles okay bei euch?«

»Ja, alles total super. Ich darf Nathans Dad treffen und von ihm ein paar Probefotos für den Artikel bei der *London Art* machen.«

»Oh, das klingt ja super.« Ihr Gesichtsausdruck wird ein wenig traurig. »Aber zu schade, dass wir unseren kleinen Einkaufsbummel dann verschieben müssen.«

»Das tut mir total leid, Jill, den hatte ich ganz vergessen. Ist es wirklich okay für dich?«

Sie seufzt. »Nun, ich werde mich wohl daran gewöhnen müssen, wie beschäftigt du bist. Außerdem«, ein Lächeln huscht über ihr Gesicht, »wenn die Familie Kane nach Amy ruft, will ich mich mal nicht dazwischenstellen.«

»Wir könnten doch heute Abend alle zusammen ins *Dean's* gehen, ein bisschen Billard spielen«, schlägt Thomas vor.

Jill ist sofort begeistert, und auch Nathan nickt zustimmend. »Und was meinst du, Amy?«

Bevor ich eine Antwort geben kann, entdecke ich Louis ein Stück entfernt von uns. Erneut wirft er mir einen genervten Blick zu. »Ähm, klar, das klingt nach Spaß. Ich muss zwar noch meine Tante fragen, aber ich denke, das klappt schon«, sage ich eher beiläufig. Dann wende ich mich Nathan zu. »Okay, jetzt muss ich aber los, dein Dad erwartet mich.«

Schließlich verlassen Nathan und ich gemeinsam das Schulgelände.

Als wir vor dem Anwesen der Kanes ankommen, schlägt mein Herz rasant höher. Ich weiß nicht, was ich mir vorgestellt hatte – natürlich ein großes Haus –, aber das, was ich jetzt vor mir sehe, ist weit mehr als das. Es ist eine Villa, die sich nicht weit vom *St. James's Park* befindet und so imposant wirkt, dass ich ehrfürchtig daraufstarre.

»Darin wohnt ihr?«, frage ich ein wenig atemlos.

»Ja, ich weiß, es ist schon etwas größer als normale Häuser, aber na ja …«

Ich ziehe eine Augenbraue nach oben. »Etwas größer. Ja, das kann man so sagen.«

Lächelnd drückt er den Klingelknopf. »Lass dich davon nicht einschüchtern. Es wirkt nur so. Denn zum Anwesen gehören auch einige Häuser, die nicht mehr bewohnt sind. Aber dazu später mehr. Also, dann gehen wir mal rein.« Auf einmal beginnt eine Kamera sich zu bewegen, und eine Stimme meldet sich aus der Gegensprechanlage. »Mr Kane, schön, dass Sie wieder zu Hause sind. Soll ich einen Wagen schicken?« Die Tür öffnet sich mit einem Klick.

»Nein, ist in Ordnung, Alfred. Heute gehe ich zu Fuß, ich habe eine Begleitung bei mir. Miss Evans, sie hat einen Termin bei meinem Dad. Ich bringe sie in sein Büro.«

»Alfred? Einen Wagen?« Fragend sehe ich Nathan an.

»Ja, so heißt unser Buttler und wegen des Wagens: Nun, das Anwesen ist groß, und von einem Ende zum anderen benötigt man schon eine gute Viertelstunde zu Fuß. Aber nachdem das Wetter passt und ich nicht allein bin, habe ich nichts gegen einen Spaziergang, vorausgesetzt, du möchtest auch? Ich kann aber auch einen Wagen rufen.«

Ich lache. »Alles okay, wir können gern zu Fuß gehen.«

Nachdem wir das Anwesen betreten haben, lasse ich meinen Blick über den hübschen Garten schweifen. Überall sind Grünflächen, hohe Bäume und unzählbar viele Beete mit bunten Blumen. Sie schimmern so prächtig, dass ich meine Augen kaum abwenden kann.

In der Nähe eines Pavillons fällt mir ein Rosenbeet auf. Ich bleibe davor stehen und spüre ganz kurz ein heftig ziehendes Gefühl im Bauch.

»Gefallen sie dir?«, fragt Nathan. »Das sind edle Zuchtrosen, eine ganz alte Sorte. Sie wurden bereits im Jahr 1789, als das Anwesen bezogen wurde, gepflanzt. Meine Ururur…«, er winkt ab, »na ja, sagen wir so, eine Vorfahrin von mir hat diese Rosen geliebt, und seitdem blühen sie hier.«

Was hat er gesagt? 1789? Ich muss an das Kleid denken, an das Bild des Mädchens umgeben von Rosen, doch ich schiebe den Gedanken weg.

Fasziniert betrachte ich die vielen Blüten. »Wirklich schon so lange?«

»Ja.« Er sieht mich an mit einem Blick, den ich nicht deuten kann. »Das Anwesen geht noch weiter. Da drüben ist ja der *St. James's Park*, wo viele alte Bäume und Denkmäler zu finden sind. Es gibt übrigens eine Verbindung nach draußen durch eine Art Geheimgang. Er wurde damals für die Bediensteten angelegt, die in der Nähe wohnten. Dort befinden sich auch die *St. Appel's Church* sowie mehrere Häuser, die mal Bediensteten gehörten. Sie sind aber nicht mehr alle bewohnt. Außerdem ist da noch ein großer Baum, der unter Denkmalschutz steht. Aber ich hoffe, ich langweile dich damit nicht.«

*St. Appel's Church.* Hatte Jill die nicht erwähnt?

Rasch winke ich ab. »Langweilen? Also bitte, nein, absolut nicht. Im Gegenteil. Es ist wirklich unglaublich, dass du hier wohnst. Und was alles dazugehört. Zu gern würde ich es mal sehen.«

Er grinst. »Das lässt sich bestimmt einrichten. Aber warte erst mal, bis wir im Haus sind, ich glaube, es könnte dir auch gefallen.«

Wir gehen eine Weile, bis wir vor dem prunkvollen Eingang stehen bleiben. Die große, schwere Holztür ist reich mit Ornamenten verziert, der Türbeschlag aus Messing ebenfalls. Letzterer kommt mir für einen kurzen Augenblick irgendwie bekannt vor, doch ich kann ihn nicht einordnen. Dennoch verspüre ich die verschiedensten Gefühle zugleich: bekannt, vertraut, unheimlich.

Ein Mann in einer Dienstbotenuniform öffnet uns. »Guten Tag, Mr Kane, Miss Evans. Darf ich Ihnen etwas abnehmen?«

Ich schüttele den Kopf. »Nein, vielen Dank.«

»Willst du vielleicht was trinken?«, fragt Nathan.

»Na schön, ein Wasser bitte.«

Er sieht zu dem Mann. »Alfred, bring uns bitte zwei Wasser ins Büro eins, ja?«

»Sehr wohl«, antwortet der Mann und wendet sich dann ab.

Verblüfft sehe ich ihm hinterher. »Das ist doch alles nicht wahr, oder?«

Nathan lächelt. »Komm, gehen wir ins Büro.«

Ich folge ihm durch einen langen Flur, in dem viele Bilder hängen, Ölgemälde von Landschaften und auch von Menschen in alten Kleidern. Neugierig mustere ich sie und bleibe schließlich vor einem Bild stehen, das den Rosengarten und den Pavillon zeigt, wo wir vorhin vorbeikamen. In der Ferne sind Häuser zu sehen. Ob das die Unterkünfte des Personals sind, von denen Nathan sprach? Zudem kann ich auf dem Bild eine Kirche und einen Baum erkennen.

Das gibt's nicht. Die Umgebung ähnelt tatsächlich der auf einem meiner Bilder. Das Mädchen vor dem großen Baum. Das Gebäude. Kann es sein? Nein. Oder doch? Und warum klopft mein Herz plötzlich so schnell?

»Soweit ich weiß, ist das der Rosengarten von damals, nachdem das Anwesen bezogen wurde«, erklärt Nathan mir.

»Und die Häuser hier sind die der Bediensteten?«

»Ja, genau.«

»Wow. Und was ist jetzt damit? Du sagtest ja, sie sind nicht mehr alle bewohnt.«

Nathan zuckt mit den Schultern. »Wie schon gesagt, nur noch teilweise. Einige stehen leer, andere werden gerade saniert. Die meisten wurden zu Eigentumswohnungen umfunktioniert und verkauft, da sie ja nicht mehr benötigt wurden. Heutzutage hat man nicht mehr so viel Personal, wie es zu der damaligen Zeit üblich war.«

»Stell dir vor, manche Menschen haben sogar überhaupt kein Personal«, erwidere ich trocken.

Nathan lacht auf. »Stimmt, das habe ich auch schon gehört. Gefällt es dir wenigstens?«

Ich nicke.

»Das freut mich. Also lass uns weitergehen. Das war nämlich noch lange nicht alles.«

Wir gehen noch ein Stückchen weiter, bis wir vor einer großen schwarzen Tür innehalten. Nathan macht Anstalten, anzuklopfen, doch ich greife aus einem plötzlichen Impuls heraus nach seiner Hand. Fragend sieht er mich an.

»Warte einen Moment, ich … ich bin aufgeregt«, gebe ich zu.

»Das musst du nicht sein. Und falls was ist, ich bin in deiner Nähe, versprochen.«

Schließlich klopft Nathan an.

»Ja, bitte«, ruft eine tiefe Stimme hinter der Tür.

Als wir eintreten, sitzt ein blonder Mann hinter einem schweren Holzschreibtisch und sieht uns entgegen. Sofort erkenne ich ihn. Das ist der Mann, den ich auch schon in der Schule gesehen habe, der so in Rage war. Jetzt allerdings lächelt er.

»Dad, ich bringe dir hier die bezaubernde Amy Evans. Sie soll Bilder für das Projekt schießen«, stellt Nathan mich seinem Vater vor.

»Amy Evans, es ist mir eine Freude, Sie endlich kennenzulernen.« Mr Kane steht auf und kommt auf uns zu, nimmt meine Hand und drückt sie. Jetzt, da er in seiner vollen Größe direkt vor mir steht, wirkt er schon recht beeindruckend auf mich.

»Mir ist es auch eine Freude, Mr Kane. Vielen Dank, dass Sie mich empfangen, und auch, dass Sie ein gutes Wort für mich bei der *London Art* eingelegt haben.«

»Das habe ich gern gemacht. Mein Sohn hat so von Ihnen geschwärmt, wie fleißig Sie sind, und ich schätze Fleiß sehr. Zudem hat er mir von Ihrer Begeisterung für die Kunst berichtet, was mich noch mehr erfreut hat, da auch mein Herz für die Kunst schlägt.«

»Das ist kaum zu übersehen«, stelle ich fest. »Ich habe eben schon die Gemälde im Flur bewundert.«

Lächelnd wendet er sich Nathan zu. »Du hast nicht übertrieben, Junge, Mrs Evans scheint nicht nur hübsch, sondern auch sehr klug zu sein.«

Meine Wangen werden heiß. »Danke, das ist sehr nett von Ihnen.«

»Also, dann lassen Sie uns mal die Fotos angehen.«

Ich räuspere mich. »Ich habe mir gedacht, dass wir eins von Ihnen hinter dem Schreibtisch machen und noch ein weiteres im Stehen, vielleicht dort drüben vor dem Regal. Und dann noch ein paar von Ihrer Kunstsammlung. Natürlich nur, wenn es Ihnen recht ist.«

»Ja, das scheint mir eine gute Idee zu sein«, pflichtet er mir bei.

Schließlich machen wir uns an die Aufnahmen. Meine Hände zittern zu Beginn noch ein wenig, doch bald wird es besser, und ich fange mich. Nachdem wir die Fotos von Mr Kane gemacht haben, führt er mich in den Raum, in dem seine beachtliche Kunstsammlung untergebracht ist. Als mein Blick über all die Gegenstände wandert, fehlen mir die Worte. Denn es handelt sich um drei große Säle voll mit unfassbaren Schätzen. Mir fallen alte Kleider ins Auge, Gemälde, die mit Lichtstrahlern in Szene gesetzt sind, Tassen, Geschirr, Schmuck. Und Bücher, so weit das Auge reicht. Eine ganze Regalwand, vom Boden bis zur Decke.

»Das ist unglaublich, Mr Kane«, sage ich, und meiner Stimme ist anzuhören, wie ergriffen ich bin.

»Diese Sammlung ist schon Hunderte von Jahren alt, wie Sie sich denken können«, erklärt er mir. »Vieles stammt aus dem Besitz der Familie Kane, anderes haben wir bei Auktionen erworben, darunter auch Herzensfundstücke.«

Mir fällt eine schwarze Tür auf, die mit einem Code gesichert ist. Ob ich es wagen kann, zu fragen, wo sie hinführt?

Er scheint meinem Blick gefolgt zu sein, denn ohne dass ich ihn darauf anspreche, gibt er mir eine Antwort. »Und genau diese verbergen sich hinter dieser Tür.«

Sofort kribbelt es in meinem Bauch. »Darf ich fragen, was diese Stücke von den anderen unterscheidet?«

»Ja. Sie sind nicht für die Öffentlichkeit bestimmt.« Er zwinkert mir zu.

»Das klingt spannend. Sind Sie bereit für ein weiteres Foto?«, frage ich und deute in den Raum.

»Gern.«

Mr Kane postiert sich vor einigen Gegenständen, ich mache mehrere Aufnahmen und sichte die Fotos dann ganz schnell. Zum Glück sind alle gut gelungen.

»Ich denke, die Redaktion wird eine Auswahl treffen und Ihnen dann zur Ansicht zusenden. Dann können Sie sich die Szenen aussuchen, die Ihnen am besten gefallen«, schlage ich vor.

»Gut, das machen wir so.« Sein Handy klingelt, und als er einen Blick auf das Display wirft, wirkt er angespannt. Dann sieht er zu Nathan. Kurz scheint mir, als würden die beiden sich schweigend austauschen, denn Nathan nickt kaum merklich.

»Nun, vielen Dank für alles.« Mr Kane scheint es plötzlich eilig zu haben. »Nathan, begleitest du Miss Evans hinaus? Es kommt gleich eine Lieferung.«

Anscheinend handelt es sich dabei um eine sehr geheimnisvolle Lieferung, denn als ich aus dem Fenster sehe, biegt gerade ein Lieferwagen mit verdunkelten Scheiben und ohne jegliche Aufschrift um die Ecke. Merkwürdig.

Nathan zieht mich sanft am Ellbogen. »Also dann, lass uns gehen, Amy.«

Ich folge ihm hinaus, und als wir den Flur betreten, erkenne ich dunkel gekleidete Männer, die mehrere Kisten in einen der angrenzenden Räume tragen. Ich schnappe den Namen Jay auf. Stand er nicht auch auf Nathans Handydisplay? Einer der Männer, der ein Tattoo am Hals hat, sticht mir besonders ins Auge. Mich durchfährt es wie ein Blitz. Ob es der Typ aus dem Club ist? Könnte gut sein. Aber Unsinn, warum sollte ausgerechnet er hier sein? Trotzdem würde ich zu gern einen Blick auf die Kisten erhaschen, doch die Tür schließt sich schon wieder.

»Hat es dir denn gefallen?«, will Nathan wissen.

»Sehr.« Aus einem Impuls heraus füge ich hinzu: »Was passiert jetzt hinter dieser Tür?«

Er lacht. »Mein Dad ist immer nervös, wenn er ein besonderes Stück ergattert hat, und das ist wohl heute geschehen. Er ist da etwas paranoid und will nicht, dass diese Stücke gezeigt werden, da sie sehr wertvoll sind.«

Ich nicke. »Das ist verständlich.«

Alfred kommt uns mit einem Tablett, auf dem eine Flasche und zwei Kristallgläser stehen, entgegen. »Ich habe Sie schon gesucht, Sir. Das Wasser für Sie und Miss Evans ist bereit. Wo möchten Sie es einnehmen?«

»Du kannst die Getränke im Salon abstellen«, antwortet Nathan, und wir folgen Alfred in einen weiteren beeindruckenden Raum. Dort setzen wir uns in zwei antike Sessel mit einem reich bestickten Bezug, die um ein intarsienverziertes Tischchen gruppiert sind.

Hastig nehme ich einen Schluck aus meinem Glas. Ich hatte noch gar nicht bemerkt, wie durstig ich mittlerweile geworden bin.

»Okay«, sage ich und atme tief durch. »Ich weiß nicht, was ich sagen soll. Alles hier ist so groß und mächtig und … imposant.«

Nathan lächelt. »Ja, ich mag es hier auch. Aber noch schöner ist, dass du hier bist. Das freut mich wirklich.«

Ich merke, wie ich ein bisschen rot im Gesicht werde. »Du schmeichelst mir, wir kennen uns doch kaum.«

»Ja, aber trotzdem. Ich bin gern mit dir zusammen, Amy.«

Plötzlich piept mein Handy. Es ist Daniela. Sie fragt, ob ich mit den Fotos in die Redaktion kommen kann.

»Zu schade«, meint Nathan, der nun ein wenig enttäuscht wirkt. »Ich dachte, wir könnten noch was zusammen essen. Ich hätte uns etwas machen lassen.«

»Etwas machen lassen?«

»Ja, alles, was du willst.« Seine grünen Augen funkeln mich an.

»Das ist sehr nett, aber ich denke, ich liefere jetzt die Fotos ab. Und dann wollen wir uns ja heute Abend alle im *Dean's* treffen, oder?«

»Ja, da hast du recht. Na schön.« Nathan nimmt sein Handy aus der Tasche und wählt eine Nummer. »Alfred, ich brauche einen Wagen für Miss Evans, der sie zur *London Art* bringt. Vielen Dank«, spricht Nathan wieder ins Handy, dann legt er auf.

»Ist das dein Ernst?«, frage ich verdattert.

»Was? Dass du einen Fahrer bekommst? Natürlich, mein voller Ernst. Ich sorge mich doch um dich.« Für einen Moment sieht er mir etwas zu lange in die Augen. »Also, dann komm, ich begleite dich zur Tür.«

Während wir durch den Flur zurückgehen, sticht mir ein weiteres Bild, auf dem ein Zeichen zu sehen ist, ins Auge. Ich halte inne und betrachte es nachdenklich.

»Das ist das Wappen der Familie Kane«, erklärt Nathan.

Tatsächlich, auch das Wappen kenne ich von irgendwoher. Ich frage mich, wo ich es schon mal gesehen habe. »Das ist hübsch«, sage ich jedoch nur.

Nathan nickt. »Danke, das finde ich auch.«

Als wir durch das Portal nach draußen treten, steht schon ein obsidianschwarzer, edel aussehender Wagen bereit.

»Also, dann sehen wir uns heute Abend?«, fragt Nathan.

»Klar, bis dahin.«

Völlig unerwartet zieht er mich in eine sanfte Umarmung. »Ich freue mich«, sagt er, nachdem wir uns wieder voneinander gelöst haben.

Der Fahrer hält mir schon die Wagentür auf, als ich wieder die dunkel gekleideten Männer entdecke. Sie steigen gerade in den Lieferwagen. Sicher sind sie jetzt fertig und haben ihre Lieferung abgegeben, denke ich mir und setze mich ebenfalls ins Auto. Während der Fahrer den Motor startet, wandert mein Blick noch einmal über das Haus. Es wirkt groß, majestätisch, und trotzdem ist da noch ein anderes Gefühl in meinem Bauch, das ich nicht verstehe. Dieses Gefühl, das ich auch beim Anblick des Rosengartens hatte.

An einem der vielen Fenster erkenne ich eine Frau, die die Gardine nur ein klein wenig zur Seite geschoben hat und durch den schmalen Spalt herauslugt. Sie hat dunkle Haare und kommt mir irgendwie bekannt vor. Könnte es Daniela sein? Unsinn. Als Nathan, der noch immer neben dem Auto steht, den Kopf hebt und zu ihr emporsieht, zieht die Frau eilig die Gardine wieder zu.

Kaum sind wir ein paar Meter gefahren, bleibt der Wagen ruckartig stehen. Anscheinend hat der Lieferwagen uns die Vorfahrt genommen. Doch der Fahrer sagt nichts, sondern lässt ihn passieren. Als ich auf das Heck des Lieferwagens blicke, prangt dort unverkennbar dieses merkwürdige Zeichen, das ich schon einmal gesehen habe. Und kurze Zeit später fällt mir auch ein, wo: Das Auto, das mich beinahe überfahren hat, trug dasselbe Zeichen. War dieser Jay dann auch der Typ aus dem Club? Aber warum ist er hier?

Der Lieferwagen fährt weiter, biegt nach links ab, mein Fahrer nach rechts.

Ich frage mich, warum der Lieferwagen wirklich hier war. Und was er mit der ganzen Sache zu tun hat.

Louis ist wohl nicht der Einzige, der Geheimnisse hat.

Nachdem ich die Fotos abgeliefert habe, verlasse ich das Gebäude der *London Art* und mache mich auf den Weg zur U-Bahn. Als ich aus der U-Bahn-Station rauskomme, fällt mein Blick auf einen Bildschirm, der vor einem Elektrogeschäft angebracht ist und auf dem gerade die neuesten Nachrichten laufen. Als ich das Wort *Eilmeldung* lese, macht mein Herz einen heftigen Satz.

*Einbruch im London Museum* – die Schlagzeile läuft ununterbrochen in Dauerschleife.

Eilig gehe ich noch ein paar Schritte auf den Monitor zu. Nun dringt die Stimme des Nachrichtensprechers wie durch Watte zu mir durch:

*»Völlig unbemerkt wurde im London Museum eingebrochen. Merkwürdigerweise wurde nichts gestohlen, außer einem Kleid aus dem 18. Jahrhundert, das sich in der aktuellen Sonderausstellung befand. Das Kleid soll einen Wert von mehreren Tausend Pfund haben. Warum es jedoch entwendet wurde, ist noch unklar.«*

Anschließend wird ein Foto des gestohlenen Kleides eingeblendet, und ich muss schlucken. Denn es ist tatsächlich das Kleid. Das Kleid mit dem Knopf, das ich schon gemalt habe und zu dem Louis Informationen erhielt.

In meinen Kopf schießt plötzlich ein Gedanke: Was, wenn es kein Zufall ist? Was, wenn Louis etwas damit zu tun hat? Oder Nathan? Was war das für eine Lieferung, die heute bei den Kanes ankam? Und was hat es mit dem Lieferwagen, dem Zeichen und mit Jay, dem Typen mit dem Tattoo, nur auf sich?

# Kapitel 17

*Um zehn bist du aber zu Hause, morgen ist Schule.* Tante Mays Worte hallen durch meinen Kopf, als wir das *Dean's* betreten.

Ich war schon ein paarmal mit Jill hier und mag das *Dean's* einfach. Doch erst heute fällt mir so richtig auf, dass es in dem Pub ein bisschen so aussieht, als wäre man in ein anderes Jahrhundert versetzt worden. Die Wände sind fast komplett von alten Fotos und Gemälden bedeckt, was ich bei meinen früheren Besuchen gar nicht so richtig beachtet habe. Vielleicht ist es ja auf die ganzen Umstände zurückzuführen, dass ich heute nicht nur die Bilder anders wahrnehme, sondern auch eine Wanduhr und jede Menge anderes Zeug, das aussieht, als stamme es aus einem Museum.

Tischlämpchen verbreiten ein gedämpftes Licht und schaffen eine angenehme Atmosphäre, der Duft von Fleisch, Speck und Zwiebeln kriecht in meine Nase. Ein Blick auf die Karte zeigt uns, dass es heute Burger auf englische Art gibt sowie *Black Pudding*, *Hare Hotpot* oder *Sticky Toffee Pudding*. Nachdem ich mich ja hauptsächlich von Tante Mays Sandwiches ernähre, ist das eine willkommene Abwechslung. Prompt meldet sich mein Magen mit einem Knurren. Die Musik irgendeiner Band wogt durch den Pub, und wie immer sind viele bekannte Gesichter aus der Schule da.

Jill hebt die Hand. Sie hat Thomas bereits entdeckt. Nathan neben ihm winkt jetzt ebenfalls in unsere Richtung. Vor sich auf dem Tisch haben die Jungs ein paar Kräcker stehen.

Thomas schließt Jill in eine Umarmung, Nathan kommt auf mich zu und lächelt mich an. »Hey, schön, dass ihr da seid. Ich habe mich schon gefreut, dich zu sehen.«

»Das ist nett«, antworte ich. »Dein Fahrer hat mich übrigens wohlbehalten bei der *London Art* abgesetzt.«

»Das will ich auch meinen.«

Thomas deutet auf den Billardtisch. »Na, bereit für ein kleines Spielchen?«

»Klar, immer doch. Wir sind bereit.« Jill strahlt ihn freudig an.

Kaum haben wir den Billardtisch erreicht, geht die Tür auf. Zu meinem Leidwesen betritt Louis zusammen mit Lilly den Pub, und ich kann nicht anders, als in seine Richtung zu starren. Für einen kurzen Moment treffen sich unsere Blicke. Na toll, was macht der denn hier? Und dann auch noch zusammen mit ihr? Wie auch immer, mir egal, was Mr Blödmann treibt, denke ich, fühle mich jedoch total kindisch dabei.

»Also, dann wollen wir mal.« Nathans Stimme reißt mich aus meinen Gedanken. Ich wende mich rasch von Louis ab und setze ein Lächeln auf.

»Amy und ich spielen auf die vollen Kugeln, Jill und Thomas auf die halben«, schlägt Nathan vor. Er greift nach einem Queue und reibt ihn an der Spitze mit Billardkreide ein. Als er ihn mir reicht, streifen seine Finger ganz leicht meine. »Möchtest du anfangen?«

Erst will ich Nein sagen, doch dann nicke ich. »Na schön, ihr habt es so gewollt. Geht lieber in Deckung.« Ich beuge mich nach vorn und gebe den ersten Stoß ab. Zu meinem Erstaunen treffe ich die weiße Kugel richtig gut und verteile die anderen Kugeln auf dem Tisch. Eine grüne Kugel rollt auch tatsächlich in die linke Ecke. Ich bin selbst ganz erstaunt. »War ich das?«

»War doch gar nicht so schlecht«, lobt Nathan mich. »Gut gemacht.«

Thomas nimmt einen Schluck aus seinem Limoglas. Währenddessen beobachtet er Nathan, wie dieser mit nur einem Stoß eine wirklich nicht einfach liegende Kugel mit Leichtigkeit versenkt. »Gib's zu, du hast das schon öfter gemacht, oder?«

Nathan sieht auf. »Ja, das eine oder andere Mal habe ich schon gespielt.«

Thomas schüttelt den Kopf. »Das eine oder andere Mal ist bestimmt untertrieben. Mit Sicherheit habt ihr ein Billardzimmer zu Hause.«

Nathan zwinkert mir zu. »Nun, okay, ich gebe zu, wir haben eins.«

Dank Nathan haben wir recht schnell zwei Spiele gewonnen.

»Wir beide haben uns doch auch gut geschlagen.« Jill streicht Thomas über den Arm, dann deutet sie zu unserem Tisch. »Wollen wir nicht endlich mal was essen?«

Mitten in ihre Worte hinein geht lautes Gekicher los, und ich wende meinen Kopf in Louis' Richtung. Tatsächlich, das Gekicher kommt von dort. Er sitzt mittlerweile mit Ashley, Mary und Lilly am Tisch und scheint sich ziemlich wohlzufühlen. Aber gleichzeitig darf er behaupten, ich würde mich an Nathan ranwerfen. Echt unglaublich, dieser Kerl.

Als sich unsere Blicke erneut kurz begegnen, sehe ich schnell weg. Er soll bloß nicht glauben, dass ich auch eines der Mädchen bin, die sich für ihn interessieren. Und dass er so unwiderstehlich ist, dass … *Dass man nicht mehr aufhören kann, an ihn zu denken*, flüstert eine innere Stimme, doch ich schiebe sie rasch beiseite.

Als wir vier schließlich an unserem Tisch sitzen, kommt die Bedienung, ein alter Mann mit schlohweißem Haar und braunen Augen, zu uns. Er ist der Großvater von Teddy, dem Besitzer des *Dean's*. Trotz seines fortgeschrittenen Alters arbeitet er regelmäßig im Pub mit, meistens allerdings mehr im Hintergrund, doch heute nimmt er persönlich die Bestellungen auf. Er war wohl mal Arzt und hat dann irgendwann seine eigene Bar eröffnet.

Freundlich sieht er in die Runde. »Was kann ich euch bringen?«

»Für mich den englischen Burger«, sagt Thomas.

Jill leckt sich über die Lippen. »Für mich auch.«

»Also gut, ich schließe mich an«, antworte ich.

Für einen Moment mustern mich die Augen des alten Mannes auf merkwürdige Weise. In seinem Blick liegt etwas, das ich nicht genau deuten kann, aber er wirkt verwundert. Mir entgeht nicht, dass er die Augen kurz zusammenkneift. Doch schließlich schüttelt er den Kopf und lächelt wieder, als wäre nichts gewesen. »Was möchtest du?«, fragt er Nathan, der seinen Kopf noch hinter der Karte vergräbt.

Jetzt legt er sie jedoch beiseite. »Ich nehme auch den englischen Burger. Davon scheinen ja alle begeistert zu sein.«

Als Nathan aufsieht, tritt erneut Verwunderung in den Blick des alten Mannes, ich kann es ganz deutlich erkennen. Es wirkt beinahe so, als hätte er einen Geist gesehen. Ja, genau das ist es. Er kneift die Augen zusammen, schluckt ein paarmal kräftig, und sein Blick wandert von Nathan zu mir und wieder zurück. Dann schüttelt er erneut den Kopf. Merkwürdig. Was er wohl hat?

Auch Jill scheint das nicht entgangen zu sein. »Geht es Ihnen nicht gut?«, fragt sie ihn.

»Doch, doch«, erwidert er hastig, »ich hatte nur was im Auge. Also viermal den englischen Burger.« Als er sich von uns abwendet, wirkt er wieder ganz normal. Vielleicht hatte er ja wirklich nur was im Auge, dennoch lässt mich das Gefühl nicht los, dass sein merkwürdiges Verhalten einen anderen Grund hat.

»Warst du schon mal hier?«, frage ich Nathan.

Er schüttelt den Kopf. »Nicht, dass ich wüsste.«

Kaum habe ich gefragt, komme ich mir auch schon albern vor.

Glücklicherweise schneidet Thomas nun ein anderes Thema an. »Habt ihr euch schon eine Legende für die Hausaufgabe in Geschichte überlegt?«, will er wissen. »Ich selbst habe noch keinen blassen Schimmer, und ihr?«

Jill zuckt mit den Schultern. »Nein, aber eigentlich gibt es da ja recht viel. Die Raben im Tower zum Beispiel. Und irgendwelche Spukhäuser findet man in London ja zur Genüge.«

»Mein Grandpa hat so ein altes Buch, aus dem er mir früher oft vorgelesen hat«, erzählt Thomas. »Da war auch eine Geschichte drin über die Untoten in London. Menschen, die durch eine bestimmte Magie unsterblich wurden und seitdem in London leben. Es war auch von einem großen Geheimbund die Rede und von einem Liebespaar, das sich der Magie hingegeben hat«, berichtet Thomas mit geheimnisvoller Miene.

»Untote? In London?« Nathan sieht ihn sehr interessiert an, und auch Jill wirkt begeistert.

»Davon habe ich noch nie was gehört. Los, erzähl schon. Wo soll es die geben?«, fordert sie Thomas auf.

»Keine Ahnung, anscheinend gab es früher mal ein Liebespaar, das sich immer heimlich getroffen hat. Die beiden haben sich angeblich für die Ewigkeit verbunden. Ihre Nachfahren sollen noch immer leben, da ihre Seelen ja unsterblich sind. Und sie herrschen über die Stadt. Ha! Jetzt staunt ihr, oder?«

Jill lacht und knufft ihn in die Seite. »Das ist Blödsinn.«

»Ja, das sagst du jetzt. Aber warte nur, bis du ihnen begegnest. Sie wissen sich gut zu tarnen.« Thomas revanchiert sich bei ihr, indem er sie kitzelt, woraufhin Jill erst recht weiterlacht.

»Ist auf alle Fälle etwas anderes als die Raben vom Tower«, meint Nathan nachdenklich.

Untote in London. Diese Geschichte löst einen merkwürdigen Schauer in mir aus. »Woher hat dein Großvater dieses Buch?«, frage ich Thomas.

Nathan schmunzelt. »Jetzt hast du Amy neugierig gemacht.«

»Nur ein wenig.«

Thomas zuckt die Schultern. »Keine Ahnung. Wie gesagt, er hat mir aus diesem Buch vorgelesen, da waren total viele Mythen aus London drin. Wenn du willst, kann ich ihn fragen, ob er es noch hat und ob ich es dir mal zeigen darf.«

»Das wäre nett.«

»Klar, mache ich.«

Schließlich reden wir über etwas anderes, wobei mich der Gedanke an die Untoten nicht loslässt. Obwohl ich es nicht tun sollte, ertappe ich mich leider auch dabei, wie ich ab und zu einen Blick in Louis' Richtung werfe. Lilly sitzt nun auf seinem Schoß, und ich schlucke. Was geht denn da ab?

Schnell sehe ich weg. Mir ist egal, was er tut. *Er* ist mir egal. Aber so recht glauben kann ich mir selbst nicht.

Irgendwann stupst Jill mich an. »Ich muss mal auf die Toilette. Kommst du mit?«

Ich nicke, weil ich das Gefühl habe, dass sie mit mir reden will.

Im Vorraum zu den Toiletten sieht Jill sich erst mal um, aber wir sind zum Glück allein. »Der arme Nathan«, sagt sie. »Du schaffst es ja überhaupt nicht, die Augen von Louis abzuwenden.«

Sofort fühle ich mich schlecht. »Quatsch!«

Sie zieht eine Augenbraue nach oben, erwidert aber nichts.

»Okay, Mist. Ist das so offensichtlich? Aber es ist nur wegen dem Kleid und alldem. Ich frage mich, was er damit zu tun hat.«

»Trotzdem, ich würde es nicht zu auffällig machen. Du magst Nathan doch, oder?«

Ich seufze. »Schon. Ach, du hast ja recht. Ich werde versuchen, mich zusammenzureißen.«

In diesem Moment geht die Tür auf, und eine Frau kommt herein.

»Ich verstehe dich, dich beschäftigt so vieles. Aber lass heute einfach mal los. Der Abend ist doch schön«, flüstert Jill mir zu. »Also mach dir jetzt mal keine Gedanken, okay? Weder über Louis noch über dieses Kleid und das andere Zeug.«

»Okay.«

»Also dann, wollen wir wieder zu den Jungs?«

Doch ich schüttele den Kopf. »Ich muss wirklich mal. Aber du kannst schon zurückgehen, wenn du magst. Du musst nicht auf mich warten.«

»Wirklich nicht?«

»Nein, ich brauche mal einen Moment für mich.«

»Na gut, dann treffen wir uns gleich wieder am Tisch.«

Während Jill den Raum verlässt, betrete ich eine der Kabinen. Als ich fertig bin, wasche ich mir die Hände, verlasse den Toilettenraum und will gerade durch den Gang zum Tisch zurückgehen, als ich Stimmen höre. Eine von ihnen ist eindeutig Nathan. Ich sehe mich um, doch da ist niemand. Dann höre ich sie wieder. Ich weiß, man soll nicht lauschen, aber als ich auch die andere Stimme erkenne, die unverwechselbar Louis gehört, kann ich nicht anders.

»Was soll das? Was tust du schon wieder hier?«, fragt Nathan, und in mir zieht sich alles zusammen.

»Was willst du von mir, Kane? Ich esse etwas, genau wie du. Ist das verboten, oder was? Rufst du jetzt wieder deinen Dad und bekniest ihn, mich loszuwerden?« Louis klingt äußerst angespannt.

»Du wirst das noch bereuen, Lamen! Leg dich nicht mit mir an, sonst …«

»Sonst was? Erzählst du dann wieder Lügen? So wie die von der armen Halley, die angeblich deine Freundin war?«

»Von wegen Lügen! Hau einfach von hier ab!«

Die Neugier treibt mich noch immer an, und ich versuche, einen Blick auf die Szenerie zu erhaschen.

Plötzlich erklingt noch eine vertraute Stimme. Jill. »Amy? Wo bleibst du denn? Oh, was ist denn hier los?«

Louis verzieht das Gesicht, sagt aber nichts.

»Nichts«, knurrt Nathan. »Louis macht Stress, ich habe ihm die Meinung gesagt. Gehen wir?«

Nun bleibt mir nichts anderes übrig, als aus meinem Versteck aufzutauchen und so zu tun, als würde ich eben erst aus dem Toilettenraum kommen.

Während Nathan, Jill und ich uns auf den Weg zurück zu unserem Tisch machen, drehe ich mich kurz noch einmal zu Louis um, der uns mit zusammengekniffenen Augen nachsieht.

Was war das denn gerade?

»Was ist denn los?«, empfängt uns Thomas. »Ihr schaut alle so angespannt.«

»Louis hat Stress gemacht, er meinte, ich soll mich hier nicht aufhalten. Der hat sie echt nicht alle«, erklärt Nathan ihm.

Ich muss schlucken, denn ich weiß, dass es eine Lüge ist. Nathan war doch derjenige, der Louis vorgeworfen hat, hier zu sein. Mit ernster Miene sehe ich Nathan an, aber er scheint nichts Falsches an seiner Aussage zu finden.

»Im Ernst?«, fragt Thomas erstaunt. »Das hätte ich gar nicht gedacht.«

Nathan zuckt die Schultern. »Manche Menschen haben eben zwei Gesichter.«

Die Situation ist mir echt unangenehm. Ich denke noch einmal darüber nach, was die beiden gesagt haben, wie aggressiv sie waren. Aus den wenigen Fetzen, die ich von ihrem Gespräch mitbekommen habe, werde ich natürlich nicht schlau. *Die arme Halley*, hat Louis gesagt.

Was auch immer hier vor sich geht, mein Entschluss, herauszufinden, was es zu bedeuten hat, wird immer fester.

# Kapitel 18

Irgendwann sehe ich auf die Uhr, die über dem Tresen hängt. »Mist, schon kurz nach neun, ich muss los. Wenn ich zu spät komme, kriege ich echt Ärger.«

Nathan nickt. »Klar, dann sollten wir besser mal zahlen.«

Als der alte Wirt mit der Rechnung an unseren Tisch kommt, mustere ich ihn genau. Die schlohweißen Haare, die Fältchen rund um seine Lippen, diese grauen Augen – irgendwie kommt er mir bekannt vor, doch ich habe keine Ahnung, woher. Während wir zahlen, entgeht mir nicht, wie sein Blick immer wieder zu Nathan und auch zu mir wandert – auch wenn er es gut verbergen kann. »Schönen Abend noch«, sagt er schließlich freundlich.

Am Ausgang schaue ich mich noch mal um. Der alte Wirt steht am Tresen und starrt mir nach. Genau wie Louis.

Draußen empfängt uns eine kühle, aber sternenklare Nacht, und als ich in den Himmel blicke, kann ich für kurze Zeit tatsächlich mal an etwas anderes denken. »Wie hübsch«, flüstere ich.

Nathan tritt neben mich. »Du magst die Sterne?«

»Ja, schon immer. Sie haben so etwas Beruhigendes.« Ich denke an das Mädchen aus meinem Zeichenbuch, das in den Himmel blickt, als wäre sie auf der Suche nach etwas. Ob sie ebenfalls gern die Sterne ansah? »Magst du sie auch?«, will ich wissen.

»Ja. Wenn du möchtest, kannst du gern mal durch unser Teleskop schauen. Wir haben eines auf dem Anwesen, gleich in der Nähe des Rosengartens.«

»Gibt es eigentlich etwas, das ihr nicht habt?«, frage ich vielleicht etwas zu spitz.

Doch Nathan lacht. »Nun, darüber muss ich schon nachdenken. Aber spontan fällt mir nur eines ein, was ich noch gern hätte.« Er sieht mir tief in die Augen. Sofort nimmt mein Herzklopfen an Fahrt auf. Nathan ist mir nah, irgendwie fast schon zu nah.

Ich räuspere mich und weiche einen Schritt zurück. »Sorry, ich merke gerade, dass ich meine Jacke drinnen vergessen habe. Wartet ihr schnell auf mich? Ich hole sie eben.«

»Klar, kein Problem«, sagt Nathan, der sich nichts anmerken lässt.

Ich husche noch mal hinein, direkt auf die Garderobe zu. Aber meine Jacke ist weg. Wo ist sie hin? Als ich aufsehe, steht Louis vor mir.

»Was ist?«, frage ich, sehe ihn an und plötzlich greift er nach meiner Hand. Augenblicklich ist da wieder dieses kurz aufflackernde, helle Licht, das ich immer wahrnehme, wenn wir uns berühren.

Als er mich nach einer gefühlten Ewigkeit loslässt, bin ich noch ganz benommen. Erst jetzt bemerke ich, dass er meine Jacke bei sich hat. Seine Augen funkeln mich an. Das tiefe Wasserblau greift mich und scheint mich beinahe fortzuziehen. Was tut er da? Er darf mich nicht einfach so anfassen!

Er streckt mir die Jacke entgegen. »Hier, die hast du vergessen.«

»Ja, danke, das weiß ich.« Ich nehme sie ihm aus der Hand und will gerade gehen, doch er hält mich zurück, und in meinem Magen dreht sich alles durcheinander.

»Wirst du ihn heute küssen?«

Wie kommt er denn jetzt darauf? »Was?«

»Du hast mich schon verstanden.«

Ich bin erst noch irritiert, aber dann fasse ich mich rasch. »Ich denke, das geht dich nichts an«, entgegne ich mit fester Stimme, obwohl mein Herz so schnell pocht, dass es beinahe aus meinem Brustkorb springt.

Hastig wende ich mich ab, um das Gebäude endgültig zu verlassen, als der alte Wirt mir den Weg versperrt. In seinem Blick liegt etwas, das ich nicht deuten kann. »Du erinnerst mich an jemanden. Dieses Muttermal«, er deutet auf mein Kinn. »Hatten das viele in deiner Familie?«

Etwas verwirrt nicke ich.

»Pass auf dich auf, Mädchen, pass auf dich auf. Und ich passe auch darauf auf, bis du mich danach fragst.« Er nickt mir zu.

»Ähm, was meinen Sie?«, frage ich, doch er dreht sich abrupt um und verschwindet in der Küche. Ich kann nicht leugnen, dass ich plötzlich Gänsehaut spüre.

Eines ist klar: Er weiß etwas. Die Frage ist nur, was.

Als ich nach draußen trete, renne ich fast in Nathan hinein.

»Da bist du ja wieder«, sagt er.

Noch immer bin ich ganz durcheinander. Erst Louis, dann der Wirt. Aber ich versuche, es mir nicht anmerken zu lassen. Ich halte meine Jacke hoch und nicke. »Da ist sie. Wir können gehen.«

»Alles okay?« Stirnrunzelnd mustert Nathan mich.

Zur Bekräftigung nicke ich noch einmal. »Klar, alles gut.«

Jill hakt sich bei Thomas ein, und ich gehe neben Nathan her.

»Das war ein schöner Abend«, bemerkt Nathan, als wir in meine Straße einbiegen und uns voneinander verabschieden.

Jill kuschelt sich auffällig eng an Thomas. Ob sie sich an diesem Abend noch trauen wird, ihn zu küssen? Sicher werde ich es erfahren, wenn sie zu Hause angekommen ist.

Nathan sieht mich so intensiv an wie noch nie. Ob er auch

mit dem Gedanken spielt? Schon hallt Louis' Stimme durch meinen Kopf: *Wirst du ihn heute küssen?*

Okay, ich darf jetzt nicht nervös werden. Alles ist gut.

Ich deute zu Jill und Thomas hinüber. »Die beiden können gar nicht mehr die Finger voneinander lassen, oder?«, sage ich, in der Hoffnung, damit die Situation ein bisschen auflockern zu können.

Doch Nathan geht nicht darauf ein. Stattdessen tritt er einen Schritt auf mich zu, streicht mir eine Haarsträhne aus der Stirn, und mit einem Mal sind wir uns so nah. Dann beugt er sich zu mir. In meinem Inneren wirbelt alles durcheinander, als er seine Lippen sanft an meine Wange legt. »Ich mag dich, Amy, aber ich werde nichts tun, was du nicht möchtest, sondern es erst tun, wenn du es auch willst«, flüstert er, und seine grünen Augen dringen intensiv in meine. Ich weiß nicht, was es ist, aber seine Worte lösen ein merkwürdiges Gefühl in mir aus, als hätte ich sie schon einmal gehört.

»Danke«, sage ich und räuspere mich. »Auch für den Abend.«

»Jederzeit.«

Ich habe mich bereits zum Gehen abgewandt, gehe dann doch noch mal zurück. Ich muss die Sache jetzt ansprechen. »Nathan? Kann ich dich was fragen?«

»Klar.«

»Was war das vorhin zwischen dir und Louis im *Dean's*? Warum hast du ihn so angegangen? Und wieso könnt ihr euch nicht einfach aus dem Weg gehen?«

Er atmet tief durch, und ich frage mich, ob er es leugnen wird, aber zu meiner Verwunderung tut er es nicht. »Ja, das war blöd. Aber ich mag dich, Amy, und ich möchte dich näher kennenlernen. Da braucht Louis nicht dazwischenzufunken. Nicht schon wieder.«

»Okay, aber sich zu bekriegen, ist auch nicht die tollste Art und Weise, oder?«, gebe ich zu bedenken.

»Würdest du das denn wollen?«

»Dass ihr euch einfach aus dem Weg geht? Ja. Streit ist doch bescheuert.« Ich zucke mit den Schultern. »Ich denke, dass man es hin und wieder einfach mal gut sein lassen sollte. Egal, was passiert ist, es gibt immer einen neuen Anfang.«

Mit einem etwas merkwürdigen Blick sieht er mich an, und ich frage mich, was ihm gerade durch den Kopf geht. »Ich denke darüber nach«, sagt er schließlich.

»Also dann, wir sehen uns morgen?«

»Klar, wir sehen uns morgen.«

Ich habe mich schon ein paar Schritte von ihm entfernt, da ruft er meinen Namen. »Amy? Sollte ich dich nach einem Date fragen, würdest du Ja oder Nein sagen?«

Ich drehe mich mit einem Lächeln zu ihm. »Probiere es aus.« Dann rufe ich zu Jill und Thomas hinüber: »Gute Nacht, ihr beiden!«

Jill löst sich von Thomas und kommt auf mich zugerannt. »Gute Nacht.« Ein warmes Küsschen landet auf meiner Wange. »Ich schreib dir, wenn ich daheim bin. Leg dein Handy ans Bett«, flüstert sie, bevor sie wieder zu Thomas zurückgeht.

Es ist bereits halb elf, als mein Handy *Pling* macht. Es ist natürlich eine Nachricht von Jill: *Bist du noch wach?*

Ich antworte sofort: *Klar. Alles gut?*

Jill: *Mehr als das. Wir haben uns geküsst! ENDLICH! UND KEINE VÖGEL!*

Ich: *Ah, ich freue mich für dich!*

Nachdem ich mein Handy weggelegt habe, kann ich lange nicht einschlafen. Durch meinen Kopf spuken so viele Gedanken. Natürlich frage ich mich noch immer, was es mit dem Diebstahl des Kleides auf sich hat, ob Louis etwas damit zu tun hat. Und ich denke an die Legende über die Untoten in London, von der Thomas gesprochen hat.

Ich blicke zur Decke. Die Sterne funkeln über mir und spenden irgendwie Hoffnung, auch wenn es nur künstliche Sterne sind. Und Sterne sind eigentlich nichts weiter als Sonnen, etwas, das verglüht. Aber wir geben den Dingen eine Bedeutung. Also ist doch gleich, was etwas ist, wenn wir es zu dem machen, was wir möchten.

Ob ich die ganze Sache auch zu etwas Größerem mache, als sie in Wirklichkeit ist?

Mit diesem Gedanken schlafe ich endlich ein.

# Kapitel 19

Die Glocke klingelt über meinem Kopf, als ich am nächsten Nachmittag den Laden betrete. Doch statt auf Sally treffe ich auf Barney, der gerade eine Porzellantasse zu polieren scheint.

Er empfängt mich mit einem Lächeln. »Caroline! Schön, dass du da bist. Wie geht es dir?«

»Gut. Und dir?«

»Sehr gut, ich habe gerade dieses tolle Stück ersteigert. Ist sie nicht hübsch?«

»Ja, das ist sie«, antworte ich und sehe mich nach Sally um, aber ich kann sie nirgendwo entdecken.

»Wir haben neulich über diese Legende gesprochen. Erinnerst du dich?«, fragt er mich plötzlich.

»Ähm, ja. Warum?«

»Ich habe es für Will und dich versteckt. Sehr gut versteckt«, erklärt er. Meint er das Buch, von dem er gesprochen hat? »Egal, was heute Abend geschieht, die Fänger werden sie nicht finden. Ich bewahre sie auf. Und ich habe sie weggebracht. Aber seid trotzdem vorsichtig. Euch zu verlieren, das wäre schrecklich.« In seinen Augen spiegelt sich eine tiefe Traurigkeit.

»Was wollen sie denn von uns?«, frage ich. »Und was hast du versteckt?«

Sein Blick ruht auf mir. »Das weißt du doch. Das, was ihr gefunden habt.«

»Und was wollen sie?«

»Caroline, was ist nur los mit dir? Na, euren Tod!« Mein Herz wird schwer, denn er spricht die Worte so ernst aus, dass ich mich erneut frage, wer diese Caroline und vor allem dieser Will waren.

Doch bevor ich ihn darauf ansprechen kann, kommt Sally zurück in den Laden. »Grandpa, so geht das nicht weiter, ich …« Irgendwie wirkt sie unglaublich erschöpft. »Du kannst nicht dauernd abhauen.«

»Es ist doch alles gut«, erwidert Barney. »Wir haben uns nur unterhalten.«

»Gut, ich bringe ihn eben nach oben. Die Pflegerin ist gerade gekommen. Ich bin gleich wieder da«, sagt sie an mich gewandt.

Als Sally wiederkommt, habe ich schon begonnen, die Regale mit den alten Gegenständen neu zu sortieren. »Alles okay?«, frage ich sie.

»Ja, aber es macht mich einfach so traurig. Du hättest ihn früher erleben sollen. Vor dem Unfall. Da war er ganz anders.« Sie lächelt mir freundlich zu, und ich bin erleichtert.

»Sally, was ist eigentlich mit Barney passiert?«, traue ich mich jetzt zu fragen.

Sie seufzt. »Lust auf einen Kaffee? Dann erzähle ich es dir.«

Wenig später sitzen wir in der Küche und trinken Kaffee. Sally nimmt noch einen Schluck aus ihrer Tasse, ehe sie zu erzählen beginnt. »Im Laden wurde eingebrochen, das war richtig heftig. Alles wurde verwüstet, aber nicht nur das. Grandpa war damals hier und hat die Diebe auf frischer Tat ertappt. Sie haben ihn so verprügelt, dass wir erst dachten, er schafft es nicht. Er war so schwer verletzt …« Tränen schimmern in ihren Augen. »Na ja, er hat es zum Glück geschafft, doch seitdem ist er so. Die Ärzte meinten, dass so eine Verwirrtheit von Vorfällen wie diesem hervorgerufen werden kann. Er muss heftige Schläge auf den Kopf abbekommen haben. Das war eine schlimme Zeit.«

Ich greife nach ihrer Hand und drücke sie sanft. »Das tut mir so leid, Sally.«

»Ja, mir auch. Aber na ja, nun weißt du wenigstens, was passiert ist. Ich bin froh, dass du jetzt hier bist.« Sie stockt. »Louis meinte, du arbeitest auch noch bei der *London Art*.«

»Ja. Ich hoffe, das ist okay? Ist nur für eine Weile.«

»Klar. Ich meine nur, ist das dann nicht alles etwas stressig, wenn du auch noch hier im Laden hilfst?«

Ich schüttele den Kopf. »Nein, ich arbeite gern hier, wirklich. Und ich bin erst morgen wieder bei der *London Art*. Ist nur projektbezogen.«

»Okay, aber wenn es dir zu viel wird, sag es einfach.«

Das Telefon klingelt, und Sally geht nach nebenan in das kleine Büro. Gedankenverloren rühre ich in meinem Kaffee, als sie zurückkommt.

»Das war Louis. Er hat gerade eine Bestellung ausgefahren, und vergessen, was mitzunehmen«, erzählt sie. »Könntest du so lieb sein und ihm die zwei fehlenden Kisten bringen? Sind auch klein und die Adresse würde ich dir aufschreiben. Louis wartet dort auf dich. Wäre das in Ordnung?«, fragt sie zögernd, und ich merke, wie wichtig es ihr ist.

Deswegen nicke ich auch, ohne nachzudenken. »Klar, wo soll ich es hinbringen?«

Mit zwei kleinen Kisten mache ich mich auf den Weg zu der Adresse, die Sally mir aufgeschrieben hat. Laut der Navi-App im Handy werde ich mein Ziel wohl nach der nächsten Ecke erreicht haben. Ich bin noch ganz darin vertieft, sodass mir zunächst gar nicht auffällt, wo ich mich befinde. Aber als ich dann aufsehe, erkenne ich den Italiener, wo wir neulich waren. Und auf der gegenüberliegenden Seite steht das alte Steingebäude, das dieses merkwürdige Gefühl in mir auslöste, gefolgt von den Bildern des vom Feuer umgebenen Liebespaares. Es ist ein Theater, in dem jeden Tag das *Phantom der Oper* aufgeführt wird, das verrät zumindest die Anzeige am Eingang. Mein Magen macht eine kurze, aber heftige Drehung. Wieder spüre ich dieses Gefühl in mir, hier schon mal gewesen zu sein. Von Louis ist jedoch weit und breit nichts zu sehen.

Als er unvermittelt neben mir auftaucht, erschrecke ich mich leicht.

»Sorry, ich bin gekommen, so schnell es ging.«

»Warte, ich nehme dir eine Kiste ab.« Er greift danach und unsere Finger berüren sich. Die sanfte Berührung unserer Finger reicht aus, um erneut dieses Kribbeln durch meinen Körper zu jagen, gefolgt von einem zarten Licht, das abermals Bilder aufwirbelt, die sich wie ein Film vor uns zusammensetzen. Wie von Zauberhand verändert sich alles, das Gebäude, die Umgebung. Und dann ist da wieder dieses Liebespaar. Die beiden sitzen in Sesseln aus rotem Samt in einem großen Saal, halten sich an den Händen und wirken glücklich. Ein Knistern liegt in der Luft, eine Erleichterung, die zu spüren ist.

»Es geht gleich los«, sagt er zu ihr und blickt auf seine Taschenuhr. Seine Stimme jagt wohlige Schauer durch mich hindurch. Sie sieht ihn einfach nur an, aber die Liebe, die in diesem Augenblick liegt, brennt sich beinahe auf meine Haut und noch ein bisschen tiefer in mein Herz. Doch dann wendet sich das Blatt, die Bilder verdunkeln sich. Plötzlich ist da Rauch, Feuer, und alles steht in Flammen. Schließlich wird alles schwarz.

Als Louis und ich unsere Hände voneinander lösen, weiß ich für einen Moment nicht, ob die Bilder, die gerade nach uns gegriffen haben, Wirklichkeit waren oder nicht.

In Louis' Gesicht kann ich jedenfalls keine Regung erkennen. »Kommst du dann? Wir werden schon erwartet«, sagt er, nimmt den Karton, als wäre nichts gewesen, und öffnet schließlich die Tür mit der goldenen Griffleiste.

Im Inneren des Theaters gehen wir über einen langen roten Teppich den Flur entlang und gelangen schließlich in einen Raum mit hohen Decken und einem schwarz-weiß karierten Fliesenboden.

»Ach, wie schön, das muss der Rest der Bestellung sein.« Als ich mich nach der Stimme umdrehe, kommt eine Frau in einem Spitzenkleid auf uns zu, gefolgt von einem Mann in Frack und Zylinder, der aussieht, als wäre er um die siebzig. Sein Bart ist auf altmodische Art gedreht, und irgendwie hat man das Gefühl, als würde der Mann aus einer anderen Zeit, einem anderen Jahrhundert stammen.

Louis nickt. »Ja, genau. Tut mir leid, dass es nicht vollständig war. Aber jetzt ist alles da, wo es hingehört.«

Die Frau lächelt und winkt ab. »Kein Problem. Wir freuen uns über diese besonderen Stücke. Barney hat über die Jahre wirklich eine tolle Sammlung zusammengetragen. Zu schade, dass es ihm so schlecht geht.«

Von irgendwoher ertönt ein Gong. »Die Pause ist vorbei«, erklärt sie uns. »Wir proben gerade. Was meint ihr, habt ihr Lust, einen Blick hinter die Kulissen zu werfen?«

Doch ehe wir antworten können, erklingt der Gong erneut, und sie setzt sich einfach in Bewegung. »Also kommt mir nach in den großen Saal«, ruft sie uns schon im Gehen zu, und so bleibt uns nichts anderes übrig, als ihr zu folgen.

Es geht durch eine große Tür, die in einen riesengroßen Saal führt. Darin gibt es eine Empore und Balkone, mächtige Kerzenhalter mit Engeln und Feenfiguren. Die hellen Logen werden von zartem Licht beleuchtet, die Bühne ist voll mit Darstellern in beeindruckenden historischen Kostümen.

Die Frau deutet an eine Seitenwand des Saals, ziemlich vorn nahe der Bühne. »Dort befindet sich noch eine Sammlung aus dem früheren Theater, die könnt ihr euch auch gern ansehen.« Aus dem früheren Theater? Als sie merkt, dass ich damit nichts anfangen kann, lächelt sie. »Nun, dieses Theater ist das frühere *King's Theatre*, das leider bei einem Brand zerstört wurde. Zum Gedenken werden dort drüben in den Vitrinen ein paar alte Gegenstände aufbewahrt. Nur falls es euch interessiert.«

Das frühere Theater wurde also wirklich bei einem Brand zerstört? Die Worte der Frau dringen in meinen Kopf und vermischen sich mit den Bildern des Liebespaares, das vorhin noch so präsent war. Waren die beiden also vielleicht wirklich hier?

»Setzt euch, wohin ihr wollt. Viel Spaß!« Schon eilt die Frau zu den anderen Darstellern auf die Bühne.

Am liebsten würde ich mir jetzt diese Vitrinen ansehen, doch dann schiebe ich mich vor Louis durch die Reihe und setze mich ungefähr in der Mitte auf einen mit rotem Samt bezogenen Sessel. Er ist weich und wirklich bequem.

Noch ehe Louis sich neben mich gesetzt hat, wird das Licht gedimmt. Nur schemenhaft kann ich erkennen, wie er sich nach vorn beugt. Die Hände auf den Knien, sein Gesicht darauf abgestützt blickt er auf die Bühne. Die Musik setzt ein, warme Klänge erfüllen den Saal, und wir beobachten das Schauspiel, das nun dargeboten wird. Es ist schön und berührend, womit ich gar nicht gerechnet habe. Aber irgendwie ist es auch unheimlich aufreibend, hier zu sitzen, denn dieses Gefühl, das ich schon im Restaurant hatte, dass hier irgendetwas geschehen sein muss, lässt mich auf eine seltsame Weise nicht los. Nun zu wissen, dass es hier in der Tat mal einen Brand gab, treibt meinen Puls in die Höhe.

Immer wieder wandern meine Augen über Louis' Profil, seine Nase, seine Augen, seine Hände, und eine verwirrende Hitze brennt durch meinen Körper. Ich nehme mir vor, ihn nicht zu sehr anzustarren, mich nicht von meinen Gefühlen einnehmen zu lassen. Doch so einfach ist das nicht, denn alles wirkt mehr und mehr geheimnisvoll. Immer wieder schweift mein Blick ab, und in einer Sekunde, in der ich zu langsam bin, treffen sich unsere Augen dann doch. Schnell sehe ich wieder weg, lehne mich im Sitz zurück und versuche, mich nur noch auf das Schauspiel zu konzentrieren, auf nichts anderes, und das zarte Kribbeln zu ignorieren, diese Atmosphäre, die mich greift, seine Nähe. Immerhin ist es nett, dass wir einfach so diesen Einblick in den Theateralltag bekommen, also sollte ich das auch nutzen.

Kurze Zeit später lehnt Louis sich ebenfalls zurück, und ich spüre seinen Blick erneut auf mir.

»Es ist nett, dass wir hier sein dürfen, oder?«, frage ich leise.

»Ja, es ist sehr gut, meine …« Doch dann hält er mitten im Satz inne und kneift die Augen zusammen. Ich folge seinem Blick. Und jetzt sehe ich es auch. Irgendetwas scheint von den Glaskästen her zu leuchten – so wie im Museum der Knopf an dem Kleid geleuchtet hat.

»Deine was?«, frage ich mit heiserer Stimme, in der Hoffnung, damit das Gespräch fortführen zu können.

»Meine …« Louis holt tief Luft. »Meine Eltern haben mich früher hin und wieder mit ins Theater genommen.«

Ich spüre diesen Druck in meiner Brust, als ich an das Foto von ihm und seinen Eltern und den traurigen Ausdruck in seinem Gesicht denke. »Du vermisst sie sehr, oder?«

Sein Blick fängt meinen ein, und kurz bereue ich es, die Frage ausgesprochen zu haben, doch er nickt. »Ja, das und vieles mehr.«

»Was ist passiert?«, hake ich vorsichtig nach.

»Unser Haus hat gebrannt«, antwortet er und schluckt ein paarmal. »Eigentlich hätte ich auch drin sein sollen. War ich aber nicht, nur durch Zufall. Ich hatte mich aus dem Haus geschlichen. Wenn ich heute daran denke, weiß ich nicht, ob es das größte Glück in meinem Leben oder das größte Unglück war. Ich habe mir oft gewünscht, ich wäre mit ihnen gestorben«, flüstert er.

Ich spüre die Traurigkeit in jeder Zelle seines Körpers. »Das tut mir so, so leid.« Ich kann nicht anders, als kurz nach seiner

Hand zu greifen, und wieder durchfährt mich dieses warme Gefühl.

Er sieht mich an, um uns herum scheint die Luft zu flirren.

»Bist du also deswegen hier in der Stadt?«

Er schüttelt den Kopf. »Eigentlich war es nie das Ziel, nach London zu gehen. Aber dann ist das mit Barney passiert, der Einbruch in seinen Laden. Eigentlich hätte er geschlossen werden sollen. Aber Sally beschloss kurzerhand, dass wir ihn übernehmen. Eigentlich wäre ich lieber in Brighton geblieben. Aber jetzt, na ja ... Dort würde es dir gefallen.«

»Das verstehe ich.« Ich streiche mir eine Haarsträhne aus der Stirn. »Ich vermisse meinen Dad auch, und wenn ich ehrlich bin, vermisse ich oft auch mein altes Leben.«

Mit einem Mal ist da eine Vertrautheit in unseren Blicken.

»Ich weiß genau, was du meinst, denn seit ich hier bin ...« Er sieht kurz in Richtung der Vitrinen, aus der das Licht gekommen ist, und ich warte darauf, dass er es jetzt endlich erwähnt. Aber er tut es nicht.

»Seitdem passieren seltsame Dinge«, ergänze ich leise.

Er sieht mich etwas überrascht an. »Seltsame Dinge? Vielleicht auch das, wenn man das mit Barney bedenkt. Er war so ein intelligenter Mann, und jetzt redet er dauernd wirres Zeug. Er nennt mich Will ...«

»Und mich Caroline.« Gänsehaut überzieht meinen Körper. Barney erwähnte diesen Will ja auch mir gegenüber.

»Ja, Caroline ...« Louis nickt nachdenklich. »Das alles ist verrückt. Im Prinzip möchte ich nichts anderes, als wieder von hier wegzukommen. Ich habe das Gefühl, ich sollte hier nicht sein, und dann ...« Er winkt ab. »Egal. Mal sehen, was die Zukunft bringt, wohin sie uns trägt. Ich habe keine Ahnung, was ich nach der Schule machen will. Aber du wirst doch sicher in Richtung Kunst gehen, oder?«

Ich zucke mit den Schultern. »Vielleicht, mal sehen.«

Es ist so unwirklich, dass wir hier zusammensitzen und uns so nahe sind.

»Was wünschst du dir von der Zukunft?«, will ich wissen. »Hast du überhaupt keine Idee?«

»Nein, ganz und gar nicht. Erst mal bin ich froh, wenn ich das Schuljahr überlebe, weiter auf die Schule gehen darf, meinen Abschluss mache und einfach meine Ruhe habe.«

»Es ist gemein, wie Nathans Dad dich behandelt.«

Bei meinen Worten versteift er sich merklich. »Findest du das wirklich?«

»Ja. Und auch gestern dieses Gespräch zwischen euch, es hat mir wirklich leidgetan. Ich habe mitbekommen, dass er es war, der zuerst auf dich losging.«

Sein Blick wird weicher. »Ja, er will mich loswerden. Aber ich lasse mich nicht so leicht unterkriegen. Nicht von seinen Lügen und auch sonst von nichts.«

»Vielleicht legt sich das alles wieder, wenn einmal Gras darüber gewachsen ist«, versuche ich, die Wogen zu glätten. »Ihr hattet Streit, du hast einen Fehler gemacht und das …«

Er unterbricht mich, und seine Stimme klingt ein wenig kühl. »Ich habe einen Fehler gemacht?«

»Ja, ich meine, du hast doch anscheinend seine Freundin angegraben, und dann diese Schlägerei …«

»Hat er dir das erzählt?« Seine Augen liegen so intensiv auf mir, dass ich das Gefühl habe, sie könnten in mich hineinsehen.

»Ja, so was in der Art.«

Er verzieht das Gesicht. »Tja, das ist aber auch nur Nathans Version der Geschichte.«

»Ja? Dann erzähl mir doch deine.«

»Warum interessiert sie dich überhaupt?«, fährt er mich an. »Nachdem du so dicke mit Nathan bist, tut sie doch nichts zur Sache. Ich bin der Böse, Nathan der Gute, so ist das nun mal.«

Ich atme tief durch, bevor ich loslege. »Was soll das? Machst du wieder auf geheimnisvoll? Louis, der heimlich Pakete in Empfang nimmt, der Unnahbare, zu dem man nicht durchdringen kann. Warum redest du nicht einfach mit mir und sagst mir, was Sache ist?«

»Möchtest du das denn?«

Ich nicke.

»Was weißt du noch davon?«

»Er meinte, du hättest sie bedrängt.«

Er mustert mich mit zusammengekniffenen Augen. »Willst du die Wahrheit wissen?«

»Natürlich.«

»Er hat sie bedrängt, Amy, und ich bin dazwischengegangen. Er war dauernd hinter ihr her. Dass ich da war, war eher zufällig. Keine Ahnung, was er von ihr wollte.«

»Ehrlich?«

»Ja, und dann hatte ich den Mist an der Backe, das mit Nathans Dad und allem anderen.«

Nathans Vater wirkte so nett, als ich bei ihm war, um die Fotos zu machen. Dennoch denke ich auch an den Augenblick, als er aus dem Sekretariat stürmte, daran, was ich im Haus der Kanes gefühlt habe, an das Zeichen auf dem Lieferwagen, das Wappen der Kanes und wie hektisch Mr Kane wurde, als dieser neue Kunstgegenstand geliefert werden sollte und er uns schnell aus dem Raum bugsierte. Und ich muss an diesen Jay denken.

»Wenn wir schon dabei sind, ehrlich zueinander zu sein«, beginne ich vorsichtig, »wieso interessierst du dich für das Kleid? Was war in dem Paket? Und warum hast du dieses Etui?«

»Nun, ich denke, wir sind beide auf der Suche nach etwas …«

»Und was ist das?«

Er zuckt mit den Schultern. Er wird mir nicht verraten, wonach er sucht. Noch nicht. »Ich denke, du lenkst vom Thema ab«, sagt er lächelnd.

»Warum sagst du es nicht einfach? Du bist echt ein …«

»Ein Blödmann?«

Ich halte inne, weil ich jetzt erst über seine Worte nachdenke. »Von welchem Thema soll ich ablenken wollen?«

»Dass du so dicke mit Nathan bist.«

»Ach, Unfug, das bin ich nicht. Wie kommst du darauf?«

»Komm schon, Amy. Das sah aber schon ganz anders aus. Hinten im Schulhof, im *Dean's* …«

Ich puste abfällig den Atem aus. »Das sagt ausgerechnet derjenige, der ständig mit Lilly herumhängt! Sie hat auf deinem Schoß gesessen, Louis!« Ich winke ab, mir reicht es jetzt.

Ich stehe auf und gehe die Sitzreihen entlang nach unten, wo ich vor der Vitrine mit dem Fächer stehen bleibe. Wieder ist da dieses Leuchten. Was ist das?, frage ich mich, als ich auf einmal eine Stimme höre.

»Wolltest du ihn küssen, Amy?« Louis. Er ist mir gefolgt.

»Wolltest du sie denn küssen?«, entgegne ich.

Mit einem Mal liegt ein heftiges Knistern in der Luft.

»Warum willst du das wissen? Ich dachte, dir ist egal, was ich mache. Wir haben doch Regeln.«

Für einen Moment sind unsere Augen wieder ineinander versunken. Regeln, ja, aber in diesem Augenblick scheinen sie außer Kraft gesetzt.

Er sieht zu dem Fächer in der Vitrine. Wieder ist da dieses Licht, und diesmal bin ich mir nahezu sicher, dass er es auch sieht. Ich trete einen Schritt heran, berühre die Glasfront, Louis ebenfalls – und dann passiert es.

Wieder Bilder, unzählige. Ein Brand. Ein Junge, ein Mädchen. Namen, die ich noch nie zuvor gehört habe, eine Verfolgung. Das Theater, es steht in Flammen.

Schnell zucke ich zurück. »Du hast es auch gesehen, oder?«, frage ich atemlos.

»Warum willst du das wissen?«

»Warum spielst du andauernd diese Spiele?«

»Lenk nicht ab und beantworte mir meine Frage, Amy«, sagt er.

Ich schlucke. »Du bist derjenige, der ablenkt. Wegen der Bilder.«

»Und du lenkst ab wegen des Kusses. Also?«

»Nein, ich wollte ihn nicht küssen«, antworte ich nach ein paar Augenblicken leise. Unter Louis' Blick breitet sich Hitze in meinem Körper aus.

»Und warum?« Seine raue Stimme dringt in mein Ohr, und ich weiß nicht, was ich jetzt sagen soll. Oder besser gesagt – ich weiß es schon.

Als Louis unerwartet seine Hand an meine Wange legt, klopft mein Herz noch ein bisschen mehr. Im Augenwinkel nehme ich wieder dieses Licht wahr, das eindeutig von dem Gegenstand in der Vitrine ausgeht. Auch Louis' Blick huscht zu dem Leuchten. Er sieht es auch, jetzt weiß ich es. Dann wandern seine Augen wieder zu mir, und die Intensität darin bringt alles zum Erliegen. Es ist, als wären nur noch wir beide hier im Saal.

Louis streicht mit den Fingern über meine Wange, beugt sich noch näher zu mir. Mit einem Mal sind da Bilder: unverkennbar dieses Theater hier, auch wenn sich natürlich inzwischen einiges verändert hat, ein Paar, Feuer. Und es scheint, als wären wir mitten im Geschehen.

*»Siehst du, wie elegant der Samt um meine Beine schwingt?«, fragt sie ihren Begleiter, während sie sich in ihren Sesseln niederlassen. »Und diese Plätze sind einmalig, Ethan. Wie hast du das gemacht?«*

*»Nur das Beste für dich, Lynn, mein Liebling.« Er sieht sie zärtlich an. »Ich hatte dir einen unglaublichen Abend versprochen, ich denke, den haben wir uns verdient.«*

*Als Antwort schenkt sie ihm ihr schönstes Lächeln und schwingt dabei elegant ihren Fächer hin und her. Schon wird das Licht ge-*

*dimmt, Musik setzt ein, die jeden Winkel des Raumes ausfüllt. Alles wirkt so harmonisch.*

*Doch mit einem Mal verändert sich die Szenerie. Da ist Rauch, Schreie sind zu hören. Und dann diese Männer in dunklen Umhängen.*

*»Dahinten«, ruft sie. »Sie haben uns gefunden!« Die Panik in ihrer Stimme ist deutlich zu hören.*

*Noch mehr Rauch, dann wird es dunkel.*

Schließlich reißt es uns zurück. Louis wirkt auch unglaublich betroffen, was mich in meiner Annahme bestätigt. Es gibt keinen Zweifel mehr, er sieht all das auch.

»Konntest du es sehen?«, frage ich trotzdem. »Es war so schrecklich, oder?«

Doch er antwortet nicht, sondern tritt zu mir heran und legt ohne Vorwarnung seine Lippen weich auf meine.

Mir bleibt kurz die Luft weg, so heftig treffen mich die Gefühle, die diese Zärtlichkeit in mir auslöst. Zwischen uns ist eine Magie erwacht, die älter zu sein scheint als nur ein Leben. Die Luft um uns herum funkelt und bringt alles zum Leuchten. Sein Duft in meiner Nase, seine Finger an meiner Wange, seine Lippen, die wie von selbst mit meinen verschmelzen und Hitze durch jeden Winkel meines Körpers jagen.

Es ist wie ein Stromschlag, wie pure Energie, und auf einmal sind da Bilder. Tausende Bilder. Paare, die sich um uns drehen, Küsse. Ich sehe sie in meinem Kopf, spüre sie in meinen Gedanken, und das Gefühl scheint sich zu verhundertfachen. Seine Zunge berührt meine, unser Kuss wird heftiger, dringender. Ich seufze gegen seinen Mund, verliere mich völlig in dem Gefühl, ihm so nah zu sein.

Als ich kurz die Augen öffne, erstrahlt der Raum, und wir scheinen das hellste Licht von allen zu sein. Und doch ist ein ganz kleines Licht noch heller, es kommt von den Vitrinen.

»Verdammt, Amy«, seufzt Louis, »was machst du nur mit mir? Was hat das alles zu bedeuten?« Doch er gibt mir keine Gelegenheit zu antworten, denn augenblicklich küsst er mich erneut.

Irgendwann greift er um meine Hüften und schiebt mich gegen die Wand. Nun fühle ich endgültig nur noch ihn, fühle dieses Brennen und spüre sein Becken an meinem. Ich will mehr von ihm. So viel mehr.

Plötzlich beginnt etwas an ihm zu vibrieren, und ich zucke zusammen. Was ist das?

Sein Handy. Es reißt uns zurück in die Gegenwart.

»Sorry«, keucht er noch völlig außer Atem. Er tritt einen Schritt zurück, während er das Handy aus der Tasche fischt und flucht. »Mist, das ist jetzt echt blöd, aber ich muss da rangehen, Amy.«

Dann wendet er sich ab und eilt in Richtung Ausgang davon. Ich hingegen bleibe mit heftig pochendem Herzen zurück und kann nicht glauben, was da eben passiert ist. Er kann doch nicht einfach so verschwinden, er ist mir noch eine Antwort schuldig. Also gehe ich ihm nach.

Als ich das Foyer betrete, entdecke ich ihn an eine Säule gelehnt. Er telefoniert noch immer. »Ich weiß, Dan, ja, ich hole den Brief ab … Scheiße, ich will es schwarz auf weiß sehen, ja. Und ich hab noch was entdeckt, hier im Theater … Nein, das kann warten. Ich werde jetzt erst da hingehen. Ja, auch wenn es gefährlich ist … Trotzdem, ich muss nachsehen. Wenn du sagst, dass es dort ist, dann muss es so sein … Ja, danke, das mache ich …«

Sofort werde ich hellhörig. Ob das Dan aus der Redaktion ist? Und was ist das für ein Brief, was will er abholen? Was möchte er schwarz auf weiß sehen? Und was hat er entdeckt?

Als Louis mich sieht, scheint er aufzuschrecken. Rasch beendet er das Gespräch und steckt das Handy weg.

»Wer war das?«, frage ich, ohne lange zu zögern.

»Ein Lieferant, ich … Tut mir leid, ich muss dringend weg.«

Da stehe ich nun und bin völlig überfahren. »Okay, und wohin?«

»Ich sagte doch, zu einem Kunden. Ich … das … es ist kompliziert.«

»Das heißt, du hast wieder irgendwelche Geheimtreffen? Oder warum redest du so um den heißen Brei herum? Du bist mir noch eine Antwort schuldig.«

Er atmet tief durch. »Ja, nein, ich … ich kann jetzt nicht. Ich muss nur eben was abholen. Tut mir leid. Wir sehen uns die Tage, okay? Also dann.« Ohne ein weiteres Wort dreht er sich um und geht.

*Also dann?*

Ich fasse es nicht. Erst küsst mich dieser Kerl, küsst mich, als wäre ich das einzige Mädchen, das er jemals küssen will, und dann haut er einfach ab!

*Wir sehen uns die Tage?* Geht's noch? Das meinte er jetzt nicht ernst, oder?

Aber so einfach lasse ich mich nicht abwimmeln, und so beschließe ich, Louis zu folgen.

# Kapitel 20

Zwei Straßen weiter beobachte ich, wie Louis stehen bleibt und aus einem Kasten einen Umschlag hervorzieht. Er steckt ihn ein. Dann geht es weiter, Straße um Straße, bis wir eine Parkanlage erreichen und er dort in ein Gebäude verschwindet. Meine Knie beginnen zu zittern. Was auch immer das für ein Gebäude ist, entweder trifft er sich hier mit jemandem oder er sucht etwas. Aber was?

Hat es etwas mit dem Anrufer von vorhin zu tun? War das wirklich Dan aus der Redaktion? Immerhin hat er Louis ja schon mal eine Info zukommen lassen.

Mein Herz pocht, als ich mich umsehe und auszumachen versuche, wo ich bin. Hinter den Häusern liegt viel Grünfläche, und mit einem Mal trifft es mich wie ein Blitz, heiße Wellen jagen durch meinen Körper. Es ist der *St. James's Park*, ich erkenne die *St. Appel's Church*, und das Gebäude, in das Louis verschwunden ist, muss eines der früheren Bedienstetenhäuser der Kanes sein. Was macht er hier? Ist er nun völlig übergeschnappt?

Ich beschließe, ihm weiter zu folgen, auch wenn mir dabei etwas mulmig zumute ist. Aber ich will jetzt endgültig wissen, was vor sich geht und mit wem er sich womöglich hier trifft. Hat er am Ende doch etwas mit dem Diebstahl des Kleides zu tun?

Ohne einen weiteren Gedanken zu verschwenden, schlüpfe ich ebenfalls durch die Tür. Im Gebäude ist es dunkel, nur wenig Licht dringt durch die mit schweren, verstaubten Gardinen verhangenen Fenster. Es ist kein besonders altes Haus, dennoch lässt der merkwürdige Geruch darauf schließen, dass hier schon seit längerer Zeit niemand mehr wohnt.

Kurz hadere ich mit mir. Wäre es nicht doch klüger umzukehren?

Aber die Neugier treibt mich, also gehe ich ein paar Schritte weiter. Als ich Geräusche höre und um die Ecke biege, sehe ich Louis. Er steht mitten im Raum und wirkt, als würde er auf jemanden warten. Gebannt beobachte ich ihn, bis er mit einem Mal den Kopf hebt und mich entdeckt.

Während er ein paar Schritte auf mich zukommt, gefriert sein Blick. »Das ist jetzt nicht wahr! Was machst du hier?«, fährt er mich an.

»Dich so was von überführen!«, kontere ich. »Bist du bescheuert, in eines der Häuser der Kanes einzubrechen, wo du doch sowieso Probleme mit der Familie hast? Weißt du überhaupt, dass du damit Hausfriedensbruch begehst und was das für Konsequenzen haben kann?« Ich bin jetzt völlig außer mir.

Er zieht eine Augenbraue nach oben, tritt dann aber rasch zu mir und legt mir den Zeigefinger auf den Mund. »Machst du dir Sorgen um mich? Von wegen. Ich will ja nichts sagen, aber … na ja, mitgehangen, mitgefangen.« Natürlich hat er recht, ich habe ja ebenfalls unbefugt das Haus betreten.

Ich schiebe seine Hand weg. »Das ist was anderes, ich …«

Erneut landet sein Finger auf meinen Lippen. »Pssst. Wir müssen leise sein. Warum verfolgst du mich schon wieder, Amy?«, flüstert er.

Ich ziehe seine Hand weg und zucke mit den Schultern.

»Hatten wir nicht die Regel, uns die Wahrheit zu sagen?«, schiebt er hinterher.

Jetzt werde ich wirklich sauer. Wie kann er es wagen? Als würde er nicht ständig schwindeln und mir keine Antworten geben. »Was ist in dem Brief?«, frage ich ziemlich barsch.

»Ich sage nichts, wenn du nicht die Wahrheit sagst.«

»Und wenn wir schon beim Thema Wahrheit sind: Warum küsst du mich und haust dann einfach ab?« Habe ich das tatsächlich gesagt? Ich schlucke.

Auf einmal ist Louis mir wieder so nah, und schließlich liegt seine Hand an meiner Wange. »So ist das nicht, ich musste weg. Ich musste den Brief holen und herkommen.«

»Warum? Was ist in dem Brief?«

Er seufzt. »Etwas Wichtiges. Und es tut mir leid.«

»Was? Dass du abgehauen bist und mir keine Antworten gibst oder dass du mich geküsst hast?«

Er sieht mich eindringlich an, seine Hand noch immer an meiner Wange. Wieder Schweigen.

»Was soll's.« Ich winke ab. »Ist mir im Prinzip auch egal. Du sagst es mir ja sowieso nicht.«

»Ach ja?«

»Ja!« Ich versuche, mir nicht anmerken zu lassen, wie sehr mich sein Kuss durcheinandergebracht hat, wie sehr ich mich gerade jetzt danach sehne, es wieder zu tun. Ihn erneut zu spüren, seine Lippen auf meinen, und diese Empfindungen zu fühlen, die er in mir auslöst.

»Dich zu küssen«, beginnt er, und ein Stich fährt in meinen Bauch, »war sicher kein Fehler.« Der Stich wird sanfter, wird zu strahlender Hitze.

Bevor ich noch irgendetwas erwidern kann, legen sich seine Lippen erneut auf meine. Erst bin ich total überrascht, doch dann schlinge ich die Arme um seinen Nacken und erwidere den Kuss. Drängend, hitzig, voller Verlangen und mit einem heftig pochenden Herzen, das gegen seinen Brustkorb schlägt. Seine Hände wandern an meine Taille, und bereits im nächsten Moment schieben sie sich unter mein Shirt. Seine Finger auf meiner nackten Haut lassen mich gegen seinen Mund seufzen.

Doch dann stoppt er schwer atmend und sieht mich an. »Amy, verdammt, ich, wir …«

»Wir dürfen das nicht?«, frage ich.

Er schüttelt den Kopf. »Nein, doch – scheiße, aber nicht jetzt und an diesem Ort. Ich bin hier, weil ich etwas suche, und wir sollten uns hier nicht zu lange aufhalten.«

Ich will aber gerade in diesem Augenblick nicht suchen, sondern Louis küssen, wieder und wieder. Doch als ich mich umsehe, wird mir klar, dass er recht hat. Hier muss irgendetwas Schlimmes geschehen sein, denn die Möbel liegen alle kreuz und quer am Boden.

Louis ist meinen Blicken gefolgt. »Ich befürchte, dass vor uns schon jemand hier war. Deswegen sollten wir uns beeilen, so gern ich jetzt auch etwas anderes tun würde.«

»Wir?«

»Bist du auf meiner Seite?«

»Ach, das war der Trick, du küsst mich und ich werde deine Komplizin?«

»Unsinn, ich küsse dich auch so gern.«

Die Gedanken in meinem Kopf drehen sich wild umher. »Louis, ich muss das jetzt wissen: Hast du die Sachen geklaut?«

»Was?«

»Du weißt, was ich meine. Das Etui, das Kleid …«

»Du denkst, ich bin ins Museum eingebrochen?«

»Na ja, ist schon ein komischer Zufall, dass du dir Informationen über das Kleid besorgst, und dann verschwindet es. Bitte sag es mir.«

Vehement schüttelt er den Kopf. »So ist es nicht.«

»Wie ist es dann? Warum sagst du mir nicht endlich, was hier vor sich geht?«

Eine Weile starren wir uns nur an, dann nickt er. »Gut, pass auf. Ich suche etwas, das angeblich hier ist. Wenn du mir hilfst, es zu finden, erkläre ich dir alles, okay?«

»Einverstanden. Und du sagst mir, was in dem Brief ist?«

Er nickt. Damit habe ich nicht gerechnet.

»Und wonach suchen wir?«, frage ich.

»Nach einer Schatulle.«

»Einer Schatulle? Wem gehört sie? Und was macht sie hier?«

Sein Blick wird noch ernster. »Sie ist von meinem Dad.«

»Von deinem Dad?«

»Ja. Er hat sie Barney gegeben, und der hat sie wohl dem Kerl, der hier wohnte, zum Aufbewahren überlassen. Er redet doch ständig davon, dass er Dinge verwahrt. Ich habe ein bisschen nachgeforscht. Es stimmt wohl, er hat die Schatulle dem Typen von hier vor dem Einbruch bei uns gegeben, doch der ist leider verschwunden. Und na ja, ich hoffe, dass diejenigen, die ebenfalls nach den Informationen suchen, sie nicht schon gefunden haben.«

»Der Mann ist verschwunden?«

Louis zuckt die Schultern. »Keine Ahnung, ich befürchte es jedenfalls. Also, hilfst du mir, nach der Schatulle zu suchen?«

Seine Augen verweben sich mit meinen, und schließlich stimme ich zu. »Also schön, ja, ich helfe dir.«

Gemeinsam durchkämmen wir das Haus, suchen in jedem Winkel. Aber warum sollten wir etwas finden, wenn die Leute, die vor uns hier waren, auch nicht fündig wurden – wobei wir das ja auch nicht mit Sicherheit sagen können.

»Weißt du denn, ob die Schatulle überhaupt noch hier ist?«, frage ich Louis.

Er schüttelt den Kopf. »Natürlich bin ich mir nicht sicher, aber ich hoffe es.«

Wir durchstreifen die Räume weiter, bis ich vor einem Kamin stehen bleibe, von dem ich irgendwie angezogen werde. Als ich ihn näher betrachte, blitzt dort etwas auf. Eine Art Licht, etwas, das leuchtet. Und auch Louis scheint es wahrzunehmen. Es ist wie mit dem Kleid, dem Etui und dem Licht, das aus den Vitrinen im Theater strahlte.

Wortlos steht Louis neben mir.

»Du siehst es, oder?«, frage ich vorsichtig. Doch ich möchte keine Zeit verlieren und gehe, ohne eine Antwort abzuwarten, in die Knie. Als ich die Hand nach dem Licht ausstrecke, finde ich tatsächlich ein in Packpapier eingewickeltes Paket. Darin befindet sich bestimmt die Schatulle. Freudestrahlend drehe ich mich zu Louis um.

»Das gibt's nicht«, flüstert er. »Das muss sie sein. Sie ist wirklich noch hier.«

Plötzlich ertönt das Brummen eines heranfahrenden Autos, Türen knallen, und schon im nächsten Moment wird die Haustür im Erdgeschoss aufgerissen.

»Kommt ihr?«, ruft eine dunkle Männerstimme. »Das Ding muss noch hier versteckt sein. Alles muss man selber machen!«

»Jetzt spiel dich mal nicht so auf, Jay«, antwortet ein anderer Mann.

»Ach, halt die Klappe!«

Schon wieder dieser Jay!

»Scheiße, die sind von den Kanes«, flüstere ich. Louis sieht mich fragend an. »Erkläre ich dir später«, füge ich schnell hinzu. Ich sehe mich verzweifelt um. »Und was jetzt?«

Louis zeigt in den angrenzenden Raum. »Schnell, komm mit. Aber wir müssen leise sein, okay?«, flüstert er dicht an meinem Ohr.

Er greift nach meiner Hand und zieht mich mit sich in das Zimmer nebenan, dort hebt er vorsichtig eine Tür an, die in den Boden eingelassen ist, und wir klettern hinab in die Dunkelheit. Angstschweiß bricht aus jeder Pore meines Körpers.

Als Schritte durch das Haus knarren, bete ich, dass sie uns nicht entdecken, wer auch immer diese Typen sind. Mit klopfendem Herzen drücke ich mich an Louis und begreife erst in diesem Moment, als sein Duft in meine Nase kriecht, was ich da tue, wie nah ich ihm schon wieder bin, dass seine Arme mich festhalten. Sosehr ich mich auch fürchte, es kribbelt gehörig in meinem Bauch.

Als ein heftiger Schlag das Haus erschüttert, zieht Louis mich noch enger an sich. Mein Herz hämmert nun so stark gegen seine Brust, dass ich kaum mehr atmen kann.

»Da ist nichts, deine Information muss falsch gewesen sein«, ruft nun erneut eine Männerstimme, woraufhin ein bisschen Hoffnung in mir aufkeimt. Vielleicht verschwinden die Kerle bald wieder.

»Sicher?«, fragt eine andere Stimme, die wieder eindeutig diesem Jay gehört. »Habt ihr wirklich alles durchsucht? Der Boss meinte, es muss hier sein.« Wieder kommen die Schritte näher. »Irgendwo muss etwas sein.«

Nun klopft es auch noch gegen die Tür, durch die wir gerade geklettert sind. Sie müssen die Falltür entdeckt haben.

Ich presse mich an Louis, so fest ich kann, als noch eine Stimme durch das Haus hallt. »Verdammte Scheiße! Kommt mal her, hier gibt es Ärger. Diese Alte wieder, die der Boss nicht loswird. Echt zum Kotzen!«

Glücklicherweise entfernen sich jetzt die Schritte des Mannes, der soeben gegen die Tür gepocht hat.

Dann wirbeln Stimmen wild durcheinander.

»Sie haben hier nichts zu suchen!« Es ist die Stimme einer Frau.

»Wir sind von …«

»Mir egal, was oder woher Sie sind. Dieses Haus darf nicht betreten werden. Also wenn Sie keinen Durchsuchungsbefehl haben, dann sehen Sie zu, dass Sie von hier verschwinden!«

»Wir kommen wieder«, entgegnet Jay.

Wieder knallen mehrere Türen, doch dann ist es plötzlich ruhig. Eine Weile stehen Louis und ich noch da, lauschen in die Stille und halten uns fest.

»Sind sie weg?«, flüstere ich. Noch immer sind wir uns ganz nah, ich kann die Hitze seiner Haut durch sein Shirt hindurch spüren.

»Ich denke, ja.«

Schweren Herzens löse ich mich von Louis und weiche einen Schritt zurück.

»Ich frage mich, wer sie waren«, überlegt er. »Klar ist, sie haben das Gleiche gesucht wie wir.«

»Sie waren von den Kanes. Jay, er war im Club, das war dieser Typ, von dem du mich gerettet hast. Ich bin sicher, er war es. Und Nathan hat auch mit einem Jay telefoniert.«

»Warum das? Und wer war die Frau?«

»Keine Ahnung, aber sie war unsere Rettung.« Mit ernster Miene mustert er mich. »Du glaubst also, die Typen sind von den Kanes. Wie kommst du darauf?«

»Na ja, wie gesagt, Nathan hatte mal 'nen Anruf von einem Jay bekommen. Neulich im Museum. Und als ich bei Nathan zu Hause war …«

»Du warst bei Nathan zu Hause?«

»Verdammt, Louis. Es ist nicht, wie du denkst. Es war wegen der *London Art*. Nathans Dad hatte mir den Job vermittelt, und ich sollte für einen Artikel Fotos von ihm machen.« Zugegeben, das macht es auch nicht wirklich besser, denn Louis' Blick hat sich bei meinen Worten immer weiter verfinstert.

»Das ist nicht wahr, oder?«, presst er hervor. »Du hängst dauernd mit den Kanes herum? Du bist dicke mit ihm, das sagte ich doch. Verdammt, ich war so dumm dir zu trauen …«

»Bitte lass das, so ist es nicht.« Ich trete auf ihn zu. »Louis, bitte, ich möchte nicht, dass wir uns jetzt streiten. Ich will nichts von Nathan. Aber was ist mit dir? Sagst du es mir jetzt? Was ist da in diesem Paket und in dem Brief?«

Er hebt den Kopf und sieht mir in die Augen. »Ich weiß nicht, ob ich dir vertrauen kann.«

»Bitte? Das sagst ausgerechnet du! Du hast es mir versprochen!«

»Ja, aber jetzt ist einfach nicht der richtige Zeitpunkt dafür. Ich muss das erst verdauen und …«

»Das mit Nathan?«

»Ja, dass du mit ihm zusammen herumhängst, obwohl er …«

»Obwohl er, was?«

Louis atmet ein paarmal tief ein und aus, bevor er antwortet. »Obwohl er vermutlich am Tod meiner Eltern schuld ist.« Ich merke, wie schwer ihm die Worte fallen. Er tippt an die Tasche seiner Jeans, aus der etwas Weißes hervorlugt, wahrscheinlich der Brief. »Und er ist auch … aber lassen wir das jetzt. Wie gesagt, es ist nicht der richtige Zeitpunkt.«

Will Louis mich veräppeln oder was? »Zeig jetzt her. Wenn du so was behauptest, will ich wissen, warum«, fordere ich ihn auf und will nach dem Paket in seiner Hand greifen. Doch ich schaffe es nicht, stattdessen gelingt es mir aber, ihm den Brief aus der Tasche zu ziehen.

»Amy, lass das!«, ruft Louis streng, doch ich denke gar nicht daran.

Er will mir den Brief aus der Hand nehmen, aber ich bin schneller und reiße den Umschlag auf. Als ich die erste der beiden Seiten aufgefaltet habe, muss ich schlucken. Es ist ein Zeitungsartikel über einen Brand, und ich vermute, dass es dabei auch um Louis' Eltern geht. Doch das eigentlich so Verwirrende ist die Notiz, die jemand von Hand an den Rand geschrieben hat. *Nachforschungen haben ergeben, dass es möglicherweise gezielte Brandstiftung war*, lese ich.

Dann falte ich das zweite Blatt auseinander, ebenfalls eine handgeschriebene Notiz, und diese ist es, die letzten Endes alles in meinem Kopf durcheinanderwirbelt.

Dort steht: *Evans ausgeschlossen!*

Louis Eltern wurden also möglicherweise umgebracht? Aber was soll das mit mir, mit meiner Familie zu tun haben? Dachte er etwa, meine Familie hätte dabei ihre Finger im Spiel? Was in aller Welt geht hier vor sich? Und warum stellt Louis Nachforschungen dazu an?

»Warum hast du das in Auftrag gegeben?«

»Amy, es tut mir leid …Ich … Ich wollte sichergehen, dass …«, beginnt er, aber ich bringe ihn mit einer wütenden Handbewegung zum Schweigen. Tränen schießen aus meinen Augen, und schon im nächsten Moment zieht Louis mich an sich, hält mich fest. Wieder passiert es, ein helles Licht flackert zwischen uns auf, so wie immer, wenn wir uns berühren. Einen Augenblick sieht auch er fasziniert das Licht an.

Jetzt reicht es mir aber! Nun kann er nicht mehr behaupten, dass er nicht weiß, wovon ich spreche. »Du siehst es auch, diese Bilder und das Licht. Ist es nicht so? Sag mir endlich die Wahrheit!«

»Ich …«

»Louis! Schwindle mich nicht an. Du siehst es schon die ganze Zeit, oder?« Jetzt werde ich richtig sauer. »Was ist das für ein Spiel, das du spielst? Was hat das alles mit uns zu tun?« Wütend schleudere ich ihm die Worte um die Ohren und bin so fürchterlich durcheinander. »Erkläre es mir. Jetzt!«

»Ich spiele Spielchen? Das sagst ausgerechnet du, die bei den Kanes ein und aus geht! Woher soll ich wissen, ob du nicht mit ihm unter einer Decke steckst? Mir kommt das nämlich ziemlich merkwürdig vor, dass du ständig überall auftauchst, wo ich bin. Da habe ich mich gefragt, ob das wirklich Zufall sein kann …«

»Was? Das denkst du? Du machst es dir wirklich einfach«, schnaube ich.

»Einfach? Als wäre das alles, was hier passiert, einfach. Im

Ernst, du willst, dass ich dir vertraue. Aber wie soll ich, wenn du das alles mit Nathan machst?«

»Was mache ich mit Nathan? Ich habe nichts mit ihm gemacht!«

»Nicht? Ach ja? Mit seiner Familie abhängen ist nichts? Einen Job von seinem Dad annehmen auch nicht? Ihn fast küssen? Das tust du dann also ständig?«

Das war fies.

»Du spinnst wohl! Was ich mit Nathan mache, ist nicht viel anders, als das, was du mit Lilly machst! Und so wie es mir scheint, waren es zwischen euch nicht nur ›Fast-Küsse‹.«

Für einen kurzen Augenblick sagt er nichts, dann räuspert er sich. »Das hat seinen Grund. Und nicht den, den du glaubst vermeintlich zu kennen!«

»Ach? Du hast einen Grund und ich bin die, die Spielchen spielt und nicht vertrauenswürdig ist … Schon klar!« Ich atme tief durch. »Du bist echt ein unfassbarer Blödmann!«, schleudere ich ihm noch entgegen, bevor ich mich umdrehe und ihn einfach stehen lasse.

# Kapitel 21

»Ihr habt euch geküsst? Echt jetzt? Und nicht nur einmal?«, quiekt Jill, als ich sie später am Abend am Telefon habe.

Ich muss lächeln. Typisch Jill. »Ich erzähle dir, dass ich Louis verfolgt habe und all diese anderen unglaublichen Dinge, vor allem das, was in dem Brief stand, und du fragst nur nach dem Kuss?«

»Tut mir leid, aber das ist einfach so aufregend. Also, wie war es?«

Ich liege auf dem Bett und blicke zu den Leuchtsternen an der Zimmerdecke. »Es war, als hätte jemand ein Feuer in meinem ganzen Körper entfacht«, versuche ich es schließlich. »Als würde ich fliegen und gleichzeitig fallen. Mit ihm ist es einfach so … unglaublich. So was habe ich noch nie erlebt.« Ich greife an meine Lippen und spüre noch immer das Kribbeln darauf.

»Und jetzt?«, will Jill wissen.

»Keine Ahnung. Ich bin so sauer auf ihn. Ich meine, was soll das alles? Er hat das Licht ebenfalls gesehen, er wusste von den Bildern. Warum hat er mich also die ganze Zeit angelogen? Und diese Ausrede, dass er mir nicht traut, die kann er vergessen. Obwohl uns offensichtlich was verbindet, hängt er sich an der Sache mit Nathan auf, aber er selbst turtelt mit Lilly. Obwohl es echt Wichtigeres gäbe. Der Nicht-Unfall seiner Eltern zum Beispiel. Dieser …«

»Blödmann«, ergänzt Jill, woraufhin ich tief aufseufze. »Wow, dich hat es ja mächtig erwischt«, schlussfolgert sie. »Hey, pass auf. Ich meine, das mit den Kanes, wir wissen ja, dass da was zwischen ihnen ist. Klar ist Louis deswegen skeptisch. Ich denke, es ist das Beste, wenn ihr miteinander redet. Das wäre doch mal ein Anfang, oder?«

Durchs Telefon höre ich, wie es an ihre Tür klopft. »Jill, Schluss jetzt, es ist Schlafenszeit!«, ertönt die strenge Stimme ihrer Mum.

Sie seufzt. »Du hast es gehört, ich muss auflegen. Aber wir sehen uns morgen, okay?«

»Ja, bis morgen. Danke, Jill«, sage ich noch, bevor wir das Gespräch beenden, denn ich bin so unheimlich froh, sie zu haben.

Eine Weile betrachte ich die Bilder in meinem Zeichenbuch und suche nach Hinweisen, die mir Klarheit bringen können, aber ich finde nichts. Doch irgendwann beschließe ich, dass es an der Zeit ist, ebenfalls ins Bett zu gehen.

Als ich mich am nächsten Tag vor der Schule mit Jill treffe, ist eigentlich alles ganz normal – na ja, bis auf die Tatsache, dass meine Gedanken sich noch immer wie verrückt im Kreis drehen und nach einer Lösung suchen. Doch Jill lässt nicht locker und beharrt darauf, dass ich mit Louis sprechen muss.

»Hast du nicht gesagt, dass du morgen bei Sally im Laden hilfst? Da schnappst du dir dann Louis.«

Ich will gerade antworten, als Nathan und Thomas um die Ecke kommen. »Hey. Na, alles klar bei euch?«, fragt Thomas und gibt Jill einen Kuss auf die Wange. Es ist also offiziell mit den beiden.

»Hey.« Sie errötet prompt.

Nathan lacht. »Ihr seid ja echt süß, ihr beiden.«

Jill rollt mit den Augen und blickt zu Thomas. »Hat er uns süß genannt?«, fragt sie, und Thomas boxt Nathan leicht in die Seite.

Während wir uns auf den Weg ins Klassenzimmer machen, spricht Thomas mich an. »Ich hab da übrigens was für dich.«

»Für mich?«

»Jep, Moment.« Er greift in seine Tasche und zieht ein Buch heraus. Auf dem dunklen Ledereinband steht in goldener Schrift der Titel *Die verlorenen Legenden von London.* »Du hast dich doch für das Buch und diese Geschichte von den Untoten interessiert«, erklärt er. »Ich habe meinen Großvater gefragt, er hat es mir für dich gegeben. Du darfst es dir gern ausleihen, hat er gemeint.« Er reicht es mir.

»Wow, vielen Dank, dass du daran gedacht hast.«

»Kein Ding. Gib es mir einfach zurück, wenn du es gelesen hast.«

Jill lugt neugierig auf das Buch. »Sehr cool. Ist Thomas nicht der Beste?«, fragt sie, woraufhin sie von Thomas mit einem weiteren Küsschen belohnt wird.

Auch wenn ich so tue, als wäre er mir egal, ertappe ich mich dabei, wie ich nach Louis Ausschau halte. Aber ich sehe ihn nirgendwo – zumindest nicht bis zur ersten Pause. Denn dann steht er zusammen mit Lilly im Hof. Im Ernst, schon wieder Lilly? So ein Idiot, so ein Blödmann, so ein …

»Hast du heute nach der Schule schon was vor?«, fragt Nathan und schleicht sich damit in meine Gedanken.

Ich versuche, mir nicht anmerken zu lassen, was gerade in meinem Kopf los war. »Ähm, erst mal nicht. Ich bin zwar später noch in der Redaktion, aber davor habe ich noch nichts vor. Warum fragst du?«

»Ich dachte, wir könnten vielleicht ein Eis essen gehen oder so.«

Während er mich erwartungsvoll anblickt, fällt mir seine Frage von neulich ein. Ob ich Ja oder Nein sagen würde, wenn er mich nach einem Date fragen würde. Ich weiß nicht, was ich antworten soll, gerade nach dem Chaos gestern, doch dann sehe ich, wie Lilly näher an Louis herantritt und ihn an der Schulter berührt, was einen heftigen Stich in meinem Bauch auslöst.

Gestern küsst er mich und heute bin ich Luft für ihn. Ich versuche, zu verbergen, wie sehr mich das Ganze mitnimmt. Aber vielleicht ist es wirklich besser so. Er spielt wohl doch nur Spielchen.

Aber dann trifft sein Blick plötzlich meinen. Eine kurze Weile sehen wir uns an, und ich muss schlucken. Das Blau seiner Augen scheint auf meinen zu haften. Sofort beschleunigt sich mein Herzschlag spürbar und hämmert gegen meinen Brustkorb. Mist, Mist! Diese Macht will ich ihm nicht geben.

Schnell sehe ich weg, widme mich wieder Nathan und setze ein Lächeln auf. »Fragst du mich gerade nach einem Date?«

Er legt den Kopf schief und grinst. »Ja, so würde ich das nennen. Also?«

Ich schaue noch einmal zu Louis, der sich aber bereits wieder Lilly zugewandt hat, was einen erneuten Stich durch meinen Magen fahren lässt. Dann nicke ich. »Eis klingt gut.«

Nathan wirkt erleichtert, was mir irgendwie schmeichelt. »Cool! Dann treffen wir uns nach der letzten Stunde vor der Schule?«

»Ja, das machen wir.«

Schließlich trennen wir uns, und jeder geht in seinen Kurs. Auch wenn ich es eigentlich gar nicht will, sehe ich noch mal zu Louis, der mich allerdings überhaupt nicht zu beachten scheint. Na ja, wenn er meint …

Die letzte Stunde vergeht schnell, und als ich am Ausgang ankomme, wartet Nathan schon auf mich. Zuvor habe ich mich von Jill verabschiedet und ihr versprochen, sie sofort nach dem Date – das ja eigentlich keines ist – auf dem Weg in die Redaktion anzurufen.

»Ich glaube, du bist kein einfacher Eistyp«, stellt Nathan fest, als wir an einem Tisch Platz genommen haben und die Karte studieren, die mit unzähligen Leckereien lockt.

»Nein? Nach was für einem Eistyp sehe ich denn aus?«

Er lächelt. »Ich weiß nicht. Ich denke nur, dass du jemand bist, der einen mit seinem Geschmack überrascht. So was wie Maracuja-Banane oder so.«

»Okay, mal sehen«, antworte ich nur, bevor ich mich wieder in die Eiskarte vertiefe.

Auf einmal dringt eine Stimme, die mir nur zu bekannt ist, an mein Ohr, gefolgt von einem Lachen, das ich absolut nicht mag und das eine Befürchtung in mir hervorruft. Ich sehe auf und stocke, denn tatsächlich wird meine Vermutung bestätigt. Leider. Denn da ist Louis, natürlich mit Lilly im Schlepptau. Das darf ja jetzt wohl nicht wahr sein! Was macht der denn hier? Kann man denn nirgendwo hingehen, ohne ihm über den Weg zu laufen?

Nathan scheint meine Verwirrung bemerkt zu haben, denn er dreht sich um, und sofort spüre ich die Anspannung in ihm. »Wir können das Eis auch mitnehmen«, schlägt er vor.

Ich denke kurz darüber nach, doch dann schüttle ich den Kopf. »Also, mir ist das total egal, dass er da ist. Wenn es dich nicht stört?«

Er sieht mich mit einem Blick an, den ich nicht deuten kann, mit einer Mischung aus Freude und Unglauben. »Okay, klar, dann bleiben wir hier sitzen. Wir waren schließlich zuerst da.«

Die Kellnerin kommt an unseren Tisch und zückt ihren Block. »Was kann ich euch bringen?«

Nathan nickt mir zu. »Du zuerst. Ich bin gespannt.«

»Also schön, ich nehme den total ausgefallenen Vanillebecher mit Sahne.« Ich muss lachen, weil Nathan irritiert eine Augenbraue nach oben zieht.

Die Kellnerin wendet sich ihm zu. »Und für dich?«

»Ich nehme Schoko-Banane.«

»Sehr gern«, antwortet sie und verlässt den Tisch.

»Okay, das ist jetzt peinlich.« Nathan kratzt sich verlegen am Kopf. »Aber … also ich finde, Vanille ist schon etwas Besonderes.«

Ich grinse. »Aus der Nummer kommst du jetzt nicht mehr raus.«

Dann plaudern wir einfach, reden über die Schule, die Redaktion. Und wir haben wirklich Spaß, Nathan ist nett und bringt mich zum Lachen. Als das Eis serviert wird, sind wir mitten im Gespräch.

Da fällt mir ein, dass ich Nathan nach den Häusern fragen könnte, die früher von den Bediensteten der Kanes bewohnt wurden.

»Du willst wissen, wer jetzt dort lebt?«, sagt er.

Ich nicke.

»Nun, wie neulich schon gesagt, verschiedene Leute. Einige sind sogar tatsächlich Nachfahren der ehemaligen Angestellten. Aber so ganz genau kann ich es dir nicht sagen. Manche der Häuser stehen auch leer, werden renoviert. Mit ein paar Bewohnern gibt es Ärger, weil sie einfach nicht ausziehen wollen.«

»Ärger?«

»Ja, die Nachfahren der früheren Bediensteten haben ihren Wohnraum sozusagen eingeklagt, es ist ein Hin und Her.«

Ich muss an die Frau denken, die die Männer verjagt hat. Ob sie eine von diesen Nachfahren ist?

Nathan erzählt weiter: »Ab und an werden auch irgendwelche Obdachlosen aus den Häusern verwiesen, das erledigen dann unsere Angestellten, die für die Sicherheit zuständig sind.«

Meint er damit die verhüllten Männer, die Louis und mich beinahe erwischt hätten und zu denen wohl auch dieser Jay gehört? »So wie die Männer neulich bei dir, die diesen geheimnisvollen Kunstgegenstand gebracht haben?«, frage ich.

Er nickt. »Ja, zum Beispiel die.« Er zuckt mit den Schultern. »Warum interessiert dich das?«

Rasch winke ich ab. »War nur so ein Gedanke. Euer Anwesen ist jedenfalls faszinierend und geheimnisvoll. Das dachte ich mir neulich schon, als ich bei euch war.«

Er lächelt. »Also, wenn es dich interessiert, gebe ich dir noch mal eine weitere persönliche Führung. Was hältst du davon?«

»Ja, klar, das wäre wirklich spannend.« Mein Blick schweift zur Uhr. »Es ist schon kurz vor drei, ich muss dann leider los in die Redaktion. Aber das mit der Führung machen wir bald, okay?«

»Vielleicht übermorgen? Wir sehen uns ja auf jeden Fall am Samstag auch im *Closer*. Diesmal habe ich sehr viel Zeit.« Er zwinkert mir zu.

Nathan winkt die Kellnerin zu uns und zückt sein Portemonnaie. Ich deute darauf. »Das musst du nicht.«

Doch er schüttelt den Kopf. »Ich will aber.«

Während er zahlt, stehe ich auf. »Ich gehe noch mal eben auf die Toilette. Bin gleich wieder da.«

»Klar, ich warte draußen auf dich.«

Ich folge der Beschilderung, und als ich fertig bin und die Treppe wieder nach oben gehen will, greift jemand nach meiner Hand. Ich fahre zusammen und wende mich schnell um. Es ist Louis, der nun dicht vor mir steht. Mit klopfendem Herzen versuche ich, nicht allzu sehr auf seine Lippen zu starren. Was aber gar nicht so leicht ist, weil sie unglaublich verführerisch aussehen, so schön weich und geschwungen. Und weil ich plötzlich nur noch daran denken kann, wie es sich anfühlte, sie zu küssen.

»Was soll das, was willst du von mir?«, frage ich barsch, in der Hoffnung, damit verbergen zu können, was in mir los ist. Doch das ist nicht so leicht.

»Ich will mit dir reden«, antwortet er sanft, und die Vibration seiner Stimme dringt in meinen Bauch.

»Ach ja, und worüber?«

»Über vieles.«

»Schön, aber ich will nicht mit dir reden.« Er denkt wohl, er kann mir ständig irgendwo auflauern und bestimmen, wann zu reden ist und wann nicht. »Außerdem habe ich jetzt keine Zeit«, sage ich und in meinem Kopf taucht das Bild von ihm mit Lilly auf. Zudem sind da so viele Fragen, so viele Gefühle und Zweifel. Ich will ihn von mir wegschieben und drücke meine Hand an seine Brust. Sie fühlt sich heiß an, dennoch versuche ich krampfhaft, nicht die Beherrschung zu verlieren. »Geh weg, Louis, ich meine es ernst.«

Zu meiner Verwunderung gibt er nach und tritt einen Schritt zurück. »Jetzt hör mir doch wenigstens mal zu. Es tut mir leid, das mit dem Vertrauen und so. Aber es ist alles nicht so einfach, verdammt. Ich meine, du hängst dauernd mit ihm herum und …«

»Ja, allerdings«, fahre ich ihn an, »es war ganz und gar nicht einfach, schon die ganze Zeit nicht. Ich dachte, ich bin total bescheuert! Dass ich mir das alles nur einbilde! Und du hast mich auch noch in dem Glauben gelassen. Und anstatt ehrlich zu mir zu sein, wie versprochen, sagst du, dass du mir nicht traust, wegen …«

»Wegen Nathan, ja, wie gesagt, und es bestätigt sich ja alles wieder oder mit wem sitzt du gerade hier und isst Eis?«

Ich schlucke. »Und was machst du hier mit Lilly? Oder ist das wieder ›was anderes‹?«

Er streicht sich durch die dunklen Haare, sieht mich intensiv an, und dieser Moment ruft wahnsinnige Gefühle in mir hervor. Er tritt wieder auf mich zu. Zwischen uns ist kaum noch Abstand, und mein Herz beginnt heftig zu schlagen. Während seine Hand an meiner Taille abwärtswandert, drückt er mich gleichzeitig stärker an sich, und mir wird warm – so warm, dass alles in mir kribbelt und ich nichts anderes will, als ihn zu küssen. Als Louis sich jetzt noch ein kleines Stückchen näher zu mir beugt, droht mein Herz zu zerspringen.

»Ich erkläre dir alles«, meint er, »aber bis dahin musst du mir vertrauen, okay? Bitte versuche es!«

Ich hebe eine Braue.

»Dir vertrauen? Ist das dein Ernst? Wie soll ich dir vertrauen? Du ... du lügst, hängst mit Lilly herum, redest erst dann mit mir, wenn es dir passt – und dann vertraust du mir ja doch auch nicht.«

Er weicht ein wenig zurück. »Das ist auch nicht so leicht, immerhin gehst du mit Nathan aus. Was denkst du denn, wie ich das alles finde?«

Ich kann es nicht fassen. »Geht es dir nur darum? Um dieses Ego-Spiel?«

»Was?«

»Ja, mir kommt es nämlich so vor. Denn warum küsst du mich erst und hängst jetzt mit Lilly ab? Du ignorierst mich in der Schule und tauchst hier mit ihr auf, hältst mir aber vor, dass ich was mit Nathan unternehme?«

»Das ist was anderes! Ich habe meine Gründe, aber du und er ...« Er atmet tief durch.

»Was, ich und er?« Der bildet sich ja echt was ein.

Louis' Blick liegt intensiv auf mir, die Sekunden verstreichen, bis er plötzlich ganz unerwartet an meine Hüfte greift. »Du und er, das passt mir einfach nicht«, flüstert er.

»Ach, und weil es dir nicht passt, benimmst du dich so? Aber soll ich dir was sagen? Mir passt es, ich mag ihn nämlich.«

Das war gemein, ich weiß.

Erst sieht er mich ohne eine Regung an, dann schnaubt er und schüttelt den Kopf. »Du bist ...«

»Was?«

»Nichts, es war ein Fehler, hierherzukommen. Dann noch viel Spaß mit Nathan. Lilly wartet.«

»Na dann«, entgegne ich mit aufkommender Wut in der Brust, während sein Blick mich noch immer fixiert. Ich will mich an ihm vorbeidrücken, aber er stellt sich mir in den Weg. »Lass mich durch, Louis.«

Ich schiebe ihn beiseite, will die Treppe nach oben hasten, doch ich komme nicht dazu. Denn mit einem Mal sind da Hände, die nach meinen greifen, Funken, ein Licht, Hitze. Schon eine Sekunde später lehne ich mit dem Rücken gegen die Wand, und Louis drückt sich eng an mich.

»Verdammt, du bist so …« Er stockt.

»So was?«

»Vertrau mir«, flüstert er gegen meine Lippen.

»Dann sag mir endlich, was hier los ist.«

»Das werde ich tun, aber du musst mir …«

»Dir vertrauen?«

Wir sehen uns an, unsere Herzen scheinen beinahe gegeneinanderzupochen.

»Ja.«

»Dann gib mir eine Sache, irgendwas damit ich es tun kann, Louis. Warum hast du wegen der Lichter und der Bilder gelogen? Warum hast du die Nachforschungen angestellt? Und warum triffst du dich mit Lilly, stehst jetzt aber hier bei mir?«

»Verdammt, Amy, ich war unsicher …«

Ich schüttle den Kopf und schiebe ihn von mir weg. Es macht keinen Sinn, das spüre ich. »Vertrauen, hm? Das muss man sich verdienen, Louis.« Schließlich drücke ich mich endgültig an ihm vorbei und laufe mit klopfendem Herzen die Treppe nach oben.

Als ich wieder nach draußen komme und Nathan entdecke, stocke ich. Ihn hätte ich fast vergessen. Ich versuche, mich so normal wie möglich zu geben, auch wenn in diesem Moment Tausend Gefühle durch mich hindurchjagen. Ob er etwas bemerkt hat? Ich hoffe es nicht.

»So, ich bin bereit, lass uns gehen«, sage ich nur.

Er lächelt, doch er wirkt nachdenklich dabei. »Klar, lass uns gehen.«

»Also dann, viel Spaß«, wünscht Nathan mir, als wir vor dem Gebäude der *London Art* stehen bleiben.

»Danke, ich gebe mein Bestes«, erwidere ich. Doch wie soll das funktionieren, so durcheinander, wie ich bin?

Ja, der Streit mit Louis war blöd, und ich fühle mich wie ein trotziges Kind. Die ganze Zeit muss ich an den Ausdruck in seinem Gesicht denken, an seine Worte, dass mehr dahintersteckt, dass ich ihm vertrauen soll. Was denkt er sich eigentlich? Ich soll ihm vertrauen, obwohl er mir kein Vertrauen entgegenbringt?

Warum ist es zwischen uns beiden auch so verdammt kompliziert? Warum ist er so ein Sturkopf, so ein Blödmann und dabei so unglaublich verführerisch?

»Also, Amy? Wie lange musst du arbeiten?« Nathans Stimme holt mich zurück ins Hier und Jetzt, und ich wende den Kopf zu ihm.

»Ähm, ja, sorry. Ich denke, bis sechs, bis dahin kracht mir dann sicherlich der Magen. Aber ich werde es überleben. Dafür macht es sehr viel Spaß. Und wer weiß, vielleicht bekomme ich hier auch ein Sandwich oder so.«

Nathan lächelt. »Also dann.« Er kommt auf mich zu und beugt sich zu mir.

Mein Herz fängt schneller an zu schlagen. Ob er mich küssen will? Ich weiß es nicht, aber ich möchte es nicht darauf ankommen lassen. Also hauche ich ihm rasch ein Küsschen auf die Wange und wende mich dann ab. »Also dann, bis morgen in der Schule«, rufe ich, während ich schon auf die Eingangstür zueile.

»Bis morgen«, höre ich Nathan noch sagen, bevor ich im Gebäude verschwinde.

# Kapitel 22

»Hey, Amy. Schön, dass du da bist.« Daniela begrüßt mich mit einem Strahlen. »Mr Brown war übrigens ganz begeistert von deinen Fotos und hat dich sehr gelobt. Deswegen hatte er die Idee für eine weitere kleine Sonderaufgabe.«

»Kein Problem«, sage ich. »Was ist es denn?«

»Das zeige ich dir gleich.« Sie lächelt mich an. »Komm mit.«

Kurze Zeit später stehen wir beide im Archiv.

»Wegen der Kunstserie«, erklärt sie mir. »Im Laufe der Jahre sind bereits verschiedene Kunstartikel erschienen. Die Idee war, davon jetzt einen Abdruck zu bringen und zu zeigen, was jeweils daraus geworden ist. Es ist noch nicht durch, aber das Konzept ist doch interessant, oder?« Sie tippt mit dem Finger auf eine Liste, die in der Mappe in ihrer Hand eingeheftet ist. »Es wäre erst mal super, wenn du die Artikel heraussuchst. Im weiteren Schritt, wenn erst mal alles von oben abgesegnet ist, darfst du dann bei der Gestaltung mithelfen. Was sagst du dazu?«

Lächelnd nicke ich. »Sehr gern. Das hört sich spannend an.«

Sie reicht mir die Mappe. »Super wäre, wenn du es bis heute Abend fertig hast. Aber ich denke, das schaffst du locker. Die Ergebnisse kannst du dann Dan bringen. Sein Büro ist am Ende des Ganges. Er wirkt zwar oft auf den ersten Blick etwas mürrisch, ist aber eigentlich ein feiner Kerl.«

Dan? Hat sie gerade Dan gesagt? Das trifft sich ja super!

»So, dann lasse ich dich mal machen und gehe auch wieder an meine Arbeit«, meint sie schließlich. »Ach, den Entwurf zu dem Artikel über Mr Kane kannst du dir auch mal ansehen. Ich schicke ihn dir per Mail, ja?«

»Alles klar. Bis dann, Daniela.«

Nachdem sie den Raum verlassen hat, atme ich tief durch und setze mich mit der Mappe an den Archivrechner. Die Artikel, die ich heraussuchen soll, sind schnell gefunden. Zumindest schaffe ich es schon innerhalb der nächsten Stunde, alle bis auf drei auszudrucken.

Es ist spannend, die alten Berichte zu lesen. Es geht um Ausstellungen, um deren Eröffnung und die Sponsoren. Als ich zum nächsten Punkt auf meiner Liste komme, stocke ich allerdings, denn was da als Suchergebnis angezeigt wird, lässt mein Herz höher schlagen. Es geht wieder um das Thema Mudlarking.

*London und seine alten Geschichten,* steht da in dicken Buchstaben geschrieben.

*Eine Bereicherung für die Kunstszene in London sind die sogenannten Mudlarks. Waren es früher eher Kinder, die mit den Gegenständen, die sie aus der Themse fischten, Geld verdienen wollten, sind die Mudlarks heute zu den Erhaltern der Stadtgeschichte geworden. Steve Bakers Familie arbeitet in vierter Generation als Mudlarks – jetzt werden seine Gegenstände auch endlich im London Museum ausgestellt.*

Meine Augen fliegen über die Buchstaben, und ich sauge sie regelrecht in mich ein.

*Baker, der schon immer fasziniert davon war, sagt, er habe es im Blut. Mittlerweile hat er unzählige Dinge gefunden, deren Rätsel gelöst und teilweise auch die früheren Besitzer gefunden. Doch viele der Schätze, so Baker, werden ihr Geheimnis nie offenbaren. Einige der Gegenstände haben es ihm besonders angetan, unter anderem eine alte Brosche mit einer Gravur, nach deren Herkunft er sucht. Bisher konnte er jedoch noch nichts herausfinden. Wir bleiben dran.*

Dann folgt ein Foto, und augenblicklich beschleunigt sich mein Herzschlag. Das ist doch tatsächlich die Brosche, die ich schon mal gezeichnet habe. Es ist wie bei dem Kleid, wie bei diesem Etui. Dieses Gefühl, davon angezogen zu werden, ist nicht zu leugnen. Das kann doch kein Zufall sein!

Wenn ich so darüber nachdenke, passt es jetzt irgendwie für mich zusammen: Das Kleid, auf das ich immer wieder stoße, das Etui, die Brosche – und vor allem die Bilder! Diese ganzen Zufälle sind gar keine! Wenn das stimmt, war es auch nicht zufällig, dass ich auf diesen Steve Baker neulich im Museum schon mal gestoßen bin und jetzt diesen Artikel in der Hand halte? Vielleicht ist es sogar irgendwie Schicksal? Wie Jill immer meint – oder steckt mehr dahinter? Wie auch immer. Ich soll die Artikel zu Dan bringen. Aber falls dieser Steve Baker etwas über die Brosche weiß, falls ich sie mir bei ihm sogar ansehen kann, bringt mir das vielleicht weitere Erkenntnisse. Immerhin hat er sie ja gefunden. Ob das Licht mit alledem auch irgendetwas zu tun hat?

Ich drucke den Artikel zweimal aus, einmal für Dan, einmal für mich. Schließlich suche ich den letzten Artikel auf meiner Liste, drucke auch diesen aus und hefte alles zusammen in die Mappe.

Eine Weile sitze ich noch da und denke nach. Vielleicht kann ich noch etwas über die ganze Sache in Erfahrung bringen. Ich starre auf den Bildschirm und überlege, wonach ich suchen könnte. Aus einem Impuls heraus gebe ich *Kleid gestohlen* in die Suchmaschine ein, und erhalte prompt mehrere Artikel über den Diebstahl des Kleides aus dem *London Museum*. Die meisten erzählen mir nichts Neues, doch dann entdecke ich einen Artikel, der mir einen Schauer über den Rücken jagt.

*Dieses Kleid löste schon vor Jahren einen beachtlichen Streit aus. Theodore Kane, das Oberhaupt der betuchten Londoner Familie Kane, hatte Ansprüche darauf erhoben, weil das Kleid in einem Ge-*

*bäude auf seinem Anwesen gefunden worden war. Doch auf Initiative von Richard Lamen, dem damaligen Kulturreferenten Londons, wurde das Kleid der Stadt zugesprochen. Auch wenn kurze Zeit später Lamen seines Amtes enthoben wurde, blieb es Eigentum der Stadt. Lamen hingegen machte zum letzten Mal mit seinem tragischen Tod Schlagzeilen. Er und seine Frau verbrannten auf tragische Weise in ihrem Haus in Brighton.*

*Warum das Kleid nun aus dem London Museum gestohlen wurde, bleibt ein Rätsel.*

Ich lese die Zeilen und kann es nicht glauben. Richard Lamen? Das muss Louis' Dad sein.

Louis' Worte hallen in meinem Kopf. Dass mehr hinter allem steckt, ist nun klar. Das Kleid – die Familie Kane wollte das Kleid. Ich schlucke. Deswegen also die Feindschaft zu Nathan? Und weiß Louis von der Sache? Sicherlich. Warum würde er sonst Dan nach dem Kleid recherchieren lassen?

Ich beschließe, den Artikel nun ebenfalls für mich auszudrucken.

Schließlich atme ich tief durch und gehe mit der Mappe den Gang entlang. Nachdem ich Dans Büro gefunden habe, klopfe ich an und öffne die Tür. Doch Dan ist nicht da.

Gerade will ich die Mappe auf seinen Schreibtisch legen, da fällt mein Blick auf einen Briefumschlag mit der Aufschrift *Info für Mr T.* Ein Ruck fährt durch mich hindurch.

Ich weiß, dass das, was ich jetzt tue, absolut falsch ist. Aber ich kann einfach nicht anders. Ich lege die Mappe auf der Tischplatte ab, lausche kurz, bevor ich hastig nach dem Umschlag greife. Als ich die Blätter, die sich darin befinden, auseinanderfalte, ist es, als würden Tausende von Volt durch meinen Körper fahren. Denn es handelt sich um Informationen zum *Her Majesty's Theatre*, zu dem Fächer, der eindeutig diese Bildfetzen ausgelöst hat. Da habe ich es also schwarz auf weiß – hinter diesen Nachforschungen steckt Louis. Von wegen Vertrauen und so!

Als ich den Fächer auf dem Foto betrachte, fühle ich wieder diese Anziehung. Es ist angsteinflößend, erschreckend und aufregend zugleich.

Ich nehme mir das nächste Blatt vor. Dort ist allerdings nur eine Notiz zu finden: *Familie Everley! Brosche! Nicht bestätigt! Baker, siehe Ausdruck.*

Was hat das zu bedeuten? Lilly – heißt sie mit Nachnamen nicht Everley und sind die Everleys nicht eine große Juweliersfamilie, schon seit mehreren Generationen? Daher die Verbindung? Und Baker, ist damit Steve Baker gemeint? Geht es um die Brosche, die ich auch gezeichnet habe?

Dann dämmert es mir. In dem Artikel von vorhin ging es doch um Steve Baker und die Gegenstände, die er aus der Themse gefischt hat. Und es ging um die Brosche, die ihn beschäftigt. Also muss es so sein.

Ich zücke mein Handy und schieße zwei Fotos von den Seiten. Doch dann höre ich Schritte, stecke das Handy rasch wieder ein und trete zur Seite. Schon geht die Tür auf, und Dan steht vor mir.

»Was machst du hier?«, knurrt er und mustert mich mit misstrauischem Blick.

Ich muss Ruhe bewahren, alles andere wäre jetzt falsch. Also versuche ich, so gelassen wie möglich zu antworten: »Ich habe nur die Mappe hier abgelegt, darin sind die Ausdrucke der alten Artikel. Daniela hatte mir diese Aufgabe zugeteilt, ich sollte die Artikel zu dir bringen, meinte sie.«

Dans Augen wandern zum Schreibtisch, dann wieder zu mir, als wollte er prüfen, ob ich tatsächlich die Wahrheit sage. »Gut, vielen Dank. Dann noch einen schönen Abend«, sagt er nur, jetzt etwas freundlicher.

»Danke, ebenso.« Schnell drücke ich die Klinke nach unten und verlasse erleichtert das Büro.

Als ich die Tür hinter mir schließe, rast mein Puls. Das war nicht ohne. Genau wie das, was ich in den letzten Stunden erfahren habe. Dass der Streit zwischen den Familien Kane und Lamen tiefer geht und dass Louis weitere Nachforschungen einholt. Aber ich frage mich, wo die Verbindung ist. Hat der Tod von Louis' Eltern am Ende etwas damit zu tun? Irgendwie erschließt sich mir das alles nicht, aber ich weiß, ich will es herausfinden. Daher rufe ich Nathan an.

# Kapitel 23

Als ich mich auf den Weg in Richtung U-Bahn mache, kommt Nathan auf mich zu. Er hält zwei Papiertüten in der Hand und bleibt grinsend vor mir stehen.

»Du hättest nichts mitbringen müssen«, sage ich.

»Na ja, du hast gesagt, dass du sicherlich Hunger hast, wenn du aus der Redaktion kommst. Und da dachte ich, ich kann dir ein bisschen was für den Magen bringen. Ich hoffe, du magst Fish & Chips?«

Ich lächle ihn an, denn diese Geste ist wirklich süß. »Ja, ich liebe Fish & Chips.«

»Da bin ich beruhigt. Also, die hier sind für dich.« Sichtlich erleichtert reicht er mir eine der Tüten.

Ich greife gleich nach einer Pommes und schiebe sie mir in den Mund. »Danke, das ist lieb von dir. Ich sterbe echt fast vor Hunger.«

»Na, dann hatte ich ja den richtigen Riecher.«

Während wir essen, gehen wir nebeneinanderher.

Nathan scheint gemerkt zu haben, dass ich mit meinen Gedanken irgendwo anders bin. »Worüber denkst du nach?«, fragt er.

»Nichts, ich …«

Er lächelt. »Oh doch, ich beobachte dich genau, Amy. Wir kennen uns noch nicht so lange, aber wenn du nachdenkst, verziehst du deine Unterlippe ein wenig und bekommst eine ganz leichte Falte auf der Stirn. Also, was beschäftigt dich?«

Ich seufze. »Na schön, ich habe heute in der Redaktion die Aufgabe bekommen, nach ein paar aktuellen Ereignissen auf dem Kunstmarkt zu recherchieren.«

»Okay, das klingt spannend. Und weiter?«

»Es ging dabei um das Kleid, das aus dem *London Museum* gestohlen wurde. In einem der Artikel stand, dass es vor Jahren wohl in einem der Häuser auf eurem Anwesen gefunden wurde. Wusstest du davon?«

Nathans Blick haftet auf mir. »Um ehrlich zu sein, ja.«

»Wirklich? Warum hast du denn nichts gesagt?«

Er zuckt mit den Schultern. »Ich fand das jetzt nicht so wichtig. Ich weiß nur, dass es in einem unserer Gebäude entdeckt wurde und mein Dad es in seine Sammlung aufnehmen wollte. Denn das Kleid wurde ja eindeutig auf seinem Grund und Boden gefunden. Doch die Stadt hat Ansprüche darauf erhoben. Es sei ein Relikt aus alter Zeit und stehe daher im Interesse der Allgemeinheit. Mein Dad hat schließlich leider den Kürzeren gezogen.«

»Das hat ihn doch sicher geärgert, oder?«

»Klar, aber er hat sich irgendwann damit abgefunden.«

»In dem Artikel stand, dass ein gewisser Richard Lamen einer der Hauptakteure war, die das Kleid letztendlich ins Museum gebracht haben.«

Nathan bleibt stehen und sieht mich an. »Ich weiß, was du jetzt denkst.«

»Ach ja? Und was?«

»Dass mein Dad deswegen so versessen darauf ist, Louis von der Schule zu werfen. Ist doch so, oder?«

»Okay, ein bisschen«, gebe ich zu. »Und, ist es der Grund?«

Nathan schüttelt den Kopf. »Nein, denn als dieser Zwischenfall mit Louis und mir passierte, da wussten wir ja noch nicht, wer er ist.«

Ich muss gestehen, dass das logisch klingt. Doch dann schieben sich auch Louis' Worte in meine Gedanken. Dass Nathan Halley bedrängt hat und ständig hinter ihr her war. Ob es wirklich so war?

»Es war also eher Zufall«, sagt Nathan wie aufs Stichwort. »Aber natürlich war mein Dad sauer.« Er zeigt auf seine Narbe. »Ich meine, die Verletzungen, die Louis mir zugefügt hat, waren nicht ohne. Das ist nun mal eine Tatsache und hat nichts mit der Geschichte von früher, mit dem Streit um das Kleid zu tun.«

Ich nicke. »Klar, ich wollte es nur wissen.«

»Kein Problem, ich habe nichts zu verbergen.«

Irgendwie gefällt mir unser Gespräch. Weil Nathan mir Antworten auf meine Fragen gibt – im Gegensatz zu Louis.

Mittlerweile sind wir in der Straße, die zu unserem Haus führt, angekommen. Ich habe meine Portion Fish & Chips aufgegessen und fühle mich wirklich gut. »Danke noch mal«, sage ich, »es war sehr lecker.«

Nathan lächelt. »Das freut mich.«

Ich muss zugeben, dass er wirklich gut aussieht. Schnell lenke ich mich von diesem Gedanken ab und deute auf unser Haus. »Wir sind übrigens da.« Doch eins muss ich noch wissen: »Hat sich dein Dad dann nicht geärgert, als er von dem Diebstahl des Kleides hörte?«

Nathan sieht mich an.

»Und wie, aber gegen solche Leute ist man machtlos. Natürlich hätte er es lieber in seiner Sammlung, doch da ist er wohl nicht der Einzige. Deswegen ist bei uns alles gesichert. Ich meine, du hast ja gesehen, was er alles besitzt. Da sind Bücher darunter, die kosten so viel wie … keine Ahnung, wie ganz London.« Er lacht. »Nein, Quatsch. Aber du weißt, was ich meine, sie sind überaus wertvoll.«

»Deswegen also die Sicherheitsleute?«

»Exakt.«

»Ist einer davon ein gewisser Jay?«, frage ich spontan.

Nathan sieht mich verwundert an. »Woher weißt du das?«

»Ich habe den Namen aufgeschnappt, als er dich auf dem Handy angerufen hat. Was ich allerdings nicht verstehe, ich … Na ja, er kam mir bekannt vor. Dieser Typ im *Closer*, der mich belästigt hat, ich denke, das war ebenfalls dieser Jay. Er hatte ein Tattoo, das aussah wie das Wappen eurer Familie.«

Nathans Augen verengen sich zu Schlitzen. »Im Ernst? Der Typ im *Closer*, das war Jay?«

»Ich glaube schon.«

»Du glaubst doch nicht, dass ich was damit zu tun habe, oder? Fakt ist, Jay tanzt immer wieder aus der Reihe und baut nur Mist. Aber unsere Familie und seine, wir kennen uns seit ewigen Zeiten. Deswegen wird ihm vieles verziehen. Auch, dass er immer wie ein Irrer mit dem Auto durch die Stadt rast. Scheiße, Amy, das tut mir leid, ehrlich.«

Erst weiß ich nicht, ob ich ihm glauben kann, aber dann tue ich es. Es klingt plausibel und Nathan kann ja auch nichts dafür, wenn Jay in seiner Freizeit Mist baut.

»Ist schon okay«, sage ich und sehe ihn an. Aber eine Frage will ich noch beantwortet bekommen.

»Dieses Zeichen, was bedeutet es eigentlich?«

Nathan zuckt mir den Schultern.

»Ich weiß nicht genau, woher es stammt, aber es ist schon sehr alt. Warum willst du das wissen?« Nathan mustert mich mit einem Stirnrunzeln, aber ich möchte ihm nicht verraten, dass ich es in ähnlicher Form auch auf den Gegenständen gesehen habe.

»Ach nur so«, wiegele ich ab, »es interessiert mich einfach. So wie alles, das mit alten Gegenständen und Kunst zu tun hat.«

»Apropos Interesse an alten Dingen: Thomas hat dir doch heute dieses Buch gegeben. Hast du schon einen Blick reingeworfen?«, will er jetzt wissen.

Ich greife in meine Tasche, um das Buch herauszuholen, doch sie fällt mir auf den Boden. Beinahe ihr gesamter Inhalt purzelt heraus. Na, wunderbar. Rasch bücke ich mich, um alles wieder einzusammeln.

»Warte, ich helfe dir.« Als Nathan ebenfalls in die Knie geht, fällt sein Blick auf die Kopie des Artikels. Er nimmt das Papier in die Hand und betrachtet es einen Moment lang. »Diese Brosche hast du doch gezeichnet, oder? Wenn ich mich nicht irre, hattest du sie nicht in deinem Zeichenbuch.«

Dass er sich daran erinnert.

»Ähm ja, so eine ähnliche«, stammle ich, dann winke ich ab. »Aber na ja, ich soll in der Redaktion etwas darüber recherchieren.«

»Und, hast du schon was herausgefunden? Vielleicht, wo sich die Brosche befindet?«

Okay, warum will er das wissen? Woher kommt sein plötzliches Interesse?

Ich schüttle den Kopf. »Bislang nicht, nein.«

Ohne weiter darauf einzugehen, stecke ich den Artikel wieder ein und greife nach dem Buch, das ich von Thomas bekommen habe. Während ich es aufklappe, sieht er mir über die Schulter. »*Die verlorenen Legenden Londons*. Und das hat Thomas' Großvater dir einfach so gegeben?«

»Dein Dad würde das nicht tun. Er würde es lieber wegsperren, richtig?«, entfährt es mir spontan. »Es könnte ja was Interessantes für ihn enthalten sein.«

Doch statt auf meine spitze Bemerkung einzugehen, lacht er nur und stupst mich leicht in die Seite.

Schließlich widmen wir uns dem Buch.

»Na ja, das ist alles sehr geheimnisvoll«, stellt Nathan fest, während ich die Seiten durchblättere.

Bei dem Bild einer in sich verschlungenen Blume halte ich inne. Sie hat nicht nur eine gewisse Ähnlichkeit mit dem Familienwappen der Kanes, sondern auch mit dem Zeichen auf den Gegenständen.

»Ich glaube, ich kenne diese Geschichte. Mein Dad hat sie mir mal erzählt«, sagt Nathan auf einmal und reißt mich aus meinen Gedanken.

»Ah ja? Um was geht es dabei?«

»Nun, diese Geschichte ist sehr alt. Man erzählt sich, dass es in London einst eine Blume gegeben haben soll, die die Kraft hatte, Menschen unsterblich zu machen.«

»Ist das die Legende, die Thomas meinte, die der Unsterblichen?«

Er nickt. »Müsste so sein, ja, angeblich war jeder auf der Suche nach ihr, doch sie war nicht leicht zu finden. Denn die Blume, so sagte man, findet nur denjenigen, der zu ihr gehört und reinen Herzens ist.«

»Okay, das klingt mystisch.«

Während ich die Blume in dem Buch betrachte, erzählt Nathan weiter: »Jedenfalls geschah es, dass ein Mann, dessen über alles geliebte Frau todkrank war, sich auf die Suche nach der Blume machte, um ihr Leben zu retten.«

In Nathans Blick liegt mit einem Mal so viel Wärme. »Und was ist dann passiert?«, frage ich verlegen.

»Er hat die Blume tatsächlich gefunden, und die beiden waren von da an für immer vereint.«

»Okay, das war es schon?«

Er zuckt leicht mit den Schultern. »Na ja, eigentlich schon.«

»Und warum hat dein Dad dir diese Geschichte erzählt?«

»Tja, wir Männer der Familie Kane stecken voller Geheimnisse und sind romantischer, als man glauben mag.« Er zwinkert mir zu. Dann sieht er zu unserem Haus hinüber.

»Also dann«, sage ich zaghaft, »danke für das Eis und das Essen. Und danke, dass du ehrlich warst wegen Jay und alldem.«

»Ich werde immer ehrlich zu dir sein, Amy.« Er kommt noch ein klein wenig näher. »Und gern geschehen. Wenn ich dir eine Freude machen konnte, bin ich auch froh.«

»Dafür, dass ihr so reich seid, hätte ich dich gar nicht für so selbstlos gehalten«, erwidere ich, ohne lange nachzudenken.

Er zieht belustigt eine Augenbraue nach oben. »Ist das jetzt ein Kompliment?«

Plötzlich streicht er mir über die Wange. »Denn wenn ja, nehme ich das dankend an.« Er beugt sich zu mir vor, seine Augen treffen kurz meine, und wieder ist da dieses verwirrende Gefühl in meinem Bauch.

»Du bist wunderschön«, haucht er, und mein Puls beschleunigt sich. Will er mich küssen?

Sofort muss ich an Louis denken, an das Gefühl, das er in mir auslöste, als er im Theater seine Lippen auf meine legte. Es ist ein ganz anderes. Also trete ich einen Schritt zurück. »Tut mir leid, aber ich …«

Er wirkt etwas erschlagen, dennoch lächelt er. »Schon okay, alles gut.«

Erleichtert atme ich auf. »Danke für deine Antworten, bis morgen«, sage ich und will die Haustür aufschließen, doch dann kommt er näher und drückt mir einen Kuss auf die Wange.

»Bis morgen«, antwortet er nur, dann wendet er sich ab und geht davon.

Kurz habe ich das Gefühl, beobachtet zu werden. Doch das war sicher nur eine Einbildung. Ich drehe den Schlüssel im Schloss und betrete das Haus.

In meinem Zimmer schleudere ich meine Tasche auf den Boden und lege mich aufs Bett. Was für ein Chaos.

Eher zufällig werfe ich einen Blick aufs Handy. Mist, Jill hat es schon einige Male probiert. Ich hatte ja versprochen, mich zu melden. Eilig drücke ich auf *Anrufen*, in der Hoffnung, dass sie nicht allzu böse mit mir ist.

Es klingelt ein paarmal, ehe sie rangeht. »Ja?« Ich höre ihr an, dass etwas nicht stimmt.

»Hey, ich bin es. Es tut mir so leid, wirklich. Ich wollte dich anrufen, aber Nathan hat mich bis zur Redaktion gebracht. Dort habe ich dann gleich eine Aufgabe bekommen. Und er hat mich nachher auch abgeholt, deswegen konnte ich nicht anrufen und …«

»Und schreiben? Früher hast du auch immer Zeit gefunden, dich bei mir zu melden.«

»Ja, ich weiß, es tut mir auch echt leid. Aber was ich heute herausgefunden habe, das ist so heftig, Jill, ich …«

»Weißt du was? Bei mir war es heute auch spannend«, entgegnet sie. »Aber du fragst mich nicht mal danach. Immer dreht es sich nur um dich und all die Geheimnisse. Ganz ehrlich? Gerade will ich einfach nicht mit dir reden«, sagt sie nur noch.

»Jill, warte«, aber sie legt einfach auf.

Ich versuche es erneut, aber Jill geht nicht ran.

Während ich das Handy sinken lasse, kommen mir die Tränen. Ich hasse das alles.

Ich wische mir die Tränen aus den Augen und tapse ins Bad. Als ich zurückkomme, schaue ich noch ein wenig fern, kuschele mich in meine Decke und wünsche mir einfach, dass alles in meinem Leben normal sein könnte. *Aber das ist es nicht*, flüstert eine Stimme, der ich am liebsten den Mund zuhalten würde.

Ich muss diesen Mist lösen, dann hört es endlich auf. Also beschließe ich, noch ein wenig in Thomas' Buch zu lesen. Ich blättere darin herum, so lange, bis ich zu der Geschichte mit der Blume komme.

***Die Magie der Blume des Lebens***

*Es war einmal vor langer Zeit, da erzählte man sich von der magischen Blume, die in London erblühte. Schon viele hatten versucht, sie zu finden, da ihr Glanz zwei reine Seelen unendlich machen sollte, verbunden durch die größte Kraft, die es gibt: die Liebe.*

*Und so geschah es, dass ein junger Mann sich ebenfalls auf die Suche machte, selbstlos, da er die Frau, die er über alles liebte, nicht sterben lassen wollte. Sie war schwer erkrankt und keine Heilung in Sicht. Der junge Mann durchkämmte ganz London, und eines Tages, im Schatten eines Steines, umgeben von einem Licht und von einem Baum verhüllt, zeigte sie sich ihm. Denn die Blume, das wusste man nicht, zeigt sich nur dem, der verdient ihr glänzend Gesicht. So geschah es in dieser Nacht, als sie leuchtete in vollster Pracht. Der junge Mann griff danach, und sein Wunsch, die Blume des ewigen Lebens zu finden, wurde wahr. Voller Freude im Herzen brachte er sie zu seiner Geliebten, denn bald würden sie vereint sein im ewigen …*

Plötzlich bricht der Text ab. Okay, das hört sich eigentlich schon an wie das, was auch Nathan mir erzählt hat, doch es fehlt die Seite, auf der der Text eigentlich weitergehen sollte. Ob jemand sie herausgerissen hat?

Mit etwas zitternden Fingern blättere ich weiter, aber diese Geschichte scheint die einzige zu sein, die über die Blume des Lebens berichtet. Und auch die fehlende Seite ist nicht auffindbar.

Ich atme tief durch und lege das Buch weg. Stattdessen greife ich nach dem Handy, um Jill eine Nachricht auf WhatsApp zu schreiben, weil mich das alles nicht loslässt.

*Es tut mir so leid, Jill, wirklich. Glaub mir das. Ich hab dich lieb!*, schreibe ich und noch ein bisschen mehr. Ich berichte von dem, was ich wegen des Kleides erfahren habe und allem und wie sehr es mich verwirrt. Ich schreibe ihr, dass sie doch mein Fels in der Brandung ist und ich mich immer für das interessiere, was sie tut.

Ich schicke die Nachricht ab, dann starre ich eine Weile das Handy an, bis die beiden Häkchen blau werden, aber Jill antwortet nicht.

Meine Gedanken wandern wieder zu der Legende, die ich gerade gelesen habe. Dieses Zeichen der Blume kommt mir bekannt vor. Aber woher? Mit einem Mal muss ich an das Paar unter dem Baum denken. Und dann dämmert es mir. Ich greife nach dem Zeichenbuch, schlage die Seite auf – und tatsächlich: Am Stamm des Baumes, auf der Rinde, das sieht aus wie das Zeichen der Blume des Lebens. Ich erschaudere. Kann es sein, dass die beiden etwas damit zu tun haben, dass sie das Paar sind? Erneut lese ich die Legende und bin mir mit einem Mal sicher. Aber warum nur habe ich sie gezeichnet?

Ich wünschte, ich könnte mit Jill darüber reden, ihr sagen, was mich gerade bewegt. Aber ich weiß, dass sie heute einfach wütend auf mich ist, und das muss ich respektieren. Ich kann nur hoffen, dass morgen alles besser wird.

# Kapitel 24

Es wird besser, zumindest vorerst, denn als ich am nächsten Morgen die Augen öffne und aufs Handy blicke, habe ich drei Nachrichten von Jill. Sie schreibt mir, dass es ihr auch leidtue und dass sie nicht so eine blöde Ziege sein wolle. Dass sie einfach enttäuscht gewesen sei und mir erzählen wollte, wie es mit Thomas war. Dass sie sich nähergekommen sind.

Sie schreibt mir noch, dass sie mich lieb habe. Ich bin unendlich erleichtert, das zu lesen. Doch ihre dritte Nachricht rüttelt mich auf. Es ist ein Artikel mit der Anmerkung: Lies das unbedingt.

Als ich den Artikel öffne, erschaudere ich, denn was ich da lese, kann ich kaum glauben: In der letzten Nacht wurde im Theater eingebrochen und es wurde nichts gestohlen als der Fächer.

Als ich vor dem Schulgebäude ankomme, wartet Jill bereits auf mich und als ob nichts war, fallen wir uns einfach um den Hals. »Ich bin so froh, dass du nicht mehr böse mit mir bist!«

»Ich war ja nie richtig böse«, sagt sie. »Und es tut mir auch total leid. Ich meine, da passieren echt heftige Dinge und ich bin so bescheuert und angefressen wegen nichts.«

Wir halten uns ganz fest, und ich bin so erleichtert.

Als ich ihr noch einmal ausführlicher erzählt habe, was ich gestern herausgefunden habe, hält Jill sich an mir fest. »Wow, also ich weiß nicht, was ich sagen soll. Das kann doch kein Zufall mehr sein. Und Amy, du musst unbedingt mit Louis reden! Glaubst du wirklich, die Kanes stecken dahinter?«

»Ich weiß es nicht, es kann genauso gut auch Louis dahinterstecken. Immerhin stellt er ebenfalls Nachforschungen über diese Gegenstände an, und kurze Zeit später werden sie gestohlen. Und dann sind es auch noch die Dinge, diese Bilder, von denen wir ja inzwischen wissen, dass Louis sie auch sieht. Nicht zu vergessen das Zeichen, das irgendwie mit der Legende und dieser Blume zusammenzuhängen scheint.«

Nachdenklich wiegt Jill den Kopf hin und her. »Das ist echt total heftig. Aber ich frage mich eins: Was hat das alles mit Lilly zu tun? Diese Notiz über ihre Familie auf Dans Schreibtisch, was bedeutet sie?«

Ich zucke die Schultern. »Ja, das frage ich mich auch.«

»Weißt du, was ich denke? Wir sollten diesen Steve Baker aufsuchen, und zwar dringend, bevor bei ihm am Ende auch noch eingebrochen wird. Nach der Schule?«, fragt sie und ich lächle.

»Wir?«

»Klar, ich werde dich da nicht allein hingehen lassen.«

Inzwischen haben wir das Schultor beinahe erreicht. »Und was war mit Nathan?«, fragt sie weiter. »Er wollte dich küssen, aber du wolltest nicht?«

Doch ehe ich antworten kann, kommen Nathan und Thomas auf uns zu, also schweige ich.

»Hey, alles klar? Bereit für den Unterricht?« Thomas küsst Jill auf die Wange.

»Na ja, so bereit, wie man eben sein kann.«

Nathan wendet sich mir zu. »Hey, hast du gut geschlafen?« Seine Augen fixieren mich.

»Ja, danke, alles gut. Und bei dir?« Ich beschließe, ihm ein Lächeln zu schenken.

Er lächelt zurück.

Ich bin froh, dass er sich normal verhält und mir meine Zurückweisung von gestern nicht übel nimmt.

Schließlich betreten wir das Klassenzimmer und haben gerade noch Zeit, uns auf unsere Plätze zu setzen, bevor es klingelt.

Mr Finigan wirkt nicht gerade entspannt. Er sieht irgendwie angefressen aus, und als dann auch noch buchstäblich in letzter Sekunde Louis zusammen mit Lilly zur Tür hereinhuscht, verfinstert sich seine Miene noch mehr. Aber da sie es ja praktisch noch mit dem Gongschlag ins Zimmer geschafft haben, verkneift er sich einen Kommentar. Ganz kurz trifft Louis' Blick meinen, und es kribbelt – wieder.

Mr Finigan räuspert sich laut, nach und nach verstummt das Gemurmel im Raum. »Also dann, in der letzten Stunde hatte ich ja schon angekündigt, dass wir uns jetzt mit Mythen und Legenden beschäftigen werden. Und nun komme ich zu etwas, das euch wohlbekannt ist.« Er schreibt das Wort *Projekt* an die Tafel, und alle beginnen zu stöhnen.

Mr Finigan ist bekannt für seine Schulprojekte. Er nennt das eine *Herausforderung* für uns Schüler. Sein Motto, das wir schon mindestens hundertmal gehört haben, lautet: Was wäre die Geschichte, wenn wir ihr nicht auf den Grund gingen? Dann berichtet er von Legenden und Mythen, aber auch wahren Vorkomnissen und die Zeit vergeht. Schließlich reibt er sich die Hände.

»Ich werde jetzt Zweiergruppen bestimmen. Jede Gruppe recherchiert eine Legende. Eure Aufgabe ist es, die Legenden, die ihr euch dann aussucht, genau unter die Lupe zu nehmen. Ich will wissen, wie sie vermutlich entstanden sind und was es damit auf sich hat. Macht euch die Mühe, zu recherchieren, begebt euch an die Orte des Geschehens und redet mit den Leuten darüber. In drei Wochen möchte ich dann einen ordentlichen Bericht haben!«

Er beginnt, die Gruppen einzuteilen: Mary und Ashley, Nathan und Thomas, Jill und Lilly. Dann deutet Mr Finigan auf mich. »Amy und …« Ich halte die Luft an, die Sekunden werden zu Stunden, bis sein Finger schließlich auf Louis landet. Sofort schlägt mein Herz schneller. Was ist hier eigentlich los? Das Schicksal hat echt einen fiesen Humor.

Im Raum entsteht allgemeines Gemurmel. Natürlich hat jeder seinen Kommentar zu der Gruppeneinteilung abzugeben. Louis sieht genauso wenig begeistert aus wie Lilly, die mir einen bösen Blick zuwirft. Als ob ich was dafürkönnte.

»Schön, damit wären die Gruppen klar«, sagt Mr Finigan und geht zurück zur Tafel. Es klingelt, doch er hebt die Hand. »Bevor ihr geht, noch eins: Nehmt diese Aufgabe ernst, es wird eine Note darauf geben. Ich bin gespannt, was ihr mir abliefert. Hier vorn liegen Blätter mit Fragen, damit ihr einen kleinen Anhaltspunkt habt. So, das wäre es dann. Habt noch einen schönen Tag.«

Von wegen schöner Tag.

Nathan und Thomas kommen an unseren Tisch. »Ob man wohl die Gruppen noch tauschen kann?«, fragt Nathan und sieht mir tief in die Augen.

»Wohl eher nicht. Aber ich muss jetzt los, ich habe noch Sport. Schreiben wir uns später?«

»Na gut, bis dann.«

»Und ich habe Chemie«, sagt Jill in meine Richtung. »Wir sehen uns dann nach der Schule, ja?«

Als ich mich nach der Schule in Richtung Ausgang begebe, um dort auf Jill zu warten, stoße ich beinahe mit Louis zusammen. Was ist denn eigentlich los mit dem Kerl? Wieso steht der immer im Weg rum? Doch mein dummes Herz schlägt mal wieder Purzelbäume. Kurz treffen sich unsere Blicke, aber dann bleibt jeder wie angewurzelt stehen. Er steckt die Hände in die Hosentaschen und fixiert mich mit seinem Blick.

»Warum schaust du mich so an?«, frage ich barsch. »Hast du nichts anderes zu tun? Zum Beispiel irgendwo einzubrechen?«

»Echt, Amy, glaubst du das wirklich?«

Ich zucke mit den Schultern. »Na ja, woher soll ich wissen, was Mr Geheimnisvoll so treibt … Ich für meinen Teil habe dich nie angelogen.«

Er lächelt, wirkt aber distanziert. »Ich habe auch nicht gelogen, ich habe dir nur gesagt, dass es nicht so leicht zu erklären ist.«

»Du erwartest, dass ich dir vertraue, aber willst mir keinen Vorschuss geben«, entgegne ich.

Er nickt. »Können wir nicht einfach damit aufhören?«

Damit habe ich nicht gerechnet. Aber er hat recht, vielleicht sollten wir beide einfach aufhören. Doch dann ist da diese eine Frage in mir. »Louis?«

»Ja?«

»Eine Antwort möchte ich von dir: Was ist der Grund dafür, dass du nach diesen alten Gegenständen recherchierst, so wie nach dem Fächer zum Beispiel? Und schon heute ist er weg, gestohlen aus dem Theater, in dem wir beide waren.«

»Woher weißt du das mit dem Fächer und der Recherche?« Er überlegt kurz. »Ah ja, Dan, er sagte schon, dass du bei ihm am Schreibtisch warst.«

»Warum erklärst du es mir nicht, Louis? Warum redest du nicht mit mir darüber?«

»Und warum tust du das nicht auch? Woher soll ich wissen, ob nicht vielleicht eher du dahintersteckst? Zusammen mit den Kanes?« Jetzt wagt er es doch tatsächlich, wieder den Spieß umzudrehen.

»Wie bitte? Ich bin ehrlich, ich …«

»Ach ja? Das sehe ich anders.«

»Und wobei soll ich bitte nicht ehrlich sein?«

»Bei Nathan zum Beispiel. Du hast mir auch neulich erst verraten, dass du bei ihm zu Hause warst. Was gibt es denn noch, das ich nicht weiß?«

»Warum fängst du jetzt wieder damit an? Was hat das mit der Sache zu tun?«

»Viel. Du wirfst mir irgendwas mit Lilly vor. Aber du und Nathan … Gestern Abend, als er dich nach Hause gebracht hat, wart ihr euch ganz schön nah.«

Also doch. Habe ich mir doch nicht nur eingebildet, dass da jemand war. »Hast du mich etwa beobachtet?«

»Fühlt sich blöd an, nicht wahr?«

Ich atme tief durch. Mit einem Mal bin ich so erschöpft. »Müssen wir das eigentlich machen? Und überhaupt, das mit Nathan …«

Doch er hebt die Hand. »Du musst mir nichts erklären. Du kannst tun, was du willst und mit wem du willst. Das tue ich ja auch.«

Ich spüre einen so heftigen Stich im Bauch, dass mir kurz schlecht wird. »Okay«, sage ich nur und blicke nach unten. Er soll nicht merken, wie sehr er mich damit getroffen hat.

Zu allem Übel taucht nun auch noch Lilly auf. »Hey, was ist hier los?«, fragt sie und bedenkt mich mit einem abfälligen Blick.

»Nichts, rein gar nichts. Also, was machen wir beide jetzt?«, antwortet Louis, als wäre nichts gewesen.

Und dann muss ich zusehen, wie die beiden zusammen abdampfen.

# Kapitel 25

»Dieses Hin und Her ist ja nicht zu ertragen«, stellt Jill fest, als wir wenig später gemeinsam das Schulgelände verlassen. Natürlich möchte sie mich damit aufbauen, was ihr aber nur mäßig gelingt. Trotzdem tut es mir gut, mit ihr ein bisschen über Louis zu lästern. Ich kann es noch immer nicht fassen, dass ich jetzt auch noch dazu verdonnert wurde, mit ihm an dem Geschichtsprojekt zu arbeiten. Und so, wie er sich heute verhalten hat, habe ich auch keine Lust mehr, auf ihn zuzugehen.

»Ihr seid beide echt stur«, fügt sie hinzu.

»Nein, er ist es«, verteidige ich mich. »Erst küsst er mich – und dann das. Ich meine, warum macht er jetzt einen auf beleidigt? Der kann mich mal. Dabei hat er ja wohl Tausende von Geheimnissen und mehr als einmal gelogen.«

»Und wir beide versuchen jetzt, das Geheimnis der Brosche zu lüften«, muntert Jill mich auf. »Ich denke, das ist fürs Erste das Beste.«

Es dauert nicht lange, bis wir Steve Bakers Büro erreichen. Es ist, wie ich es mir vorgestellt habe: eine kleine, etwas abseits liegende Hütte an der Themse. Als wir darauf zugehen, verlässt eine Frau gerade das Büro. Lächelnd hält sie uns die Tür auf.

Drinnen kramt ein Mann gerade in einem der Schränke. »Hast du was vergessen, Mary?«, fragt er, als er uns kommen hört. Doch dann sieht er zu uns auf. »Hallo, die Damen. Wie kann ich euch helfen?« Jetzt erkenne ich ihn. Er ist der Mann von dem Foto im Museum: Nick Andrews, Steves Kollege.

Ich räuspere mich. »Ich suche Steve Baker.«

»Immer kriegt Steve die hübschen jungen Mädchen ab.« Nick zwinkert mir zu und ruft dann: »Steve, Besuch für dich. Zwei Mädchen wollen was von dir!«

»Schick sie doch rein«, antwortet eine Stimme.

Er deutet auf eine der drei Türen, die von dem Raum abgehen.

Als wir den Nebenraum betreten, sitzt ein älterer Herr hinter einem Schreibtisch, vor sich einen Stapel mit Papieren. Er sieht auf, und als sein Blick mich trifft, lächelt er. »Hallo, die Damen! Wie kann ich euch helfen?«

»Hallo Mr Baker, ich bin Amy Evans. Ich arbeite bei der *London Art* und habe dort einen Artikel entdeckt, in dem steht, dass Sie nach der Herkunft einer ganz bestimmten Brosche suchen. Jetzt soll ich darüber berichten, konnte aber keine weiteren Informationen finden.« Ich falte die Kopie des Artikels auseinander und reiche sie ihm.

Er lässt seinen Blick darüberschweifen. »Stimmt, diese Brosche hat es mir wirklich angetan. Und du willst jetzt wissen, ob ich ihre Herkunft letztendlich herausgefunden habe?«

Ich nicke.

»Nun, ich habe sie vor gut zwanzig Jahren gefunden, eines meiner allerersten Fundstücke, das mich wirklich nicht mehr losließ. Und dann diese Gravur … Ich weiß nicht, sie hatte in meinen Augen einfach etwas Besonderes.«

»Ich fand die Gravur auch interessant«, pflichte ich ihm bei. »Und nun?«

Er lacht. »Geduld. Also ja, wie im Artikel erwähnt, habe ich recherchiert. Und konnte schließlich die eingravierte Nummer entschlüsseln.«

»Eine Nummer? Eine, die den Silbergehalt anzeigt?«

Steve Baker schüttelt den Kopf. »Nein, so eine Nummer war es nicht. Aber lasst es mich euch erklären. Früher haben die Juweliere ihre Schätze mit Nummern versehen. Damit wussten Kenner, wo das Stück angefertigt wurde. Bei der Brosche war es allerdings so, dass die Ziffern nicht mehr so gut zu erkennen waren. Deswegen konnte ich nicht mit Sicherheit sagen, ob sie von Everley oder von Asprey angefertigt worden war. Erst ging ich von Asprey aus. Aber als ich dort nachfragte, wusste niemand etwas, und schließlich habe ich herausgefunden, dass die Kennzeichnung zu Everley gehört.«

»Und was ist dann passiert?«

»Natürlich habe ich bei Everley nachgefragt, ob die Brosche von ihnen stammen kann. Und wer sie in Auftrag gegeben hat und ob es irgendwo Aufzeichnungen darüber gibt.« Er sieht mich an. »Und man konnte es mir tatsächlich sagen. Es war nicht ein Goldschmied, der die Brosche angefertigt hatte, sondern einer der Lehrlinge dort.«

Ich traue meinen Ohren kaum. »Wirklich? Und was ist mit ihm geschehen?«

»Er ist leider verschwunden, ohne eine Spur zu hinterlassen. Es war nur bekannt, dass er die Brosche angeblich für die Frau, die er liebte, angefertigt hat. Doch nach dem Tag, als er sich freigenommen hatte, um sie ihr zu überreichen, ist er nicht mehr zurückgekommen. Zumindest wurde es mir so erzählt. Na ja, mehr weiß ich auch nicht.«

»Das ist unglaublich«, sage ich. »Wissen Sie, wie der Mann hieß, mit dem Sie gesprochen haben?«

»Es war Albert Everley höchstpersönlich. Ich habe die Brosche damals dort gelassen, denn sie sollte wieder dorthin zurückkehren, wo sie einst angefertigt worden war.«

»Das ist eine schöne Geste«, bemerkt Jill.

»Ja, das liebe ich an dieser Arbeit, dass die Dinge wieder dorthin finden, woher sie gekommen sind.«

»Das kann ich verstehen. Danke, Mr Baker. Danke für die Hilfe«, sage ich, als Jill und ich uns von ihm verabschieden.

Mit diesen Informationen im Gepäck schlendern wir anschließend die Themse entlang.

»Das ist heftig, ich meine Everley, das ist doch Lillys Familie«, meint Jill.

Ich nicke. »Ja, echt heftig. Ich frage mich, was Louis damit zu tun hat. Ob er deswegen so viel mit ihr zusammen ist? Er meinte, das hat einen bestimmten Grund …«

Jill sieht mich an. »Keine Ahnung. Aber ehrlich gesagt, wundert mich langsam gar nichts mehr. Ich halte es für wahrscheinlich, immerhin hat er dazu recherchiert.«

Das Ganze ist sehr verworren. Was Steve gesagt hat, passt zu dem, was ich gesehen habe. Es war zwar nicht viel, aber jedenfalls hat der Junge dem Mädchen die Brosche überreicht. Ob es die Eine war, die er liebte? Ich vermute es, denn die Gravur spricht Bände, oder?

»Wenn wir jetzt wüssten, wer der Lehrling war, würde uns das sicher auch weiterbringen«, sagt Jill nachdenklich.

»Oder wenn wir die Brosche wenigstens sehen, könnte ich testen, ob sie etwas in mir hervorruft.«

»Ich denke, das ist eine gute Idee. Wir könnten hingehen und schauen … ach Mist! Ich kann gar nicht mitkommen, ich habe meinem Dad versprochen, rechtzeitig zu Hause zu sein … Tut mir echt leid.«

»Kein Problem, dann gehe ich eben alleine dorthin und erzähle dir nachher alles!«

»Wirklich?«

Ich versichere Jill noch einmal, dass es in Ordnung ist und sie jetzt schnell zu ihrem Dad gehen soll. Dann mache ich mich auf den Weg zu Everley. Während der Fahrt mit der U-Bahn, die eine gute halbe Stunde dauert, bin ich aufgeregt, aber auch voller Hoffnung.

Als ich mich dem Laden nähere, wundere ich mich zunächst einmal, denn das Geschäft sieht klein und urig aus. Keine Ahnung, was ich erwartet hatte, aber irgendwie hatte ich gedacht, dass es größer sein müsste. Und doch habe ich ein gutes Gefühl, fast als wäre ich schon mal hier gewesen. Der Gedanke greift mich ganz plötzlich, und mein Herz beginnt zu klopfen.

Als ich eintrete, klingelt eine Glocke über mir.

»Guten Tag.« Ein Mann tritt an die Ladentheke und sieht mich fragend an. »Wie kann ich helfen?«

»Ich … Um ehrlich zu sein, ich komme von Steve Baker.«

Nachdenklich zieht er eine Augenbraue nach oben. »Steve Baker?«

»Es geht um einen Gegenstand, den er gefunden hat. Eine Brosche, die in Ihrem Haus angefertigt wurde.« Ich zeige ihm das Foto aus dem Artikel und erzähle ihm von einer Schularbeit, die ich angeblich über die Brosche schreiben muss.

Er beginnt zu lächeln. »Ja, die Brosche. Ein ganz besonderes Stück. Mein Vater hat oft davon gesprochen. Vor allem, nachdem der Lehrling nicht mehr aufgetaucht war, was sehr untypisch für ihn war. Der Junge hieß Patrick James. Er war wohl sehr talentiert, was man an dem Schmuckstück gut erkennen kann. Er hatte es für die Frau angefertigt, die er liebte. Ich weiß sogar noch, wie sie hieß. Mary – ja, das habe ich mir irgendwie gemerkt. Zu schade, wirklich. Aber es ist ein Wunder, dass die Brosche wieder zu uns zurückgekommen ist. Und du möchtest also etwas darüber schreiben?«

Ich nicke. »Ja, für die Schule. Wäre es denn vielleicht möglich, die Brosche zu sehen?«

Er sieht mich an.

»Es tut mir sehr leid, aber ich kann dir die Brosche nicht zeigen, ich habe sie meiner Enkelin geschenkt. Sie heißt Lilliane Everley, vielleicht kennst du sie? Sie geht auch auf deine Schule«, er blickt auf meine Schuluniform.

»Ja, wir haben ein paar Kurse zusammen.«

»Du kannst sie ja mal danach fragen, tut mir sehr leid, dass ich dir da nicht helfen kann.«

»Schon okay. Vielen Dank auch.«

So ein Mist, denke ich und frage mich, wie da alles zusammenhängt. Ob Louis mehr weiß? Ich befürchte es.

Eins ist klar, an die Brosche heranzukommen, wird mehr als schwierig …

# Kapitel 26

Als ich am nächsten Morgen in die Küche komme, ist nur Tante May da.

»Wo ist Mum?«, frage ich.

Sie seufzt. »Die Arme, sie schläft noch, sie war so erschöpft. Im Hotel muss wohl etwas wirklich Heftiges passiert sein. Ein Einbruch in einem der Zimmer oder so.«

Sofort fällt mir dieser Mr T. ein, aber ich verwerfe den Gedanken.

»Aber das mit heute Abend klappt schon, oder?«, frage ich. »Ich muss noch zu Sally in den Laden, aber danach kann ich pünktlich zu Hause sein.«

»Ja, natürlich, Liebes.«

Ich freue mich auf den gemeinsamen Familienabend. Natürlich, weil wir endlich mal wieder zusammen sind, aber auch weil ich hoffe, Antworten zu finden.

Antworten. Ja, das wäre zur Abwechslung mal sehr erfrischend. Noch immer belastet mich das mit der Brosche. Jill meinte, dass es sicher am einfachsten wäre, mit Louis zu reden. Jedenfalls einfacher, als Lilly nach der Brosche zu fragen. Wobei Louis sich ja auch gern in Schweigen hüllt. Dennoch nehme ich es mir für den Tag vor.

Doch in der Schule kann ich ihn nirgendwo entdecken. Stattdessen treffe ich im Schulhof auf Jill, die sich mit Nathan und Thomas unterhält.

Ob Louis heute überhaupt da ist? Die Frage beschäftigt mich so lange, bis ich während des Naturwissenschaftsunterrichts auf die Toilette muss und ihn von Weitem sehe, wie er gerade ein anderes Klassenzimmer verlässt. Allen Regeln zum Trotz beschließe ich, ihm zu folgen. Doch auf einmal ist er verschwunden. Vorsichtig luge ich um eine Ecke und zucke zusammen, als er plötzlich direkt vor mir steht. Wieso muss mein dummes Herz immer verrücktspielen, wenn ich auf Louis treffe?

»Verfolgst du mich mal wieder?«, will er wissen.

»Von wegen«, entgegne ich. »Du verfolgst eher mich, oder?«

Wieder ist er mir viel zu nah. Verdammt. Ich denke nur an den Kuss.

»Woran denkst du?«, fragt er auch prompt und reißt mich damit zurück aus meiner Erinnerung.

»Ich, nichts nur …«, stammle ich.

Er grinst. »Nur dass du mich gerade gern küssen würdest?«

»Du bist gar nicht von dir überzeugt, oder?«

Er zuckt mit den Schultern. »Ist es denn so?«

»Nein, natürlich nicht«, antworte ich vielleicht ein wenig zu vehement. »Ich muss mit dir reden, Louis.«

»Und worüber?«

»Über alles.«

Er streicht sich eine seiner dunklen Haarsträhnen aus dem Gesicht, und ich spüre ein Kribbeln im Bauch. Blödmann, was schneidet er auch das Thema Küssen an? Aber ich darf jetzt nicht daran denken.

»Pass auf«, sage ich, ohne eine Antwort abzuwarten. »Irgendwas ist da zwischen uns, und wir sollten uns nicht so verhalten, als wären wir Feinde. Das ist bescheuert und kindisch.«

»Okay.« Wieder sieht er mich mit diesem schiefen Grinsen an. »Was schlägst du dann vor?«

»Wir sollten zusammenarbeiten.«

Er zieht eine Augenbraue nach oben.

»Du weißt das doch genauso gut wie ich«, fahre ich fort. »Es passieren seltsame Dinge, und ich glaube, du weißt, warum. Zumindest hast du einen Verdacht – und ich ebenfalls. Also lass uns der Sache gemeinsam auf den Grund gehen.«

Seine wasserblauen Augen bohren sich in meine, aber er sagt noch immer nichts. Na toll.

»Und wenn nicht, dann müssen wir zumindest klären, was wir mit dem Projekt machen. Ich habe nämlich keinen Bock auf Ärger und …«

Doch ich werde unterbrochen, denn am Ende des Ganges öffnet sich die Tür zu meinem Klassenzimmer, und Mrs Green, meine Lehrerin in Naturwissenschaften, steckt den Kopf heraus.

»Was wird das denn hier? Das ist aber nicht die Toilette, Ms Evans«, ermahnt sie mich.

Ich nicke. »Entschuldigung, ich bin sofort wieder da.«

Sie bedenkt mich noch einmal mit einem strengen Blick, dann schlägt sie die Tür wieder zu.

Louis sieht mich nach wie vor an, gibt aber noch immer keine Antwort. Ganz klasse. Da gehe ich mal auf ihn zu – und dann das.

Ich winke ab. »Ach, dann vergiss es eben.«

Gerade will ich mich abwenden, als er nach meiner Hand greift. Sofort ist da wieder dieses warme Gefühl, dieses funkenhelle Licht.

»Pass auf«, sagt er. »Komm heute in den Laden, dort klären wir das, okay?«

Ich nicke. »Gut«, antworte ich. Auch wenn das nicht viel ist, es ist doch immerhin ein Anfang.

Als ich am Nachmittag die Türklinke von Sallys Laden hinunterdrücke, klingelt die kleine Glocke über meinem Kopf, und ich muss lächeln, so vertraut ist mir dieses Geräusch bereits. Es verteilt Wärme in meinem Bauch, und als Sally mich mit einer Umarmung begrüßt, noch viel mehr.

»Hey, schön, dass du da bist. Geht es dir gut?«, will sie wissen.

»Na ja, es ist Freitag und das Wochenende schon greifbar, da geht's mir immer gut«, erwidere ich mit einem Augenzwinkern.

Ein Grinsen huscht über ihr Gesicht. »Das kann ich verstehen.«

Ich sehe mich um und bin ganz begeistert. »Wow, das sieht ja schon richtig gut aus. Ihr braucht mich bald gar nicht mehr.«

»Unsinn! Und wie wir dich hier brauchen. Schau mal, da ist noch einiges zu tun.« Sally deutet in den hinteren Bereich.

»Ich denke, dann fange ich gleich mal an«, sage ich noch, als es erneut klingelt und eine Kundin den Laden betritt, die Sally gleich in ein Gespräch verwickelt.

In der nächsten Stunde lasse ich mich kreativ aus und gehe voll darin auf, bis irgendwann Sally zu mir kommt. »Ich erwarte gleich noch eine Kundin, da muss ich hier sein, aber Grandpa quengelt, dass er Kuchen will. Und seine Pflegerin kommt heute später«, erklärt sie mir und seufzt tief. »Kannst du eben kurz gehen und Kuchen besorgen? Apfelkuchen vielleicht? Grandpa lässt einfach nicht locker.«

»Klar, kann ich machen.« Ich streiche ihr kurz über den Unterarm und mache mich schließlich auf den Weg. In der Bäckerei bestelle ich zusätlich zu dem Apfelkuchen auch noch einen Muffin für Sally.

Als ich zurück in den Laden komme, ist sie wieder im Gespräch mit einem Kunden und deutet nur wortlos an die Decke, was wohl bedeutet, dass ich nach oben in die Wohnung gehen und nach Barney sehen soll.

Er sitzt am Tisch in der Küche und strahlt mir entgegen. »Caroline, wie schön, dass du da bist.«

»Hallo, Barney, ich habe Apfelkuchen für dich.«

»Du bist ein Engel, weißt du das? Ein Engel mit Apfelkuchen!« Er lacht auf, und ich muss ebenfalls lächeln. Dann macht er sich schon daran, das Kuchenpaket zu öffnen.

»Warte, ich suche dir einen Teller.« Ich öffne einen der Hängeschränke, finde glücklicherweise auch gleich einen Kuchenteller und lege ihm seinen Apfelkuchen darauf.

Nachdem er den ersten Bissen genommen hat, jauchzt er. »Mmh, ist der gut. Wirklich unglaublich gut.«

Ich setze mich neben ihn auf den Stuhl. »Das freut mich sehr. Er sieht auch sehr gut aus.«

Er hebt den Kopf und blickt zur Tür. »Ah, Will, da bist du ja wieder!«

Will? Mein Herzschlag beschleunigt sich augenblicklich, und als ich mich hektisch umsehe, beginnt Barney zu lachen. »Tut mir leid, ich musste dich einfach veräppeln.« Die Röte steigt mir ins Gesicht, woraufhin er mit der Kuchengabel auf mich deutet und grinst. »Ich habe dich durchschaut. Du magst ihn und er dich übrigens auch. Ihr solltet endlich mal miteinander ausgehen. Das ist ja nicht auszuhalten, dieses Hin und Her.«

Ich schüttle den Kopf. »Ach, Unfug. Und überhaupt, ich glaube nicht, dass er das will.« Rede ich jetzt von Louis und mir oder …?

»Oh doch«, Barney lächelt, »das glaube ich schon.«

Mein Herzklopfen nimmt weiter an Fahrt auf. Dabei ist es doch bescheuert, denn ich weiß ja, dass er nicht von Louis spricht. Oder doch?

»Ehrlich?«, hake ich jetzt doch nach, weil ich auch ein bisschen mehr über Caroline und diesen Will erfahren möchte.

»Ja, ganz ehrlich. Seit du im Laden arbeitest, scharwenzelt er hier herum. Mein Neffe ist zwar hilfsbereit, aber dass er immerzu bei den Büchern herumsteht, das passt nicht zu ihm. Zudem diese fadenscheinigen Anspielungen und die Fragen nach dem Familienstammbuch. Als ob er wirklich deswegen hier aufkreuzt.«

Ich sehe ihn fragend an. »Nicht?«

»Nein, meine Liebe, der Grund bist du.« Noch immer lachend schüttelt er den Kopf.

»Will ist also dein Neffe?«

»Natürlich, Caroline, das weißt du doch. Geht es dir nicht gut?« Er tippt sich an die Stirn.

»Doch, natürlich, ich wollte nur ebenfalls einen Scherz machen.«

Von einer Sekunde auf die nächste wirkt Barney in sich gekehrt. Er nimmt noch ein Stück von seinem Kuchen, und während er darauf herumkaut, wird sein Blick nun beinahe trüb. »Das Familienstammbuch – ich erinnere mich, es war doch wichtig. Denn ihr beide, ihr habt nach etwas gesucht.«

Jetzt bin ich ganz Ohr. »Was meinst du?«

»Der Fluch …« Er greift nach meiner Hand. »Caroline, ihr dürft nicht zusammen sein.« Noch immer hält er mich fest und sieht mich dabei so durchdringend an, dass ich innerlich zusammenfahre.

»Aber warum?«

»Ihr beide, ihr seid … verflucht«, meint er leise. »Und sie sind euch auf den Fersen.«

Ich schlucke. »Wer denn?«

»Na, die Fänger. Sie wollen diese Dinge, sie haben auch in der Nacht danach gesucht. Da sind sie aufgetaucht, aber sie haben es nicht entdeckt.« Er hält kurz inne. »Doch sie sind mächtig, und sie sind überall. Sie sind eingebrochen, und sie tragen dieses … dieses … Zeichen. Anders, aber ähnlich … doch anders. Und ihr beide, ihr dürft nicht, oder doch … eher nicht, am Ende sterbt ihr wie all die anderen.«

Ein Schauer jagt durch meinen Körper.

»Aber mach dir keine Sorgen. Das Buch, ich habe es verwahrt, hörst du? Darin ist das, was ihr sucht.«

»Was meinst du? Das Familienbuch?«

»Es hat so viel Leid gebracht, dieses Familienbuch, so viel Leid …«

»Warum?«

»Wegen dem mit der echten Legende, der Legende der Blume und …«

Okay, was in aller Welt meint er mit der *echten Legende* und was soll noch darin zu finden sein?

Spricht er womöglich von derselben Legende, die ich auch in Thomas' Buch gefunden habe? Von der Legende der Blume des Lebens, bei der ich das Gefühl hatte, dass sie etwas mit uns zu tun hat, und die allem Anschein nach nicht vollständig war? Ist es also wirklich so? Geht diese Geschichte weiter?

Ich würde ihn gern noch so vieles fragen, doch dann betritt eine junge Frau in einem weißen Kittel den Raum, sie muss wohl Barneys Pflegerin sein. »Ich bin jetzt hier. Danke fürs Aufpassen«, sagt sie an mich gerichtet.

»Okay, dann gehe ich mal wieder nach unten in den Laden.« Ich erhebe mich von meinem Stuhl und streiche Barney sacht über den Arm. »Also bis dann.«

Er sieht zu mir auf und flüstert: »Pass auf dich auf, Caroline, pass auf dich auf. Und denk daran: Wie dunkel es auch ist, die Kraft der Liebe ist groß, größer als alles andere, denn sie ist das hellste Licht, das es gibt. Das Licht, deswegen das Licht … Und sie ist der Schlüssel, der Schlüssel, nach dem ihr sucht. Der unendlich funkenhelle Schlüssel, der am Ende alles zusammebringt, so grausam es auch ist …«

Ich nicke. »Okay, ich denke daran.«

Das alles ist nur noch verwirrend. Ich muss mit Louis reden.

Als ich die Wohnung verlassen habe und mich wieder auf den Weg nach unten in den Laden mache, überlege ich, ob an dem, was Barney mir erzählt hat, nicht doch etwas Wahres dran ist. Und wie ich dem auf den Grund gehen kann, wie alles zusammenhängt.

Caroline und Will. Barney sagte, Will sei sein Neffe. Ob Sally mehr darüber weiß? Konnten Caroline und Will am Ende die Bilder auch sehen, die Louis und ich sehen, wenn wir uns berühren? Die uns scheinbar in eine andere Zeit führen. Und was meinte Barney mit dem Licht der Liebe, dem unendlich funkenhellen Schlüssel und dem Buch, das verwahrt ist? Und dass Caroline und Will nicht zusammen sein dürfen. Was hat es mit dem Fluch auf sich?

Ein Fluch, wie heftig ist das überhaupt?

Ihr dürft nicht zusammensein – hallt es durch meinen Kopf. Ihr werdet alle sterben. Ganz toll.

Mir schwirrt der Kopf, als ich zurück in den Laden komme.

Sally sieht mir entgegen. »Und, hat Barney sich gefreut?«

»Ja, sehr, er war ganz begeistert.« Was ja auch stimmt. Doch da ist etwas ganz anderes, das mich beschäftigt.

»Das ist schön. Apfelkuchen hat er schon immer geliebt.«

Nun frage ich einfach, weil mich der Gedanke nicht mehr loslässt. »Er hat dann wieder so wirr gesprochen.«

»Das tut mir so leid. War es schlimm?«

Ich schüttle den Kopf. »Nein, aber ich würde dennoch gern wissen, wer diese Caroline war, mit der er mich verwechselt. Weißt du etwas über sie?«

Sally zuckt mit den Schultern. »Na ja, nicht sehr viel. Sie war ein junges Mädchen, das mal hier gearbeitet hat und in Will, Barneys Neffen, verliebt war.«

»Was ist mit den beiden passiert?«

Sally sieht mich mit traurigen Augen an. »Es ist keine schöne Geschichte. Soweit ich weiß, sind sie gestorben. Beide. Es war ein Unfall, ich glaube, sie ist bei diesem U-Bahn-Unglück ums Leben gekommen. Und er …« Keine Ahnung, was sie noch sagen wollte, denn in diesem Moment schlägt mein Herz heftig. Kann das sein? Ich will noch so viel fragen, doch mit einem Mal betritt wieder Kundschaft den Laden. »Reden wir ein anderes

Mal weiter«, sagt sie nur noch, während ich dastehe und noch immer kaum Luft bekomme.

Barneys Caroline hat das gleiche Schicksal ereilt wie meine Tante Kitty! Kann das wirklich Zufall sein? Und sie war verliebt in Will, einen Vorfahren von Louis?

Ich muss mit Louis reden, jetzt noch dringender als zuvor. Doch er lässt nach wie vor auf sich warten.

Eine ganze Weile widme ich mich dem Bereich mit den Büchern, bis Sally wieder zu mir kommt. »Das ist richtig toll geworden«, stellt sie anerkennend fest. Sie deutet auf einen Karton, der auf dem Boden steht. »Sind das die Bücher, die du für den Flohmarkt aussortiert hast?«

»Ja, ich denke, die können wir nicht mehr im Laden verkaufen.«

»Weißt du was? Ich bringe ihn in den Keller, und du machst Schluss für heute, ja?«

Ich blicke auf die Uhr. Schon fast sechs. Und kein Louis weit und breit in Sicht. »Du hast recht. Ich sollte mich wirklich mal auf den Weg nach Hause machen.«

Sie mustert mich stirnrunzelnd. »Ist alles okay mit dir?«

»Natürlich«, wiegele ich rasch ab. »Also bis dann.«

Ich will gerade aus der Tür treten, als Louis hereinkommt.

»Hey. Na, alles klar?«, ruft Sally ihm zu.

Er nickt nur und wendet sich dann mir zu. »Hey. Sorry, hat etwas gedauert.«

*Etwas* ist gut. Sofort spanne ich mich innerlich an. »Kein Ding. Ich muss dann mal los«, entgegne ich hastig. »Ich hab's eilig.«

Ohne eine Antwort abzuwarten, verlasse ich den Laden. Nachdem ich ein paar Schritte gegangen bin, höre ich Louis' raue Stimme hinter mir. »Jetzt warte doch mal, Amy.«

Mist. Ich drehe mich um. »Was ist denn?« Unweigerlich starre ich auf die angespannten Muskeln an seinen Oberarmen.

»Wir wollten reden.«

»Stimmt, doch du bist ja nicht aufgetaucht. Dabei muss ich dich so vieles fragen und …«

»Sorry, wirklich, aber ich erkläre es dir.«

Ich verschränke die Arme. »Wann denn? Mal wieder irgendwann später? Sagst du mir dann auch, warum du den Fächer geklaut hast?«

Doch er antwortet nicht.

»Mir wird das zu blöd, Louis. Dabei wird alles immer schlimmer! Ich glaube, diese Caroline, die mit Will zusammen war, ach, ich weiß nicht … Barney meinte, auf den beiden lag ein Fluch. Aber wer taucht den ganzen Tag nicht auf? Du!«

Aufgebracht weiche ich ein wenig zurück, dabei rempele ich einen Mann an, der mich sogleich anmeckert.

»Sorry, war keine Absicht«, stammle ich, während Louis das Gesicht zu einem Lächeln verzieht.

Warum hat er auch so verdammt hübsche Augen, diese unglaublich langen Wimpern und diese … diese Lippen?

Hör auf damit, Amy, ermahne ich mich. Ich will nicht daran denken, nicht schon wieder.

Ich schultere meine Tasche und drehe mich um, doch Louis greift nach meiner Hand. Dann passiert es. Wieder ist da dieses Licht, das uns einzunehmen scheint. Kurz bin ich wie hypnotisiert. Doch dann fasse ich mich wieder.

»Ich möchte einfach wissen, was hier vor sich geht, Louis.«

Er kommt noch einen Schritt auf mich zu. »Es tut mir so leid. Ich hatte meine Gründe, warum ich nicht früher kommen konnte«, sagt er mit sanfter Stimme und sieht mir tief in die Augen. »Morgen hole ich dich ab, einverstanden? Nur du und ich. Dann reden wir, ja?«

»Keine Geheimnisse mehr?«

»Keine Geheimnisse.«

# Kapitel 27

Als ich mit noch immer klopfendem Herzen nach Hause komme und die Diele betrete, duftet es bereits herrlich nach Pizza und Pasta. Ich werfe meine Tasche vor der Garderobe auf den Boden und gehe in die Küche. Dort hat Tante May schon den Tisch gedeckt und das Essen angerichtet.

»Na, habe ich das nicht schön gemacht?«, fragt sie, während Mum sich gerade ein Glas Wein einschenkt. Sie hat sich hübsch zurechtgemacht, trägt ein himmelblaues Kleid und wippt mit den Füßen im Takt der Musik, die aus dem kleinen Küchenradio dringt.

»Das ist der absolute Wahnsinn«, antworte ich, weil ich es kaum mehr erwarten kann, mir den Bauch vollzuschlagen.

Mum kommt zu mir her, gibt mir ein Küsschen auf die Wange.

»Schön, dass wir endlich mal wieder etwas zusammen machen! Tut mir leid, es war die letzte Zeit echt die Hölle los im Hotel.«

Fragend sehe ich sie an und erinnere mich daran, was Tante May gesagt hat.

»Wurde wirklich eingebrochen?«

»Ja, schrecklich! Und seitdem ist auch noch Mr Tabor verschwunden, er war Gast bei uns im Hotel.«

Sofort fällt mir wieder dieser Mr T. ein. Kann er der Mann sein, der verschwunden ist? Und wenn ja, was bedeutet das?

Nein, stopp! Dieser Abend gehört uns und ich will mir nur

für diesen einen Abend keine Gedanken über geheimnisvolle Machenschaften machen müssen.

Also schiebe ich die Gedanken erstmal weg und ja, es ist schön, endlich mal wieder Normalität zu fühlen.

Als wir mit dem Essen fertig sind, holt Mum noch eine Auflaufform mit Tiramisu aus dem Kühlschrank, und ich beginne zu strahlen. Nach ihren Erzählungen soll sie mit ihrem Tiramisu vor vielen Jahren Dads Herz erobert haben. Deshalb hat sie auch seit seinem Tod kein Tiramisu mehr gemacht, und ich kann mir vorstellen, was für eine Überwindung das heute für sie war.

»Oh Mum«, sage ich ganz ergriffen, während mein Herz vor Freude ein paar Hüpfer macht.

»Das sieht hervorragend aus, Liebes«, pflichtet Tante May mir bei.

Mums Augen werden feucht. »Ich dachte, wenn wir nach so langer Zeit mal wieder alle zusammen sind …«

Wir lassen uns das Tiramisu schmecken. Es ist herrlich cremig, und der bittersüße Geschmack nach Amaretto und Kaffee holt Tausende von Erinnerungen in meinen Kopf zurück. Unzählige Abende, an denen wir erst zusammen aßen und dann spielten oder einfach nur redeten. Es sind Erinnerungen, die wie Lichter in meinem Kopf erstrahlen, und ich bin nach all dem Chaos, das seit ein paar Wochen in meinem Leben herrscht, einfach nur glücklich.

Als wir fertig abgeräumt haben und wieder am Tisch sitzen, wirft Tante May Mum einen Blick zu, den ich nicht deuten kann, doch Mum nickt wissend. Was haben die beiden da wohl wieder ausgeheckt?

Tante May geht hinüber ins Wohnzimmer, kommt nach ein paar Augenblicken mit einem beigefarbenen Karton zurück und stellt ihn auf dem Tisch ab.

»Was ist das?«, will ich wissen.

»Weißt du noch, als wir uns über Urgroßtante Claire unterhalten haben?«

Ich nicke.

»Bist du bereit, ein wenig in der Vergangenheit zu stöbern?«, fragt sie.

Wenn sie wüsste, wie bereit ich bin.

Tante May öffnet den beigefarbenen Karton. »Ich habe doch gesagt, dass ich mich mal über die Frauen in unserer Familie schlaumachen werde, die früh gestorben sind, und habe etwas gestöbert. Und in diesem Karton habe ich einiges entdeckt.« Sie holt tief Luft, bevor sie loslegt. »Die älteste Vorfahrin, von der ich weiß, hieß wohl Frances Mary Carter, sie wurde 1731 geboren und heiratete im Jahr 1748. Sie starb wohl bald darauf bzw. galt als verschollen, die Arme.« Sie zeigt mir eine Zeichnung, die schon ziemlich vergilbt ist. »Sie hatte zwei Schwestern, die jeweis Töchter hatten – der Name der einen Tochter war Lynn. Lynn – muss wohl in ihrer Jugend ziemlich wild gewesen sein, sie starb im Alter von vierundzwanzig bei einem Brand, das war im Jahr 1789. Darüber gibt es diese Aufzeichnungen.« Sie deutet auf ein paar Papiere. »Alles aus unserer Familiengeschichte konnte ich nicht nachvollziehen, aber dann haben wir noch eine gewisse Rose. Über sie war nicht viel bekannt. Sie ist wohl bei einem Schiffsunglück im Jahr 1878 gestorben, bei dem sie mit ihrem damaligen Freund Patrick an Bord war. Dann haben wir noch deine Urgroßtante Claire, die ebenfalls kinderlos blieb und im Jahr 1900 spurlos verschwand. Nur ihr Mantel wurde in der Themse gefunden. Und der Mann, den sie liebte, war ebenfalls plötzlich verschwunden. Dann gibt es noch Caroline, meine Schwester, die ja 1975 bei dem U-Bahn-Unglück ums Leben kam.«

Mir stockt der Atem. »Caroline? Ich dachte, sie hieß Kitty?«

»Ach so, ja, Kitty ist nur ihr Kosename. Niemand in der Familie nannte sie eigentlich Caroline.« Sie hält kurz inne. »Sie alle sind in so jungen Jahren gestorben. Doch weißt du, was mir aufgefallen ist? Sie alle hatten das gleiche Muttermal, das du auch am Kinn hast. So lebt also doch noch ein Stück von ihnen weiter.«

Ich merke, wie mein Herz anfängt heftig zu klopfen. Meine Tante hieß eigentlich Caroline. Das würde ja tatsächlich bedeuten, dass sie diejenige ist, von der Barney die ganze Zeit gesprochen hat. Außerdem hat Tante May recht, auf den Bildern aus den unterschiedlichsten Jahren findet sich diese eine Gemeinsamkeit: Das Muttermal. Und noch etwas Gravierendes ist mir aufgefallen: Nicht nur den Namen »Caroline« kenne ich aus den Bilderfetzen, die ich gesehen habe, sondern die meisten anderen Namen der Frauen aus unserer Familie auch. Zu dem Herzklopfen mischt sich nun ein heftiger Druck im Bauch.

»Diese Frances ist also damals verschollen?«, frage ich.

Tante May nickt. »Ja, sie hatte sehr reich geheiratet, und eigentlich dachte man wohl, sie sei glücklich. Aber na ja, dann war sie verschwunden.«

Kann es sein, dass ich all diese Frauen in den Bildern gesehen habe? Frances und auch Lynn, die bei einem Brand ums Leben kam. Und nicht zu vergessen Tante Claire und Caroline oder Rose, die wohl die Frau auf einem Schiff war.

»Es ist traurig«, meint Mum nachdenklich, »all diese Frauen sind so früh gestorben.«

»Es wirkt wie ein Fluch«, antwortet Tante May nur. Und sofort bekomme ich Gänsehaut, weil ich an Barneys Worte denke. Der Fluch.

»Hier habe ich noch ein altes Bild.« Tante May deutet auf ein Foto. »Das ist Rose, die bei diesem Schiffsunglück ums Leben kam.« Sie schiebt mir das Foto über den Tisch hinweg zu. Tante May zieht ein weiteres Bild aus dem Karton und hält es mir hin. »Hier ist noch mal deine Urgroßtante Claire. Das ist das letzte Foto von ihr.«

Anders als auf dem Bild von Claire, das im Treppenaufgang hängt, wirkt sie hierauf entspannter, irgendwie auch glücklicher. Es zeigt sie zusammen mit einem jungen Mann.

»Du hattest mich nach dem Namen des Mannes gefragt, mit dem Claire zusammen war«, sagt Tante May. »Sein Name war wohl Alan.« Sie zeigt auf die Rückseite des Fotos, und ich drehe es um. Tatsächlich. In einer alten, krakeligen Handschrift sind dort die Namen Claire und Alan vermerkt. Die Hitze greift mich jetzt mehr und mehr.

»Na ja, sehr schade. Das Rätsel um Claires Tod wurde jedenfalls nie gelöst.« Tante May sieht mich nachdenklich an. »Genauso wie der Tod vieler anderer Frauen in unserer Familie. Und zuletzt der von Kitty.« Sie greift nach einem weiteren Foto. »Schau, da sind wir beide zusammen.«

Ich nehme das Bild in die Hand. Es zeigt Tante May und ihre Schwester, beide sind natürlich deutlich jünger, tragen kurze Röcke und wirken so gelöst.

Ich erinnere mich daran, was sie mir neulich schon von Kitty erzählt hat. »Du hast gesagt, dass sie verliebt war, als sie starb?«

»Ja, Hals über Kopf, so wie die meisten Frauen in unserer Familie, die früh starben.«

Sie wirkt nachdenklich.

»Irgendwie hatte es immer mit der Liebe zu tun. Aber vielleicht bilde ich mir das auch nur ein. Man sucht ja immer Erklärungen. Bei Kitty hat es zumindest auch damit angefangen, dass sie sich verliebt hat. Ich glaube, sie hätte ihn noch im selben Jahr geheiratet, wenn das Unglück sie nicht auseinandergerissen hätte.« Sie lächelt ein wenig traurig. »Ich habe ihn einmal gesehen, er war ein hübscher Junge mit ganz dunklen Haaren und unwahrscheinlich blauen Augen. Die ganze Zeit habe ich versucht, mich an seinen Namen zu erinnern, und nun ist er mir endlich eingefallen. Will. Er hieß Will.«

Als sie den Namen ausspricht, beginnt es in meiner Brust heftig zu klopfen. Will, so wie Barney Louis immer nennt. Genau wie er mich immer Caroline nennt.

Caroline und Will.

Ein heftiger Schauer überzieht meinen gesamten Körper. »Weißt du denn noch, wo Tante Kitty Will kennengelernt hat?«, frage ich zögernd, weil ich mich ein wenig vor der Antwort fürchte.

»Ja, es war ein kleiner Buchladen am Covent Garden.« Sie winkt ab. »Den gibt es sicherlich nicht mehr, jetzt, wo alle ihre Bücher online bestellen. Na ja, wobei du ja auch in einem Antiquariat arbeitest. Wie heißt es noch mal?«

Ich schlucke. »*Bookbloom's.*« Aber ich weiß ja, dass der Laden früher mal *Barney's* hieß. Ich versuche, locker zu wirken, doch langsam mache ich mir ernsthafte Sorgen.

Mit einem Mal trifft es mich mit voller Wucht. Was, wenn Louis' und meine Familie aus irgendeinem Grund verwoben sind? Wenn nicht nur Caroline und Will aus diesen beiden Familien stammten, sondern auch all die anderen Paare?

*Ein Fluch.* Barneys und auch Tante Mays Worte hallen ohne Unterlass durch meinen Kopf. Ein Fluch und ich befürchte stark, damit haben sie nicht unrecht.

# Kapitel 28

»Was hast du denn vor?«, fragt Mum, als sie mich am nächsten Morgen sieht. »Du hast dich aber schick gemacht.«

»Unsinn, ist doch nur eine Jeans und ein Top.«

»Und ein bisschen Make-up.«

Die Wahrheit ist, ich habe mich gefühlt hundertmal umgezogen, so aufgeregt bin ich. Ja, es ist kein Date, aber irgendwie fühlt es sich dennoch anders an.

Nun kommt auch noch Tante May aus der Küche und beginnt zu grinsen. »Hast du ein Date?«

»Nein, ich treffe mich nur mit einem Freund.«

»Einem Freund?«, will Mum wissen.

»Ja, wir essen nur ein Eis oder so«, antworte ich, und weil ich merke, dass mir diese Aufmerksamkeit unangenehm wird, füge ich rasch hinzu: »Ich gehe schon mal raus und warte dort, er ist bestimmt gleich da. Und wehe, ihr hängt am Fenster, wenn er kommt.«

Mum wirkt mit einem Mal etwas bedrückt.

»Pass bitte auf, okay?«

Ich nicke. »Ja, natürlich«, antworte ich und verlasse das Haus. Für Londoner Verhältnisse ist es heute warm, und die Sonne kitzelt meine Nase. Vor dem Haus lehne ich mich an die Mauer und warte, dabei versuche ich, so lässig wie möglich zu wirken. Aber meine Gedanken schweifen immer wieder ab.

Aus der Ferne vernehme ich das Brummen eines Motorrads, das bereits wenig später vor mir zum Stehen kommt. Tatsächlich, der Junge in der Lederkombi, der jetzt von der Maschine steigt, ist eindeutig Louis.

Er nimmt den Helm ab und sieht mich an. »Hey. Na, alles gut bei dir?«

»Ein Motorrad?«, frage ich erstaunt.

»Ja, ich habe einen zweiten Helm dabei. Ist spontan, aber ich dachte, es wäre schön, ein bisschen rauszukommen.«

In meinem Bauch beginnt es zu kribbeln. »Ähm, ja, ich denke, das ist schon okay.« Ich blicke zum Fenster und rolle mit den Augen, denn Mum und Tante May stehen unübersehbar hinter der Gardine und starren uns an, was mir natürlich total peinlich ist. »Sorry, die beiden sind echt unverbesserlich«, versuche ich zu erklären.

Louis nickt. »Kein Problem. Also, wollen wir?« Er reicht mir eine Lederweste und einen Helm, während ich es immer noch nicht fassen kann, dass Louis mich mit einem Motorrad abholt.

»Woher hast du die Maschine?«, will ich wissen.

»Geklaut«, antwortet er mit ernster Miene, doch seine Mundwinkel zucken.

»Sehr witzig, jetzt sag schon.«

»Sie gehörte meinem Dad. Zufrieden?«

»Klar. Und wo wollen wir jetzt hinfahren?« Plötzlich bin ich nervös, was ihm wohl auch nicht entgeht.

»Lass dich überraschen.«

»Ich weiß nicht«, antworte ich zögernd. Ich frage mich, ob es wirklich eine gute Idee ist, mit Louis auf ein Motorrad zu steigen.

»Hast du Angst?« Er lächelt schief.

»Quatsch, ich dachte nur … weil ich nicht weiß, wohin und was du vorhast …«

»Was denkst du denn, was ich mit dir vorhabe? Dich veschleppen?«

Er hebt eine Braue und ich seufze. »Ja, ist ja schon gut.«

Ich sehe zu Mum, die irgendwie nicht so begeistert guckt, aber dann nicke ich und deute auf die Weste. »Also schön.«

Dann sehe ich zu, wie er sich auf die Maschine schwingt.

»Setz dich hinter mich und halte dich fest. Und vergiss nicht deinen Helm.«

Okay, denke ich mir, das kann ja was werden. Dann setze ich mich hinter Louis, stülpe mir den Helm über und greife um seine Taille. Wieder ist da dieser Geruch nach Zedernholz, gemischt mit Leder und Abenteuer. Ich halte ihn fest, und schon startet Louis den Motor, und wir fahren los. Es geht an der Tower Bridge vorbei, quer durch die Stadt, vorbei an alten Häusern, bis wir die Stadtgrenze passiert haben. Die Sonne scheint von dem tiefblauen Himmel, und mir fällt auf, dass ich ihn lange nicht mehr so genau betrachtet habe. Eine ganze Weile geht es geradeaus, vorbei an leuchtend grünen Bäumen und einem See, dessen türkisgrüne Oberfläche in der Sonne glitzert.

Keine Ahnung, wie lange wir so durch die Natur gefahren sind. Irgendwann biegt Louis in eine etwas schmalere Straße ein, und als ich das Meer erblicke, weiß ich, wo wir sind: in Brighton, gut eine Stunde von London entfernt.

Wenig später hält Louis auf einem Parkplatz an. Als ich wieder festen Boden unter den Füßen habe, nehme ich den Helm ab und atme die frische, klare Luft ein, die mir um die Nase weht.

Louis steigt ebenfalls ab, zieht seinen Helm vom Kopf und öffnet den Reißverschluss seiner Jacke. Darunter kommt ein eng anliegendes schwarzes Shirt zum Vorschein. Verdammt noch mal, warum muss der Kerl so gut aussehen?

»Wollen wir uns ein bisschen auf den Pier setzen?«, schlägt er vor.

Nachdem wir uns darauf niedergelassen haben, lasse ich meinen Blick über das Wasser schweifen. »Es ist schön hier.«

»Ja, hier bin ich aufgewachsen.«

Ich sehe zu ihm. »Schon anders als London, oder?«

»Das kann man wohl sagen.« Der Wind wirbelt leicht auf, und Louis greift sich ins Haar, um sich eine verirrte Strähne aus dem Gesicht zu streichen.

»Warum sind wir hierhergekommen?«, will ich wissen.

»Ich dachte, es könnte dir gefallen. Und ich wollte mal raus.« Er zuckt mit den Schultern. Danach schweigt er. Wir lassen den Blick schweifen und genießen den Ausblick.

»Also, wie fangen wir jetzt an?« Fragend schaut er mich an.

Jetzt, wo es so weit ist, weiß ich nicht, wie ich beginnen soll. Daher hole ich einfach tief Luft und stelle zuallererst die Frage, die mich am meisten bewegt: »Dieses Licht, du siehst es also auch die ganze Zeit schon? Seit wir uns zum ersten Mal begegnet sind?«

»Ja.« Er fixiert mich mit seinem Blick.

»Warum hast du immer abgestritten, dass du es siehst?«

»Es tut mir leid! Ich wusste einfach nicht, ob ich dir vertrauen soll. Vorher hatte ich zwar eigenartige Bilder im Kopf, die immer wieder auftauchten. Aber dieses intensive Gefühl, das hatte ich erst auf der Tower Bridge, als wir das Etui berührten. Und bei dir?«

»Ging mir genauso. Zeichnest du die Bilder auch?«

Er schüttelt den Kopf. »Ich kann nicht zeichnen, ich schreibe eher auf, was ich sehe.«

Ich denke an das Bild, das ich bei ihm in diesem Buch gesehen habe, damals im Laden. »In deinem Buch war aber auch eine Zeichnung. War die nicht von dir?«

»Ich habe es gefunden, ich weiß nicht, wer es gemalt hat. Darauf sind nur die Initialen FA zu sehen und diese Jahreszahl, mehr nicht. Hat meinem Dad gehört und es hat mich fasziniert, weil ich genau dieses Bild schon in meinem Kopf hatte.«

»Ich weiß, was du meinst«, sage ich. »Ich habe es selbst auch gemalt, deswegen hat es mich so erstaunt. Dann … dann sehen wir also das Gleiche?«

»Hört sich schon ziemlich verrückt an.« Louis lehnt sich etwas zurück und stützt sich mit den Händen auf den Holzplanken des Piers ab. »Ich weiß nicht, was du alles siehst. Aber wahrscheinlich war das, was wir gesehen haben, als wir das Kleid oder dieses Etui berührten, schon das Gleiche.« Nachdenklich fügt er hinzu: »Was mit dem Mädchen passiert ist oder mit diesem Liebespaar auf der Brücke, das war schrecklich, oder?«

»Ja, allerdings. Aber was hat das alles zu bedeuten?«

»Das frage ich mich auch. Es muss etwas mit den Gegenständen zu tun haben. Es ist, als würden sie …«

»Als würden sie uns die Geschichten ihrer Besitzer erzählen?«, ergänze ich.

»Genau das wollte ich sagen«, pflichtet Louis mir bei. »Aber die Frage ist, warum wir das sehen können, oder? Wer sind die Besitzer und was haben sie mit uns zu tun?«

Ja, das ist die Frage.

Louis beginnt zu erzählen: »Am Anfang waren es nur wenige Bilder, und ich habe es einfach hingenommen. Ich dachte, ich muss mich damit abfinden. Dann habe ich dieses Etui gefunden, es war bei den Dingen, die mein Vater mir hinterlassen hatte, genauso wie das Buch. Irgendwie fühlte es sich an, als wollte es mir etwas erzählen, eine Geschichte. Aber ich spürte, dass sie irgendwie noch nicht vollständig war. Doch als dann du da warst, wurde sie auf einmal ganz. Das wurde mir aber erst in den letzten Tagen so richtig bewusst, vor allem, als wir in diesem Haus waren und nach der Schatulle gesucht haben …«

»Wusste ich es doch.« In meinem Eifer merke ich gar nicht, dass ich ihm ins Wort falle, woraufhin er zu lächeln beginnt. »Und was war in der Schatulle?«

»Leider nur ein Schlüssel, mehr nicht. Ich hatte erfahren, dass Barney die Schatulle kurz vor dem Einbruch im Laden an den Mann, der in diesem Haus wohnte, weitergegeben hatte. Er sollte sie für ihn aufbewahren.«

Ein Schlüssel. Sofort fallen mir Barneys Worte wieder ein und ich sehe Louis an.

»Gestern, als ich im Laden war, da hat Barney wieder so wirr gesprochen«, erzähle ich. »Von einem Schlüssel, den er aufbewahrt hat und der das Buch öffnet. Und von dem ›Licht der Liebe‹ und dass Fänger nach dem Buch suchen. Dass es Leid mit sich bringt, dass ein Fluch auf Will und Caroline lag und sie gejagt wurden, so wie die vielen anderen. Jedenfalls ist jemand hinter dem her, was Barney hat.«

Louis nickt. »Das glaube ich auch, und ich vermute, dass deshalb auch im Laden eingebrochen wurde. Deswegen habe ich ja auch schon einiges prüfen lassen.«

»Zum Beispiel, ob der Brand, bei dem deine Eltern ums Leben kamen, ein Unfall war?«, frage ich.

»Ja, das Ergebnis hast du ja gesehen.«

Allerdings. Und den Unfall meines Dads hat er ebenfalls prüfen lassen. Ich schlucke. »Wer ist der Kerl, von dem du die Infos hast?«

»Ein Detektiv. Er organisiert das alles für mich. Aber er ist verschwunden, bei ihm wurde eingebrochen, deswegen war ich gestern so spät. Aber er ist einfach weg.«

»Dann war er es wirkich«, murmele ich.

Louis sieht mich an.

»Meine Mum arbeitet in dem Hotel, in dem ein gewisser Mr Tabor gewohnt hat und verschwunden ist. Ich habe eins und eins zusammengezählt.«

»Verdammt.«

»Das ist echt so verrückt«, sage ich, weil ich wirklich nicht fassen kann, was da gerade alles passiert.

»Was denkst du, warum wir diese Bilder sehen?«

»Ich weiß es nicht, aber ich denke, es ist vielleicht eine Art Fähigkeit? Wie auch immer, ich will es herausfinden. Und auch, warum diese Typen hinter den Gegenständen her sind und meine Familie zerstören.« Ich spüre die Traurigkeit, die ihn umgibt, beinahe körperlich. Er räuspert sich. »Das mit deinem Dad tut mir leid.«

Ich brauche ein paar Augenblicke, bis ich weitersprechen kann. »Offensichtlich hängt also alles irgendwie zusammen.«

»Du hast eine Vermutung?«

»Ja. Caroline war meine Tante. Und Will war Barneys Neffe. Sie stammten aus unseren beiden Familien. Und ich vermute, dass es bei den anderen Personen auch so sein könnte. Jedenfalls habe ich gestern herausgefunden, dass all die Frauennamen, die ich in den Visionen gehört habe, von Frauen aus meiner Familie getragen wurden. Die Frage ist nun, ob es in deiner Familie noch mehr Männer mit den Namen aus den Bildern gab. Denn falls das so ist, dann …«

»Dann haben wir die Verbindung, richtig?«

»Richtig. Barney hat zudem von einer Legende und einer Blume gesprochen, und ich frage mich, ob er damit die alte Legende von der Blume des Lebens meint, von der ich gelesen habe.«

»Und warum denkst du, dass diese Legende etwas mit uns zu tun hat? Oder mit den Gegenständen?«

»Ich habe mittlerweile das Gefühl, dass die Dinge nicht zufällig geschehen, sondern dass die Dinge, die geschehen, und die Gegenstände, die uns begegnen, auf schicksalhafte Weise immer wieder in unser Leben treten. Und eins der Dinge ist dieses Zeichen. Weißt du, welches ich meine?«

»Meinst du so eine Art verschlungene Blume? Und das ist in der Legende zu finden?«

»Ja, und da ist noch was. Ausgerechnet in dem einzigen Buch, in dem die Legende beschrieben wird, ist sie nicht vollständig. Der Text bricht mittendrin ab, und mir kommt es vor, als würde der Schluss wieder absichtlich fehlen.«

»Barney hat mir gegenüber auch schon von einem Buch gesprochen, in dem etwas unvollständig sein soll«, überlegt Louis.

»Und ich habe noch etwas herausgefunden: dass meine Urgroßtante dieses Etui bei sich trug, zumindest habe ich das in den Bildern gesehen.«

»Wirklich?«, fragt er jetzt schon ein wenig erstaunt.

»Ja. Deswegen dachte ich auch, du hast es gestohlen.«

Nachdenklich nickt er. »Okay, das ist interessant, denn es gehörte wohl meinem Urgroßonkel.«

»Ehrlich?«

»Ja, so wurde es mir jedenfalls erzählt.«

»Und dein Urgroßonkel hieß nicht zufällig Alan?«

Seine Augen weiten sich. »Doch.«

Mir wird kalt und heiß zugleich. »Dann haben wir also schon zwei Übereinstimmungen: Will und Caroline, Alan und Claire. Weißt du denn sonst noch was über deine Vorfahren?«

Louis schüttelt den Kopf. »Leider nicht. Ich habe Sally schon darauf angesprochen, sie meinte, dass Barney noch einige Dokumente haben müsste. Ein Familienbuch zum Beispiel.«

»Davon hat er mir gegenüber auch gesprochen.«

»Wir sollten alles prüfen und sortieren, so schnell wie möglich«, schlägt er vor.

»An was hast du gedacht?«

»Erst mal die Namen, die wir kennen, aufschreiben. Und dann sollten wir das Familienbuch meiner Familie suchen.«

»Gute Idee. Wir haben das Etui und das Liebespaar, das in die Themse gestürzt ist«, beginne ich. »Meine Urgroßtante Claire und Alan, der aus deiner Familie stammte und dem wohl das Etui gehörte. Es hat bei uns diese Visionen ausgelöst, richtig?«

Louis nickt. »Richtig, notieren wir das mal.«

Ich hole mein Zeichenbuch heraus und schreibe auf eine freie Seite: *Claire und Alan – Tower Bridge – Etui.*

»Dann haben wir Caroline und Will. Von ihnen wissen wir, dass Will ebenfalls aus deiner Familie stammt und Caroline aus meiner.«

Also schreibe ich: *Caroline und Will – U-Bahn.*

»Und der Gegenstand?« Fragend sehe ich Louis an.

»Der Gegenstand ist noch offen, deswegen kennen wir auch noch nicht die ganze Geschichte, aber wir sind ihr auf den Fersen. Und dann haben wir noch das Kleid«, überlegt er. »Was weißt du darüber?«

»Nun, hier weiß ich nur, dass das Mädchen in den Bildern Frances hieß. Erst habe ich mir nichts dabei gedacht, aber in unserer Familie gab es eine Frances, die mit einem Gutsherrn verheiratet war.«

»Okay, das passt eindeutig auch zu unseren Visionen.«

»Und wie hieß der Mann noch mal?«

Louis sieht mich erst merkwürdig an, dann zuckt er mit den Schultern. »Ich weiß es nicht.«

»Hast du es nicht gesehen?«

»Ehrlich gesagt, war es bei dem Kleid sehr merkwürdig, verworren und undurchsichtig. Bei dir nicht?«

Ich muss an die beiden Männer denken, die ich gesehen habe, und nicke. »Doch, das war es durchaus. Aber ich erinnere mich zumindest an den Namen des einen, John.« Ich notiere die Namen *Frances und John*. »Noch wissen wir nicht, was geschehen ist – ich weiß nur, dass Frances laut meiner Tante May einfach verschwand. Und dass wohl das Kleid eine Rolle spielt, aber das ist ja leider weg.«

»Ja, leider.« Kurz wirkt Louis in sich gekehrt, spricht dann aber weiter. »Okay, und dann noch dieser Fächer im Theater. Was wissen wir hierüber?«

»Dass die beiden Lynn und Ethan hießen und im Theater waren, wo es dann einen Brand gab.« Ich betrachte kurz Louis' Lippen und muss daran denken, wie wir uns im Theater geküsst haben, nachdem wir diese Bilder gesehen hatten. Rasch senke ich den Kopf und notiere die beiden Namen samt den Stichworten *Fächer*, *Theater* und *Brand* in mein Buch. »Leider ist der

Fächer auch weg«, überlege ich, »genau wie die Brosche. Bei ihr wissen wir nur, dass die beiden Rose und Patrick hießen. Es wäre echt wichtig zu erfahren, was die Geschichte dahinter ist, aber das dürfte schwierig werden, denn die Brosche hat Lilly.«

Jetzt sehe ich ihn an.

»Nein, Lilly hat sie nicht.«

Ich sehe ihn fragend an.

»Pass auf, Amy, dreh jetzt bitte nicht gleich durch und ziehe auch nicht wieder die falschen Schlüsse. Ich habe nichts mit den Einbrüchen zu tun, mit dem Kleid und dem Fächer, okay? Aber die Brosche, die habe ich beschafft und sicher verwahrt.«

»Du hast sie von Lilly gestohlen?«

Ich glaube, meinen Ohren nicht zu trauen. Er hebt die Hände. »Nein, ich habe sie mir geliehen.«

»Hast du deswegen Zeit mit ihr verbracht?«

Er nickt. »Ich weiß, das ist nicht die feine englische Art, aber ja. Und nur so können wir das Geheimnis hinter der Brosche erfahren.«

Ich weiß nicht, was ich davon halten soll.

»Also? Was meinst du? Versuchen wir, die Geschichte dahinter zu sehen?«

Ich zögere kurz, aber meine Neugierde siegt und ich nicke. Louis greift in seine Hosentasche und zieht ein kleines Knäuel heraus, das auf den ersten Blick wie ein zerknülltes Taschentuch aussieht. Er wickelt das Tuch auseinander, und die Brosche kommt zum Vorschein.

»Du hattest sie die ganze Zeit in der Hosentasche? Und das nennst du *sicher verwahrt*?«

Er zuckt mit den Schultern. »Da kommt jedenfalls nicht so schnell jemand ran. Zumindest nicht, wenn ich es nicht erlaube«, fügt er hinzu. Er legt den Kopf schief, und sein Grinsen wird noch breiter.

»Wenn du das sagst …«

Schließlich blicke ich zu der Brosche, um meine Verlegenheit ein wenig zu überspielen. Ich muss schlucken. Ja, sie ist es tatsächlich, und sie sieht ganz genauso aus wie auf meinen Zeichnungen. »Sie ist wunderschön. Hat sie auch die Gravur?«

Louis dreht die Brosche herum, und ich betrachte die Worte, die auf der Rückseite eingraviert sind: *»However much you love me, my love for you will always be greater. You and me through all times.«* Sofort bekomme ich ein warmes Gefühl im Bauch.

»Schön, oder?«

Er nickt. »Ja, sehr schön sogar.« Er sieht mir fest in die Augen. »Also dann, ich glaube, wir müssen beide gleichzeitig die Brosche berühren. Bist du bereit?«

»Ich bin bereit«, flüstere ich.

Gleichzeitig strecken wir beide die Hand danach aus. Unsere Fingerspitzen berühren sich, und ich spüre auch das kühle Metall, aus dem die Brosche gefertigt ist. Nun geht alles ganz schnell. Ein heftiger Stromstoß fährt durch uns hindurch und katapultiert uns durch die Zeit. Um uns herum werden Bilder greifbar.

*»Du hast nicht übertrieben, es hat sich gelohnt, hierherzufahren, Patrick. Es war ein wundervoller Tag.« Sie lächelt ihn zärtlich an. »Aber gib es zu, dich hat am meisten der Name fasziniert: Mondscheinfahrt. Wobei ich nicht weiß, warum sie so heißt.«*

*»Tja, vielleicht, weil es bald dunkel wird und wir dann den Mond sehen?«*

*Die beiden stehen am Hafen des Rosherville Garden, den sie heute zusammen besucht haben und der noch schöner war als in den Beschreibungen.*

*»Schade, dass der Tag schon zu Ende ist«, sagt sie mit Traurigkeit in der Stimme.*

*»Mach dir keine Sorgen, morgen ist ein neuer Tag, und da werden wir ebenfalls etwas Schönes unternehmen.«*

*Sie seufzt. »Ich weiß gar nicht, warum es so lange gedauert hat, bis wir uns gefunden haben.«*

*»Ich weiß auch nicht, wie ich so lange ohne dich sein konnte, Rose.« Er streichelt ihre Wange. »Aber das muss ich ja jetzt nicht mehr.«*

*»Nein, das musst du nicht.« Doch mit einem Mal spürt sie ein drückendes Gefühl im Bauch.*

*»Was ist los, Liebes?«*

*»Dieser Mann, mich beschäftigt, was er gesagt hat.«*

*»Du meinst in Bezug auf diese Legende?«*

*Sie nickt.*

*»Mach dir keine Sorgen, wir finden eine Lösung.«*

*Bevor sie antworten kann, legt er seine Lippen auf ihre, und die beiden versinken in einem zarten Kuss.*

*Als sie danach gemeinsam zurück auf das Schiff gehen, entdeckt sie plötzlich einen Mann, der ihr schon im Rosengarten aufgefallen ist. Doch er wendet sich ab, als er bemerkt, dass sie ihm einen Blick zuwirft. Aber vielleicht hat sie sich ihn auch nur eingebildet.*

*Wie auch immer, in einer Viertelstunde wird das Schiff ablegen und sie beide zurück nach London bringen. Die meisten der Mitreisenden sitzen unter Deck, doch er hat sie gebeten, mit ihm an Deck zu bleiben, und so stehen die beiden schließlich an der Reling und blicken auf die Themse.*

*»Was ist denn das für eine Überraschung, von der du heute Morgen gesprochen hast?«, will sie wissen.*

*Er sieht sie mit großen Augen an, während er etwas aus der Tasche zieht. Die silberne Brosche mit den Verzierungen erkennt sie sofort. Sie erinnert sich noch genau daran, wie sie sie an einem Marktstand entdeckt hatte. Als sie dann vor drei Tagen nicht mehr in ihrem Schmuckkästchen lag, war sie sehr traurig und dachte, sie hätte die Brosche verloren.*

*»Du hast sie gehabt?«, fragt sie erstaunt.*

*Lächelnd nickt er. »Ja, weil ich etwas eingravieren lassen wollte. Dreh sie mal um.«*

*Als sie die Worte auf der Rückseite des Schmuckstücks entdeckt, pocht ihr Herz so schnell in ihrer Brust, dass sie kaum noch Luft bekommt:* »However much you love me, my love for you will always be greater. You and me through all times.« *Sofort treten ihr die Tränen in die Augen.*

*»Ich liebe dich«, flüstert er ihr zu, ehe er sie sanft auf die Lippen küsst.*

*»Was machen wir denn morgen?«, fragt sie noch, doch dann spürt sie auf einmal Kälte. Eine Kälte, die nicht vom Wind herrührt und die ihr Herz erfasst, so stark, dass sie sich suchend umsieht.*

*»Was ist los?«*

*»Diese Kälte … Kann es sein, dass sie hier sind?«*

*Tatsächlich sind da plötzlich Schatten, und es gibt einen heftigen Knall, einen Ruck, der alles durcheinanderwirbelt. Die beiden schaffen es gerade noch, sich an der Reling festzuhalten.*

*»Was machen wir denn jetzt?« Verzweifelt sieht sie ihn an. Es kann doch nicht sein, dass schon wieder alles vorbei ist.*

*»Wir springen«, sagt er mit fester Stimme.*

*»Aber … aber ich kann das nicht.«*

*»Wir haben keine Chance. Was sollen wir denn sonst tun? Wir sind auf einem Schiff, um uns herum ist Wasser. Sie dürfen uns nicht erwischen, sie dürfen dich nicht bekommen.« Er greift nach ihrer Hand, während um die beiden herum Panik tobt. »Wir springen zusammen, wir beide. Wir schaffen das. Du und ich …«*

*Dann beginnt er zu zählen, und bei drei lassen sie los. Sie fallen und fallen und dringen schließlich durch die Wasseroberfläche.*

*Es ist kalt, es ist schmutzig. Mit der einen Hand hält sie die Brosche fest umklammert, und kurz glaubt sie, ein Zeichen darauf zu erkennen. Doch dann spürt sie den Sog, der immer stärker wird, die Kälte und das Bedürfnis nach Luft. Sie will auftauchen, doch er hält sie fest und sieht sie dabei unverwandt an.*

*Plötzlich werden seine Augen zu wasserblauen Augen, zu Louis' Augen, die dann im Nichts der Dunkelheit verschwinden.*

»Das war heftig«, keuche ich und schnappe nach Luft. Für einen Moment weiß ich nicht, wo ich bin. Da war das Schiff, der Rosengarten, diese unglaublich hübsche Brosche. Und die beiden, sie mussten sterben, weil sie gejagt wurden. Mal wieder. Ich habe so viele Fragen. »Warum musste das passieren, und warum hat es die beiden getroffen? Wovor hatten sie Angst?«

»Ich weiß es nicht«, antwortet Louis, »aber es scheint, als würde das immer wieder passieren. Wir müssen jetzt nur schauen, wie wir das alles zusammensetzen können. Und das sollten wir tun, dringend. Dann kommen wir vielleicht zu einer Lösung. Außerdem müssen wir herausfinden, wie das alles mit der Legende zusammenhängt. Und ob unsere Familien tatsächlich miteinander verbunden sind.«

Als er etwas näher an mich heranrutscht, beginnt mein Herz schneller zu klopfen. »Und was schlägst du vor?«

»Wir fahren zurück nach London und suchen das Familienbuch.«

# Kapitel 29

»Hey, ihr zwei«, begrüßt Sally uns, als wir den Laden betreten. »Was macht ihr denn hier? Ihr habt doch frei!«

Ich sehe zu Louis. »Na ja, unser Geschichtsprojekt, wir müssen einiges recherchieren«, antwortet er. »Wir gehen mal nach oben in die Wohnung, okay?«

Sally zieht eine Augenbraue nach oben. »Sicher, dass ich euch allein lassen kann?«

Louis verzieht das Gesicht zu einem Grinsen. »Nun, klopf auf alle Fälle besser an, falls was ist.«

»Was soll das?« Ich spüre die Hitze auf meinen Wangen und schubse ihn leicht an. »Nein, nein, es ist alles gut, Sally.«

Sie lacht. »Okay, dann viel Spaß bei eurem Projekt.«

Ich folge Louis ins Treppenhaus, doch ehe wir die Stufen nach oben steigen, wendet er sich noch mal Sally zu. »Ist Barney da?«

»Nein, er ist spazieren mit seiner Pflegerin.«

»Gut, alles klar.«

Schließlich gehen wir nach oben und betreten die Wohnung, wo ich gestern auch schon war, als ich Barney den Kuchen brachte. Doch statt in die Küche gehen wir zwei Zimmer weiter in einen hübschen hellen Raum. Darin steht ein Schrank, ein großes Bett mit braunem Bettbezug und ein Schreibtisch, davor ein Stuhl.

»Mach's dir gemütlich.« Louis deutet auf das Bett, woraufhin ich gleich wieder erröte.

Ich beschließe, mich lieber auf den Stuhl vor dem Schreibtisch zu setzen, und fische mein Zeichenbuch mit den Notizen von vorhin aus der Tasche.

»Bin gleich wieder da, okay?«, sagt Louis. »Aber nicht herumschnüffeln.«

Ich rolle mit den Augen. »Sehr witzig.«

»Ich sage es ja nur.«

Während er weg ist, lasse ich meine Augen schweifen und entdecke prompt das Foto, das Louis seinerzeit aus der Hand fiel. Es steht in einem Regal neben dem Buch, das er damals aufgeschlagen vor sich liegen hatte. Tausende von Gedanken gehen mir durch den Kopf. Was seitdem zwischen uns passiert ist, wie wohl ich mich in seiner Nähe fühle. Und wie gern ich ihn küsse. Gedankenverloren streift mein Blick nun das Bett. Ich stehe auf und setze mich auf die Bettkante, lasse meine Hand über das zerwühlte Laken gleiten. Die Vorstellung, darin mit Louis zu liegen, löst ein heftiges Prickeln in meinem Bauch aus.

Verdammt, an was denke ich da gerade?

Just in diesem Augenblick geht die Zimmertür wieder auf, und als Louis mich erblickt, beginnt er zu grinsen. »Okay, was soll ich jetzt davon halten?«

»Nichts, ich …«

»Ja?« Er stellt eine Flasche Wasser mit zwei Gläsern auf dem Schreibtisch ab, dann kommt er zu mir her und bleibt vor mir stehen. Dicht, sehr dicht.

Mein Blick wandert über sein Gesicht, abwärts zu seinem Hosenbund, aus dem seine Boxershorts leicht hervorblitzen, und in mir herrscht das reinste Chaos. Noch immer grinst er mich schief an.

Dann setzt er sich neben mich. »Ich hab's«, sagt er nur.

Erst jetzt sehe ich, dass er auch noch ein Buch in der Hand hält. »Euer Familienbuch?«, frage ich.

»Ja, ich habe es bei Barney gefunden. Er hatte es nicht wirklich gut versteckt, wenn ich ehrlich bin, in einer seiner ›geheimen‹ Schubladen.«

»Dann lass uns reinsehen.«

Für einen kurzen Augenblick haften unsere Blicke erneut zu intensiv aufeinander.

»Hast du die Notizen?«, fragt er.

»Auf dem Schreibtisch, in meinem Zeichenbuch.«

Ich will aufstehen, doch Louis scheint im selben Moment das Gleiche vorzuhaben. Und so passiert es. Wieder diese Nähe, sein Körper an meinem.

»Ich hole sie«, sagt er. Ihm ist deutlich anzuhören, dass ihn die Situation auch etwas verlegen macht. Mit meinem Zeichenbuch in der Hand kommt er schließlich zurück und setzt sich neben mich. Er drückt es mir in die Hand und greift dann nach seinem Familienbuch.

Eine Weile fliegen seine Augen über die Namen, und ich versuche ebenfalls, etwas zu entziffern.

»Okay, da habe ich was«, flüstert er auf einmal, »und das ist heftig.«

Ich sehe genauer hin, und mir wird sofort klar, was er meint. »Das gibt's nicht. Eure Familie war mal bei den Kanes angestellt?« Es scheint sich um ein altes Formular, eine Art Arbeitsbescheinigung zu handeln.

»So wie es aussieht, ja.« Offenbar wusste auch Louis davon nichts.

Als ich den Namen auf dem Formular lese, stocke ich. Jonathan Lamen. John. »Könnte er der John gewesen sein, der mit Frances zusammen war?«

»Gute Frage. Der Vorname passt jedenfalls.«

Und so ist es auch mit den anderen Namen, die wir beim Durchblättern des Buches entdecken: Patrick Lamen, Alan Lamen, Will Lamen.

»Sie alle sind also eindeutig Vorfahren von dir«, stelle ich fest, nachdem wir die Liste abgeglichen haben.

Louis nickt und wirkt genauso verwundert wie ich. Klar haben wir damit gerechnet, aber alles schwarz auf weiß zu sehen, ist doch noch mal anders, als nur darüber zu spekulieren.

»Sie waren also alle ineinander verliebt«, flüstere ich.

Sein Blick trifft mich. »Ja, das waren sie wohl. Scheint so, dass sich einige Mitglieder unserer Familien schon über Jahrhunderte immer wieder zueinander hingezogen fühlten.«

Mir wird warm im Bauch, es prickelt, und ich weiß nicht, was ich jetzt sagen oder tun soll, geschweige denn, was das alles zu bedeuten hat.

»Und jetzt?«, frage ich leise.

»Jetzt sollten wir herausfinden, warum es jedes Mal so tragisch geendet hat. Warum ihre Liebe niemals sein durfte.«

»Ein Fluch«, flüstere ich. »Kann das wirklich sein? So wie Barney gesagt hat? Und wussten sie davon, bevor sie starben?«

»Ich weiß es nicht.« Louis sieht mich an und ich schlucke.

»Er meinte, diese Fänger suchen nach diesen Dingen. Auch in jener Nacht …« Ich sehe zu Louis, er meint damit mit Sicherheit die Nacht, in der der Überfall auf Barney stattgefunden hat.

Er nickt. »Und, dass sie das Zeichen haben, irgendwie anders, aber ähnlich … er meinte, dass wir«, ich stocke. »… dass wir verflucht sind. Er hat gesagt: Caroline, ihr dürft nicht zusammen sein. Ihr seid verflucht. Ihr alle.«

Ich merke, wie sich alles in mir zusammenzieht. Denn die Bedeutung dieser Worte sickert langsam in mein Bewusstsein: Wenn es wahr ist, dürfen wir uns niemals nah sein.

»Das stimmt sicher nicht, ich …« Louis sieht mich an. »Verdammt, Amy, wie kann das sein, ich meine, wir beide – da ist was. Wie kann es schlecht sein, wenn es sich so gut anfühlt?« Louis fährt sich durch die Haare und sieht mich eindringlich an.

»Ich weiß es nicht.«

Mittlerweile ist er mir so nah, dass ich seinen Atem an meinen Lippen spüren kann. Wie von selbst wandern seine Hände an meine Taille, ziehen mich enger an ihn – eine Berührung, die ich mag, die mir so vertraut ist.

»Aber wir sollten herausfinden, was das alles mit unseren Familien auf sich hat, mit uns«, flüstere ich.

»Ich weiß, wir sollten das unbedingt tun, aber …«

Und das ist das Letzte, was ich höre, denn ab diesem Moment fühle ich nur noch. Seinen Mund auf meinem, seine Lippen, die sich mit meinen verbinden. Als ich seine Zunge spüre, die meine zärtlich berührt, seufze ich auf.

Ohne noch länger über irgendetwas nachzudenken, schlinge ich meine Arme um seinen Nacken. Ich bin so verrückt danach, ihn noch mehr zu spüren, und presse mich hastig an ihn. Wohl etwas zu energisch, denn Louis verliert den Halt und reißt mich mit sich nach hinten aufs Bett. Während seine Hände noch immer meine Taille festhalten, komme ich auf ihm zu liegen.

»Amy«, seufzt er gegen meinen Mund, nur um mich dann erneut zu küssen, innig und tief.

Ich bin verloren in dem Gefühl, das er in mir auslöst. Aus halb geschlossenen Lidern sieht er mich an, als seine Hände unter mein Shirt wandern und meine nackte Haut streicheln, immer wieder vor und zurück, meine Seiten entlang. Ich spüre seine Erregung und Hitze nimmt mich gefangen.

»Du bringst mich um«, keucht er, als ich mich gegen ihn drücke.

Plötzlich durchdringt eine Stimme den Raum. »Ihr bringt euch um!«

Sofort sind wir wieder im Hier und Jetzt. Ich rolle mich von Louis herunter und sehe mich verlegen um.

Barney steht im Raum, die Augen weit aufgerissen. »Es passiert wieder, schon wieder«, sagt er und wirkt dabei beinahe schon panisch.

»Was meinst du?«, fragt Louis.

Barney blickt zu dem Familienbuch, dann wieder zu uns. »Ich … ich wollte es euch nicht sagen, aber ich denke, ihr müsst es erfahren. Ihr müsst es unbedingt erfahren …«

Schließlich beginnt er zu erzählen.

# Kapitel 30

Die ganze Fahrt über halte ich mich an Louis fest.

Immer wieder rauschen mir Barneys Worte durch den Kopf. Dabei will ich sie doch vergessen. Mehr als das. Aber es gelingt mir nicht.

Ob es Louis genauso geht? Wortlos sind wir zu seinem Motorrad gegangen, wortlos haben wir uns auf die Maschine gesetzt und sind losgefahren. Seitdem herrscht Stille zwischen uns, nur das Brummen des Motors und der Londoner Straßenlärm umgibt uns, zumindest so lange, bis Louis anhält und ich von der Maschine steige. Ich ziehe mir den Helm vom Kopf und gebe ihm die Weste zurück.

Wieder nur Stille.

Ich überlege noch, was ich jetzt sagen soll, aber er kommt mir zuvor. »Wir sind also verflucht und dürfen nicht zusammen sein, es ist wirklich wahr«, meint er.

Ich nicke. »Laut Barney ist es so. Er meinte ja, wenn wir uns verlieben, sind wir dem Tod geweiht und dass es nicht passieren darf.« Auch wenn ich Barneys Worte noch so oft wiederhole, kann ich sie immer noch nicht glauben.

Stumm sehen wir uns einige Augenblicke lang an.

»Aber warum?«, frage ich irgendwann. »Wir müssen herausfinden, weshalb das so ist.«

»Ja, das sollten wir. Aber ändert das was?«

Ich zucke mit den Schultern. »Lass uns morgen nachforschen, ob wir irgendwas über diese Legende herausfinden. Es kann doch nicht sein, dass wir jetzt ...« *Sterben müssen*, will ich noch ergänzen, tue es aber nicht.

»Pass auf«, sagt Louis, »wir treffen uns morgen wieder, dann versuchen wir, mehr darüber zu erfahren. Oder wir sehen uns heute Abend?«

Eigentlich müsste ich mich darüber freuen, Louis so bald wiederzusehen, aber dann fällt mir Jill ein. Immerhin habe ich ihr versprochen, ihr heute ein Alibi zu geben, damit sie bei Thomas übernachten kann und vorher gehen wir ins *Closer*. »Ich kann nicht«, antworte ich schweren Herzens, »ich bin heute mit Jill verabredet. Ich habe es ihr versprochen und ...«

Augenblicklich verfinstert sich Louis' Blick. »Nathan ist auch dabei, richtig?«

»Ja, aber nur wegen Thomas und ...«

»Na sicher, nur deswegen«, brummt er.

»Komm, sei nicht genervt deswegen. Dann vielleicht morgen, oder ...«, eigentlich will ich vorschlagen, dass er mitkommt, aber er lässt mich nicht ausreden.

Er hebt die Hand. »Lass gut sein, Amy. Vielleicht ist es besser so, bevor wir einen Riesenfehler machen. Noch ist nichts passiert, und zum Glück haben wir auch keine Gefühle füreinander. Wir halten einfach Abstand, du weißt ja, wie es sonst ausgehen könnte.«

Sein Blick ist so eisig, dass mir beinahe das Blut in den Adern gefriert. Aber noch schlimmer sind seine Worte, zu denen er jetzt mit Nachdruck noch einen letzten Satz hinzufügt: »Am besten tut jeder das, was er nun mal tun muss und tun sollte, um sich abzulenken.« Worte, die wie ein heftiger Hammerschlag sind, ein Beben, das durch meinen Körper fährt.

Keine Gefühle.

Jeder tut das, was er tun muss und tun sollte.

Keine Gefühle.

»Was soll das? Ist das jetzt wirklich dein ernst, Louis?«

Er zuckt mit den Schultern. »Es ist besser so.«

Idiot.

Blödmann.

Keine Gefühle.

»Dann hau doch ab, spiel dieses blöde Spiel«, ich werde wütend, bin traurig und enttäuscht.

»Das habe ich vor.«

Schließlich setzt Louis den Helm auf, startet den Motor und fährt einfach davon.

»Was denkt er sich nur? Was soll das?«, schimpfe ich ins Telefon.

»Der kriegt sich schon wieder ein«, meint Jill. Sie konnte erst gar nicht glauben, was ich ihr da alles berichtet habe, und wiederholt nun schon zum gefühlt tausendsten Mal: »Und ihr könnt wirklich anhand der Gegenstände Geschichten erleben? Die von euren Vorfahren, die immer dann starben, wenn sie sich verliebt hatten? Weil sie dann von diesen Leuten umgebracht wurden?«

»Ja. Dabei wissen wir nicht mal, warum. Ich meine, es ist doch das Mindeste, dass wir versuchen, es herauszufinden. Aber Louis ist einfach bescheuert, nur weil Nathan heute mit im *Closer* ist haut er ab, ist beleidigt und …« Ich bin so aufgewühlt und einfach nur traurig. »Er hätte doch mitgekonnt, aber er hat mich nicht mal ausreden lassen. Hat sich den Helm aufgesetzt und ist gefahren.«

»Es tut mir so leid, Amy. Ich weiß nicht, was ich sagen soll. Ja, es ist kindisch von ihm, aber allein daran merkst du doch schon, dass dieses Gelaber von wegen keine Gefühle Unfug ist. Louis ist eifersüchtig auf Nathan, und das liegt tief in ihm, wahrscheinlich schon seit Jahrhunderten. Hast du daran schon mal gedacht?«

Klingt nicht so abwegig.

»Pass auf. Nimm dein Handy in die Hand und schreib ihm, dass du ihn sehen willst. Soll er doch kommen.«

In mir zieht es sich zusammen.

»Er könnte sich echt auch mal entschuldigen.«

»Ich weiß, aber komm, steh drüber.«

»Meinst du wirklich? Und Nathan, ich meine, das wird total bescheuert.«

»Egal, komm, frag ihn einfach.«

»Okay, dann schreibe ich ihm jetzt«, sage ich und dann tippe ich einen Text ein und lese ihn Jill vor, ehe ich ihn absende.

*»Louis, können wir uns heute noch sehen? Ich möchte das zwischen uns klären. Was immer Barney gemeint hat und was immer das mit uns ist, wir sollten es herausfinden. Ich möchte bei dir sein, nicht bei Nathan, und du musst nicht eifersüchtig sein. Das weißt du auch. Also, was sagst du?«*

»Perfekt«, meint Jill, als ich fertig bin. »Also drück schon auf *Senden*.«

Schon kurz nachdem ich die Nachricht abgeschickt habe, werden die beiden Häkchen blau, und ich sehe, dass Louis gleich eine Antwort eintippt.

»Er schreibt«, sage ich zu Jill.

Als ich die Antwort lese, fährt mir wieder ein heftiger Stich in die Brust.

»Was ist los, was schreibt er denn?«, fragt Jill, weil ich kein Wort mehr von mir gebe.

*Tut mir leid, wir hätten unsere Regel niemals brechen sollen, es ist besser so.*

Ein Satz, mehr nicht.

»Weißt du, was mir leidtut?«, frage ich. »Dass ich diesen Blödmann jemals geküsst habe. *Es ist besser so,* ich kann es nicht glauben!« Ich merke, wie sich meine Stimme überschlägt. »Das schreibe ich ihm jetzt auch. Was soll das?«

Ich tippe ins Nachrichtenfeld.

»Hey, stopp, jetzt beruhige dich mal, Amy, er meint das sicher nicht so.«

Ich weiß, Jill meint es gut, und sie will mich aufheitern, doch es gelingt ihr gerade nicht. Wie auch? »Ich habe es versucht, aber er schreibt mir so was? Nein, es reicht«, ich schicke die Nachricht ab.

*Mir tut es leid. Lass mich einfach in Ruhe.*

»Wir sehen uns dann vor dem *Closer*, ich mache mich jetzt fertig, es ist wohl wirklich am besten, ihn zu vergessen«, sage ich nur noch, dann lege ich auf.

Als wir uns unweit des *Closer* treffen, umarmt Jill mich ganz fest. Dann tritt sie einen Schritt zurück, damit sie sich einmal um die eigene Achse drehen kann. »Und, wie sehe ich aus?« Sie trägt ein rotes, eng anliegendes Kleid und dazu ziemlich gefährlich aussehende hohe Schuhe.

»Zum Anbeißen«, stelle ich mit einem Grinsen fest und benutze dabei absichtlich einen von Jills Lieblingsausdrücken.

Sie grinst.

»Du solltest meine Unterwäsche erst mal sehen …«, fügt sie im Flüsterton hinzu, dann mustert sie mich.

»Du aber auch.« Ich habe mich für ein schwarzes, ebenfalls enges Kleid entschieden, von dem ich weiß, dass es mir gut steht, und werde versuchen nicht an Louis zu denken, sondern Spaß zu haben. Ja, ich werde tun, was ich tun muss: Ich werde die ganze Sache mit Louis vergessen. Ein für alle Mal. Ich habe keine Lust mehr.

»Alles klar?«, fragt Jill in meine Gedanken hinein.

»Ja, alles klar. Mir geht es gut.«

»Und wegen Louis?«

»Wer ist Louis?«, antworte ich mit einer Gegenfrage.

»Okay, ich verstehe dich. Klar hat Louis überreagiert, aber …« Ich winke ab, denn ich will nicht darüber reden.

»Lass uns jetzt einfach Spaß haben, okay?«, sage ich und sie nickt.

»Na schön, aber übertreib es nicht.« Sie streicht mir sanft über den Unterarm.

»Es ist alles okay, wirklich«, bekräftige ich noch einmal, aber ihr Blick spricht Bände.

Im *Closer* warten Thomas und Nathan schon auf uns. Wir geben unsere Jacken ab und stellen uns an die Bar. Mit der Zeit merke ich, wie Nathan immer näher an mich heranrückt. Er lächelt mir immer wieder zu, und ich versuche, nicht mehr an Louis zu denken. Gelingt aber nur so mäßig. Leider.

»Ich freue mich so, dass wir zusammen hier sind«, meint Nathan, der nun der Frau hinter der Theke ein Zeichen gibt. Diese reagiert prompt und stellt ein Tablett mit Gläsern auf dem Tresen ab. »Habe ich für uns geordert, ein kleiner Spezialdrink«, erklärt er.

»Was ist das?«, will Jill wissen.

»So eine Art Bowle.« Er lächelt mich an.

»Klingt gut.«

Und auch Thomas ist begeistert. »Super! Total genial von dir, Nathan«, ruft er und nimmt für sich und Jill jeweils ein Glas.

Nathan reicht mir ebenfalls eines und sieht mir dabei fest in die Augen. »Also dann, auf einen schönen Abend.«

Nachdem wir angestoßen haben, drückt Jill überschwänglich Thomas einen Kuss auf den Mund. Wir lachen und quatschen und kurz vergesse ich Louis tatsächlich, doch dann lasse ich meinen Blick umherschweifen und entdecke ihn.

Ist er wegen mir gekommen? Kurz flammt Hoffnung auf, doch dann tritt Lilly neben ihn.

Das ist ja wohl ein Witz!

»Der schon wieder«, murrt Nathan neben mir, der ihn ebenfalls entdeckt hat. Er tippt Thomas auf die Schulter, woraufhin dieser sich von Jill löst. »Wollen wir tanzen?«

Ich sehe zu Nathan, dann noch einmal kurz zu Louis, und

schließlich nicke ich. »Tanzen klingt gut«, sage ich und lasse es zu, dass Nathan mich an der Hand nimmt und mit sich auf die Tanzfläche zieht. Ja, ich will tanzen, Spaß haben, nicht mehr an Louis denken. Trotzdem ertappe ich mich dabei, wie ich mich immer wieder nach ihm umsehe.

Nach einer Weile entdecke ich ihn dann auch wieder, Lilly steht noch immer neben ihm. Unsere Blicke treffen sich, die Sekunden verstreichen. Schließlich sehe ich weg und lächle stattdessen Nathan zu. Soll Louis ruhig erkennen, dass ich Spaß habe und dass es mir völlig egal ist, was er mit Lilly treibt. Dass mir all das egal ist. Denn da sind ja *keine* Gefühle zwischen uns.

Die Musik um uns hämmert, alle tanzen und ich blicke erneut zu Louis hinüber und zucke zusammen, denn just in diesem Augenblick schmiegt Lilly sich von hinten an ihn und drückt ihm einen Kuss auf die Wange.

Idiot.

»Alles okay?« Nathan kommt zu mir und ich nicke.

»Klar«, er nickt und nimmt meine Hand und ich beschließe, mit Nathan wieder ausgelassen im Rhythmus der Musik zu tanzen.

Ich lächle ihm zu und plötzlich ist er mir näher. Er berührt mich und ich lasse es zu. Nathan beugt den Kopf zu mir. »Wollen wir noch was trinken?«

Ich sehe im Augenwinkel zu Louis. Lilly flüstert ihm gerade etwas ins Ohr. Unsere Blicke treffen sich.

Davon abgelenkt, merke ich nicht gleich, wie Nathan sich zu mir beugt. Ich kann gerade den Kopf noch ein wenig abwenden, aber da landet sein Mund schon am Rand meiner Lippen. Ich zucke zurück. Und ich sehe wie Louis' Blick sich verfinstert. Verdammt.

»Sorry, das kam jetzt einfach so über mich.« Er lächelt verschmitzt und legt seine Hand an meine Wange.

Mir ist nicht zum Lächeln zumute.

»Das geht nicht, sorry Nathan«, stammle ich nur und sehe mich währenddessen weiter nach Louis um. Doch ich kann ihn nirgendwo mehr entdecken.

»Was meinst du?«

»Ich muss mich kurz frisch machen«, sage ich, dann schiebe ich mich an den Tanzenden vorbei in Richtung Toilette. Ich möchte nur Louis suchen. Doch ich finde ihn nicht und überlege schon, aufzugeben, da entdecke ich ihn etwas abseits in der Nähe des Ausgangs. Erleichterung, unsägliche Erleichterung macht sich in mir breit. Ich will ihm das eklären. Wir müssen mit dem Mist aufhören.

Mit klopfendem Herzen gehe ich auf ihn zu. Doch als ich vor ihm stehe, muss ich erkennen, dass er nicht allein ist.

Lilly. Louis hat seine Arme um ihre Taille geschlungen, sein Mund nähert sich ihrem – und das ist der Moment, in dem mir mein Glas aus der Hand fällt.

Louis fährt herum, unsere Blicke treffen sich. Ein heftiger Stich jagt durch meinen Bauch. Dann wende ich mich ab und will nur noch weg. Raus aus dem Club, einfach nach Hause. Scheißspiel. Das ist doch alles nur bescheuert.

Ja, ich könnte so tun, als wäre es mir egal. Aber so ist es nun mal nicht. Und sosehr ich es auch zu unterdrücken versuche, es gelingt mir nicht. Im Gegenteil, es fühlt sich jetzt nur noch schlimmer an.

Als ich an der Garderobe meine Jacke geholt habe und gerade zur Tür hinauswill, steht Jill plötzlich vor mir. »Hey, ich habe dich überall gesucht. Alles okay?« Ihr Blick fällt auf meine Jacke. »Was machst du da?«

Ich schüttle den Kopf. »Ach, Jill, nichts ist okay. Ich will einfach nur heim, weg von hier. Louis, er hat Lilly geküsst, also fast und … und Nathan –«

»Nathan, was? Er hat dich geküsst?«

Ich zucke mit den Schultern. »Nicht wirklich, aber er hat es versucht und … ich packe das alles nicht. Ich will nur noch nach Hause.«

Sie mustert mich von oben bis unten. »Ich kann dich in diesem Zustand aber nicht allein gehen lassen.«

»Doch. Ich hole mir ein Taxi, ja? Und bleib du bitte hier. Lass dir jetzt nicht von mir den Abend mit Thomas kaputt machen, bitte.«

Sie seufzt. »Ich weiß nicht.«

Ich sehe sie an. »Mach dir keine Sorgen, o.k.? Ich hole mir ein Taxi.«

»O.k., wirklich?«

»Ja!«

»Scheiße, echt, so ein Mist«, flüstert sie. Sie drückt mich noch ganz fest, bevor ich endgültig den Club verlasse und die frische Luft einatme, die mich draußen umfängt.

Ich kann es noch immer nicht glauben.

Kurz tippe ich auf meinem Handy herum, um mir ein Taxi zu rufen, doch dann stecke ich es wieder ein. Es ist noch nicht so spät und die U-Bahn nicht weit. Was soll also schon passieren?

Ich gehe los, als plötzlich eine Stimme aus keiner allzu großen Entfernung an mein Ohr dringt. »Amy, warte!«

Ich weiß sofort, zu wem die Stimme gehört. Ich will nicht mit Louis reden, also laufe ich noch etwas schneller.

»Amy, bleib stehen, bitte«, erklingt seine Stimme erneut, und seine Schritte sind deutlich zu hören. Doch ich halte nicht an, sehe mich auch nicht um. Ganz sicher nicht.

Ich muss nur die U-Bahn erreichen, dann ist alles gut. Mein Herz hämmert heftig, doch ich eile unbeirrt weiter. Bis …

Bis auf einmal eine Hand nach meiner greift und mich herumwirbelt.

Gezwungenermaßen stoppe ich und stehe nun dicht vor Louis, sein Gesicht ganz nah an meinem.

»Amy.« Er will mich an sich ziehen, aber ich drücke ihn weg, drücke mit den Händen gegen sein Shirt.

»Fass mich nicht an! Nicht jetzt«, rufe ich.

»Jetzt beruhige dich doch mal.«

»Nein!«

Doch er löst sich nicht von mir. Im Gegenteil, er packt mich an der Hand und zieht mich an die Seite.

»Lass es sein«, rufe ich und er schüttelt den Kopf.

»Ich lasse dich nicht los. Und nun hörst du mir zu.«

Mein Herz geht viel zu schnell, meine Atmung ebenfalls. Seine Augen funkeln mich an, aber die Wut in mir lässt nicht nach. »Nein, ich will dir nicht zuhören. Das hast du heute doch auch nicht getan. Ich habe dir meine Gefühle offenbart – dir geschrieben und du? Du benimmst dich wie der letzte –«

»Blödmann, ich weiß«, sagt er und sieht mich an.

»Schön, dass du es erkannt hast, aber es ist zu spät. Lass mich jetzt los.«

Louis schüttelt den Kopf. »Nein, das werde ich nicht tun, ich will dir das jetzt erklären.« Er steht nun ganz dicht vor mir, und das Blau seiner Augen verbindet sich mit meinen.

»Für mich gibt es da nichts zu erklären. Nicht mehr. Ich will gar nicht wissen, warum du so blöd bist, warum du sie küsst und …«

Ich spüre, wie er die Muskeln anspannt. »Küsst? Lilly? Ich habe sie doch gar nicht geküsst.«

Na ja, eigentlich hat er recht. Aber dann auch wieder nicht. Dieser, dieser … Blödmann!

»Ach ja? Das sah aber ziemlich anders aus«, kontere ich, gespannt, was er dazu zu sagen hat.

»Nein, das stimmt nicht. Ich habe mit ihr geflirtet, das ist was anderes.«

Der Kerl ist echt unglaublich. Ich schiebe ihn von mir. Er soll mir bloß fernbleiben.

»Ist das jetzt ernsthaft deine Erklärung?«, frage ich und will noch etwas hinzufügen, doch er nähert sich mir schon wieder und kommt mir mit einer Frage zuvor.

»Wenn wir schon dabei sind: Was ist denn deine Erklärung, Amy? Warum hast du mit Nathan geflirtet? Das sah mir auch ziemlich gefährlich nach einem Kuss aus vorhin.«

Ich beiße mir auf die Lippe.

»Also? Was ist damit?«

»Das war kein Kuss, das weißt du genau. Und ist doch auch egal, ich will nicht mehr. Lass mich einfach gehen. Ich bin ja bescheuert, dass ich überhaupt dachte …«

Erneut versuche ich, ihn wegzudrücken, aber er lässt es nicht zu. »Dass du was dachtest?«

»Dass du … ach, vergiss es einfach.«

»Nein, das werde ich nicht. Sag mir, was du dachtest. Ich will es wissen, jetzt!«

Mein Blick hebt sich und sucht seinen.

»Dass das echt war zwischen uns. Gefühle, aber die hast du ja schon abgestritten. Und ich bin so blöd und hoffe immer und immer wieder.«

Er schluckt und eine Hand legt sich nun an meine Wange.

»Verdammt, Amy, ich will nichts von ihr, wirklich. Ich habe das gemacht, weil ich musste, weil … nach dem, was wir heute erfahren haben, da hatte ich Angst um dich, verdammt. Ich habe diese Scheiße von mir gegeben, weil ich dachte, dass es besser so ist. Weil sie alle gestorben sind, weil wir verflucht sind …« Er legt einen Finger unter mein Kinn und zwingt mich, ihm in die Augen zu sehen. »Und willst du die Wahrheit wissen?«

Ich nicke.

»Die Wahrheit ist, ich war wütend und eifersüchtig wegen Nathan. Du hast gesagt, dass du dich mit ihm triffst, das hat mich angekotzt.« Seine Hand wandert an meine Wange. »Weil ich es nicht mag, wenn er dir nahe ist, wenn er versucht, dich zu berühren. Das nervt mich ungemein.«

»Ach ja? Und warum?« Mein Herzschlag hämmert gegen seine Brust. Jetzt will ich es wissen, und ich dulde keine Gegenfragen.

Er hält kurz inne, bevor er leise antwortet: »Weil ich den Gedanken nicht ertragen kann, dass du, Amy Evans, einen anderen küsst. Ob Fluch oder nicht, ob wir das dürfen oder nicht, ob wir verdammt sind oder nicht – die Wahrheit ist, ich bin in dich verliebt, und alles an mir will dich.«

Ich halte kurz den Atem an.

Hat er gesagt, er ist in mich verliebt?

»Du bist …?«

Er nickt. »Ja, verliebt und zwar in dich, Amy«, flüstert er erneut und beugt sich noch ein wenig weiter vor, bis unsere Lippen nur noch einen Hauch voneinander entfernt sind. Sein warmer Atem streift meine Wange.

»Ich dachte, du bereust es, die Regeln gebrochen zu haben«, keuche ich.

Ein Lächeln umspielt seine Lippen. »Nichts bereue ich weniger als das.«

Ehe ich michs versehe, tasten seine Hände nach meiner Taille, und meine Knie werden weich. Als seine Fingerspitzen meine Seiten entlang nach oben wandern, durchfluten warme Schauer meinen Bauch. Er sieht mir noch einmal in die Augen, bevor sich seine Lippen auf meine legen. Sofort ist es, als würde eine brennende Hitzewelle durch mich hindurchfahren. Eine Welle, die mich mitreißt, herumwirbelt und mein Herz aus dem Takt poltern lässt. Ich bin voller Sehnsucht, will die Wärme festhalten, dieses unglaubliche Gefühl, das mich mit Glück berauscht.

»Und jetzt?«, haucht Louis gegen meinen Mund, als er sich kurz von mir löst. Er sieht mich an, als würde er darauf warten, dass ich mich wehre, aber das tue ich nicht mehr, denn auch ich bin Louis verfallen.

»Brechen wir die Regeln noch mal«, sage ich leise.

Wieder küssen wir uns, eine ganze Weile, immer wieder, bis er mich in die Seite pikt.

»Blödmann«, flüstere ich.

»Schnüfflerin.«

Schon verschmelzen unsere Lippen erneut. Voller Sehnsucht lege ich die Arme um Louis' Nacken und lasse meine Finger durch sein Haar gleiten, während unsere Lippen sich nicht eine Sekunde lang voneinander lösen. Als sich unsere Zungen sanft berühren, seufzt er auf.

»Du bist mein Untergang, Amy«, raunt er mir zu. Sein Blick berührt mein Innerstes, zieht mich weg, reißt mich fort.

Er hebt mich hoch, zieht mich fest an sich, und alles an mir erzittert augenblicklich. Ein sanftes Stöhnen entgleitet seinen Lippen, und ich schlinge die Beine um ihn, drücke mich gegen ihn, um ihn noch näher bei mir zu spüren. Uns trennen nur noch die dünnen Stoffschichten unserer Kleidung. Seine Finger auf meiner Haut sind wie viele winzige Flammen, die mich zum Brennen bringen. Sanft, drängend und hitzig in einem.

Ich bin ganz benommen, als mein Handy zu klingeln beginnt. Erst versuche ich, es zu ignorieren, doch Louis löst sich von mir. »Vielleicht solltest du rangehen«, sagt er.

Widerwillig ziehe ich das Handy aus der Tasche. »Das ist Jill. Sie macht sich bestimmt Sorgen.«

Er nickt. »Geh ran.«

Ich nehme das Gespräch also an und höre sogleich, wie aufgebracht meine beste Freundin ist. »Ich habe dir schon mindestens zehn Nachrichten geschickt. Warum meldest du dich nicht? Ich hoffe, du sitzt im Taxi und bist nicht gelaufen oder so?«

»Tut mir leid, ich …«, stammle ich, »es … es ist alles wieder gut.«

Kurz ist es still am anderen Ende. »Was? Wie? Wo bist du denn?«, fragt sie nach ein paar Augenblicken.

»Ich … Louis bringt mich gerade nach Hause.«

Sie atmet scharf ein. »Okay, dann würde ich sagen, wir reden morgen.«

»Ja, das machen wir.«

»Amy?«

»Ja?«

»Tu nichts, was ich nicht auch tun würde.«

Schmunzelnd lege ich auf und sehe Louis an. »Also, du … du musst mich natürlich nicht heimbringen …«

Er zieht eine Augenbraue nach oben. »Natürlich bringe ich dich«, antwortet er mit einem Lächeln und beugt sich zu mir. »Aber vorher küsse ich dich noch mal.«

Wieder legt er seine Lippen auf meine, sie verschmelzen, doch dann sind da plötzlich Schritte.

# Kapitel 31

Hastig lösen wir uns voneinander.

»Was war das?«, flüstere ich.

»Ich weiß nicht.«

Wieder Schritte, die jetzt noch deutlicher zu hören sind.

»Du hast es auch gehört, oder?«, frage ich, doch statt einer Antwort legt Louis seinen Zeigefinger auf meine Lippen. Dann nimmt er meine Hand, und wir laufen los, immer weiter, biegen ein paarmal ab. Mir ist kalt, Angst macht sich breit. Nur meine Hand in der von Louis ist warm.

Als wir um die nächste Ecke biegen, kommt mit einem Mal ein Auto auf uns zugerast. Die Lichter blenden uns, und mein Herz bleibt beinahe stehen.

»Scheiße! Wohin jetzt?«

Reflexartig zieht Louis mich in eine kleine Gasse. Wir laufen noch ein Stück und bleiben schließlich völlig außer Atem stehen. Türen werden geschlagen, dann sind da wieder Schritte.

»Schnell, wir gehen hier entlang«, raunt Louis mir zu.

Erneut rennen wir los, und als ich mich kurz umdrehe, sehe ich sie. Mehrere Männer, verhüllt in dunkle Kutten. Sie sind uns auf den Fersen. Nun laufen wir so schnell, dass ich das Gefühl habe, gleich keine Luft mehr zu bekommen. Meine Seiten stechen, und aus meinen Augen lösen sich Tränen.

»Sie holen uns ein!«, rufe ich Louis zu, doch er schüttelt den Kopf.

»Nein, hier und dann links«, entgegnet er nur.

Ehe ich michs versehe, biegen wir ab und fallen auf der linken Seite gegen eine Wand.

»Nein, Louis!«, schreie ich voller Panik, aber wie durch ein Wunder gibt die Wand nach, und wir finden uns auf der anderen Seite wieder.

Auf der anderen Seite der Mauer, höre ich die Schritte an uns vorbeiziehen.

Louis drückt mich an sich, und ich wage es noch nicht zu sprechen.

»Was war das?«, flüstere ich irgendwann.

»Ein Durchgang.«

Mein Herz klopft.

»Ich dachte, das war's mit uns.«

Louis nickt.

»Wer sind diese Männer? Meinst du, das ist der Fluch?«

»Ich vermute es.«

»Ich will aber nicht sterben«, schluchze ich gegen seine Brust.

»Das werden wir auch nicht, versprochen.«

Wir verharren noch eine gewisse Zeit, ehe wir uns durch den geheimen Eingang davonschleichen und wieder auf die Straße treten. Schritte sind keine mehr zu hören. Auch wenn wir noch mal mit dem Schrecken davongekommen sind, sitzt er dennoch tief, und ich bin so dankbar, dass Louis mich nach Hause bringt.

»Willst du nicht mit reinkommen?«, frage ich, als wir vor unserer Haustür stehen bleiben.

Er lächelt. »Wie soll das funktionieren?«

»Ich weiß nicht, aber ich kann mir jetzt nicht vorstellen allein zu sein. Und ich will nicht, dass dir auf dem Heimweg etwas passiert.«

Er winkt ab. »Ehrlich gesagt, ich würde nirgendwo lieber sein, als jetzt da oben mit dir. Aber …«

Ich sehe ihn an.

»Aber?« Sanft streicht er über meine Wange.

»Nicht dass es noch Ärger gibt. Wir sehen uns morgen, ja?«

»Ja, und bitte versprich mir, dass du mir sofort schreibst, wenn du angekommen bist!«, flüstere ich.

Er küsst mich.

»Ja, versprochen«, sagt er und dann löse ich mich schweren Herzens von ihm und gehe ins Haus.

Im Inneren ist es dunkel, nur im Wohnzimmer brennt Licht. Mum liegt vor dem laufenden Fernseher auf dem Sofa und schläft tief und fest. Ich möchte sie nicht wecken, also schleiche ich mich die Treppe nach oben in mein Zimmer.

Nach allem, was passiert ist, sind meine Beine noch ganz weich. Louis' Liebeserklärung, die Verfolgung. Jetzt allein in meinem Zimmer zu sein, fühlt sich mehr als falsch an. Ich mache mir Sorgen, wirkliche Sorgen.

Nachdem ich mich ausgezogen habe, setze ich mich nur in Unterwäsche aufs Bett und rufe auf meinem Handy die Nachrichten auf, in der Hoffnung, dass Louis mir geschrieben hat. Doch da ist nichts, stattdessen habe ich eine Nachricht von Jill und auch eine von Nathan bekommen.

Nathan. Was er sich wohl dachte, als ich einfach verschwunden bin? Aber ich denke nur an Louis. Gedankenverloren streiche ich mit der flachen Hand über das Bettlaken. Wie gern ich Louis jetzt hier bei mir hätte.

In diesem Moment leuchtet mein Display auf. Ich öffne WhatsApp, und mein Herz vollführt eine Drehung, denn ich habe eine Nachricht von Louis:

*Bist du noch wach?* ☺

Lächelnd tippe ich ins Antwortfeld:

*Ja, ich bin noch wach. Bist du etwa schon zu Hause?*

Ich drücke auf *Senden* und sehe zu, wie erst die beiden Häkchen blau werden und danach Louis eine Antwort eingibt.

*Ich kann nicht schlafen, ohne dich noch mal zu küssen.*

Mein Herz klopft heftig in meiner Brust. Ich überlege kurz, was ich antworten soll, dann tippe ich:

*Ich würde dich auch gern noch mal küssen. Und wir werden deswegen wohl untergehen …*

Erst schickt er mir einen Smiley, dann schreibt er noch weiter:

*Egal. Alles egal. Ich denke, wir sollten es tun.*

Ich antworte:

*Klingt gut, aber dafür müsstest du hier sein.*

Nachdem ich die Nachricht abgeschickt habe, dauert es eine Weile, bis er sich wieder meldet.

*Dann schau mal aus dem Fenster …*

Als ich aufstehe und hinausblicke, kann ich es kaum glauben. Louis sitzt auf dem Baum vor meinem Fenster und grinst mich an.

Ich öffne das Fenster so leise wie möglich.

»Hey«, raunt er. »Darf ich reinkommen?«

Ehe ich eine Antwort geben kann, klettert er schon zu mir ins Zimmer.

»Bist du jetzt total verrückt geworden?«, flüstere ich, als er in der Dunkelheit des Raumes vor mir steht, die Haare leicht zerzaust, die blauen Augen auf mich gerichtet.

»Ja, verrückt nach dir.« Er ist mir jetzt ganz nah.

»Und jetzt?«

»Jetzt küsse ich dich. Gegen jede Regel, jeden Fluch und alle Verfolger.«

Ich lächle, seine Lippen legen sich auf meine und diese unglaubliche Wärme wandert in jeden Millimeter meines Körpers. Sehnsüchtig ziehe ich ihn an mich, will keinen Abstand, sondern noch mehr von diesem Gefühl, süchtig nach ihm zu sein. Seine Hände umfassen meine Taille, und seine Schritte dirigieren mich in Richtung Bett.

Nun schmiege ich mich ganz eng an ihn, und er keucht auf. »Verdammt, Amy, du hast nur Unterwäsche an. Das überlebe ich nicht.«

Schon im nächsten Moment spüre ich die Bettkante in meinen Kniekehlen und lasse mich vorsichtig nach hinten fallen. Als Louis sich auf mich legt, sinkt die Matratze leicht ein und er küsst mich weiter.

Meine Lippen öffnen sich, und ich spüre seine Zunge, die meine ganz leicht berührt. Dieses zarte Gefühl überwältigt mich, wie immer, wenn wir uns küssen. Seine Finger streichen über meinen Hals, gleiten sanft zu meinem Schlüsselbein und ich atme schwerer. Meine Hände machen sich selbstständig, berühren seine Brust, und ich will ihm nur noch das Shirt vom Körper ziehen.

»Du solltest das ausziehen«, sage ich lächelnd.

Er grinst und als ich zusehe, wie er sich aufrichtet und sich das Shirt vom Körper streift, atme ich tief ein, und der Anblick seines nackten Oberkörpers im leichten Licht lässt mein Herz schneller schlagen.

»Deine Hose, die muss auch runter«, stelle ich fest.

Gespielt ernst hebt er den Zeigefinger. »Ach ja?« Er beugt sich wieder über mich und küsst mich, während ich die Arme um seinen Nacken schlinge, um ihn noch näher an mich zu ziehen. Eine Weile küssen wir uns noch, ehe er seine Lippen von meinem Mund löst und über meinen Hals wandern lässt.

Ich seufze auf.

Dann löst er sich von mir, steht auf, öffnet langsam seinen Gürtel, streicht sich die Hose von den Hüften und kommt dann nur noch mit seinen Boxershorts bekleidet zu mir zurück. Als er sein Becken gegen meines sinken lässt, spüre ich ganz deutlich seine Erregung. Wir schmiegen uns aneinander und seine Berührungen, seine Küsse auf meinen Lippen zusammen mit seinen Fingern auf meiner Haut sind wie viele winzige Flammen, die mich zum Brennen bringen. Es fühlt sich an, als hätten wir das hier schon Tausende Male gemacht, denn es ist so vertraut – und gleichzeitig doch neu.

Irgendwann halte ich es nicht mehr aus. Meine Finger wandern über seinen Rücken, ertasten seine heiße Haut. Und ich fühle noch viel mehr – an einer Stelle, an der ich noch nie zuvor so viel empfunden habe.

Ich weiß nicht, wie weit wir gehen sollten, ich weiß nur, dass ich gerade nichts anderes will, als seine Haut auf meiner zu fühlen. Als könnte er meine Gedanken lesen, hält er inne und sieht mir tief in die Augen, als wollte er mich fragen, ob es in Ordnung ist. Im leichten Licht der Sterne seinen Körper zu sehen, ihn zu fühlen, lässt alles zauberhaft wirken. All die Sorgen sind vergessen, die Verfolgung, der Fluch und alles, was uns trennen könnte. Seine Hände wandern über den Ansatz meines BHs, weiter über meine Brüste. Als er sich zu mir beugt und sie küsst, seufze ich auf.

Doch irgendwann hält er inne und beißt sich auf die Unterlippe. »Ich sollte jetzt gehen, Amy«, haucht er gegen meinen Mund.

Aber ich möchte nicht, dass er geht, deswegen ziehe ich ihn noch enger an mich und schlinge die Beine um seine Hüften. »Das ist leider unmöglich«, flüstere ich.

Er lächelt. »Ich muss. Wirklich.«

»Nur noch ein bisschen?« Meine Stimme hört sich jetzt beinahe schon bettelnd an.

»Noch ein bisschen? Wenn wir weitermachen, ich sage es dir, Amy, dann kann ich nicht mehr aufhören, ehrlich, dann …«

Ich sehe ihn an. Ernst, weil es mir gerade auch wirklich ernst ist. »Was, wenn ich genau das möchte? Dass du nicht aufhörst?«

Er schluckt. »Amy, ich …«

Schon ziehe ich ihn wieder an mich. »Willst du es denn auch?«

»Was für eine Frage. Mit dir hier zu liegen, das ist …«

»Was hält uns dann auf?«

Auf einmal sind Schritte zu hören. »Wahrscheinlich jemand aus deiner Familie«, flüstert er sanft. Seufzend steht er auf, streift sich sein Shirt über und schlüpft in seine Hose. Dann kommt er wieder zu mir her. »Glaub ja nicht, dass mir das jetzt leichtfällt.« Er zieht mich zu sich und küsst mich erneut. »Wir sehen uns aber morgen, okay?«

Ich nicke nur und begleite ihn schließlich zum Fenster. »Musst du wirklich gehen?«, frage ich, als ich mich noch einmal an ihn drücke.

»Ich schreibe dir, wenn ich daheim bin, okay?«

Während er aus dem Fenster steigt, entdecke ich mit einem Mal einen Schatten unten auf der Straße. Oder bilde ich ihn mir nur ein? Stumm deute ich in die Richtung, in der ich den Schatten ausgemacht habe.

»Was ist?«, flüstert Louis.

»Da war was, bitte bleib besser hier.«

Er wendet den Kopf und sieht sich um. Und tatsächlich, genau in diesem Moment taucht der Schatten wieder auf und bleibt kurz stehen, ehe er in der Dunkelheit verschwindet.

»Meinst du, wir wurden beobachtet?« Meine Knie beginnen zu beben.

»Ich weiß nicht. Aber wird sollten uns jetzt nicht vor jedem Schatten fürchten, das gönne ich ihnen nicht.«

»Louis, geh nicht«, bitte ich ihn noch einmal, aber er schüttelt den Kopf.

»Mach dir keine Sorgen, okay? Verschließe auf alle Fälle deine Tür und das Fenster und lass niemanden rein.«

»Ich glaube eher weniger, dass noch jemand zu mir ins Zimmer steigen will.« Ich lächle ihn vielsagend an. »Aber du bist allein da draußen.«

»Alles ist gut, versprochen.« Schließlich küsst er mich ein

letztes Mal, ehe er sich durch das Fenster schiebt und auf den Baum hangelt, von dem aus er vorhin ins Zimmer geklettert ist.

»Louis?«, frage ich.

Er sieht zu mir. »Ja?«

»Wir beide, ich weiß, wir haben gerade so viele Probleme und … es mag sich vielleicht komisch anhören, aber … aber was ist das jetzt mit uns? Sind wir …« Ich traue mich nicht, die Frage auszusprechen.

»Zusammen?«, ergänzt er, und ich werde spürbar rot.

»Ich weiß, ich sollte das nicht fragen, aber …«

»Ich von meiner Seite will das jedenfalls schwer hoffen.«

Mein Herz fängt heftig an zu klopfen. »Okay, das ist gut«, sage ich erleichtert.

Er lächelt. »Finde ich auch. Also dann bis morgen, ich hole dich ab.«

»Ja, bis morgen. Und pass auf dich auf. Schreib mir, wenn du zu Hause bist, ja?«

»Das mache ich.« Schließlich klettert er den Baum hinunter. Als er unten angekommen ist, winkt er mir noch einmal zu, ehe er in der Nacht verschwindet.

# Kapitel 32

Als ich am nächsten Morgen aufwache, weiß ich kurz nicht, ob ich das alles nur geträumt habe oder ob es wirklich wahr ist. Louis und ich, wir sind also wirklich zusammen?

Louis! Wie konnte ich nur einschlafen, bevor ich seine Nachricht, dass er gut zu Hause angekommen ist, bekommen habe? Ein Schauer läuft über meinen Körper, als ich daran denke, wie wir gestern verfolgt wurden. Ich strecke meine Hand aufgeregt nach dem Handy aus. Erleichterung macht sich in mir breit, als ich seinen Namen auf dem Display lese, und mein Herz klopft heftig gegen meinen Brustkorb. Ein schönes warmes Gefühl, voller Aufregung und Vorfreude. Ich öffne die Nachricht, doch als ich sie lese, erstarre ich augenblicklich und bekomme eine Gänsehaut.

*Hey, ich bin gerade heimgekommen. Sorry, dass ich jetzt erst schreiben kann. Im Laden wurde eingebrochen. Barney ist verletzt. Melde dich doch, wenn du das gelesen hast.*

Sofort bin ich hellwach. Ich will und kann mir gerade gar nicht ausmalen, wie geschockt Louis gewesen sein muss und wie es auch Sally dabei geht. Ob die Männer, die uns verfolgt haben, etwas mit dem Einbruch zu tun haben? Und hoffentlich wurde Barney nicht allzu schwer verletzt. Mit einem schweren Druck im Bauch tippe ich meine Antwort ein:

*Das ist ja furchtbar! Ich bin gerade aufgewacht. Tut mir so leid, ich bin gestern eingeschlafen. Ich komme gleich vorbei!.*

Es dauert nicht lange, bis er zurückschreibt:

*Guten Morgen. Nein, ich hole dich lieber ab … In einer halben Stunde bei dir?*

Ich tippe *Ja, bis gleich* ein und hüpfe dann aus dem Bett, um mich fertig zu machen. Ich dusche mich und lege ein leichtes Make-up auf. Dann suche ich mir eine Jeans und einen Sweater und schlüpfe hinein.

Anschließend mache ich mich auf den Weg nach unten und höre schon beim Herunterkommen Motoradgeräusche von draußen.

Ich lege noch schnell eine Nachricht für Mum und Tante May auf den Küchentisch und schlüpfe aus der Tür. Vor dem Haus steigt Louis gerade von der Maschine und nimmt den Helm ab. Sein Haar ist leicht zerzaust, und um seine Augen herum haben sich tiefe Schatten gebildet. Es steht ihm deutlich ins Gesicht geschrieben, was er die letzten Stunden durchgemacht hat, und bei seinem Anblick wird mein Herz ganz schwer.

»Hey«, sage ich, als ich auf ihn zugehe. Erst weiß ich nicht, wie ich in dieser Situation reagieren soll, doch dann nehme ich ihn einfach in den Arm und atme den Duft seiner Lederkombi tief ein. Einen Moment lang stehen wir einfach so da und halten uns ganz fest.

»Es tut mir so leid«, flüstere ich schließlich.

Louis streicht mir über die Haare. »Ja, mir auch.«

Ich hebe den Kopf und sehe ihm in die Augen. Jetzt so ganz aus der Nähe ist seine Traurigkeit noch deutlicher zu erkennen. »Was ist passiert? Und wie geht es Barney?«, frage ich.

Er schluckt. »Nicht sehr gut. Diese Leute haben alles verwüstet und ihn liegen gelassen, so wie damals. Als ich nach Hause kam, war es das totale Chaos. Sally ist am Ende. Sie ist wach geworden, und zum Glück sind die Idioten dann abgehauen. Aber Barney hat wieder was abbekommen. So ein Mist. Ich meine, schon wieder wurde im Laden alles zerstört. Wir haben die Polizei gerufen.«

Er hält inne, und ich sehe ihn fragend an.

»Die haben alles gesichert, aber bisher nichts gefunden. Die Kerle waren verhüllt. Das war alles, was Sally gesehen hat. Ich meine, nach dem, was gestern war ... Was, wenn es die Verfolger waren und wenn sie sich wegen uns beiden rächen wollten, weil sie wissen, dass sie uns damit treffen? Oder schlimmer noch, wenn sie uns finden wollten? Dieser verflixte Kane, seine ganze Familie – wenn sie was damit zu tun haben, Amy, dann ...« Ich spüre seine Wut und Verzweiflung, und ich kann ihn verstehen, zu gut. Nicht auszudenken, wenn sie bei uns eingebrochen hätten und Mum oder Tante May etwas geschehen wäre.

Ich streiche ihm sanft über den Arm. »Wir lassen uns nicht unterkriegen, nicht von der Familie Kane oder sonst wem, okay?«

Er atmet tief durch. »Ja, wir lassen uns nicht unterkriegen. Trotzdem müssen wir herausfinden, ob es auch was mit Nathans Vorfahren zu tun hat.«

»Das werden wir, aber jetzt fahren wir erst mal zu Barney, oder?«

»Ja, auf jeden Fall.« Er löst sich von mir und reicht mir den Helm.

Barney liegt schlafend im Bett, als wir sein Schlafzimmer betreten. Sein Kopf ist verbunden, das Gesicht geschwollen und mit blauen und roten Flecken übersät. »Wie kann man jemandem nur so was antun?«, frage ich leise.

Louis zuckt mit den Schultern. »Wenn ich das nur wüsste. Aber wie soll man das auch verstehen? Warum werden Menschen gejagt, die sich lieben, und das schon seit Jahrhunderten? Ich meine, wie bescheuert ist das?«

Ich schlucke und sehe ihn an. Ja, gute Frage.

Vorsichtig nähern wir uns dem Bett, um Barney nicht zu wecken. Louis zieht zwei Stühle heran, und wir setzen uns.

Eine Weile betrachten wir Barney, wie er daliegt und schläft. Eine ganze Weile, doch mit einem Mal öffnet er leicht die Augen.

»Will?« Seine Stimme wirkt dünn und zerbrechlich.

Louis greift nach seiner Hand. »Hey, Barney, wie geht es dir?«

Barneys Augen wandern nun zu mir. »Caroline? Du bist auch hier, mein Schatz? Aber ihr beide, ihr … der Fluch …«

Sofort wird mir schwer ums Herz. »Es wird alles wieder gut, Barney«, sage ich schnell.

Doch Barney sieht uns mit ernster Miene an. »Sie waren da, aber sie haben es nicht bekommen, ich habe es längst weggebracht.« Wieder mal spricht er in Rätseln. Was meint er mit *es*?

»Was hast du weggebracht? Bitte sag es uns.« Louis ist die Verzweiflung deutlich anzumerken. Er fixiert Barney regelrecht mit seinem Blick.

Ich beschließe, die Gelegenheit zu nutzen, und frage geradeheraus: »Barney, wir haben den Schlüssel, den du versteckt hast. Du musst uns sagen, in welches Schloss er passt. Bitte.«

Nun wirkt er noch verwirrter. »Aber, Caroline, das weißt du doch.«

»Nein, das weiß ich nicht. Bitte sag es uns, es ist wichtig. Was haben diese Leute gesucht? Warum sind sie eingebrochen?«

Nun scheint Barney sich ein wenig zu fangen. Seine Augen wandern zu Louis. »Louis?«

»Ja, ich bin es.«

Barney nickt. »Louis. Oder Will, aber doch gleich«, sagt er, und sein Blick ist mit einem Mal ganz klar. »Louis, mein Junge, sie wollen das Medaillon. Es ist versteckt, in einem Buch, ihr könnt es mit dem Schlüssel öffnen. Sucht das Buch mit der goldenen Umrandung, ihr werdet es erkennen. Wenn ihr es findet, bringt es samt Inhalt zu Professor Drokev, er wartet auf euch und wird euch alles erzählen. Er kennt die ganze Geschichte.

Hört ihr, es ist wichtig, denn der Fluch wird euch sonst töten. Das ist es auch, was sie wollen.«

»Sie wollen uns töten? Warum?«

»Wegen der Liebe …«

Ich verstehe gar nichts mehr.

»Wer sie? Barney? Wer sind sie?«

»Die Männer, die das Zeichen tragen. Es ist das, was sie wollen, was sie … Was wollte ich, was …« Auf einmal werden seine Augen wieder schwer.

»Ich bin so müde«, sagt er nur noch, dann schließt er wieder die Augen und schläft ein, während Louis und ich noch ein paar Minuten lang dasitzen und uns an der Hand halten.

»Louis, warte!«, rufe ich ihm nach, als wir das Schlafzimmer verlassen. Ich merke ihm an, wie sehr ihn das alles mitnimmt.

Mit schnellen Schritten hastet er vor mir nach draußen. Dort bleibt er stehen und kickt mit dem Schuh einen Stein weg. »Verdammt, das alles ist doch verrückt!«, ruft er.

Mittlerweile habe ich ihn eingeholt und streiche ihm sanft über den Rücken. »Ja, das ist es. Keine Ahnung, was es bedeutet, aber wir kriegen das hin. Und so schlimm alles ist, wir haben jetzt einen Anhaltspunkt. Diese Leute, wer immer sie auch sind, suchen ein Medaillon, das in einem Buch versteckt ist. Barney meinte ja, sie tragen ein Zeichen, und wahrscheinlich haben sie mit der Familie Kane zu tun, wie wir es vermutet haben. Und wir haben einen Namen, diesen Professor Drokev oder so und …«

Louis dreht sich zu mir um und funkelt mich an. »Heute Nacht hatte ich einen schrecklichen Traum, Amy. Einen Traum, der mich schon oft gequält hat.«

»Du hast viel durchgemacht«, versuche ich, ihn zu beruhigen, »da ist das doch normal.«

Aber er schüttelt den Kopf. »Nein, das ist es nicht. Ich habe mich selbst gesehen, zumindest glaube ich, dass ich es war. Du warst auch da – und jemand anderes. Ein dritter Mann, so wie du es gesagt hast und es auch schon in deinen Bildern gesehen hast. Aber das, was ich gesehen habe …« Er schluckt ein paarmal fest. »Die Sache ist so: Ich war schuld, dass du im Traum gestorben bist. Ich meine, ich weiß nicht, was hier vor sich geht. Aber ich habe das Gefühl, dass alles meine Schuld ist. Der Tod meiner Eltern und deines Vaters, Barney – ich scheine das Unglück anzuziehen, verstehst du? Ich denke wirklich, es liegt an mir.«

Ich lege meine Hand an seine Wange. »So ein Unsinn. Wir sind verflucht, es hat mit unseren Familien zu tun, und es ist nicht deine Schuld. Unsere Vorfahren haben sich immer wieder ineinander verliebt, so wie wir uns verliebt haben. Daran trägt niemand die Schuld. Schuld sind diejenigen, die uns jagen, einfach so, ohne Grund. Und weißt du was?«

Er sieht mich an.

»Wir finden jetzt heraus, was das alles bedeutet und wie es zusammenhängt. Lass uns reingehen. Wir helfen Sally beim Aufräumen und suchen nach diesem Buch, von dem Barney gesprochen hat. Und dann versuchen wir, diesen Professor ausfindig zu machen.«

»Weißt du, wie unheimlich süß du bist, wenn du so entschlossen bist?«, fragt er.

Ich lächle, und ehe ich etwas erwidern kann, beugt er sich zu mir und küsst mich.

»Es ist schrecklich. Ich meine, schaut euch das mal an.« Mit diesen Worten empfängt Sally Louis und mich, als wir den Laden betreten.

»Gibt es denn schon irgendetwas Neues?«, will Louis wissen.

»Nein, die Polizei tappt im Dunklen, wie immer in dieser Stadt.« Sie seufzt. »Wie geht es Barney? Irgendeine Veränderung?«

»Er schläft, aber er sieht ein wenig besser aus«, erzählt Louis. »Doch er wird wohl noch eine ganze Weile Ruhe brauchen.«

Sally nickt. »Ja, das meinte der Arzt auch. Ich gehe gleich noch mal hoch.«

»Klar. Geh ruhig, wir sind ja hier«, antwortet Louis.

Mit einem Mal mustert sie uns und lächelt. »Sagt mal, kann es sein, dass ich was verpasst habe?«

Erst jetzt fällt mir auf, dass Louis und ich uns schon die ganze Zeit an der Hand halten.

Louis sieht zuerst mich an, dann Sally. »Na ja ... Wir sind jetzt zusammen.« Er spricht den Satz aus, als wäre es das Normalste der Welt.

Sally lächelt. »Das ist endlich mal eine gute Nachricht. Wurde ja auch langsam Zeit, ihr konntet ja schon von Anfang an die Augen nicht voneinander lassen.« Sie zwinkert uns zu. »Ich bin dann mal oben. Und ihr?«

»Wir halten die Stellung und räumen auf«, erwidere ich.

»Alles klar, ich danke euch.« Sie geht zur Tür, dreht sich aber noch mal um, ehe sie weiterläuft. »Sei bloß anständig, Louis, hörst du?«

»Ich bin immer anständig. Amy ist diejenige, die ...«

Ich boxe ihn in die Seite und Louis beginnt zu grinsen.

»Okay, das müsst ihr unter euch ausmachen.« Sally hebt den Daumen, bevor sie sich endgültig abwendet und den Laden verlässt, während ich jetzt wahrscheinlich rot wie eine reife Tomate geworden bin.

»Also dann, machen wir uns auf die Suche?«, fragt Louis.

Ich räuspere mich. »Ja, machen wir uns auf die Suche.«

Das Buch mit der goldenen Umrandung scheint unauffindbar, zumal das Chaos im Laden übermächtig ist und noch viel schlimmer wirkt als zuvor. Alles, was wir aufgebaut hatten, wurde zerstört.

Ich gehe eines der Regale durch, die nicht verwüstet wurden, und seufze.

»Wieder nichts?«, fragt Louis aus dem vorderen Bereich des Ladens, wo er gerade ein paar Kisten durchforstet.

»Nein, leider.« Ich gehe zu ihm und lehne mich an den Tresen. »Wenn wir nur einen weiteren Anhaltspunkt hätten, ein bisschen mehr, als dass dieses Buch einen goldenen Rand hat.«

»Wo sind deine Schnüffler-Fähigkeiten, wenn man sie mal braucht?« Herausfordernd sieht er mich an, aber in seinem Blick liegt auch so viel Zärtlichkeit, dass mir mit einem Schlag ganz warm wird.

»Schnüffler-Fähigkeiten? Ich habe mir nur Bücher angesehen.«

»Als ob du tatsächlich an Büchern interessiert warst. Höchstens an meinem«, meint er lachend, kommt zu mir rüber und küsst mich dabei auf die Wange.

Plötzlich fällt mir etwas ein. Aufregung macht sich in mir breit. Damals, als ich zum ersten Mal hier war, habe ich doch ein Buch mit einem goldenen Rand gesehen!

»Louis! Du bringst mich da auf was.«

Er zieht eine Augenbraue nach oben. »Weißt du, wo diese Flohmarktkiste mit den Büchern ist, die wir damals gepackt haben?«

»Die habe ich in den Keller geräumt. Sally hatte mich darum gebeten. Warum?«

Sofort wird mir ganz warm im Bauch. »Weil ich glaube, dass darin das Buch ist. Ich bin mir sogar sicher, dass ich es in diese Kiste eingepackt habe.«

»Okay, dann lass uns nachsehen.«

Er setzt mich vorsichtig auf dem Boden ab, dann gehen wir gemeinsam nach unten in den Keller. Dort angekommen drückt Louis den Lichtschalter und sieht sich um. »Ich habe die Kiste seinerzeit dahinten in die Ecke gepackt. Schau, das ist sie doch, oder?«

Tatsächlich, das ist die Kiste.

Wir fangen an, Buch für Buch aus der Kiste zu räumen. Nachdem wir die Hälfte der Bücher ausgeräumt haben, beginne ich zu zweifeln.

»Vielleicht habe ich mich ja auch getäuscht«, bemerke ich schon ein wenig niedergeschlagen.

Doch dann holt Louis ein weiteres Buch aus der Kiste und sieht mich begeistert an. »Ich denke nicht. Das sieht genau nach dem Buch aus, das wir suchen.«

Als er es mir entgegenhält, breitet sich Spannung in mir aus. »Das ist es!«

Louis öffnet das Buch. Aber auf den ersten Blick scheint es sich auch nur um ein ganz normales Buch zu handeln. Gemeinsam blättern wir durch die Seiten. Doch ganz am Ende des Buches stoßen wir endlich auf etwas: ein eingelassenes Kästchen! Aber es ist verschlossen.

»Der Schlüssel. Wo hast du ihn?« Ich sehe Louis an, und er beginnt zu grinsen. Nun verstehe ich. »Okay, wieder da, wo niemand so leicht rankommt?« Ich blicke zu seiner Hosentasche.

»So ungefähr.« Er zieht seinen Schlüsselbund aus der Tasche.

»Du hast ihn zu deinem Haustürschlüssel dazugehängt?«

»Na ja, so vermutet niemand, dass er etwas Besonderes ist.«

Louis nimmt den Schlüssel, steckt ihn ins Schloss – und tatsächlich, es macht *klick*, der Deckel öffnet sich, und das Medaillon, von dem Barney gesprochen hat, kommt tatsächlich zum Vorschein. Ein silbernes Medaillon mit blauer Verzierung.

»Das ist nicht zu fassen«, sagt Louis atemlos. »Ich habe es immer gewusst, Barney ist nicht verrückt, er wusste, wovon er sprach.«

»Ich kenne das Medaillon«, sage ich, »ich habe es schon mal gesehen.«

Louis' Augen weiten sich. »Okay, und wo?«

Ich erzähle ihm, wie ich damals zusammen mit Tante May vor dem Fernseher saß und mich die Bilder überkamen, als der Bericht über das große U-Bahn-Unglück in Moorgate gezeigt wurde. Das Unglück, bei dem Caroline, Tante Mays Schwester, ums Leben kam.

»Dann hast du es also an Caroline gesehen? Ihr hat es gehört?«

»Ja, ich denke schon.«

Als wir es noch einmal betrachten, bekommt es mit einem Mal diesen Glanz und leuchtet leicht.

»Denkst du, dass Will auch bei dem U-Bahn-Unglück ums Leben kam?«, fragt Louis.

»Das könnte gut sein. Ich habe damals ja nur die Bilder aus Carolines Perspektive gesehen. Aber das können wir nun herausfinden.«

Louis schluckt. »Okay, bist du bereit?«

Ich nicke, und so strecken wir gemeinsam unsere Hände nach dem Medaillon aus. Als wir es beide gleichzeitig berühren, geschieht es tatsächlich wieder. Die Magie des Gegenstandes scheint uns wegzuziehen, und schon wenige Sekunden später schwirren Bilder um uns herum. Caroline, der U-Bahn-Waggon, der Mann mit dem Kapuzenshirt. Dann der Aufprall, der Brief …

Die Bilder sind so intensiv, dass ich kurz nach Luft schnappe, als wir wieder in der Gegenwart angelangt sind. Vieles war verworren, trotzdem auch klar. Dieser Mann, der sich über Caroline beugte und meinte, er werde auf den Brief aufpassen, war offensichtlich nicht Barney. Doch wer war er dann?

»Alles in Ordnung?« Louis sieht mich an, und ich nicke leicht. Aber gar nichts ist in Ordnung. »Wirklich?«, hakt er nach.

Jetzt schüttle ich doch den Kopf. »Nein, eigentlich nicht. Das war so heftig. Wie Caroline gestorben ist. Dann der Mann, dem sie den Brief gegeben hat. Und Will, ich meine, wo war er? Was war mit ihm und mit diesem Mann mit der Kapuze, der da noch zu sehen war?«

Tränen treten mir in die Augen, und Louis rückt näher an mich heran. »Ich weiß, das war wirklich schlimm. Aber etwas Gutes hat es, oder?«

Ich weiß nicht, worauf er hinauswill. »Ach ja? Und was wäre das?«

»Na ja, wir haben gesehen, was passiert ist und dass noch jemand in die Sache verwickelt war. Jemand, der etwas, das in Bezug auf den Fluch wichtig ist, für Caroline aufbewahren wollte. Und dass es noch diesen anderen Jungen gab. Ich glaube, den Namen Cole verstanden zu haben.«

Ich nicke. »Stimmt, Cole. Und die Männer, die uns auch gejagt haben, waren ebenfalls da, und sie waren eindeutig schuld an allem. Sie haben von der Legende gesprochen, darüber müssen wir eindeutig mehr herausfinden.«

»Und deshalb sollten wir mit dem Professor reden«, überlegt Louis. »Wie hieß er noch mal? Drokev, oder? Wir sollten mehr über ihn herausfinden.«

Wir gehen nach oben in Louis' Zimmer. Mit seinem Laptop setzen wir uns aufs Bett, und es dauert tatsächlich nicht lange, bis wir fündig werden.

»Okay, laut Google ist dieser Drokev Historiker und einer der renommiertesten Forscher auf dem Gebiet der Geschichte von Mythen und Legenden«, fasst Louis zusammen. »Er lebt hier in London und ist Professor an der Universität von London, dort hält er regelmäßig Vorlesungen.«

Ich nicke. »Das ist schon mal gut. Er ist also hier in der Stadt.«

»Ich denke, das Beste wird sein, wenn wir ihn morgen gleich nach der Schule aufsuchen. Was meinst du?«

»In Ordnung, lass es uns so machen.«

Die Zeit ist verflogen, es ist bereits nach fünf. Von Jill habe ich ein paar Nachrichten auf dem Handy, konnte aber noch nicht allzu viel zurückschreiben, nur dass alles gut ist und ich mit Louis unterwegs bin. Außerdem habe ich zwei Nachrichten von Nathan. Wenn ich an morgen denke, werfen sich mir einige Fragen auf.

»Worüber denkst du nach?«, will Louis wissen.

Ich lege das Handy weg. »Ach, Jill hat mir geschrieben, es ging um Nathan. Er …«

Sofort versteift sich Louis' gesamter Körper. »Was ist mit ihm?«

»Mir hat er auch geschrieben. Er wollte wissen, was los war. Jill meinte, er war wohl sehr enttäuscht. Und außerdem …«

»Ja?«

Zögernd fahre ich fort: »Und außerdem habe ich mir auch gerade ein paar Fragen gestellt. Ich erzähle Jill immer alles, und sie weiß von uns, dass wir …«

»Dass wir zusammen sind?«

»Ja. Ist das okay?«

»Klar. Warum soll es das nicht sein?«

Ich lächle. »Schön. Aber wie wird es morgen in der Schule sein? Mit Lilly und Nathan und … na ja, mit allem eben.« Mein Herz klopft heftig. Ich habe sie ausgesprochen, die indirekte Frage, ob das mit uns jetzt offiziell ist – oder eben nicht.

»Ich will mich nicht verstecken«, antwortet Louis mit Entschlossenheit in der Stimme. »Ich muss mich auch nicht verstecken. Meinetwegen dürfen es alle wissen, denn du gehörst zu mir, Amy«, flüstert er und legt die Hand an meine Wange.

»Wirklich?«

Er lächelt. »Was ist das für eine Frage? Ja, wirklich.«

Als ich daran denke, was wir bisher in den Bildern alles gesehen haben, an die Menschen, die ihr Leben lassen mussten, spüre ich Traurigkeit. »Wir müssen herausfinden, warum all diese

Paare gestorben sind. Und warum auch wir in Gefahr sind …«
Meine Stimme versagt.

»Hey.« Louis zieht mich an sich. »Wir werden es herausfinden. Und ich bin für dich da. Du und ich, ich meine, wir … wir gehören doch zusammen«, flüstert er.

Dann schließt er mich in seine Arme, und wir halten uns einfach nur fest. Diese Geste wirkt so vertraut, genauso wie sein letzter Satz. Nur scheint darin etwas zu fehlen, anders zu sein. Der Gedanke drängt sich mir auf, keine Ahnung, weshalb.

# Kapitel 33

Auch wenn Louis und ich alles geklärt haben, bin ich am nächsten Morgen unheimlich aufgeregt. Jill weiß natürlich Bescheid. Ich habe am Abend noch länger mit ihr telefoniert.

»Hast du denn Nathan gestern noch geantwortet?«, fragt sie, als wir uns nun an der U-Bahn-Station treffen, um gemeinsam zur Schule zu gehen.

Ich nicke. »Ja, allerdings nur kurz.«

Louis steht schon vor dem Eingang und sieht mir entgegen. Augenblicklich beginnt mein Herz, schneller zu schlagen. Doch nicht nur er ist da, sondern auch Thomas und Nathan, die uns noch vor Louis abfangen. Thomas kommt auf Jill zu und gibt ihr einen Kuss, während Nathan vor mir stehen bleibt und mich anlächelt.

»Hey. Na, alles klar?«, will er wissen.

Ich nicke, lasse meinen Blick allerdings zu Louis wandern. »Ja, schon. Und bei dir?«

»Ebenso. Hör mal, hättest du Lust, heute was zusammen zu unternehmen? Ich würde gern mit dir reden.«

Ich räuspere mich. »Tut mir leid, ich kann heute nicht. Aber vielleicht morgen?«

Louis nähert sich uns, die Augen zu Schlitzen verengt.

»Okay, kein Problem«, antwortet Nathan. »Morgen klingt gut. Ich freue mich.« Dann sieht er zu Louis. »Was willst du?«

»Sicher nichts von dir.« Louis hebt eine Augenbraue. »Ich muss mit Amy reden, wegen des Projekts.«

Nathan verzieht das Gesicht. »Du Arme. Dann bis gleich.«

»Du und ich, wir haben was zu bereden, jetzt!« Louis greift mich am Ellbogen, und ich folge ihm wortlos ins Innere des Gebäudes. In der Nähe der Toiletten stoppt Louis ab und zieht mich in einen der Abstellräume. »Was war das bitte?«, presst er heraus, kaum dass die Tür hinter uns ins Schloss gefallen ist. »Gestern fragst du mich, ob es mit uns offiziell ist, und jetzt verabredest du dich für morgen mit Nathan?«

»Tut mir leid«, erwidere ich. »Es war spontan und ist nicht so, wie es aussieht.«

»Okay, dann erkläre es mir.«

»Ich wollte es dir vorhin noch erzählen, aber Nathan war schneller. Jedenfalls hatte Jill gestern die Idee, dass ich versuchen soll, über Nathan Näheres herauszufinden.«

»Inwiefern?« Ich merke Louis noch immer deutlich sein Misstrauen an.

»Wir gehen heute zum Professor, da wissen wir hoffentlich schon mal mehr. Morgen treffe ich mich dann mit Nathan und bitte ihn, mir das Anwesen der Kanes zu zeigen, das hat er mir schon mal angeboten. Bei der Gelegenheit versuche ich, ihn auszufragen und mehr über seine Familie in Erfahrung zu bringen. Nur deswegen möchte ich mich mit ihm verabreden.«

Ich spüre, wie Louis mit sich kämpft. »Okay, ihn ausspionieren sozusagen«, er atmet tief durch. »Ich weiß nicht, Amy, ich traue ihm nicht, das ist gefährlich. Was, wenn er dir näherkommen will?«

»Dann schiebe ich ihn weg. Vertrau mir, es geht mir nur darum, mehr zu erfahren, über diesen Fluch und seine Familie, falls sie darin verwickelt ist. Dann wäre es doch gut zu wissen, inwiefern.«

Schließlich schluckt er und greift nach meiner Hand. »Du schreibst mir aber regelmäßig, dass du in Ordnung bist, okay?«

»Klar, natürlich.«

»Und jetzt? Wenn du dich morgen mit Nathan triffst, können wir das mit uns doch noch nicht offiziell machen, schätze ich.«

»Lieber noch nicht«, sage ich. »Wir warten besser noch ein paar Tage.«

»Dann wirst du damit klarkommen müssen, dass Lilly um mich herumschwirrt.«

Ich ziehe eine Augenbraue nach oben.

»Ja, schon klar«, fügt er hinzu, »ich gebe ihr dann zu verstehen, dass es aussichtslos ist.«

Schließlich küssen wir uns und vergessen die Zeit, bis es zum Unterricht läutet.

»Mist. Schnell, wir müssen los, wir sehen uns nach der Schule.«

Er küsst mich noch mal, dann geht jeder in sein Klassenzimmer.

Eine halbe Stunde nach Schulschluss kommen Louis und ich vor dem Universitätsgebäude an.

»Hast du alles dabei?«, will ich wissen.

»Ja. Das Etui, das Medaillon, die Brosche …«

»Und das Buch.«

Er nickt. »Alles da. Lass uns schauen, ob wir den Professor finden.«

In dem großen Eingangsbereich des alten Gebäudes tummeln sich zahlreiche Studenten. Es ist fast so, als würde man in eine andere Welt eintauchen, was wohl auch daran liegt, dass diese Universität von London eine der ältesten in ganz Großbritannien ist. Glücklicherweise gibt es eine Informationstafel, die uns zum Sekretariat führt. Wir werden in den ersten Stock geschickt, wo der Professor sein Büro hat.

Nachdem wir eine Treppe hochgestiegen sind, laufen wir durch verschiedene Gänge, bis wir endlich bei einer Tür ankommen, an der ein Schild mit dem Namen *Prof. A. Drokev* klebt. Erleichtert nicken wir uns zu.

»Also, dann klopfen wir mal.« Ich atme tief durch, doch als ich gerade klopfen will, schwingt die Tür auf und statt an der Tür landet meine Hand mitten auf der Schulter eines Mannes.

»Oh.« Erschrocken ziehe ich die Hand zurück.

»Hallo, junge Frau, warum denn so stürmisch?« Er trägt einen weißen Vollbart und eine altmodische Brille und wirkt aufgeweckt und freundlich. Sein Körper steckt in einem groben karierten Sakko aus grünlichem Stoff, einem weinroten Hemd und einer ebenfalls karierten Hose mit schon etwas ausgebeulten Knien. In der Hand trägt er eine abgegriffene braune Aktentasche.

Seine Augen wandern zwischen Louis und mir hin und her. »Wollt ihr zu mir?«

Ich nicke. »Sind Sie Professor Drokev?«

»Ja, der bin ich. Und ihr?« Er mustert uns neugierig.

»Ich bin Amy Evans und das ist …«

Louis unterbricht mich. »Louis Lamen«, stellt er sich selbst vor und reicht dem Professor die Hand.

»Freut mich. Amy Evans und Louis Lamen. Wie kann ich euch denn helfen?«

Ich nicke Louis zu, dann atmet er tief durch und beginnt schließlich zu erzählen. »Wir kommen von Barney Bookbloom. Er meinte, Sie erwarten uns und können uns bei einigen Fragen bezüglich einer Legende behilflich sein.« Er zieht das Buch aus der Tasche und reicht es dem Professor, der es mit einer Mischung aus Neugier und Wissen betrachtet. Seine Augen weiten sich merklich, bevor sein Blick erneut zwischen uns hin und her wandert.

»Das gibt's nicht, so viele Jahre und dann … ihr seid wirklich hier.« Seine Stimme klingt ruhig, aber man hört auch eine gewisse Aufregung heraus.

»Das heißt, Sie wissen Bescheid?«, frage ich.

»Ja, das tue ich.« Er sieht uns ernst an. Sein Blick schweift zu mir. »Dein Muttermal«, er sieht mich eindringlich an. »Es ist unglaublich«, er streicht sich durchs Haar. »Hat jemand mitbekommen, dass ihr hier seid?«

»Ich denke, bisher nicht«, antwortet Louis.

Der Professor sieht sich um.

»Gut, dann kommt schnell rein, ich habe tatsächlich schon auf euch gewartet.«

# Kapitel 34

»Setzt euch doch bitte«, sagt er und deutet auf zwei Stühle vor seinem Schreibtisch.

Wir nehmen Platz und warten eine Weile, weil der Professor noch in einer der Schreibtischschubladen gräbt.

»Ihr kommt also von Barney?«, fragt er mit ernster Miene.

Louis und ich nicken.

»Nun, ich will euch gern glauben. Und ja, alles deutet darauf hin. Aber wie kann ich sicher sein, dass ihr mir tatsächlich die Wahrheit erzählt? Dass es kein Zufall ist.«

Fragend blicke ich zu Louis.

»Weil wir etwas suchen, das angeblich nur bei Ihnen zu finden ist.«

»Ach ja, und was soll das sein?«, will der Professor wissen.

»Die richtige Geschichte, hat Barney gesagt«, antwortet Louis und legt die Gegenstände samt Schlüssel auf den Tisch. »Barney meinte außerdem, dass Sie uns Antworten geben können«, erklärt er. »Und wir hoffen, dass wir mit Ihrer Hilfe herausfinden können, wie sich das, was gerade mit uns passiert, erklären lässt. Denn wir … wir werden gejagt, und diese Gegenstände lösen Visionen bei uns aus, von Paaren, die, soweit wir jetzt wissen, es in unseren Familien in der Vergangenheit gab und die alle ums Leben kamen, nachdem sie sich ineinander verliebt hatten. Sie haben auch das Muttermal angesprochen. In Amys Familie hatten die Frauen, die ums Leben kamen, alle genau dieses Muttermal. Wir wissen aber nicht, warum das so ist.«

»Barney«, flüstert er. »Wie geht es ihm?«

Louis sieht ihn an.

»Nicht so gut, bei uns wurde eingebrochen. Vermutlich deswegen.«

Ich hole das Buch aus meiner Tasche und schlage die Seite mit der Legende auf. »Barney hat vieles gesagt, er hat von einem Fluch geredet, der auf uns lastet, und er meinte, es geht um diese Legende, aber ich habe nur in diesem Buch etwas dazu gefunden. Doch es fehlt das Ende. Zumindest macht es den Anschein.«

Die Worte sprudeln aus uns heraus und nachdem wir geendet haben, wiegt der Professor für eine Weile nur nachdenklich den Kopf hin und her. Doch irgendwann beginnt er zu sprechen. »Das ist wirklich beeindruckend, so unglaublich. Ich kann es kaum glauben.« Er beugt sich nach vorn und mustert uns mit ernster Miene. »Ihr seid es wirklich. Und dass ihr jetzt hier seid … Wisst ihr, dass vor vielen Jahren auch zwei Menschen hier gesessen und mir genau das Gleiche erzählt haben?«

Louis und ich blicken uns an.

»Ihr wisst, wer die beiden waren, oder?«, hakt der Professor nach.

Ich bin es schließlich, die es ausspricht. »Caroline und Will?«, flüstere ich.

»Ja, so ist es. Caroline und Will. Caroline, mit demselben Muttermal, wie du es hast. Es scheint ein Zeichen zu sein, das weitergegeben wird.«

Mit einem Mal habe ich ein heftiges Gefühl, das einem Déjà-vu gleichkommt. Zu wissen, dass die beiden ebenfalls hier waren, dass sie schon etwas herausgefunden hatten, dann aber gejagt und umgebracht wurden, jagt mir einen Schauer über die Haut.

»Sehr wohl«, fährt der Professor fort. »Nun, es fehlen euch noch ein paar Puzzleteile, aber dafür bin ich da. Seid ihr bereit, zu erfahren, was Caroline und Will wussten?«

Ich sehe zu Louis, der nickt, und ich nicke ebenfalls.

Doch der Professor schweigt wieder, wirkt in seinen Gedanken gefangen. Nur das Ticken der großen Standuhr ist im Raum zu hören und wirkt mit einem Mal so unglaublich laut.

Tick, tack, tick, tack.

Endlich steht der Professor auf, geht zu einer nussbraunen Kommode mit Verzierungen und holt ein Buch daraus hervor. Genauer gesagt sieht es aus wie das Buch, das wir von Thomas haben, nur älter. Der Einband ist bereits abgegriffen, rissig und fleckig. Auch die Seiten im Inneren sind vergilbt, teilweise auch geknickt und zerfranst.

Der Professor rückt seine Brille zurecht und fängt an, in dem Buch zu blättern. Schließlich hält er inne und dreht das Buch in unsere Richtung. »Ihr hattet recht mit der Vermutung, dass die Geschichte in eurem Buch nicht alles erzählt. Hier drin befindet sich der fehlende Teil. Barney hat das ja aber wohl erwähnt.«

Ich werfe einen Blick darauf. *Die Magie der Blume des Lebens*, lese ich, daneben erkenne ich das Zeichen. Eine Art Blume, in schwarzer Tinte gezeichnet, darunter ein Paar, das sich an den Händen hält.

»Warum ihr dieses Zeichen sehen könnt, ist ganz einfach, ihr seid Teil der Geschichte«, erklärt der Professor uns. »Und das Geheimnis dahinter verbirgt sich in den fehlenden Zeilen.«

Er deutet auf die aufgeschlagene Buchseite, und wir beginnen zu lesen.

***Die Magie der Blume des Lebens***

*Es war einmal vor langer Zeit, da erzählte man sich von der magischen Blume, die in London erblühte. Schon viele hatten versucht, sie zu finden, da ihr Glanz zwei reine Seelen unendlich machen sollte, verbunden durch die größte Kraft, die es gibt: die Liebe.*

*Und so geschah es, dass ein junger Mann sich ebenfalls auf die Suche machte, selbstlos, da er die Frau, die er über alles liebte, nicht sterben lassen wollte. Sie war schwer erkrankt und keine Heilung in Sicht. Der junge Mann durchkämmte ganz London, und eines Tages, im Schatten eines Steines, umgeben von einem Licht, und von einem Baum verhüllt, zeigte sie sich ihm. Denn die Blume, das wusste man nicht, zeigt sich nur dem, der verdient ihr glänzend Gesicht. So geschah es auch in dieser Nacht, als sie leuchtete in vollster Pracht. Der junge Mann griff danach, und sein Wunsch, die Blume des ewigen Lebens zu finden, wurde wahr. Voller Freude im Herzen brachte er sie zu seiner Geliebten, denn bald würden sie vereint sein im ewigen Glück.*

So weit kennen wir die Geschichte. Louis und ich blicken uns an, dann lesen wir weiter:

*Doch wo Glück hell erstrahlt, ist auch der Schatten nicht weit. So geschah es in jener Nacht, als die beiden voller Liebe den Bund schließen wollten, dass die Dunkelheit diesen zerschnitt, von Eifersucht entfacht. Gestört durch einen Dritten zersplitterte das Glück und verteilte sich auf drei. Von da an war die Dunkelheit ihren Seelen auf den Fersen, bis das Licht sie sich wieder erkennen ließ.*

*Doch wenn das Licht strahlt und die wahren Liebenden wieder zusammenführt, ist auch der Schatten nicht fern, und die Fänger der Zeit stehen bereit. Sie suchen den Funken der wahren Liebe, doch dürfen ihn niemals bekommen, sonst ist er für immer verloren – und die wahre Liebe darf niemals sein. Die reinen Seelen müssen den Funken bewahren, so sagt man sich, bis die Blume sich wieder vervollständigt und das Licht den Schatten besiegt. Gelingt dies nicht, hilft nur ein Opfer – erbracht aus wahrer Liebe. Damit der Funken zersplittert und so die Zeiten überdauert – und zur rechten Zeit wieder erstrahlen kann. Dies ist der Fluch. Und so besiegelt der Anfang das Ende.*

Die Worte wirbeln durch meine Gedanken, während Louis den Satz wiederholt, der auch mich stutzig gemacht hat. »›Bis die Blume sich wieder vervollständigt hat.‹ Was bedeutet das?«

Er sieht uns an.

»So viele Fragen, nicht wahr? Was hat es damit auf sich? Warum gibt es diesen Fluch und warum dürft ihr nicht zusammen sein …«

Ich sehe zu Louis, der jetzt meine Hand nimmt.

»Nun, ich kann euch eines sagen: Als eure Vorfahren starben, verloren sie Teile der Blume, genauer gesagt Teile ihres Funkens, oder Seelenteile – und diese hinterließen Erinnerungen, die ihr nun in den Gegenständen gefunden habt.« Er deutet auf das Etui, das Medaillon und die Brosche. »Ihr habt sie erkannt, weil sie euch angezogen haben. Weil sie Teile von euch sind. Weil darin Funkenteile sind.«

In meinen Gedanken gehe ich die Gegenstände durch, die wir bereits entdeckt haben. Auf dem Tisch liegen drei, hinzu kommen der Fächer und das Kleid – beide wurden aber gestohlen. »Dann heißt das also, dass diese Funken, also diese Teile, jetzt wieder zusammengebracht werden müssen, aber warum?«

»Na ja, derjenige der sie zusammensetzt, verfügt über die Stärke der Blume, und wer das Ritual erneuert, wird unendlich und erlangt dadurch große Macht. Dies ist beim allerersten Ritual nicht gelungen, durch den Dritten, der es gestört hat.«

»Aber ich verstehe das nicht. Wenn da steht, die Blume muss wieder vervollständigt werden, hätte man das Ritual nicht nur einfach erneuern müssen?«

Der Professor nickt. »Ja, so sollte es wahrscheinlich sein. Aber mit den Jahren ist Folgendes geschehen: Dadurch, dass die Paare, also eure Vorfahren, immer gejagt wurden und so gezwungen waren sich zu opfern, um den Funken der wahren Liebe zu bewahren, hat sich dieser mit jedem Mal weiter aufgesplittet – was allerdings zur Folge hat, dass es nicht nur für die Fänger der Dunkelheit mit jedem Mal schwieriger wurde, an den Funken für das Ritual zu kommen, sondern auch für die Paare, den Fluch zu brechen, da man ja alle Funkenteile benötigt, um das Ritual zu erneuern. Sie wollten so verhindern, dass sie gefangen werden und ihre Liebe für immer ausgelöscht wird.«

Er lässt den Blick über die Gegenstände wandern.

»Aber warum?«, frage ich. »Das versteh ich nicht.«

»Nun, das ist in der Tat die Frage.«

Ich bemerke, wie sein Blick zu Louis schweift. Der Ausdruck in seinem Gesicht verändert sich. Er sieht aus, als würde er ihm nicht trauen. Aber vielleicht täusche ich mich auch.

»Und was können wir jetzt tun?«, will ich wissen.

Er sieht mich an, dann Louis.

»Das Ritual muss erneuert werden. Mit allen Teilen des Funkens, damit die Blume sich wieder verbinden kann. Und diejenigen, die hinter euch her sind, brauchen euch dafür.«

»Aber warum?«

Mit einem Mal wird sein Blick ernst. »Das Schicksal der Blume hat sich mit dir verbunden und sie will ihre Bestimmung erfüllen. Das heißt, ihr Funke ist in dir.«

Es ist schon nach sechs, als wir das Büro des Professors verlassen. Wir haben beschlossen, dass er das Medaillon, die Brosche und auch das Etui bei sich aufbewahrt. Für den Notfall haben wir ihm unsere Kontaktdaten hinterlassen. Mein Kopf schwirrt von den ganzen Informationen, die auf uns eingeprasselt sind.

»Trotzdem verstehe ich das alles noch nicht ganz«, sage ich. »Unsere Seelen sind also schon seit Jahrhunderten miteinander verbunden? Wir beide sind das Liebespaar aus der Legende, das Paar, das sich verbinden wollte, aber gestört wurde? Aber wer ist der Dritte, von dem in der Geschichte die Rede ist? Der das Ritual gestört und den Fluch ausgelöst hat? Kann es sein, dass …«

»Ja, das denke ich auch. Ich vermute, es hat was mit den Kanes zu tun«, sagt Louis und spricht meine Gedanken aus. »Nur erschließt sich mir der Zusammenhang nicht«, fügt er an.

Ich seufze. »Nathans Vater sammelt historische Gegenstände. Ob er wohl das Kleid und den Fächer hat? Und deswegen die anderen Gegenstände sucht. Ich denke, das ist nicht so abwegig.«

»Nun, es würde zumindest einiges erklären.« Louis atmet tief durch. »Verdammt. Ich war auf einiges gefasst, aber das …« Er blickt gedankenverloren in die Ferne, wirkt äußerst in sich gekehrt.

»Was ist los?«, frage ich.

Er sieht nun endlich zu mir. »Nichts, schon okay, alles in Ordnung.«

Aber ich nehme ihm das nicht wirklich ab. »Woran denkst du?«

»An vieles. Vor allem an diese Bilder, als wir uns das Kleid angesehen haben. Ich weiß nicht, da war irgendwas anders. Und dann noch mein Traum … Und mal ehrlich, Amy, wenn wir zusammengehören, warum sind wir, also unsere Vorfahren, dann geflohen?«

»Du und ich, wir sind die, die zusammengehören, das weiß ich«, sage ich in der Hoffnung, ihn damit beruhigen zu können.

»Ja, klar. Natürlich.« Doch irgendwie habe ich das Gefühl, dass er daran zweifelt. »Vielleicht hätten wir dem Professor die Funken nicht geben sollen«, überlegt er.

»Warum?«

»Weil … keine Ahnung. Was, wenn er am Ende auch zu denen gehört?«

»Das glaube ich nicht, sonst hätte Barney uns doch nicht zu ihm geschickt.«

»Ja, vielleicht. Aber irgendwie kann man sich bei nichts mehr sicher sein, oder?«

Ich sehe ihm fest in die Augen. »Doch. Eins ist sicher: Wir beide gehören zusammen. Und wir werden herausfinden, was es mit allem auf sich hat. Ich treffe mich morgen mit Nathan, dann werden wir sehen, was er weiß.«

»Amy, klar, es ist wichtig.« Er atmet tief durch. »Aber verdammt, wenn ich daran denke, dass du und er …«

»Ich verstehe dich ja, aber hast du eine andere Idee?«

Er antwortet nichts, doch ich merke genau, wie es an ihm nagt.

Schließlich bringt Louis mich nach Hause, die ganze Zeit ist er still – zu still – und als wir vor der Haustür stehen bleiben, fährt er sich nervös durch die Haare. »Scheiße ist das alles, einfach scheiße!«

»Bist du jetzt sauer auf mich? Wegen Nathan?«, frage ich.

»Unsinn, aber ich … Was, wenn ich nicht gut für dich bin, Amy? Ich meine, warum der Fluch? Das macht keinen Sinn, oder?«

Heftig schüttle ich den Kopf. »Warum sagst du so was?«

»Na ja, vielleicht sollten wir uns doch eine Weile voneinander fernhalten.«

»Wie meinst du das?«

»So, wie ich es gesagt habe.«

»Das ist jetzt nicht dein Ernst, oder?«

»Tut mir leid, Amy, ich muss jetzt gehen.« Dann wendet er sich ab und lässt mich einfach stehen.

Aufgewühlt bleibe ich zurück und kann es nicht begreifen. Louis bedrückt eindeutig etwas. Noch etwas Tieferes, als er zugibt. Doch was? Und warum?

Oben in meinem Zimmer lasse ich mich aufs Bett fallen und blättere durch mein Zeichenbuch, in der Hoffnung, irgendetwas daraus lesen zu können. In Gedanken gehe ich die Geschichten durch, die die Gegenstände erzählt haben, aber ich verstehe nicht alles. Es soll da noch jemanden gegeben haben? Aber wen? Warum?

Auch Jill, die ich anschließend anrufe, hat keinen Rat, und so habe ich nur noch einen Gedanken: morgen bei Nathan die Antwort zu finden.

Irgendwann, als ich es kaum mehr aushalte, greife ich nach dem Handy und schreibe Louis eine Nachricht:

*Ich wünschte, du wärst hier.*

Denn genau das ist es, was ich gerade empfinde. Meine Gedanken kreisen nur noch um ihn, und als er immer noch nicht schreibt, ertrage ich es nicht mehr. Ich ziehe meine Jacke an und dann schleiche ich mich aus dem Haus.

Mein Herz klopft heftig, als ich vor seinem Haus stehe und nach oben zu seinem Zimmer blicke. Das Licht ist an und ich sehe mich um, ratlos, was ich jetzt tun soll. Leider hat er keinen Baum vor seinem Fenster. Ich blicke auf mein Handy, doch da nehme ich eine Bewegung an der Ladentür wahr. Louis tritt aus dem dunklen Laden, in Jacke und Schuhen.

Augenblicklich beginnt mein Herz heftig zu klopfen.

Er hält in der Bewegung inne, als er mich sieht. Tausend Fragen stehen in seinem Gesicht und kurz bin ich verunsichert.

»Bist du verrückt, wir werden gejagt und du stehst hier?«

»Ich musste dich sehen«, sage ich.

»Komm rein, aber leise«, sagt er nur, nimmt meine Hand und ich folge ihm die Stufen nach oben in sein Zimmer. Als wir drin sind, schließt er die Tür und steht dicht vor mir.

»Ich wollte gerade zu dir kommen.« Endlich lächelt er.

»Ehrlich?«

»Ja, ich bin …«

»Ein Blödmann?«, ergänze ich.

»Ja, auch«, er grinst. »Und ich konnte nur daran denken, bei dir zu sein.«

»Und warum?«

Er sieht mich intensiv an.

»Weißt du, Amy, du bedeutest mir was, und der Gedanke, dass du und ich am Ende doch nicht zusammengehören, tut weh. Ich frage mich, ob der Fluch vielleicht eine Bestrafung ist für irgendetwas. Es hat mich in dem Moment einfach fertiggemacht.«

»Das ist nicht so, ich glaube das nicht«, bekräftige ich. »Ich fühle das. Auch wenn du dir Sorgen machst, wir kriegen das hin. Lass uns jetzt einfach darüber reden und …«

»Ehrlich gesagt, will ich gerade nicht mehr reden, ich will nur dich«, flüstert er, ehe er mich an sich zieht und mich küsst. Mein Herz überschlägt sich beinahe. Ja, wir haben so viel geredet. Und Küssen ist jetzt eindeutig besser.

Ich weiß nicht, wie viel Zeit vergangen ist – Minuten oder Stunden –, als er mich hochhebt und zum Bett trägt.

»Wir haben beide zu viel an, was meinst du?«, hauche ich ihm zu. Sein Blick fixiert mich, doch schon gleiten seine Hände unter mein Shirt, ziehen es langsam nach oben, bevor ich das Gleiche mit seinem Shirt mache.

»Ja, viel zu viel«, erwidert er. Meine Hände gleiten über seinen Oberkörper zum Bund seiner Jeans. Ich öffne betont langsam erst den Gürtel, dann den Knopf. Währenddessen öffnet er auch meine Hose. Schließlich fallen beide zu Boden, und wir stehen nur noch mit Unterwäsche bekleidet da.

»Immer noch zu viel«, sage ich mit einem Lächeln. Sein Blick beginnt zu lodern. Er zieht mich an sich, greift in meinen Rücken und öffnet meinen BH. Ich spüre seinen Oberkörper an meiner Brust, während seine Hände meine Seiten entlangwandern und er mich anschließend sanft aufs Bett drückt.

Er schiebt seinen Körper über meinen, küsst meine Brüste, und ich seufze auf, als er mit der Zunge über meine Haut fährt, immer tiefer, bis er den dünnen Stoff meines Slips erreicht und beginnt, die Innenseiten meiner Schenkel zu küssen.

»Bist du sicher?«, fragt er mich irgendwann, und als ich nicke, schiebt er mir den Slip von den Beinen. Stück für Stück lässt er ihn von meiner Haut gleiten. Ich spüre die Aufregung in mir.

Mein Blick trifft seinen. Im leichten Schattenlicht kniet Louis neben mir, trägt nichts als seine Boxershorts. Als er sie sich nun von den Hüften streift und ich ihn so ganz nackt vor mir sehe, rast mein Puls förmlich. Louis tastet nach seiner Nachttischschublade, öffnet sie und zieht ein kleines Päckchen heraus.

Schließlich legt er sich wieder zu mir. »Bist du aufgeregt?«, will er wissen.

Ich nicke leicht.

»Ich bin auch nervös, Amy, aber wir haben ganz viel Zeit«, flüstert er.

Erneut suchen seine Lippen meine, bevor sie an meinen Hals und schließlich immer weiter abwärts bis zu meinen Brüsten wandern. Er schiebt sich zwischen meine Beine, dabei küsst er mich weiter, jeden Winkel meines Körpers.

Ich seufze, weil es sich so gut anfühlt. So unendlich gut.

»Küss mich, Louis, und lass uns alles vergessen«, flüstere ich nur.

Erneut küsst er mich überall, auf den Mund, auf meinen gesamten Körper, und ich kann nur noch fühlen. Wir sind uns so nah, dass nichts mehr zwischen uns zu passen scheint. Wir erkunden uns gegenseitig mit den Händen, ich fühle seine Muskeln an meiner Brust, seine Haut an meiner Haut, genieße es, wie seine Hand zart und langsam über meinen Rücken und wieder hinauf bis zu meinem Nacken wandert. Ich brenne, ertrinke, falle und fliege – alles gleichzeitig.

Schließlich löst er sich kurz von mir und tastet nach dem kleinen Päckchen, nimmt etwas heraus und rollt es sich über. Brennende Aufregung jagt durch mich hindurch. Ein Kribbeln, ein Prickeln, so viele Gefühle.

Er scheint mir meine Nervosität anzumerken. »Ich kann jederzeit aufhören, okay?«, sagt er.

Ich nicke nur, bevor er mich so voller Liebe und Leidenschaft küsst und schließlich in mich eindringt. Mein Atem geht schnell, seiner ebenfalls. Erst ist da ein kurzer Schmerz, der aber mit jeder Bewegung schwächer wird.

Und dann gibt es nur noch ihn und mich.

# Kapitel 35

Nach dieser Nähe ist es schwer, sich voneinander zu trennen. Die ganze Nacht war ich bei ihm. Und als er mich nach Hause gebracht hat, verspreche ich ihm, mich zu melden, nachdem ich bei Nathan war.

Auch zwischen den Unterrichtsstunden schreiben wir uns, wenn auch nur kurze Nachrichten. Louis bittet mich, vorsichtig zu sein, sagt mir, dass es heute Nacht so schön war und dass er mich liebt. Aber auch, dass es Barney wieder etwas besser geht. Er versucht ihn etwas aufzumuntern und liest ihm vor, auch, um sich abzulenken.

Nach der Schule wartet Nathan schon auf mich. »Ich freue mich so, dass wir was zusammen unternehmen, auch wenn du es mit der Arbeit verbinden musst«, meint er. Ich habe ihm erzählt, dass ich Informationen für einen Artikel benötige.

Das Anwesen der Kanes wirkt noch genauso imposant auf mich wie schon beim ersten Mal, als ich hier war. Mittlerweile scheint das ewig her zu sein, dabei sind seitdem erst ein paar Wochen vergangen. Wieder werden wir am Tor gefragt, ob wir einen Wagen möchten, um zum Wohnhaus zu fahren, aber mir ist es recht, dass Nathan ablehnt.

Erneut bewundere ich die Rosen, die entlang des Weges blühen.

»Du magst sie, nicht wahr?«, will Nathan wissen.

»Ja, sehr.« Ich bleibe stehen und sehe hinüber zu der Kirche, die ich auch von meinen Zeichnungen kenne.

Nathans Blick ist meinem gefolgt. »Was meinst du, willst du dort mal hin? Schon als du das erste Mal hier warst, hatte ich das Gefühl, dass du die Kirche gern sehen würdest.«

»Auf jeden Fall«, antworte ich. »Aber lass uns das später machen. Zuerst würde ich gern ins Haus gehen und ein wenig über deine Vorfahren erfahren.«

»Na klar, dann tun wir das.«

»Also dann, was möchtest du sehen?«

Nathan führt mich zuerst in einen großen Raum, in dem an den Wänden unzählige Bilderrahmen hängen. »Das ist unser Ahnenraum«, erklärt er.

Ich lasse meinen Blick über die Rahmen wandern, in einigen befinden sich Fotos, in anderen wiederum Gemälde. Vor einem Bild, das einen hochgewachsenen Mann zeigt, bleibe ich stehen. Irgendwoher glaube ich ihn zu kennen.

»Wer ist das?«, frage ich.

»Robert Andrews, einer der ältesten Vorfahren unserer Familie. Er hat das Anwesen gekauft und renovieren lassen.«

»Andrews? Nicht Kane?«

»Nun ja, ursprünglich hießen unsere Vorfahren Andrews, aber irgendwann änderte sich der Name durch eine Heirat. Eine lange Geschichte.«

Ich gehe weiter die lange Reihe der Ahnenbilder entlang und gelange schließlich zu einem gerahmten Stammbaum. Meine Augen gleiten über die vielen Namen und bleiben an dem Namen Frances hängen.

Mein Herz beginnt, heftiger zu schlagen, doch ich versuche, mir nichts anmerken zu lassen. »Wirklich beeindruckend«, sage ich und drehe mich zu Nathan um.

»Du bist wunderschön, Amy, weißt du das?«, raunt er mir auf einmal zu.

»Wie kommst du denn jetzt darauf?«

Er zuckt mit den Schultern. »Ich wollte es dir nur sagen.«

Ich muss jetzt unbedingt das Thema wechseln, bevor die Situation verfänglicher wird. »Gibt es hier auch Räume, die noch im Originalzustand sind?«, frage ich deshalb.

»Klar, ich zeige dir einen, er wird dir sicher gefallen.«

Ich folge Nathan ein paar Flure entlang und schließlich in ein Zimmer mit einem großen Bett, einem Schrank und einer Zeichnung an der Wand, die mir sehr bekannt vorkommt. Ich gehe darauf zu und sehe sie an. Der Rosengarten, ein Baum, die Kirche …

»Wunderschön«, flüstere ich.

»Ja, das ist es«, antwortet Nathan, der hinter mich getreten ist.

»Wer hat es gemalt?«

»Die ehemalige Gutsherrin hier hatte ein Talent fürs Zeichnen, so wie du.«

Mein Blick fällt auf die Signatur: FA. Frances Andrews? Mit einem Mal ist da ein Gefühl in mir, als hätte ich das Bild nicht zum ersten Mal, sondern bereits Hunderte Male gesehen.

»Ich habe mich immer gefragt, warum sie diesen Ort gemalt hat, was das Geheimnis hinter dem Bild ist«, haucht Nathan mir ins Ohr, und ein Schauder durchzieht meinen Körper. Nicht wegen Nathan, sondern weil mir jetzt einfällt, wo ich das Bild gesehen habe. Bei Louis. Es war in seinem Buch. Warum hat er es? Ist es eine Kopie?

Ein Bild breitet sich in meinem Kopf aus. Das Mädchen mit dem Kleid, wie sie auf dem Bett liegt, genau auf diesem Bett hier. Wie kann das sein?

»Was ist mit ihr geschehen?«, will ich wissen.

»Nun, die Geschichte ist traurig. Sie wurde umgebracht, von einem der Bediensteten hier. Es muss schlimm gewesen sein, denn ihr Leichnam verschwand. Genauer gesagt, ihr Herz. Es war einfach weg.«

Ich sehe ihn an. »Du veralberst mich, oder?«

Aber er schüttelt den Kopf.

Mich überkommt ein merkwürdiges Gefühl. »War es einer der Bediensteten, die in den Häusern etwas abseits wohnten?«

»Ja. Wenn du willst, zeige ich dir ein paar Dokumente darüber.«

»Gern.«

Er führt mich in einen weiteren Raum, in dem sich Akten stapeln. Ich setze mich an einen Tisch, und Nathan legt mir eine Mappe hin. »Damals waren viele Familien hier angestellt, unter anderem die Familie von diesem Jonathan Lamen.«

Mir wird heiß und kalt. Nathan mustert mich mit hochgezogenen Augenbrauen. »Ist etwas nicht in Ordnung?«

»Doch, doch«, antworte ich rasch, »ich finde es sehr interessant, wirklich.«

Nachdem ich alles durchgesehen habe, schwirrt mir der Kopf, und mir ist furchtbar übel. »Ich weiß, das ist jetzt viel verlangt«, sage ich. »Aber meinst du, wir könnten vielleicht eine Kleinigkeit essen?«

Nathan lacht. »Viel verlangt? Unsinn. Komm, wir gehen in den Salon, ich lasse uns was zubereiten. Pizza?«

»Pizza wäre fantastisch.«

Schließlich sitzen wir im Salon, und ich versuche, ein normales Gespräch mit Nathan zu führen und ihn dabei noch ein wenig auszufragen. Jetzt erkenne ich den Zusammenhang. Nathans Familie hat eindeutig etwas mit Frances' Tod zu tun. Aber inwiefern? Und wie hängt das mit Louis' Vorfahren zusammen? Hat am Ende dieser John Frances getötet? Und warum hat Louis ein Exemplar des Bildes, ebenfalls mit der Signatur »FA«?

Nathans Worte hallen in meinen Kopf wider. Dass es einer der Bediensteten war, dass dieses Bild ein Geheimnis verbirgt. Aber welches?

Irgendwann beschließe ich, dass ich das Bild unbedingt noch

mal allein sehen muss. »Wo finde ich denn die Toiletten?«, frage ich und lächle Nathan möglichst unschuldig an.

»Einfach den Gang raus und dann rechts, in der Nähe des Zimmers, wo wir vorhin waren. Soll ich dich begleiten?«

Ich stehe auf. »Unsinn, ich schaffe das«, sage ich entschlossen.

Doch statt dem Bad betrete ich Frances' Zimmer. Als ich vor der Zeichnung stehen bleibe, überlege ich, was Nathan wohl mit dem Geheimnis gemeint hat. Ich schließe die Augen und gehe in Gedanken noch einmal die Bilder durch, die ich von Frances gesehen habe. Plötzlich stocke ich. Hat sie nicht etwas in den Rahmen geschoben?

Jetzt muss es schnell gehen. Ich nehme die Zeichnung von der Wand und suche den Rahmen ab. Doch da ist nichts, dabei war ich mir so sicher. Irgendwie kommt es mir vor, als hätte ich dort schon mal etwas gefunden.

Mit einem leisen Seufzer hänge ich das Bild zurück an die Wand und verlasse den Raum. Ich will mich gerade zu den Toiletten begeben, als Nathan hinter mir auftaucht. »Hast du gefunden, was du suchst?«, fragt er.

Erschrocken fahre ich herum, bemüht, mir nichts anmerken zu lassen. »Die Toilette? Nein, ich …«

Er mustert mich skeptisch. »Sie ist direkt hinter dir.«

»Danke.« So schnell es geht, verschwinde ich hinter der Tür. Verdammt, ich darf jetzt nicht noch einmal auffallen!

Als ich fertig bin, gehe ich zurück in den Salon, wo Nathan samt einer duftenden Pizza schon auf mich wartet. Ich setze mich ihm gegenüber in einen Sessel.

Er schiebt mir einen Teller mit einem Stück Pizza zu. »Lass es dir schmecken, Amy.«

»Danke, du ebenso.«

Wir beginnen zu essen, und ich bin froh, dass ich auf diese Weise nicht gezwungen bin, etwas zu sagen.

Nach einer Weile meint Nathan: »Es hat mich sehr gefreut, dass du dich hier mit mir treffen wolltest.«

»Ja, klar, du meintest doch, du zeigst mir das Haus.«

Sein Blick wird eindringlich. »Ja, habe ich.«

Er wirkt misstrauisch und ich versuche das Gespräch auf andere Themen zu lenken.

Irgendwann blicke ich zur Uhr. »Es ist schon spät. Ich denke, ich muss dann mal los.«

»Schade«, antwortet Nathan. »Ich bringe dich noch zur Tür und zum Wagen. Ach, da fällt mir ein: Wir waren jetzt gar nicht bei der Kirche.«

Ich winke ab. »Ist okay. Vielleicht ein anderes Mal.«

»Dann wird es ein anderes Mal geben?« Er kommt ein paar Schritte auf mich zu, bis er schließlich ganz nah vor mir steht. Ich weiß nicht, was ich jetzt tun soll, denn da ist sofort wieder dieses merkwürdige Gefühl.

»Amy.« Er greift nach meinen Haaren und wickelt sich spielerisch eine Strähne um den Finger. »Sag mir die Wahrheit, warum bist du hier?«

*Weil ich glaube, dass ihr hinter einem Riesenkomplott steckt*, würde ich am liebsten sagen.

»Nathan, ich …«, beginne ich.

Er unterbricht mich. »Du weißt, ich mag dich wirklich sehr, und ich hoffe, du würdest erkennen, wer ich bin.«

Wie meint er das?

In diesem Augenblick klingelt mein Handy. Ich blicke aufs Display, es ist Louis. »Ich muss jetzt wirklich los«, sage ich.

Doch Nathan zieht mich an sich und küsst mich auf die Wange. »Ich weiß, du willst das nicht, aber ich …«

Hastig weiche ich zurück. Jetzt oder nie, denke ich. »Es tut mir leid, Nathan. Ich mag dich auch, aber eigentlich wollte ich dir heute etwas anderes sagen, wusste aber nicht, wie.«

Er sieht mich fragend an.

»Louis und ich, wir sind … zusammen, und ich wollte einfach, dass du es von mir erfährst.«

»Ich verstehe.« Sein Blick wird kühl. »Ich hoffe, du weißt, was du tust, Amy. Louis ist nicht der, für den du ihn hältst, das wirst du noch auf schmerzliche Weise erfahren.«

»Ich denke, ich kenne ihn besser, als du glaubst«, erwidere ich mit fester Stimme.

Er lächelt, doch es ist ein gezwungenes Lächeln. »Wenn du meinst. Wenn das mal kein böses Erwachen gibt.«

Er zeigt noch auf den Wagen, der für mich bereitsteht, dann wendet er sich ab und verschwindet ins Haus, während ich mit einem noch merkwürdigeren Gefühl in das Auto steige.

Zu Hause angekommen, rufe ich sofort Louis an.

»Wie war es? Ist alles in Ordnung?«, fragt er.

Ich zögere mit einer Antwort, denn ich bin noch immer verwirrt. Sehr sogar. Denn wenn stimmt, was Nathan sagt, hat einer von Louis' Vorfahren Frances umgebracht. »Ich weiß nicht«, sage ich zögernd. »Ich habe merkwürdige Dinge erfahren. Und dann habe ich Nathan auch noch gesagt, dass wir beide zusammen sind. Er war nicht gerade begeistert.«

»Er wird schon drüber hinwegkommen. Und, was hast du herausgefunden?«

»Ich bin mir inzwischen sicher, dass Nathans Familie in die Sache verstrickt ist«, erzähle ich. »Ach, es ist alles so verwirrend, ich verstehe nun überhaupt nichts mehr.«

Louis wirkt mit einem Mal nachdenklich. »Ist da noch was, das dich bedrückt?«

Was soll ich denn darauf jetzt antworten?

»Na ja«, gestehe ich, »ich habe erfahren, dass dieser John, dein Vorfahre, angeblich Frances umgebracht hat. Aber das kann doch nicht sein, oder?«

»Amy, verdammt«, presst Louis hervor. In seiner Stimme höre

ich Wut und Unsicherheit. Und ich selbst kann ebenfalls nicht leugnen, dass mir das zu schaffen macht.

»Keine Ahnung, ich weiß ja auch nicht, ob es stimmt.«

»Ja«, flüstert er. Mehr nicht. Weiß er etwas, das ich nicht weiß?

Vorsichtig frage ich: »Können wir uns sehen und reden?«

Schweigen am anderen Ende der Leitung.

»Heute nicht mehr«, antwortet Louis nach ein paar Augenblicken. »Ich muss noch zu Barney und …«

Warum nur habe ich das Gefühl, dass er schwindelt? »Und was? Was kann so wichtig sein?«, hake ich nach.

Doch er gibt mir keine Antwort. »Ich melde mich, versprochen. Aber jetzt ist es schlecht. Okay?«

Ich kann nicht verstehen, was gerade geschieht.

»Louis?«

»Amy, ich melde mich, wie gesagt. Mach dir keine Gedanken.«

Schließlich legen wir auf. Sosehr ich Louis glauben möchte, irgendetwas stimmt nicht.

Später erzähle ich Jill am Telefon, was ich erfahren habe und auch, dass ich aus Louis' Reaktion nicht schlau werde. »Ich würde gern wissen, wer der Böse ist«, sage ich, »wem wir das zu verdanken haben und warum er sich in das Ritual eingemischt hat.«

»Ich weiß nicht, ob ich das jetzt sagen soll, Amy, aber …«

»Aber? Los, raus mit der Sprache.«

»Du hast doch jetzt herausgefunden, dass einer von Louis' Vorfahren Frances getötet hat. Was, wenn Louis wirklich nicht der ist, für den du ihn hältst? Wenn die Familie Kane zwar darin verstrickt ist, aber Louis' Vorfahre derjenige war, der sich in das Ritual gedrängt hat? Ich meine, wäre das nicht auch möglich? Und dass es deswegen diesen Fluch gibt. Weil er der Falsche ist, weißt du?«

Ihre Worte treffen mich. Ich habe auch schon darüber nachgedacht, aber ich will das nicht glauben.

»Unsinn, ich weiß doch, dass wir zusammengehören.« Rasch versuche ich, das Gespräch in eine andere Richtung zu lenken und die Gedanken abzuwehren. »Es ist so, diese Zeichnung, die Frances gemalt hat. Ich hatte doch gesehen, dass sie im Bilderrahmen einen Brief versteckt hat. Aber als ich vorhin danach gesucht habe, konnte ich nichts finden. Ich denke, dieser Brief ist wichtig.«

»Warum ist in diesem Fall die Wirklichkeit anders, als du sie gesehen hast? Und wieso ist da dieser andere Junge? Vielleicht kannst du am Ende nur nicht zuordnen, wer wer ist«, gibt Jill erneut zu bedenken. »Wer war der Mann wirklich, der da mit Frances geschlafen hat und bei dem sie sich unwohl gefühlt hat? Was, wenn es dieser John war?«

»Ich … das ist alles so verwirrend und …« Doch auch ich habe mit einem Mal ein immer mulmigeres Gefühl.

»Ich sage ja nicht, dass es so sein muss, aber vielleicht solltest du einfach vorsichtig sein. Ich meine, deine Vorfahren, sind sie nicht immer gestorben, weil sie geliebt haben?«

»Louis' Vorfahren doch auch«, gebe ich zurück.

»Ja, aber womöglich aus einem anderen Grund …«

Nachdem wir aufgelegt haben, bin ich hin- und hergerissen. Auf der einen Seite hat Jill recht mit dem, was sie sagt, doch auf der anderen Seite will ich das nicht glauben. Louis und ich – warum sonst sollten wir das alles sehen? Da sind die Gefühle, und ich weiß …

Doch dann halte ich inne. Was weiß ich denn tatsächlich? Und hat Louis am Anfang nicht auch versucht, vieles vor mir geheim zu halten? Spielt er am Ende wirklich ein Spiel, so wie Nathan es gesagt hat? Ich will das nicht mal ansatzweise vermuten, trotzdem lässt mich der Gedanke nicht los.

Ich beschließe, mich umzuziehen und ins Bett zu gehen, um vielleicht ein wenig Ruhe zu finden. Doch dann höre ich es an der Haustür klingeln, und wenig später ruft Mum nach mir. Ich trete hinaus in den Flur und beuge mich über das Treppengeländer. »Was ist?«

»Hier ist jemand für dich.«

Wer kann das sein? Louis?

Doch als ich die Treppe nach unten gehe, steht da Professor Drokev. »Es tut mir leid, dass ich so spät noch störe, aber hättest du vielleicht eine Minute für mich?«, fragt er.

Ich nicke. »Klar.«

Mum sieht fragend zwischen mir und dem Professor hin und her.

»Ach, entschuldigen Sie bitte«, sagt er an sie gerichtet, »mein Name ist Professor Drokev, ich helfe Ihrer Tochter bei einem Geschichtsprojekt. Ich weiß, ich hätte anrufen können, aber da ich gerade in der Nähe war, wollte ich ihr noch etwas dazu sagen, das ich vergessen hatte. Ich bin eben von der alten Schule.«

Mum nickt. »Ach so. Ja, klar.«

Ich ziehe mir eine Jacke an, schlüpfe in meine Sneakers, um mit dem Professor nach draußen zu gehen.

»Ihr könnt auch reinkommen«, schlägt Mum vor, doch ich schüttle den Kopf.

»Schon gut, ich wollte sowieso noch mal kurz frische Luft schnappen.«

Nachdem der Professor und ich ein paar Schritte gegangen sind, beginnt er zu sprechen: »Du fragst dich sicher, warum ich hier aufgetaucht bin. Aber ich möchte dir etwas erzählen, und das konnte ich vor dem jungen Mann nicht tun.«

Hat mich mein Einruck also nicht getäuscht: Er hat Louis tatsächlich kritisch angesehen.

Tausend Fragen wirbeln durch meinen Kopf. Was konnte er mir vor Louis nicht sagen? Sofort fällt mir wieder mein Telefonat mit Jill ein, ihr Verdacht, dass Louis womöglich nicht der sein könnte, für den ich ihn halte.

»Nun, es ist so«, fährt er fort. »Damals war Caroline Will gegenüber misstrauisch und vertraute sich mir an. Sie konnte nicht sagen, warum, aber sie wurde irgendwie aus ihm nicht schlau. Aus ihm und aus einigen Bildern, die sie gesehen hatte.« Er zieht etwas aus seiner Tasche und reicht es mir. »Es hat mit dieser Zeichnung hier zu tun.«

Ich halte das Bild in den Schein der Straßenlaterne und erkenne darauf ein Mädchen, das unter einem Baum sitzt. Über ihr steht der Vollmond am Himmel, und sie scheint auf etwas zu warten.

Der Professor berichtet weiter: »Caroline hat Will sehr geliebt, aber sie war sich unsicher und hatte den Verdacht, dass Will derjenige sein könnte, der das Ritual gestört hat. Also, dass er der Dritte im Bunde sei. Es lag wohl an Bildern, die nicht so ganz übereinstimmten, und die machten sie nervös. Daher hat sie Nachforschungen angestellt. Sie kam ganz aufgeregt zu mir und erzählte mir irgendetwas von einem Brief, der alles erklären sollte und den sie besorgen wollte.« Er seufzt. »Leider habe ich nicht mehr erfahren, was sie so beschäftigt hat, ob es etwas Gutes oder Schlechtes war, denn kurz danach passierte der Unfall. Sie stieg in die U-Bahn und na ja … Aber ich habe mir dazu lange Gedanken gemacht: Wenn der Fluch doch den Zweck einer Bestrafung erfüllt, damit sich die richtigen zusammensetzen, dann wurde das Ritual vermutlich von Wills Vorfahren bzw. den Vorfahren von Louis gestört. Was heißt, er ist derjeinge, der den Fluch über euch gebracht hat.«

Mir wird heiß und kalt. Ich will das nicht hören und doch muss ich es.

Ich sehe ihn an. »Sie glauben also, Wills Vorfahren sind schuld daran? An dem Fluch und allem? Aber warum? Und weshalb diese Vorfälle? Das Unglück auf dem Schiff, der Brand, das waren doch eindeutig diese Fänger, so haben wir es doch gesehen«, frage ich zögernd, weil ich es noch nicht so richtig glauben kann.

Der Professor nickt. »Nun ja, so scheint es in den Bildern, aber deswegen muss es noch nicht die Wahrheit sein. Ich habe lange an dieser Legende geforscht, und bin irgendwann zu diesem Ergebnis gekommen: Die Eifersucht ist eine starke treibende Kraft – fast so kraftvoll wie die Liebe. Sie lässt die Menschen auf extremste Weise handeln. Und wenn die Männer aus Louis' Familie immer deshalb so gehandelt haben, erklärt sich auch die Flucht, alles andere war einfach tragisch. Es war Schicksal.«

Tausend Gedanken jagen durch meinen Kopf. Das kann nicht sein! »Aber wir lieben uns doch! Ich liebe ihn«, meine Lippen zittern, als ich die Worte ausspreche.

»Ja, aber vielleicht, weil ihr, weil du es musst? Weil das das Tragische an dem Fluch ist? Denn noch etwas hat mich verwirrt: Dieser Will galt nach Carolines Unfall als verschollen, es ist also nicht klar, ob er auch bei dem Unfall ums Leben kam. Verstehst du, was ich meine? Was, wenn er dahintersteckt? Weil er nicht wollte, dass sie dahinterkommt und ihre wahre Liebe findet! Weil sie das Ritual immer verhindern wollten.« Er zieht etwas aus seiner Jackentasche: das Medaillon, die Brosche und das Etui. »Bewahre du die Funken auf und erzähle niemandem etwas davon. Ich habe ein ungutes Gefühl, wenn sie in meinem Besitz sind.«

Ich sehe in seinen Augen, was seine Bedenken sind, und will das alles nich glauben. Und doch spüre ich, dass er es ernst meint.

Er drückt sie mir in die Hand, dann wendet er sich ab.

»Warten Sie«, sage ich und er sieht mich wieder an.

»Aber wie kann ich herausfnden, was die Wahrheit ist?«

Er stoppt. »Dieser Brief, er ist das Einzige, was mir einfällt. Aber ich habe keine Ahnung, wo er sein kann und ob sie ihn besorgt hat, ich muss nachdenken.« Sein Blick liegt auf meinem. »Pass auf dich auf. Ich hoffe, wir sehen uns bald wieder«, sagt er noch, dann verschwindet er in der Dunkelheit, während ich dastehe und ihm noch lange nachsehe.

Der Brief. Aber wo kann er sein? Denke ich und will gerade ins Haus zurückgehen, als ich erschrecke. Da ist mit einem Mal das Gefühl, als würde ich beobachtet werden. Schon wieder. Irgendwo hat sich etwas bewegt.

Doch dann schiebe ich den Gedanken beiseite. Es war sicher nur der Wind.

# Kapitel 36

Als die Sonne am nächsten Morgen zaghaft durchs Fenster blinzelt und ich langsam die Augen öffne, fühle ich mich, als wäre ein Stein auf mich gefallen. Vielleicht liegt das auch an den merkwürdigen Träumen, die ich in dieser Nacht hatte. Es waren keine Bilder wie sonst, einfach nur wirre Traumfetzen, die sich immer wieder neu zusammenfügten. Von dem Mädchen, dem Baum an der Kirche, dann waren da Nathan und Louis, und alles war einfach nur durcheinander. Der Brief, auch nach ihm habe ich gesucht, aber natürlich habe ich ihn nicht gefunden. Ob all das, was der Professor glaubt, wahr sein kann? Und warum meldet sich Louis nicht? Ich hatte es noch mal probiert, aber nichts.

Doch erst mal versuche ich, nicht daran zu denken. Daran, dass die Gefühle, dass alles nicht wahr sein könnte. Ich öffne die Nachttischschublade und blicke auf das Kästchen, in dem ich die Funken verwahrt habe. Kein sonderlich gutes Versteck, das gebe ich zu, aber es weiß ja auch niemand, dass sie hier sind. Wie schön sie funkeln, denke ich und berühre sie. Ob ich etwas finden kann? Etwas das mir hilft? Augenblicklich erscheinen wieder die Bilder, doch es sind immer dieselben. Nichts scheint mir oder uns helfen zu können und so verstaue ich die Funken schließlich wieder und beschließe, mir einen Kaffee zu holen.

Als ich zurück in mein Zimmer komme, entdecke ich auf meinem Handy eine Nachricht von Louis.

*Ich konnte mich nicht melden und muss jetzt nach Brighton, etwas abholen. Ich melde mich später und erkläre es dir. Ich denke an dich.*

Was er wohl dort abholen muss? Warum macht er so ein Geheimnis aus allem? Und warum fragt er nicht, ob ich mitkommen möchte? Fragen über Fragen und immer mehr Misstrauen.

Ich will das Handy weglegen, doch dann erreicht mich eine Nachricht von Nathan.

*Ich habe lange nachgedacht, aber wir müssen wirklich dringend reden. Treffen wir uns doch um 14 Uhr in der National Gallery, Raum 35. Das wird dir einige Fragen beantworten. Nathan*

Antworten auf Fragen, ja, die kann ich gebrauchen. Doch die National Gallery? Was soll das schon wieder bedeuten? Wie kann sie mir weiterhelfen? Ich starre auf das Handy. Ob es am Ende ein Trick ist? Aber das werde ich wohl nur herausfinden, wenn ich es mir ansehe …

Als ich die National Gallery betrete, duftet es nach alter Zeit, nach Papier und Farbe. Natürlich war ich schon einmal hier, doch das ist schon eine ganze Weile her, und wenn ich ehrlich bin, haben mich die ausgestellten Bilder damals auch nicht sonderlich interessiert. Doch heute sehe ich alles mit anderen Augen. Schon der Boden der Eingangshalle ist ein riesiges Kunstwerk aus Mosaikstückchen. Durch eine mit Säulen gesäumte kleine Halle geht es ins Innere des Museums.

Ich bleibe kurz stehen und sehe mich um. Ich falte den Lageplan auseinander und suche darauf den Raum 35. Warum Nathan wohl ausgerechnet diesen Raum ausgesucht hat? Laut meinem Plan sind dort Bilder von einem Thomas Gainsborough ausgestellt.

Als ich den richtigen Raum schließlich erreiche, muss ich zugeben, dass er eine unglaubliche Atmosphäre ausstrahlt. Die Tapeten sind weinrot und mit goldenen Ornamenten versehen. Ein paar Besucher sind auch da. Ich lasse meinen Blick über die

Gemälde schweifen, die allesamt goldene, unglaublich edel aussehende Rahmen haben.

Eines der Bilder trägt den Titel *Wald nahe Sudbury*, und ich betrachte es eine Weile. Das nächste zeigt einen Mann mit einem weißen Hund. Das Bild gegenüber zeigt zwei Mädchen, die Schmetterlinge jagen. Ich gehe weiter und betrachte ein Bild, das ziemlich breit ist und eine Hochzeitsgesellschaft beim Feiern zeigt.

Als ich Nathan endlich entdecke, kommt er mir lächelnd entgegen. »Hey, schön, dass du da bist, Amy.« Irgendwie wirkt er nervös. Was er jetzt wohl von mir möchte?

»Du wolltest mit mir reden?«, frage ich.

»Erst mal tut es mir leid, wie es gestern gelaufen ist. Und dass ich am Ende so mies drauf war.«

»Schon okay, wirklich, ich verstehe das.«

Er schüttelt den Kopf. »Eben nicht, das ist ja das Problem. Ich weiß, warum du gestern wirklich bei mir warst. Weil du herausfinden wolltest, ob meine Familie etwas mit der Legende zu tun hat. Ist es nicht so? Deswegen wolltest du auch, dass ich dich herumführe und dir etwas über meine Vorfahren erzähle.«

Damit erwischt er mich voll und in mir kribbelt es. Antworten, bekomme ich jetzt Antworten? »Du weißt von der Legende?«

Er nickt nur.

»Aber warum? Und woher?«

»Weil du und ich«, er zeigt auf uns beide, »verdammt Amy, begreifst du denn nicht, wie es wirklich ist?«

Fragend sehe ich ihn an.

»Wir gehören zusammen. So war es immer. Wir sind der Schlüssel zu allem.«

Nachdem er die Worte ausgesprochen hat, weiß ich nicht mehr, wohin mit meinen Gefühlen. Mein Herz rast, mein Magen fühlt sich schwer an, mir ist schlecht und ich kann das alles nicht glauben. Ich will diese Worte ungeschehen machen. Will sie vergessen. Aber es geht nicht.

»Was? Warum sollte das so sein?«

»Es ist so, glaub mir! Ich bin in dich verliebt, Amy. Ich liebe dich und möchte mit dir zusammen sein. Schon so lange.«

Seine Worte treffen mich erneut, und ich weiß nicht, was ich antworten soll. Wie soll man darauf überhaupt anworten?

»Nathan, du … du weißt, ich mag dich. Wirklich, aber …«

Er hebt die Hand. »Bitte kein Aber.« In seinem Blick verändert sich etwas. »Es ist wegen Louis, ich weiß. Es ist ja immer wegen Louis! Oder John oder Patrick – oder wie auch immer.«

Wie eine heiße Welle rauschen die Gefühle durch mich hindurch.

Woher weiß er das alles? »Wie meinst du das?«, frage ich erstaunt.

»Egal, wie sie sich benehmen, der Fluch ist stärker, immer verlierst du dein Herz an sie.«

»Der Fluch?« Mein Herz fängt an zu rasen. Was soll das hier? »Nathan! Sag mir, was du damit meinst. Jetzt und hier. Ich will es wissen.«

Nathan räuspert sich. »Du weißt ja, dass laut der Legende die beiden Menschen zusammengehören, die reinen Herzens sind, doch dann hat jemand das Ritual gestört. Die Wahrheit ist, dieser jemand war damals John, ein Vorfahre von Louis. Er hat das Ritual gestört und nur deswegen willst du Louis. Weil er sich zuerst mit dir verbinden konnte. Nur aus diesem einzigen Grund suchen sich eure Seelen immer wieder.«

Ich schüttle den Kopf. »Aber …«

»Ja, ich weiß, du denkst, es ist anders. Aber es ist so, wie ich es dir sage. Bisher hatte keiner meiner Vorfahren jemals die Möglichkeit, es zu sagen, weil seine Vorfahren immer schneller waren. Aber jetzt. Ich musste es dir sagen, bevor es wieder zu spät ist. Deswegen wollte ich mich heute unbedingt mit dir treffen.

Ich habe nämlich erfahren, dass Louis weg ist und ich weiß, er plant etwas. Er ist berechnend, er ist der Schlimmste von allen und benutzt jeden in seiner Umgebung. Lilly für die Brosche, diesen Detektiv, den er verschwinden lassen hat. Glaub mir, er will dir nichts Gutes. Das wollten sie all die Jahre nicht. Immer wieder haben seine Vorfahren die deinen zur Flucht bewogen, damit das Ritual nicht mehr vollzogen werden kann.«

»Woher weißt du das alles?«

»Ich habe ihn beobachten lassen, weil … Du weißt, was ich dir gesagt habe. Er ist nicht der, für den du ihn hältst.«

»Du lässt uns beobachten?«

»Amy, es war richtig so und ich kann es dir auch beweisen.« Er nimmt meine Hand und zieht mich mit sich.

Als wir schließlich vor einem Gemälde stehen bleiben, fährt ein heftiger Ruck durch mich hindurch. »Das gibt's doch nicht«, flüstere ich und trete ein paar Schritte näher an das Bild heran, um sicherzugehen, dass ich nicht wieder einer Halluzination erliege.

Denn die Frau auf dem Bild, das bin ich und wieder auch nicht. Sie trägt das gleiche Muttermal am Kinn wie ich und sieht mir auf frappierende Weise ähnlich. Und der junge Mann daneben – ist das Nathan?

*Mr und Mrs Andrews, gemalt 1750, kurz nach ihrer Hochzeit*, lese ich auf dem Schild unter dem Gemälde. Augenblicklich passiert etwas mit mir. Mrs Andrews, Frances, ich, die Bilder.

Eindeutig, das sind Nathan und ich, nein Frances und Robert. Und wir waren verheiratet, ein Paar. Mr und Mrs Andrews. Wie kann das bitte sein? Das ist nicht möglich!

Ich kann nicht anders, ich starre das Bild unverwandt an, bin ganz woanders mit meinen Gedanken, irgendwo im Nirgendwo. Und doch ergibt es Sinn.

Nathan deutet auf das Bild. »Du wolltest Antworten, ich liefere sie dir.«

»Sind das wir?«

Er nickt, und in seinem Blick ist etwas Trauriges. »Ja, das sind wir. Das Gemälde wurde an dem Tag fertiggestellt, an dem sich alles für immer verändert hat.«

»Aber ich verstehe das nicht, ich …«

»Du dachtest, dass Louis der Mann sei, mit dem du in deinen Bildern zu sehen bist, nicht wahr? Dass er dich liebt. Aber das ist er nicht, das war er nie und genau das ist der Fluch. Der Fluch bestimmt, dass die beiden, die verbunden wurden, nie zusammensein können, weil sie nicht zusammengehört haben.«

Ich brauche einen Moment, um das, was ich gerade erfahren habe, zu ordnen. Denn es wirft in der Tat alles durcheinander. Ich wollte bis zuletzt daran glauben, dass es anders ist.

»Ich weiß, es wirkt alles verwirrend«, sagt Nathan. »Aber wenn du mich lässt, dann erkläre ich es dir.«

Erneut betrachte ich das Gemälde. Mit einem festen Kloß im Hals flüstere ich: »Ich muss erfahren, was dahintersteckt.«

»Dann lass uns irgendwo hingehen und reden, ja?«

»Ja. Reden klingt gut.«

Wenig später sitzen wir auf einer Bank am Trafalgar Square in der Nähe des Brunnens.

Irgendwann durchbreche ich die Stille. »Du und ich, wir waren also zusammen? Wir sind das ursprüngliche Liebespaar?«

Nathan nickt. »Ja, wir haben uns verliebt. Wir, also Robert und Frances.«

»Und dieser John?«

»Robert war mit ihm befreundet und hat es erst gar nicht bemerkt, doch irgendwann fiel ihm auf, wie John Frances ansah. Ich meine, sie war unverkennbar bildhübsch.« Seine Augen liegen auf mir. »Das bist du auch heute noch.«

Ich spüre, wie meine Wangen heiß werden.

»Nun, Frances war wohl freundlich zu John«, fährt Nathan

fort, »doch eines Abends fing er sie ab. Robert kam gerade noch rechtzeitig hinzu. John hatte Frances gegen die Wand gedrückt und wollte sie …«

Wie kleine Steine setzen sich die Bilder in meinem Kopf zusammen, wobei sich mir manches auch noch nicht erschließt. Denn ich habe das Bett gesehen, es war in natura ein wenig anders, als in den Bildern, dennoch …

Nathan atmet tief durch. »Tatsache ist, John wollte Frances.«

In meinem Kopf fangen die Bilder erneut an zu fliegen. Ich sehe das Liebespaar vor mir, das sich so voller Leidenschaft küsst. So logisch es auch klingt, irgendwie passt das alles doch nicht zusammen, dennoch nicke ich.

»John entschuldigte sich und versprach, sich von Frances fernzuhalten. Und Robert glaubte ihm. Dann war die Hochzeit, alles schien endlich wunderbar zu sein. Doch dann kam alles anders.«

»Was ist passiert?«, will ich wissen.

Er seufzt. »Frances und Robert waren wohl auf einem dieser großen Empfänge, die früher immerzu gegeben wurden. Doch dann sackte Frances plötzlich zusammen. Die Diagnose des Arztes, der hinzugeholt wurde, war niederschmetternd. Er gab Frances nicht mehr als einen Monat.«

Gänsehaut ergreift meine Arme.

»Robert versuchte, eine Lösung zu finden.« Ich lausche Nathans Worten, während ich die beiden ganz deutlich vor mir sehe. Wie der Junge nach ihrer Hand greift, wie sie einander versprechen, zusammen fortzugehen, egal wohin. Irgendwohin, wo sie frei sein können. Und dass er ein Heilmittel finden wollte.

»In einer alten Schrift las Robert von der Blume des Lebens, die an so vielen Orten auf der ganzen Welt zu finden ist, unter anderem in London, und die die Magie besitzt zu heilen. Eine Magie mit unglaublicher Macht. Er wusste, sie war die einzige Chance, Frances zu retten und für immer mit ihr zusammen zu sein. Es war nicht leicht, doch schließlich fand er die Blume und brachte auch in Erfahrung, wie er sie nutzen kann, um sich mit Frances zu verbinden. Dass sozusagen die Kraft der Blume auf sie beide übergeht. Lebenskraft, Seelenkraft, die alles verbindet. Und so beschlossen sie, das Ritual so schnell wie möglich zu vollziehen. Da sie sich liebten, würde es funktionieren. Doch gerade als die beiden dabei waren, sich für die Ewigkeit zu verbinden, ging John dazwischen. Er hat sich Frances geschnappt, und hat sich mit ihr verbunden, doch Robert hat es noch dazwischengeschafft, und so wurden fälschlicherweise alle drei irgendwie miteinander verbunden. Nicht nur die reinen Herzen, sondern auch ein unreines. Und das darf nicht sein.« Nathan atmet tief durch und ringt nach Worten. »Und so passierte, was nicht passieren durfte: John trat an die Stelle von Robert, da er und Frances als Erste die Blume berührten. Und so veliebten sich deine Nachfahren immer wieder in seine. Das ist der Fluch. Robert war machtlos, er wollte seine Frau zurück, den Fluch brechen, doch es war zu spät und er wusste auch nicht, wie.«

Alles, was Nathan sagt, klingt plausibel, es stützt den Gedanken des Professors – und doch, in mir drin, habe ich das Gefühl, dass etwas an der Sache nicht stimmt.

»Aber ich verstehe das nicht. Diejenigen, die uns in den Bildern verfolgt haben, das waren doch Männer der Kanes? Also deine Männer.«

»Um dich zu schützen. Vor Louis.

Am Anfang wusste man nicht wie man den Fluch brechen kann. Erst nachdem Frances gestorben war und wir wiedergekommen sind, erkannten wir, dass sich mit ihrem Tod der Funke aufgespalten und sich der Fluch auf die nächste Generation übertragen hatte. Dieser Funke verbirgt sich jetzt, soweit wir wissen, in ihrem Kleid. Deswegen haben wir es auch an uns genommen.«

»Was? Ihr habt das Kleid gestohlen?«

»Wir mussten es tun, sonst hätte Louis es in die Hände bekommen und somit den Funken.«

Ich schüttle den Kopf. »Aber das kann nicht sein, er …«

»Es ist so, meine Vorfahren kamen dahinter und erkannten, dass diese Anziehung zwischen uns dreien immer wieder besteht, da die Blume das Ritual berichtigen will und am Ende ihre Bestimmung erfüllen möchte. Doch wollten seine Vorfahren das natürlich nicht. Denn somit würden ja wir, die eigentlich Richtigen, verbunden werden. Und so ist er immer wieder mit dir geflohen und hat dich und deine Vorfahren in dem Glauben gelassen, wir wären die Bösen. Er will dich und deswegen auch die Funkenteile, damit er verhindern kann, dass das Ritual erneuert wird. Er sagt, es ist Liebe, aber das ist keine Liebe, er will dich nur besitzen – aus Eifersucht. Er liebt dich nicht wirklich – so wie ich.«

Ich sehe ihn an.

»Das alles klingt verrückt. Ich meine, warum hat sich der Fluch überhaupt über alle drei gelegt?« Das alles ist mir zu viel.

»Ich schätze, weil mein reines Herz auch dabei war, deswegen hat das Ritual funktioniert. Der Fluch ist, dass die Falschen verbunden wurden. So vermuten wir es. Es ist die Strafe der Blume.«

»Und jetzt? Wie kann man den Fluch brechen?«

»Es braucht die drei, die miteinander verbunden sind, um alles rückgängig zu machen. Also uns. Das Ritual muss mit den Funkenteilen erneuert werden, die es mittlerweile gibt.«

»Aber Louis, was wird dann aus ihm?«

Nathan sieht mich an, sagt aber nichts. Mir wird schlecht. So unsagbar übel.

»Er spielt Spiele, Amy. Es ist nur richtig so«, betont Nathan. »Er macht dir etwas vor, um zu bekommen, was er will, was seine Vorfahren schon die ganze Zeit wollten: Die Macht über dich. Er will dich allein für sich und zwar für immer.«

Ich kann das einfach nicht fassen. Kann es wirklich sein? In meinem Kopf schwirrt alles. Ich will das nicht glauben.

»Es tut mir leid, Amy, aber Louis ist nicht der, für den du ihn hältst. Niemand aus seiner Vergangenheit war das. Und darunter leiden mussten immer deine und meine Vorfahren, ihnen wird die wahre Liebe verwehrt.«

Ich schlucke und weiß noch immer nicht, ob ich das, was Nathan mir da gerade erzählt hat, glauben kann.

»Woher weißt du das alles?«

»Es wurde aufgeschrieben und verwahrt. Und an alle unsere Nachfahren weitergereicht, auf dass der Fluch eines Tages gebrochen werden kann.«

»Und die Unfälle? Mein Dad, seine Eltern ...«

»Klar, das war schrecklich, aber damit haben wir nichts zu tun. Das hat Louis sich ausgedacht. Und das mit deinem Dad, ich bin so froh, dass du nicht mit im Wagen warst.«

Ich muss an Louis' Worte denken. Hat er mir nicht selbst gesagt, dass er nicht der ist, für den ich ihn halte? Und dass er Zweifel hat? Was, wenn es wirklich so ist, wie Nathan sagt? Das er genau das alles weiß. Es deckt sich jedenfalls mit den Bildern und auch mit den Vermutungen des Professors. Mein Herz rast.

»Wir beide sind füreinander bestimmt, schon immer. Du, also Frances, sie hat Robert vor langer Zeit erwählt.« Nathan greift nach meiner Hand. In seinen Augen ist so viel Trauer.

Kann es wirklich sein? Ist es so, dass Louis die ganze Zeit ein falsches Spiel gespielt hat? Dass er von allem wusste und es bewusst in Kauf genommen hat, nur um an die Teile der Blume zu kommen? Immerhin hat er ja auch heimlich recherchiert. Und dann diese anfängliche Geheimniskrämerei ... Was, wenn er mir tatsächlich nur etwas vorspielt? Wenn er in Wahrheit gar keine echten Gefühle für mich hat, sondern nur von Eifersucht getrieben ist?

Nathan sieht mich an, unsere Blicke treffen sich. »Ich weiß, das klingt für dich alles verwirrend und ist nicht leicht zu verstehen. Du kannst ja nichts dafür, es ist der Fluch, diese Verbindung. Ich hätte dir das schon viel früher sagen sollen. Aber hättest du mir geglaubt?«

Ich zucke mit den Schultern. »Vielleicht.«

»Nun, es ist zwar spät, aber ich hoffe, dass du es jetzt tust. Und dass ich dir die Fragen, die du hattest, beantworten konnte. Weißt du, gestern, als du in Frances' Zimmer warst, habe ich gemerkt, dass du dich darin wohlgefühlt hast. Du hast gespürt, dass du schon einmal dort warst.«

Nathan hat recht. »Und jetzt? Was denkst du, was ich tun soll?«

»Louis wird alles versuchen, die fehlenden Teile zu bekommen. Die Brosche, das Etui, und dieses Medaillon, das seine Familie schon seit ewigen Zeiten versteckt.«

Das Medaillon. Das würde ja heißen … »Dann steckt ihr also auch hinter dem Einbruch im Laden?«

»Es tut mir leid, aber es musste sein. Dieser Barney sollte dabei auch nicht verletzt werden, aber er hat Jay immer wieder angegriffen. Ein unglücklicher Zufall.«

»Das kann doch alles nicht wahr sein«, murmle ich.

Nathan streicht mir noch einmal über die Hand. »Es tut mir wirklich leid. Aber ich hoffe sehr, dass du mir vertraust.«

»Was soll ich denn jetzt tun?«, flüstere ich noch einmal.

»Wie gesagt, Louis wird versuchen die Funken zu holen. Und das darf nicht passieren. Du musst nichts tun, außer mir zu vertrauen, das ist wichtig. Weiß er denn, wo die Funken sind?«

»Ja, schon, aber ich …« Doch dann stocke ich. Ich sollte niemandem davon erzählen, dass ich sie habe. Nathan sieht mich an.

»Ich weiß, du willst es nicht wahrhaben. Aber ich sage dir eins: Egal, wo sie sind, sie werden in den nächsten Tagen verschwinden, denk daran. Bring sie also in Sicherheit, okay?«

# Kapitel 37

»Ich kann das alles noch immer nicht glauben«, sage ich, als ich bei Jill zu Hause bin und wir zusammen auf ihrem Bett sitzen, neben uns der kleine Spooker, eingekuschelt in eine Decke. »Dass alles so anders ist, als es den Anschein hatte. Ich meine, wir beide …« Ich schlucke und merke, wie mir das Herz schmerzt. Habe ich mich so in Louis getäuscht? Hat *er* mich so getäuscht? Können Gefühle wirklich so falsch sein? Sich aber so echt anfühlen?

»Es ist schrecklich«, pflichtet Jill mir bei. »Aber es klingt leider alles auch plausibel. Allein schon vor dem Hintergrund, wie Louis sich zu Beginn verhalten hat. Und dann … na ja, vielleicht hat er es ja wirklich ausgenutzt, um durch dich an die Funken zu kommen. Mit allen Mitteln.«

»Aber er wollte doch eher, dass ich mich von ihm fernhalte.«

Jill seufzt. »Das war vielleicht der Trick, weißt du?«

»Ich weiß nicht«, sage ich. »Aber was hat er davon?«

»Sei nicht so naiv, Amy, alle wollen immer nur Macht. Ist schon immer so gewesen. Und er will sie über dich.«

Ich schüttle den Kopf, denn ich will das nicht glauben. Und es ergibt auch keinen Sinn. Dass alles gespielt war, unsere Nacht … Wenn wir zusammen sind, sind da tiefe Gefühle. Ich kann mich doch nicht so irren.

»Ich weiß, du fühlst dich zu ihm hingezogen, mehr noch, du bist verliebt in ihn. Ich meine, ihr habt miteinander geschlafen. Aber was, wenn er dich damit tatsächlich manipuliert? Wenn das alles ein Trick ist? Weil er deine Gefühle kennt und weiß, wie er dich kriegen kann?«

»Aber ich habe mich nie unwohl bei ihm gefühlt«, wende ich ein. »Bei Nathan hingegen …« Ich seufze. »Ich glaube das nicht.«

»Vielleicht wegen des Fluchs?«, mutmaßt Jill.

Ich stehe auf und gehe im Zimmer auf und ab. »Das Problem ist doch, dass ich noch immer hin- und hergerissen bin. Auch wenn sich das, was Nathan mir erzählt hat, plausibel anhört, so kann ich es doch teilweise nicht zuordnen. Zum Beispiel das Bild in meinem Kopf, auf dem Frances diesen Jungen, der wohl John war, so voller Leidenschaft küsst.«

»Ja, das ist allerdings merkwürdig, denn da gab es den Fluch ja noch nicht.«

»Eben. Und was ist mit dem Bild vom Baum und der Kirche, auf dem sie das Kleid trägt? Frances schien auf jemanden zu warten.«

»Auf Robert, oder? Die beiden hatten wohl vor, sich in dieser Nacht zu verbinden.«

Ich wiege den Kopf hin und her. »Schon möglich, aber es fühlt sich einfach nicht so an. Zudem habe ich auf diesem Bild einen Jungen gemalt, der nicht aussah wie dieser Robert, sondern wie John.

Außerdem hatte ich doch gesehen, dass in dem Bilderrahmen in Frances' Zimmer ein Brief versteckt war. Doch als ich danach suchte, konnte ich ihn nicht finden.«

Jill sieht mich an. »Wo kann er sein? Oder hat er womöglich niemals existiert?«

»Doch, denn ich meine, warum sollte Caroline dann auch davon gewusst haben? Sie hat dem Professor ja davon erzählt.«

Ob Professor Drokev nicht doch noch irgendetwas darüber weiß? Ich ziehe mein Handy aus der Tasche und wähle seine Nummer. »Ich muss den Professor jetzt anrufen, er hat gesagt, er überlegt …«, sage ich, doch nach dem vierten Tuten geht nur die Mailbox ran. Ich beschließe, ihm eine Nachricht darauf zu hinterlassen. »Hallo, Professor Drokev, hier ist Amy Evans, ich muss Sie unbedingt sprechen. Sie meinten doch, Caroline hatte über diesen Brief geredet. Wissen Sie noch irgendetwas darüber? Melden Sie sich doch bitte bei mir.«

Jills fragender Blick ist mir natürlich nicht entgangen. Nachdem ich aufgelegt habe, beginne ich zu erzählen: »Der Professor meinte, Caroline habe einen Brief erwähnt, der angeblich einiges erklären sollte. Was, wenn es der Brief aus dem Rahmen von Frances' Bild ist und Caroline ihn gefunden hatte? Wenn darin die Wahrheit steht?« Ich überlege kurz, dann fällt mir noch etwas ein. »Außerdem habe ich ja einen Mann gesehen, dem Caroline unmittelbar vor ihrem Tod etwas gegeben hat. Er sagte, er würde es für sie aufbewahren. Also gab es den Brief. Vielleicht weiß der Professor ja, wer der Mann sein könnte?«

Jill nickt und ich spüre die Verzweiflung in mir.

»Ich verstehe das alles nicht. Warum meldet Louis sich nicht? Was macht er gerade?« Ich seufze tief. »Das ist alles zu verworren, Jill. Wie soll das nur enden?«

»Warte doch einfach mal ab, was dieser Professor weiß. Am Ende ist es etwas, das dir weiterhilft.«

Jill drückt mich ganz fest, ehe ich mich auf den Weg nach Hause mache.

Die Gedanken kreisen in meinem Kopf. Wieder und wieder versuche ich, all die Informationen, die in letzter Zeit auf mich eingeprasselt sind, zu ordnen, aber nichts ergibt einen Sinn. Ich komme immer nur zu dem Schluss, dass Nathans Geschichte eigentlich logisch klingt.

Zu Hause angekommen, setze ich mich aufs Bett und versuche es erneut bei Louis. Aber wieder nichts. Dann öffne ich die Nachttischschublade, um nachzusehen, ob die Funken noch da sind. Glücklicherweise ist alles unverändert. Der Professor hatte wohl recht, bei mir scheinen sie sicher zu sein, zumindest hoffe ich es. Denn niemand weiß davon.

Schließlich trete ich zum Fenster und lasse meinen Blick durch die Nacht wandern. Wo bist du nur, Louis? Trotz allem, was ich heute erfahren habe, fehlt er mir. Ist das nur der Fluch – oder mehr als das? Die wahre Liebe?

Ich sollte schlafen, der Tag war anstrengend genug. Kaum habe ich mich abgewandt, um zurück zu meinem Bett zu gehen, da höre ich ein leises Klacken an der Scheibe. Was war das? Ich lausche ein paar Sekunden, doch da ist nichts mehr. Sicher habe ich mich nur verhört.

Aber dann klackt es wieder, so als würde jemand kleine Steine gegen das Glas werfen. Zaghaft gehe ich zurück zum Fenster und blicke hinaus.

Ich kann es nicht glauben. Louis! Er sitzt auf dem Baum, unmittelbar vor mir.

Schnell öffne ich das Fenster, in der festen Absicht, ihm die Meinung zu sagen. Ja, ich werde ihn auf das, was ich erfahren habe, direkt ansprechen. Ich möchte jetzt endgültig wissen, was hier los ist und warum er sich nicht gemeldet hat.

Doch dann erkenne ich, dass er verletzt ist. Eine Haarsträhne hängt ihm in die Stirn, eine Schramme verläuft quer über seine Wange. Er blutet.

»Oh Gott, was ist mit deinem Gesicht passiert?«, frage ich und spüre sofort ein Ziehen im Bauch.

»Darf ich reinkommen? Bitte, Amy.«

Natürlich möchte ich ihn bei mir haben, dennoch zögere ich einen winzigen Moment. Ich muss an Nathans Warnung denken. Doch dann kann ich nicht anders. Ich nicke, und Louis klettert zu mir ins Zimmer.

Als er festen Boden unter den Füßen hat, greift er nach meiner Hand und zieht mich an sich. Eine Weile genieße ich einfach seine Nähe, dass er mich festhält. Aber dann löse ich mich ein wenig aus seiner Umarmung und frage ihn das, was mir auf der Seele brennt. »Was war denn los? Ich habe mir solche Sorgen um dich gemacht, Louis. Und du? Du bist einfach untergetaucht und nicht ans Telefon gegangen. Ich will die Wahrheit wissen. Nur die Wahrheit, hörst du?«

»Amy, ich … scheiße, es ist eine Riesenscheiße passiert«, flüstert er. Seine wasserblauen Augen so klar und nah, sein Duft in meiner Nase. Er ballt die Hand zu einer Faust.

»Was ist geschehen? Jetzt sag schon.« Mein Herz hämmert in meiner Brust.

»Nathan. Er hat dir schon alles erzählt, hab ich recht?«

Damit habe ich nicht gerechnet. »Ja, das hat er und ich …«

»Du hast Zweifel, du bist misstrauisch mir gegenüber, das kann ich nachvollziehen, Amy. Und wie ich das verstehe …«, hastig fährt er sich durch die Haare, »… hat er dir das Bild gezeigt? Das im Museum? Von dem Fluch erzählt, dass wir nicht zusammengehören? Dass ich dich nur benutze, weil ich die Teile suche, die zu den Funken gehören? Damit das Ritual nicht vollzogen werden kann.«

»Ja. Aber ich verstehe nicht. Woher weißt du das?«

Er sieht mir fest in die Augen. »Ich wusste von alldem nichts, doch dann habe ich über Dan noch einen Hinweis erhalten, der mich nach Brighton führte. Deswegen musste ich hinfahren. Dort habe ich einiges erfahren, leider.«

»Leider? Dann stimmt das alles? Dass du für alles verantwortlich bist, weil du das Ritual gestört hast? Dass wir verflucht und gar nicht füreinander bestimmt sind, dass es nur ein Spiel ist …?« Er nickt und Tränen stehlen sich aus meinen Augen. Ich spüre einen heftigen Stich in der Brust. Ein Hämmern und Beben. Das darf nicht wahr sein!

Er kommt zu mir, doch ich trete zurück. »Amy, hör mir zu. Das stimmt zwar, aber es ist nicht die ganze Wahrheit. Wir sind dennoch diejenigen, die füreinander bestimmt sind.«

»Was?«

»Ja.« Er zieht mich an sich.

»Was? Ich verstehe nicht …«

»Richtig ist nur, dass du ihm versprochen warst, und ich hasse es, dass es so ist. Weil ihr verheiratet wart, deswegen sieht er sich im Recht, verstehst du? Aber wir beide waren immer diejenigen, die sich geliebt haben, Amy. Frances und John, Claire und Alan, Caroline und Will, sie alle. Robert hingegen war derjenige, der das Ritual gestört hat. Frances' und Johns Ritual. Es war alles genau andersherum. John war derjenige, der Frances retten wollte und die Blume gefunden hat.«

»Woher weißt du das?«, frage ich. In mir dreht sich alles.

»Ich hatte dir doch gesagt, dass ich mir Gedanken mache, dass ich manche Bilder nicht verstehe. Und ich hatte selbst Angst, dass ich derjenige bin, der dir schadet. Also habe ich Nachforschungen angestellt und dabei einen alten Brief entdeckt, den John seinerzeit an seine Mutter geschrieben hatte. Sie lebte in Brighton, ebenso wie eine Großtante von mir, die noch im Besitz des Briefes war. Als ich sie jetzt besuchte, hat sie ihn mir gezeigt. Darin steht, dass Frances und John fliehen wollten, dass sie wussten, dass sie gegen alles verstoßen, aber nicht ohneeinander leben konnten. John bat die Familie um Vergebung, weil ihm klar war, dass er Schande über sie bringen würde.« Er zieht ein zusammengefaltetes Blatt Papier aus der Hosentasche und reicht es mir. »Hier, das ist eine Kopie des Briefes. Das Original habe ich sicher verwahrt.«

Nachdenklich drehe ich den Brief in meinen Händen. Was Louis mir gerade erzählt hat, fühlt sich richtig an. Doch die Frage ist, ob es auch der Wahrheit entspricht. Alles in mir möchte Louis glauben, weil mein Herz doch ihm gehört, doch dann bekomme ich wieder Zweifel. »Ich will dir glauben, so sehr, aber …«, flüstere ich. »Warum hast du dich nicht gemeldet? Und woher weißt du, dass Nathan mit mir gesprochen hat?«

»Sie haben mich in eine Falle gelockt. Ich hatte eine Nachricht bekommen, dass der Professor mich sprechen wolle, und als ich dort ankam …« Er sieht mich verzweifelt an. »Scheiße, morgen wird es überall stehen.« Ich verstehe nicht, was er meint. »Es war alles durchwühlt, und der Professor … Sicher sind überall meine Fingerabdrücke. Ich konnte gerade noch abhauen, ehe die Polizei anrückte. Sie haben mich geschlagen und mir gesagt, dass Nathan alles mit dir regeln würde. Und dass ich froh sein könne, dass er mich nicht töten lässt. Weil sie mich noch brauchen. Sie wollten mich zum Aufgeben zwingen. Aber jetzt bin ich hier, Amy. Und du glaubst mir doch, oder?«

Jedes Wort ist wie ein Hammerschlag, und ich brauche ein paar Augenblicke, bis ich alles verarbeitet habe. »Ehrlich gesagt, weiß ich nicht mehr, was ich glauben soll. Dann warst du also nicht beim Professor, weil du die Funken stehlen wolltest?«

Louis tritt einen Schritt auf mich zu, aber ich weiche zurück. »Was? Nein, natürlich nicht. Ich hatte diese Nachricht bekommen, es war eine Falle. Amy, ich will bei dir sein, weil ich dich liebe, und ich hoffe so sehr, dass du mir glaubst, dass ich mit alldem nichts zu tun habe. Egal, was Nathan sagt, ob wir zusammen sein durften oder nicht, ich liebe dich.« Louis legt seine Hände an meine Wangen. »Du und ich, *wir sind unendlich, für alle Zeit. Wo du bist, da bin auch ich.* Bitte vertrau mir doch.«

Diese Worte sind so schön. Sie wärmen mein Herz und mir ist, als hätte ich sie nicht zum ersten Mal gehört. Ja, ich will Louis, mit jeder Faser meines Körpers. Ich möchte ihm glauben, ihn bei mir haben und noch so viel mehr. Aber ich kann nicht.

»Du darfst ihm nicht glauben«, wiederholt Louis schon beinahe flehend. »Es ist, wie ich es dir gesagt habe.«

Ich atme tief durch. »Geh jetzt bitte. Geh einfach, Louis.«

Er versucht, nach meiner Hand zu greifen, doch ich schüttele ihn ab.

»Scheiße, Amy, das ist doch genau das, was er will! Dass du mir misstraust.«

Ich weiß, was er mir sagen will. Aber ich möchte jetzt nichts mehr hören und auch nichts mehr sagen. Ich bin einfach nur noch durcheinander.

»Glaub ihm nicht Amy, bitte«, flüstert er noch und klettert wieder aus dem Fenster, den Baum hinab.

Ich sehe ihm noch lange nach. Dann breche ich in Tränen aus.

# Kapitel 38

Als der Wecker klingelt und ich die Augen öffne, strömen die Erinnerungen der letzten Nacht in mein Gedächtnis zurück. Meine Gedanken tun weh – und vor allem mein Herz. Ich würde Louis zu gern glauben, aber alles, was er mir sagte, entsprach dem, wie Nathan es vorausgesehen hatte. Dass Louis auf der Suche nach den Funken sei und dass er behaupten werde, derjenige zu sein, der sich mit mir verbinden wollte. Und ganz ehrlich, warum war er beim Professor? War es wirklich eine Falle oder ist es nur eine Geschichte?

Die Vorstellung, dass alles nur eine Lüge gewesen sein soll, schmerzt, unheimlich sogar. Zudem weiß ich nicht, wie es jetzt weitergehen soll. Werde ich mit Nathan zusammen sein müssen, um den Fluch zu brechen? Müssen wir ein neues Ritual durchführen?

Fragen über Fragen, aber keine Antworten. Am liebsten würde ich einfach verschwinden.

Ich lasse mich zurück ins Kissen sinken, da höre ich Tante Mays Stimme vor der Tür. »Amy, bist du wach?«

Mir wird klar, dass sie deshalb vor meiner Tür steht, weil heute Schule ist. Ich setze mich auf und atme tief durch. Schule – das wirkt gerade so unwirklich auf mich. Ich habe so viele Gedanken in meinem Kopf.

»Amy?«, höre ich sie erneut rufen.

»Ja, ich bin wach, Tante May. Ich komme gleich.«

Schließlich stehe ich auf, mir bleibt ja nichts anderes übrig.

Als ich fertig angezogen die Küche betrete, um mein Schulfrühstück einzupacken, höre ich den Fernseher im Wohnzimmer rauschen.

»Tante May?«, frage ich und trete mit einer Tasse Kaffee in der Hand durch die Schwingtür, die Küche und Wohnzimmer voneinander trennt.

»Guten Morgen, Liebes.« Mit ernstem Blick deutet sie auf den Bildschirm. »Schau mal, ist das nicht schrecklich?«

Als ich die Eilmeldung über den Fernseher laufen sehe, fällt mir die Tasse aus der Hand. Denn was ich sehe, lässt mir das Blut in den Adern gefrieren. Ja, ich hätte es ahnen können, weil Louis davon sprach, aber ich habe das Ausmaß nicht begriffen.

Gerade wird ein Foto des Professors eingeblendet, und eine Reporterin berichtet: »Es wird vermutet, dass der Einbruch bei Professor Drokev etwas mit der Einbruchserie der letzten Tage zu tun hat. Leider kam der Professor dabei ums Leben. Er war nicht nur ein anerkannter Experte der Geschichte Englands und vor allem Londons, sondern auch beliebt und bekannt für seine Vorlesungen an vielen Londoner Universitäten. Was die Einbrecher wirklich suchten, ist der Polizei noch nicht klar, denn es wurde lediglich der Tresor aufgebrochen …«

Der Tresor. Louis wusste, dass der Professor die Funken dort eingeschlossen hatte. Mein Herz wird ganz schwer.

In diesem Augenblick macht mein Handy *Pling*, und ich ziehe es aus der Tasche. Jill fragt mich, ob ich die Nachrichten schon gesehen hätte.

Doch dann entdecke ich, dass ich eine Nachricht auf der Mailbox habe. Ich gehe hinaus in den Flur, um sie dort abzurufen, und erstarre, als ich die Stimme von Professor Drokev höre. »Amy, hör mir zu, nutze das Medaillon, nutze es alleine, dann wirst du vielleicht finden, wonach du suchst. Pass auf dich auf, für mich ist es zu spät.« Dann tutet es, während ich merke, wie mir die Tränen kommen. Ich lehne mich an die Wand und habe größte Mühe, das Telefon festzuhalten.

Ich will gerade meine Tasche nehmen und gehen, als mir die Funken einfallen. Was, wenn sie jemand stiehlt, während ich in der Schule bin? Ich beschließe, sie dort aufzubewahren, wo sie am sichersten sind: dicht bei mir. Also gehe ich noch mal hoch in mein Zimmer, hole das Kästchen und stecke es ein.

Als ich aus der Haustür getreten bin und um die nächste Ecke biege, schrecke ich auf, denn da steht Nathan. An seinem Arm ein nicht übersehbarer Verband.

»Nathan! Was ist passiert?«, rufe ich.

Er verzieht das Gesicht und beißt sich auf die Unterlippe, als ich ganz leicht seinen Arm berühre. Die Haare hängen ihm wirr in die Stirn. »Hast du die Nachrichten schon gesehen?«, fragt er.

»Ja, ich kann es noch gar nicht glauben.«

»Scheiße, der Professor …« Er stockt und sieht mich an. »Amy, Louis war heute Nacht bei mir. Er ist in unser Haus eingebrochen und hat mich bedroht. Er wollte wissen, wo die Funken sind, ob ich sie vom Professor gestohlen habe. Angeblich war er bei ihm, konnte sie aber nicht finden. Er meinte noch, dass er zu dir gehen und dir sagen werde, was für ein Mistkerl ich bin.« Er deutet auf die Wunde. »Es gab einen Kampf, Louis hat mich niedergeschlagen, dann ist er abgehauen.«

In meinem Kopf dreht sich alles. »Wann soll das gewesen sein?«, flüstere ich, weil ich mich noch an den letzten Rest Hoffnung klammern möchte. Doch dieser verpufft so schnell, wie er aufgekommen ist.

»Gegen Mitternacht.«

Verdammt. Um halb zwölf hatte ich Louis weggeschickt …

Ich will das alles nicht glauben.

»Wir müssen aufpassen, denn ich befürchte, dass Louis noch unberechenbarer geworden ist, jetzt, wo er weiß, dass du die

Wahrheit kennst«, meint Nathan. »Immerhin will er die Funken und die Macht über dich nicht verlieren. Und ich möchte nicht, dass er dir was antut, nicht schon wieder. Denn diesmal wäre es zu spät.« Er legt die Hand an meine Wange. »Hat er versucht, Kontakt zu dir aufzunehmen?«

Ich schlucke. Was soll ich ihm sagen? Dass Louis gestern Abend bei mir war und mir eine ganz andere Version der Geschichte erzählt hat? Dass er mir heute Morgen eine Nachricht geschickt hat? Eigentlich sollte ich Ja sagen, doch das bringe ich nicht über mich. »Nein, er …«

Nathan sieht mich eindringlich an. »Amy, wenn er versucht hat, dich zu kontaktieren, dann musst du es mir sagen. Er ist gefährlich, du darfst ihm nicht trauen. Verstehst du? Er wird dir erzählen, dass alles anders ist. Und die Funken – Louis hat behauptet, dass sie nicht beim Professor waren, also muss sie jemand anderes haben. Weißt du, wo sie sein könnten?«

Ich schüttle den Kopf.

»Wirklich, Amy, das ist unglaublich wichtig. Wir müssen Louis zuvorkommen. Heute Nacht bei uns hat er versucht, das Kleid in seinen Besitz zu bringen, aber es ist ihm nicht gelungen. Wenn er die anderen Gegenstände in die Hände bekommt wird er sie verschwinden lassen …« Seine Finger streichen meinen Hals entlang. »Ich weiß, du bist hin- und hergerissen, der Fluch und alles. Aber ich liebe dich. Und ich hoffe, dass du mir vertraust.«

Mit einem Mal sehe ich wieder ein Bild in meinem Kopf. Diese Berührung. Ich weiß nicht, warum, aber sie fühlt sich nicht gut an. Oder bin ich einfach nur durcheinander?

»Ich kann heute nicht in die Schule gehen«, sagt Nathan. »Ich muss zum Arzt, und zu Hause herrscht Chaos, mein Dad ist am Durchdrehen. Aber ich schreibe dir, ja? Und wenn du was weißt, dann schreib mir, okay?«

Er beugt sich zu mir und gibt mir einen Kuss auf die Wange. Ich spüre seine Lippen und kann nur daran denken, was ich gefühlt habe, als Louis' Lippen meine berührten, wie anders es zwischen uns war. Und doch wirkt es so, als hätte Nathan recht. Aber warum sagt mein Herz dann etwas anderes?

Natürlich wird in der Schule über den Vorfall mit dem Professor gesprochen. Und natürlich drehen sich meine Gedanken ebenfalls um nichts anderes. Sie drehen sich um Louis, um Nathan, um alles, was passiert ist und was ich erfahren habe. Wem kann ich wirklich vertrauen? Ich weiß es nicht mehr.

Als die Schule vorbei ist, bin ich einfach nur froh und will nichts anderes als nach Hause.

Daheim angekommen, setze ich mich aufs Bett. Was nun?

Mein Handy vibriert. Schon wieder eine Nachricht von Nathan. Er fragt, ob ich schon etwas weiß, doch ich lege das Handy beiseite, ohne ihm zu antworten.

Der Professor meinte, ich solle das Medaillon nutzen. Ich hole es aus dem Kästchen, dann lasse ich die Geschichte auf mich einströmen. Doch dieses Mal ist es eine etwas andere Geschichte …

Als ich das *Dean's* betrete, ist der Gastraum noch so gut wie leer. Eilig sehe ich mich um, als ich den alten Wirt an der Theke entdecke.

Als ich auf ihn zugehe, sieht er auf. Und sofort verändert sich sein Gesichtsausdruck.

»Da bist du also«, sagt er und ich schlucke. Er hat also echt auf mich gewartet.

»Ja, ich hoffe, Sie können mir helfen. Ich denke, sie haben einen Brief für mich«, seine Lippen verziehen sich zu einem Lächeln.

»Aha, und von wem soll der Brief sein?«

Ohne lange nachzudenken, antworte ich: »Von Frances Mary

Carter.« Ich weiß nicht, warum ich gerade das sage, es ist wie eine Art Eingebung. Jedenfalls kommen mir die Worte ganz leicht über die Lippen.

Er nickt. »Ja, ich denke, dann kann ich dir helfen. Einen Moment.«

Es dauert nicht lange, bis er mit einem Päckchen zurückkommt. Er reicht es mir.

»Danke schön«, flüstere ich.

»Pass gut auf dich auf.«

»Ja, ich versuche es.« Doch kurz halte ich noch inne. »Eine Frage noch.« Etwas überrascht schaut er mich an, doch dann nickt er. »Wie haben Sie mich erkannt?«

Er deutet auf mein Kinn.

»Dein Muttermal, sie hatte das gleiche. Man nimmt sie mit, diese besonderen Muttermale.«

Ich streiche sanft über mein Kinn. Nicke und dann lasse ich das Päckchen in meiner Tasche verschwinden und verlasse das *Dean's*.

Wieder zu Hause öffne ich das Päckchen, hole einen Brief heraus und falte ihn auseinander. Er ist alt und die Tinte darauf ziemlich verblasst. Darin steht geschrieben:

*Lieber John,*
*ich kann es kaum erwarten, endlich frei zu sein. Mit dir.*
*Treffen wir uns heute Abend wie immer an unserem Platz?*
*In ewiger Liebe Frances*

Dann ist da noch ein Brief, er ist von John:

*Liebe Frances,*
*mein Herz verzehrt sich nach dir. Heute Abend ist es so weit,*
*ich kann es kaum erwarten. Danach wird uns niemand mehr*

*trennen und du bist frei. Robert kann dir nichts mehr tun. Ich liebe dich. Du und ich, wir sind unendlich, für alle Zeit. Wo du bist, da bin auch ich.*

Ich blicke auf den Brief. Jetzt habe ich es schwarz auf weiß: Frances und John haben sich geliebt. Auch ohne Fluch. Es muss also so sein, wie Louis es sagte: Die beiden wollten sich verbinden, aber dann hat Robert Andrews, Frances' Ehemann, die beiden gestört. Und auch dessen Nachfahren kommen schon seit Jahrhunderten nicht darüber hinweg.

Ich muss zu Louis, ich muss mit ihm reden. Und ich hoffe so sehr, dass er mir verzeiht. Wir müssen überlegen, was wir tun.

Ich nehme mein Handy und wähle seine Nummer, aber er geht nicht ran. Nach ein paar Minuten versuche ich es noch mal – wieder ohne Erfolg.

Schließlich tippe ich eine Nachricht ein:

*Louis, bitte verzeih mir, ich kenne jetzt die Wahrheit, wir müssen uns sehen. Ich habe die Funkenteile. Ich liebe dich.*

Ich starre auf das Display und bin erleichtert, als die Haken blau werden und kurze Zeit später eine Antwort eintrifft:

*Ich bin so froh. Ich liebe dich auch. Ich hole dich in einer halben Stunde ab. Komm am besten schon raus auf die Straße.*

# Kapitel 39

Mein Puls geht schnell, als ich aus der Tür trete und die Staße entlanggehe. Jetzt weiß ich es definitiv: Louis und ich gehören zusammen, ich hatte mich nicht getäuscht. Er und ich, wir beide gegen den Rest der Welt – so scheint es zumindest.

Ich gehe weiter, und mein Herz klopft, als ich Motorengeräusche höre. Ich drehe mich um, in der Hoffnung, dass es Louis ist. Doch dann gefriert mir das Blut in den Adern. Denn aus dem Auto steigen Nathan und Mr Kane. Das Lächeln der beiden ist eiskalt.

»Da haben wir dich.« Nathans Stimme, die sich jetzt völlig anders anhört als sonst, bohrt sich in meinen Kopf, und mein Herzschlag setzt für einen kurzen Moment aus.

»Nathan, Mr Kane, wieso …?«

»Kannst du dir das nicht denken?«, unterbricht Nathan mich. »Wir haben Louis' Handy benutzt. Und jetzt ist er da, wo er sein soll.«

»Wo ist er?«

Nathan schüttelt gespielt vorwurfsvoll den Kopf. »Was tut das zur Sache?«

»Sag es mir, Nathan!«

»Ich hatte ja gehofft, dass du dieses Mal schlauer bist, aber natürlich war es nicht so.«

»Schlauer?« Ich nehme all meinen Mut zusammen. »Und ob ich schlauer war. Du und deine Familie, ihr seid diejenigen, die uns seit Jahrhunderten jagen und unsere Vorfahren getötet haben. Nur weil Robert Andrews es nicht verkraften konnte, dass das Herz seiner Frau einem anderen gehörte.«

Seine Mimik versteinert sich.

»Das Herz, das ihm zustand, verdammt!« Als er jetzt auf mich zukommt, wird mir eiskalt. »Aber das Glück war euch nicht vergönnt, dafür hat Robert gesorgt.«

Was meint er damit?

Die Antwort auf meine Frage folgt auf dem Fuß. »Ihr seid zwar verbunden, aber könnt nie wirklich zusammensein. Weil immer ein Teil eure Liebe stört. Aber das hat jetzt ein Ende. Jetzt werde ich die Geschichte berichtigen, dann wirst du mir gehören, Amy Evans. Denn du bist alles, was ich dazu brauche.« Er tippt mir an die Brust und grinst. Ein wirklich fieses Grinsen, das ich so noch nie an ihm gesehen habe. Als er nun seine Hand nach meiner Wange ausstreckt, weiche ich einen Schritt zurück.

»Fass mich nicht an. Ich schreie!«

»Wie auch immer, dein Herz wird für immer mir gehören, so wie du, ich habe die Funkenteile und jetzt werden wir das Ritual vollziehen, aber nicht hier, sondern an einem Ort, wo uns niemand stören kann. Wir drei, endlich«, fügt er hinzu.

»Wir drei?« Wie meint er das? Ich muss ihn zur Vernunft bringen. »Nathan, bitte, bitte versteh das doch. Es ging immer nur um Gefühle. Ich liebe Louis und man kann Gefühle nicht erzwingen. Meinst du nicht?«

Seine Augen verdunkeln sich. »Louis, John, Patrick …« Er zischt durch die Zähne. »Aber um deine Frage zu beantworten, Amy: Doch, man kann. Denn du gehörst zu mir, das wirst du immer.«

»Komm, nimm sie mit, Nathan, dann bringen wir es zu Ende«, mischt sich Mr Kane ein. Um ihn herum stehen die Sicherheitskräfte der Kanes. Wo kommen die jetzt her?

Einen unter ihnen kenne ich nur zu gut: Jay. Er grinst ebenso fies wie Nathan und sein Dad.

»Bitte«, versuche ich es noch einmal, »lass uns eine Lösung finden, wie wir das alles hinbekommen.«

Nathan lacht laut auf. »Eine Lösung? Nun, du wirst dich freuen, die Lösung habe ich schon.« Er packt mich am Arm und zieht mich zum Auto.

Nun kann ich seine ganze Wut fühlen. Ich stemme die Hände gegen seine Brust und versuche, ihn fortzuschieben, doch sein Griff ist stahlhart.

Ich spüre seinen Atem an meinem Ohr. »Du bist meine Frau. Die Frau von Robert und du gehörst zu unserer Familie. Ob du es willst oder nicht, du gehörst vor allem mir und damit gehört mir auch die Blume und die ewige Macht«, raunt er mir zu.

»Ich gehöre niemandem, verdammt! Nathan, lass das, du tust mir weh«, flehe ich. Panik macht sich in mir breit, diese Panik, die ich auch in den Bildern gesehen habe und die Frances ebenfalls empfunden hat. Aber ich sehe keinen Ausweg. »Begreife es doch endlich, ich liebe Louis. Wenn es die Blume ist, die du willst, dann nimm sie dir doch.«

Er presst seine Wange gegen meine. »Ich will die Blume, denn dann werden wir für immer zusammen sein. Das ist das Einzige, was ich will.«

Ich möchte schreien, doch er erstickt meinen Schrei mit seinem Mund. Ich stemme mich gegen ihn, schlage um mich und trete ihn, bis ich ihn erwische.

Ruckartig lässt er von mir ab und funkelt mich wütend an. Ich will auf unser Haus zurennen, doch schon packt er mich erneut.

Ich will schreien, aber er hält mir den Mund zu.

»Das ist nichts gegen den Schmerz, den du noch fühlen wirst!«

Schon im nächsten Moment knallt seine Faust gegen meinen Kopf, und gerade als ich glaube, dass der Schmerz mich zerreißen wird, werde ich von der Dunkelheit eingehüllt.

Mein Kopf dröhnt, als ich erwache. Erst hatte ich gehofft, dass ich mir das alles nur eingebildet habe. Den Ausdruck in Nathans Gesicht, diese plötzliche Wucht und den Schmerz, den ich in dem Moment spürte, als Nathans Faust nach vorn schnellte. Das alles konnte nicht wahr sein. Doch der dumpfe Schmerz in meinem Kopf erinnert mich deutlich daran, dass es wahr ist. Jetzt ergeben auch alle Bilder einen Sinn. Robert Andrews, er war genauso brutal wie nun sein Nachfahre: Nathan Kane.

Ich versuche, mich zu bewegen, doch ein scharfer Schmerz fährt in meine Handgelenke. Nathan hat mich gefesselt, es gibt keine Möglichkeit, ihm zu entkommen. Hektisch zerre ich an den Fesseln, die sich daraufhin nur noch enger zuschnüren. Ich sehe mich um und erstarre, denn auf der gegenüberliegenden Seite hängt Louis gefesselt und am Kopf hat er eine Wunde. Nein, bitte nicht.

»Louis, Louis wach auf.«

Ein Wimmern entfährt meinen Lippen, als ich Nathans Stimme höre. »Ausgeschlafen?« In seinen Worten liegt so viel Kälte, dass jeder Zentimeter meiner Haut erschaudert. Ich weiß nicht, was er tut, ich sehe nur seinen Schatten und das helle Licht der Funkenteile, die in den Gegenständen verborgen waren. Auch die Brosche, das Etui und das Medaillon hat er gefunden.

»Wo sind wir?«

»In unserem Haus, hier stört uns keiner.«

»Nathan, ich bitte dich, lass mich gehen, lass uns gehen«, flüstere ich und sehe zu Louis der sich immer noch nicht regt.

»Gleich ist alles vorbei, Amy, dann können wir für immer zusammen sein. Es fehlt nur noch dieses eine, dieses letzte Funkenteil. Alle anderen sind ja hier«, bemerkt er zynisch.

Seine kalten Augen liegen auf mir. Plötzlich zieht er ein Messer, dessen Klinge im Licht der Funken aufblitzt.

»Endlich ist der Tag gekommen, wir drei zusammen und niemand, der uns stört. Das letzte Funkenteil ist in dir und das hole ich mir jetzt. Dann hat das Spiel ein Ende.«

»Bitte, tu das nicht. Bitte …« Meine Stimme bricht, doch er greift lächelnd nach meinem Kinn und packt mich viel zu fest.

»Was soll ich nicht tun? Mir holen, was mir zusteht? Ich denke schon, dass ich das tun werde.«

Eine unsagbare Übelkeit breitet sich in meinem Magen aus. Trotzdem versuche ich, so mutig wie möglich zu klingen. »Du weißt, dass das nicht stimmt. Ich habe mich für Louis entschieden, schon damals und in allen Zeiten.«

Aber er schnaubt nur verächtlich. »Das kann sein. Aber du warst immer den Männern aus unserer Familie versprochen, also zählt das nicht.«

Ich untedrücke die Tränen, ich will stark sein, aber es gelingt mir nicht.

»Kein Grund zu weinen.« Er beugt sich zu mir nach vorn, ist mir nah, viel zu nah, und ich frage mich, wie ich jemals darüber nachdenken konnte, ihm zu vertrauen.

Gerade als er meine Lippen berühren will, drehe ich hastig den Kopf weg, aber er packt mich erneut am Kinn. Mir entfährt ein Schmerzenslaut.

Er drückt fester zu, und ich befürchte, dass er mir gleich den Kiefer bricht.

»Was passiert jetzt?«

Er weicht ein wenig zurück, und als er mich endlich loslässt, atme ich auf. Doch die Erleichterung ist nur von kurzer Dauer, denn plötzlich spüre ich das kühle Metall der Messerklinge.

»Was passiert? Gleich werden wir eine ganze Ewigkeit zusammen haben, du und ich. Und niemand wird uns mehr stören. Ihr habt euch für so schlau gehalten all die Jahre. Immer wieder habt ihr versucht zu fliehen, euch in den Tod gestürzt, damit wir euch nicht erwischen, doch das hat jetzt ein Ende. Und jetzt, nachdem wir alle Teile haben, werde ich die Blume neu verbinden, und damit dich und mich unendlich machen. Und Louis wird sterben – ein für alle Mal und du wirst mich lieben. Für immer.«

»Egal, was du tust, Nathan, ich werde dich niemals lieben, niemals.«

»Doch, das wirst du, und wenn nicht, ist es mir auch egal. Ich werde mir so oder so nehmen, was mir zusteht. Jede Nacht, jeden Morgen, sooft ich will.« Er lacht hämisch auf. »Ich würde ja sagen, bis an unser Lebensende, aber nachdem es kein Lebensende geben wird …«

»Ich hasse dich, Nathan«, presse ich hervor, doch er schüttelt gespielt vorwurfsvoll den Kopf.

»Du wirst schon noch lernen, mich zu lieben, Amy. Wir haben eine Unendlichkeit Zeit.«

Ich weiß, dass ich ihm jetzt nicht mehr entkommen kann, ich sehe zu Louis, dann schließe ich die Augen. Ich warte auf den stechenden Schmerz des Messers an meinem Hals.

»Lass die Finger von ihr!«

Ich reiße die Augen wieder auf und sehe, wie Nathan herumwirbelt.

»Wie hast du das gemacht?«

Schon stürzt Louis auf ihn zu und schlägt ihm das Messer aus der Hand. Ein fester Schlag landet mitten in Nathans Gesicht, woraufhin er zu Boden stürzt.

»Louis«, rufe ich und spüre eine unglaubliche Erleichterung.

»Amy, es wird alles gut.« Er bückt sich nach dem Messer, das am Boden liegt. »Warte, ich löse deine Fesseln.«

»Jay!«, schreit Nathan und schon im nächsten Moment springt die Tür auf und Jay und die anderen verhüllten Männer stürmen den Raum.

»Louis, pass auf!«, rufe ich, als ich sehe, dass Jay sich von hinten auf ihn stürzen will.

Louis schafft es gerade noch, sich umzudrehen, dabei fällt

ihm das Messer aus der Hand. Nathan bemerkt es und reagiert blitzschnell. Mit dem Messer in der Hand steht er nun da. Jay hält ihn fest.

»Wer schubst jetzt wen weg, hmm?«, fragt er und Louis versucht sich zu wehren.

»Ich habe so die Schnauze voll von dir, Lamen! Von dir und deiner ganzen Sippe«, brüllt Nathan, dann gibt er Louis einen festen Schlag ins Gesicht. Er rutscht zu Boden.

»Jay, lass ihn liegen und sichere alles. Dann geh wieder raus, wenn das Ritual durchgeführt wird, dürfen nur wir im Raum sein«, ruft er.

Jay tritt Louis noch mal in den Magen und verlässt dann den Raum. Nathan grinst, stellt sich neben mich und hält mir erneut das Messer an die Kehle.

»Lass sie in Ruhe«, presst Louis heraus, windet sich am Boden. »Ich schwöre dir bei Gott, Nathan …«

»Was schwörst du?« Nathan wendet sich ab, tritt ihn erneut, kommt dann zurück und drückt das Messer noch ein wenig fester an meinen Hals.

»Dich nehme ich mir gleich vor, aber zuerst«, sagt er zu mir, dann geht alles ganz schnell. Nathan dreht sich um, stürzt nach vorn, und ich muss zusehen, wie die Klinge sich in Louis' Seite bohrt.

»Louis, nein!«, schreie ich, als er zu Boden sinkt.

Nathan lacht, zieht das Messer heraus und wendet sich dann mir zu. »Der erste Schritt ist vollbracht. Wo waren wir stehen geblieben?«, fragt er mich, während Louis sich stöhnend an die Wunde greift.

»Nein, nein«, schluchze ich und versuche hektisch, mich zu befreien, die Fesseln zu lösen, die mir nun aber nur noch tiefer ins Fleisch schneiden.

Das hämische Grinsen in Nathans Gesicht ist jetzt kaum mehr zu ertragen.

»Du bist ein Monster! Ein Monster!«, schreie ich.

Und dann spüre ich ihn, diesen Schmerz, den ich schon so viele Male gespürt habe. Doch jetzt nehme ich ihn noch bewusster wahr. Erst wird mir fast schwarz vor Augen, doch dann fühle ich diese Wärme und das Licht, das sich einen Weg durch meinen gesamten Körper bahnt, durch meine Venen fließt und schließlich in meinem Herzen zu einem großen, warmen Ball wird. Er zwängt sich durch meinen Brustkorb hindurch, gleitet aus meiner Haut, und ich sehe zu, wie das Licht aus mir heraustritt. Es ist eine solche Wucht, dass mir die Luft wegbleibt.

Das war es also? So geht es zu Ende? Wird Nathan also gewinnen?

Mein Blick gleitet durch den Raum und hält an Louis fest, an seinen wasserblauen Augen, die sich nun mit meinen verweben, während es um uns herum hell wird. Der Funke, der aus mir heraustritt, schwebt jetzt vor mir in der Luft, und ich weiß nicht, ob ich tot bin oder nicht oder wie lange ich noch in Louis' Augen blicken kann. Plötzlich wirbeln alle sechs Funkenteile aufeinander zu, als würde eine unsichtbare Macht sie anziehen. Schließlich formen sie das Zeichen, das ich so gut kenne: die verschlungene Blume. Hell erstrahlt sie. Die Blume des Lebens.

Nathan blickt verächtlich auf Louis hinab. »Nun, das war's. Wenn ich dich jetzt töte, bist du weg, für immer. Und weißt du was?« Dann zückt er erneut das Messer. »Ich kann es kaum erwarten. Noch ein paar letzte Worte?«

»Nein, nein, Nathan, tu es nicht!«, schreie ich. »Lass ihn leben, bitte, ich flehe dich an. Bitte, ich tue alles, was du willst.«

Nathan wendet sich von Louis ab und kommt auf mich zu. Er lacht mir unverfroren ins Gesicht. »Das wirst du so oder so tun.«

»Ich werde mich nicht wehren, egal, was du willst, ich verspreche es. Aber bitte töte ihn nicht. Lass ihn leben.« Mit letzter Kraft sehe ich ihm in die Augen.

Er greift nach meinem Kinn. »Also heißt das, du wirst mit mir gehen, egal wohin, und du wirst alles tun, was ich will? Wirst du mich lieben bis in alle Ewigkeit?«

Ich würde mich am liebsten übergeben, aber ich sehe keine andere Chance. Also nicke ich. »Ja, das werde ich. Aber bitte, lass ihn leben, bitte …«

»Nun, dann möchte ich aber einen kleinen Vorgeschmack haben.«

Ehe ich weiß, wie mir geschieht, presst er seine Lippen hart auf meine. Mir wird übel, als seine Zunge in meinen Mund fährt, aber ich erwidere seinen Kuss, damit er Louis in Ruhe lässt.

»Dafür töte ich dich, Kane«, dringt dessen Stimme auf einmal leise an mein Ohr.

Nathan lässt von mir ab und fährt herum. Hilflos sehe ich zu, wie Louis sich auf Nathan wirft und versucht, ihm das Messer, das er noch immer fest im Griff hat, abzunehmen. Nathan fuchtelt wild damit herum und trifft Louis erneut, diesmal an der Schulter.

»Nein!«, schreie ich und im nächsten Moment sackt Louis in sich zusammen.

Dann ist es still.

»Louis, nein!« Tränen brennen auf meiner Haut, vermischen sich mit dem Schmerz. Das darf alles nicht wahr sein. Es darf einfach nicht wahr sein!

Nathan kommt zu mir heran. »Jetzt können wir endlich das Ritual vollziehen«, er lächelt und geht zu der Blume.

Hell erleuchtet sie den Raum. Unendlich hell, schwebt sie im Raum und sieht so unglaublich schön aus. Wieder brennen Tränen auf meiner Wange, denn was mich jetzt erwartet, ist alles andere als das.

Nathan geht auf das Licht zu, kommt damit zu mir und das Licht blendet mich. Dann nimmt er meine Hand und legt sie auf die Blume. Auch seine Hand gleitet ins Licht.

»Amy, nein!« Louis, er lebt, ich höre ihn rufen – doch es ist zu spät. Mit einem Mal beginnt sich alles um uns herum zu drehen, schneller immer schneller. Louis verschwimmt sowie alles um uns herum und nur noch ein helles, gleißendes Licht erfüllt den gesamten Raum.

»Gleich ist es vorbei, dann gehörst du endgültig mir«, ruft Nathan, als ich mit einem Mal einen heftigen dumpfen Schlag höre. Darauf folgt ein Knall so ohrenbetäubend, dass ich glaube, taub zu werden. Und plötzlich ist auch alles still. Um uns herum scheint die Zeit zum Erliegen gekommen zu sein. Die Blume, die gerade noch hell gestrahlt hat, beginnt sich zu teilen. Als würden sich Blütenblätter öffnen. Was ich nun sehe, kann ich kaum glauben, denn jedes der Blätter scheint eine Seele zu sein. Sie zeigen Bilder, Menschen die sich an der Hand halten, Liebespaare, die ich nun deutlich erkenne. Ich sehe Frances und John, die sich umarmen. Claire und Alan. Alle Paare, auch mich und Louis. Was passiert hier nur?

»Was soll das?«, ruft Nathan und plötzlich geht alles ganz schnell. Nathan wird wie von Zauberhand von den Lichtstrahlen umfangen und in die Luft gehoben.

»Nein«, ruft er, als sich das Licht in ihn hineinbohrt.

Der Schrei, den er von sich gibt, ist ohrenbetäubend, genauso wie das Geräusch, das nun erklingt, als das Licht sich mit Dunkelheit füllt. Ich traue meinen Augen nicht, was geschieht hier nur? Es ist, als würde etwas Dunkles, Böses aus ihm hervorgeholt werden. Wie Tausende von schwarzen Scherben verlässt die Dunkelheit seinen Körper und die Blume scheint all das in sich aufzunehmen. Wieder gibt es einen heftigen Knall und zurück bleibt nichts als Licht. Die Blume ist wieder zusammengesetzt und schwebt im Raum.

»Amy«, ruft Louis.

»Louis«, antworte ich ihm, als die Blume größer wird, den Raum erneut erfüllt, und dann jagt schon ein nächster heftiger Knall durch den Raum. Licht, überall ist nur Licht und dann sehe ich nichts mehr.

# Kapitel 40

*Im Hier und Jetzt*
*London, Tower Bridge*

Der Knall hallt in meinem Ohr nach und mit einem Mal befinde ich mich auf der Tower Bridge. Wie kann das sein?

Abrupt drehe ich mich um und stoße gegen etwas unerwartet Hartes.

»Amy«, höre ich eine sanfte Stimme. Mein Blick fällt auf den Oberkörper, gegen den ich gestoßen bin.

Okay, wie kann das sein? Louis? Dieser Moment, er ist mir so bekannt. Meine Finger tasten den Stoff entlang, ich spüre die Muskeln. Das kann nicht wahr sein, oder? Er war weg, wir waren weg, die Blume, alles. Mein Herz beginnt heftiger zu schlagen. Ich hebe den Kopf, und spüre, wie die Schläge meines Herzens kurz aussetzen und mir der Atem stockt. Denn der Körper, den ich noch immer berühre, gehört wirklich zu Louis. Die dunklen Haare, die blauen Augen, die Lippen, alles. In meinem Bauch ist kein leichtes Flattern wie damals, bei unserer ersten Begegnung, sondern es tobt ein heftiger Sturm.

Unsere Blicke treffen sich und er legt den Kopf schief. »Kannst du nicht aufpassen?«, flüstert er und ich lächle.

»Louis«, sage ich und falle ihm um den Hals, halte ihn ganz fest und merke, wie mir die Tränen kommen. Eine ganze Weile hält er mich fest. Dann lösen wir uns voneinander und er legt seine Hand an meine Wange.

»Nicht weinen. Wir sind hier.« Er sieht sich um. »Auf der Tower Bridge und«, er wendet sich mir wieder zu, »du hast nichts kaputt gemacht.«

Jetzt lächle ich. »Blödmann.«

Er nimmt meine Hand und unsere Fingerspitzen berühren sich.

»Nichts«, sage ich und sehe ihn an. »Keine Funken, keine Paare oder Lichter?«

»Ja, nichts.« Er grinst.

»Louis. Du hast nichts gesehen, oder?« Er verzieht das Gesicht zu einem Grinsen.

»Nein, absolut keine Ahnung, wovon du redest.« Er beugt sich zu mir vor.

»Das ist, ich fasse es nicht«, ich sehe mich um, sehe Jill die gerade auf dem Glasboden läuft, die Zeit, so scheint es, sie hat sich zurückgedreht.

»Die Blume, sie hat das alles rückgängig gemacht, oder? Ich meine, hast du gesehen, was mit Nathan passiert ist, dieses Dunkle, das sie aus ihm geholt hat, das war alles – ich dachte, wir sind tot.«

Er nickt. »Ja, dachte ich auch. Ich dachte, ich sehe dich nie wieder.« Jetzt atmet er tief durch.

»Ob nur wir uns erinnern?« Ich sehe mich um und sehe Nathan. Er wendet sich um, ich merke wie mir das Herz bis zum Hals schlägt.

Er kommt auf uns zu und ich halte Louis' Hand ganz fest. Was jetzt wohl passiert? Ist es doch nicht zu Ende?

»Du bist also auch hier.« Louis' Stimme ist dunkel. Doch der Junge mit den hellen Haaren, der uns eben noch töten wollte, sieht uns fragend an.

»Kennen wir uns?«

»Entschuldige, wir haben dich verwechselt«, sage ich und er nickt nur und geht weiter.

»Das gibt's nicht. Das ist doch der Wahnsinn! Kann er sich nicht erinnern?«

»Scheint so.« Louis kommt näher zu mir heran. Sein Atem streicht beinahe über meine Lippen.

»Was machst du da?«

Er lächelt. »Was glaubst du, dass ich tue? Dich küssen.«

Jetzt lächle ich. »Das will ich doch schwer hoffen«, sage ich und schon legen sich seine Lippen auf meine. Sofort spüre ich die Wärme, sie erfüllt meinen ganzen Körper und ich kann nicht glauben, was hier passiert ist.

»Was machst du da?« Mit einem Mal taucht Jill neben uns auf. »Hab ich was verpasst? Wer ist das?«, will sie wissen und ich sehe zu Louis.

»Darf ich vorstellen? Das ist Louis. Mein Schicksal.«

Jill sieht mich fragend an. »Schicksal?«

»Ja, daran glaubst du doch, und da ist es!« Dann lächle ich und küsse Louis erneut.

Ich werde es ihr irgendwann erklären, aber jetzt will ich nichts mehr, als Louis' Lippen auf meinen zu spüren.

*Vier Wochen später*

»Kaum zu glauben, dass sich niemand mehr erinnert außer uns, oder?«, frage ich und sortiere die Bücher im Regal ein. Ich arbeite wieder in Sallys Laden oder immer noch, wobei das jetzt nach der neuen Zeitrechnung schwer zu sagen ist.

Alles, was vor unserer Begegnung war, ist geschehen, doch alles ist seither anders.

Ich habe nie mehr mit Nathan geredet, seit er so wie Louis neu in unsere Schule gekommen ist. Denn ihn zu sehen, ist immer noch ziemlich unheimlich.

Dafür war es umso schöner, Barney so ganz und gar befreiter zu sehen. Natürlich ist er noch verwirrt von dem Überfall damals, allerdings entspannter, seitdem er nicht mehr dauernd von Flüchen und dem ewigen Tod redet. Professor Drokev lebt und im Museum sowie im Theater wurde nie etwas gestohlen.

Sally, sowie Tante May und meine Mum waren zwar erstaunt, wie schnell Louis und ich uns anscheinend verliebt haben, aber sie haben sich dann doch für uns gefreut. Und auch Jill hat den ersten Schock schnell verdaut. Ich habe ihr die Geschichte anvertraut und sie wäre nicht Jill, wenn sie mir nicht einfach geglaubt hätte.

Was mit der Blume geschehen ist, können wir noch immer nicht ganz verstehen. Aber wir haben es dann einfach als Geschenk dankbar angenommen.

»Ja, ist wirklich heftig. Ich kann das alles auch noch nicht fassen, umso schöner, ist es, dass es ist, wie es ist.« Er lächelt mich an.

»Hast du eigentlich den Karton für die Bücher, die ich einsortieren soll?«, frage ich und er nickt.

»Sie stehen da drüben«, sagt er und ich gehe zu den Kartons.

»Da sind auch ein paar aus Hausauflösungen dabei, Sally hatte einen Aushang gemacht und es ist einiges zusammengekommen. Nachdem klar war, dass der Erlös für einen guten Zweck ist, haben viele Leute Bücher abgegeben.«

Ich öffne den ersten und krame etwas darin herum. Dann öffne ich den zweiten und stocke. Erst kann ich nicht glauben, was ich da sehe, doch es ist wahr.

»Louis«, sage ich und merke wie meine Stimme zittert.

»Was ist?« Er steht auf und kommt zu mir. »Alles gut?«, fragt er, als auch er das Buch erkennt. Es ist das Buch mit der Legende.

»Das ist das Legendenbuch, wie kommt es hierher?«, sagt er und ich nicke.

Mit zittrigen Fingern schlage ich es auf, zu der Seite mit der Legende, lese und sehe zu Louis.

»Da fehlt keine Seite, siehst du das?« Und mit einem Mal wird alles klar. Denn was wir jetzt dort sehen, gibt allem seinen Sinn.

*Nur wer reinen Herzens ist, wird ewig verbunden sein. Die Liebe ist die größte Magie und das hellste Licht, das ewig in unserem Herzen leuchtet. Sie ist das wahre Band und der einzige Schlüssel, der alles zusammenbringt.*

*Nur sie überdauert alle Zeiten und ist unendlich funkenhell.*

»Unendlich funkenhell«, flüstere ich und sehe Louis an.

»Unsere Liebe, sie war schon immer für die Unendlichkeit bestimmt, ganz ohne Fluch, ohne Blume und ohne Zauber. Nur deswegen haben wir dieses Geschenk bekommen. Diesen Zauber.« Louis sieht mich an. »Wir sollten das Buch verstecken, was denkst du?«

»Ja, ich denke, das ist nicht verkehrt, wer weiß, wer sonst nach der Blume suchen will? Denn wie wir wissen, wo Licht ist, da ist auch Dunkelheit.«

»Ja, das haben wir in der Tat erfahren. Doch was wir auch wissen, ist, dass am Ende das Licht gewinnt. Und wenn nicht, dann ist es noch nicht das Ende.«

»Sie hat uns all das geschenkt, weil wir uns wirklich lieben. Das ist echt so romantisch.« Ich stupse ihn an. »Du liebst mich, von ganzem Herzen.«

»Da komm ich jetzt nicht mehr raus.« Jetzt stupse ich ihn etwas doller.

»Du und ich durch alle Zeiten?«, frage ich.

»Durch alle Zeiten?« Louis grinst. Dieses schiefe Grinsen, das ich so an ihm liebe. »Ja, also vorausgesetzt, du fängst nicht irgendwann an, mich zu nerven.«

Er lacht auf, als ich ihn empört ansehe. Doch dann küsst er mich.

»Ja, du und ich durch alle Zeiten.«

Ende – und doch erst der Anfang …

# Danksagung

Die Idee zu dieser Geschichte kam zu mir im Jahr 2009. Wenn ich jetzt zurücksehe, kann ich nicht glauben, was seither passiert ist. Manchmal kann ich es einfach gar nicht fassen. Damals war es mein Traum, dieses Buch irgendwann in den Händen zu halten. Daraus ist nun Wirklichkeit geworden und ich bin unendlich dankbar dafür. Ich danke Klaus Gröner und seiner Frau Michaela von der Agentur Erzählperspektive. Danke Klaus, du hast an das Projekt geglaubt und nie das Vertrauen in mich verloren. Das vergesse ich dir nie.

Danke an den unglaublich wundervollen Ueberreuter Verlag, der ebenfalls an die Geschichte von Amy, Louis und Nathan geglaubt hat und mir diese Chance gegeben hat. Was für ein wundervolles Team. Danke an Emily Huggins für die Betreuung und danke meiner Lektorin Angela Iacenda. Es hat mir unendlich viel Spaß gemacht, dieses Buch mit dir umzusetzen. Du hast mir mit deinen Tipps so viel geholfen und das Buch zu dem gemacht, was es ist.

Danke an Alexander Kopainski für dieses großartige Cover. Damit ist alles perfekt. Ich liebe es und werde es immer lieben.

Ein großer Dank geht auch an die Menschen, die seit Jahren an meiner Seite stehen und ohne die all dies nicht möglich wäre. Ohne euch wäre ich nicht hier. Mein lieber Freund Torsten von Buchgewand, und meine liebe Freundin und freie Lektorin Susanne Jauss. Ihr seid das beste Team, das man haben kann, und durch euch bin ich stark.

Danke an meine Freundin und Kollegin Sarah Saxx. Wie oft habe ich dich um Rat fragen dürfen. Unendlich oft. Und du bist es nie leid, mir zuzuhören. Egal, um was es geht. Zusammen sind wir nach London gereist und du hast mit mir geträumt. Du bist immer für mich da und du hast mir immer gesagt, dass ich an mich glauben soll. Kein Dank ist genug. Anna Winter, auch du bist immer da, du bist nicht nur eine tolle Kollegin, sondern auch meine Freundin und ein wundervoller Mensch. Du baust mich immer auf, dein Humor ist einzigartig und damit erleuchtest du immer mein Herz. Du bist meine Jill.

Danke an Silvia und Lucia Kruse. Uns hat das Schicksal verbunden. Danke, dass ihr da seid und mir immer zuhört. Wie ein Licht in der Dunkelheit. Genauso wie du, liebe Emily Ferguson. Was haben wir schon durch. It hurts! Aber, egal! Ich hoffe, es hört nie auf. Nathalie Fröhlich. Dein Herz ist unendlich genauso wie unsere Freundschaft. Since Years!

Danke an meine wundervolle Familie, meinen Mann Karl und meine Kinder Sophie und Raik. Ihr haltet mir den Rücken frei, wenn ich in den weiten Welten versinke, die ich erschaffe. Ihr ertragt meine Fehler, meine Macken und das Chaos. Dies ist nicht selbstverständlich und das vergesse ich euch niemals. Danke an Mama und Papa, ihr seid immer an meiner Seite. La Famiglia! Niemand kriegt uns unter!

Danke auch an meine liebe Freundin Tamara Schwab. Ich bin froh, dass du in meinem Leben bist, mein Herz.

Und ganz wichtig. Danke an meine unglaubliche Schwester Nathalie. Du hast an dieses Buch geglaubt, als es niemand tat, und du hast an mich glaubt. Eigentlich bist du die größere Schwester, und nicht die kleine, denn an dir lehne ich mich an. Du fängst mich auf, wenn ich mal wieder falle und zweifle. Ich weiß, du lässt mich nie allein. Dank dir bin ich stark, weil du mich so liebst. Immer werden wir so bleiben. Du und ich wir sind unendlich. Deswegen gehört diese Geschichte dir, mein Schatz.

Ihr alle, ihr seid die Funken in der Blume meines Lebens.

Zuletzt:

Einen großen unendlichen Dank an all die Menschen da draußen, die mir all das ermöglicht haben. Meine wundervollen Leser, die zu mir stehen und meine Geschichten lieben. Ihr habt mir meinen Traum vom Schreiben ermöglicht. Wenn ihr alle nicht wärt, würde es das alles nicht geben. Und ich weiß, wie wertvoll das ist. Den Mut dazu hatte ich wegen meines Papas. Papa, du hast mich immer gelehrt niemals aufzugeben, nach den Sternen zu greifen und zu träumen. Große Träume wünsche ich auch euch. Gebt niemals auf und glaubt an euch, dann entstehen die schönsten Geschichten. Was noch kommt? Ich weiß es nicht, aber solange wir träumen, fliegen wir.

Eure Michelle